Eric Malpass

Und der Wind bringt den Regen

Roman

Deutsch
von
Anne Uhde

Rowohlt

*Die englische Originalausgabe
erschien unter dem Titel
«The Wind Brings Up The Rain»
bei William Heinemann Ltd., London
Schutzumschlag- und Einbandentwurf von
Eva Kausche-Kongsbak*

1. Auflage August 1979

*Gesamtherstellung Clausen & Bosse, Leck
Printed in Germany
ISBN 3 498 04262 9*

Der Halbmond zieht gen Westen, Lieb,
Und Regen bringt der Wind;
Du liegst so fern von mir, mein Lieb,
Die Meere zwischen uns sind.

Ob's regnet, weiß ich nicht, mein Lieb,
Im Land, wo du jetzt ruhst;
Du schläfst ja auch so tief, mein Lieb,
Und so wenig wie ich weißt du's.

A. E. Housman

In Erinnerung
an Tom und Lilias,
Blanche und Jack

Und der Wind bringt den Regen

I

Die Straßenbahn fuhr bis gegen zehn Uhr abends.

Benbow war noch klein, aber er hielt nicht viel von Gefühlsäußerungen, und so verlor er den Erwachsenen gegenüber nie ein Wort darüber, wie selig es ihn machte, wenn die Straßenbahn mit lautem Klingeln den Hügel heruntergerasselt kam oder wenn sie langsam und mühevoll bergauf knarrte. Die höchste Wonne war es, wenn eine aus jeder Richtung kam und sie sich genau vor seinem Schlafzimmerfenster trafen und majestätisch aneinander vorüberglitten. Großtante Min hatte ihm erzählt, einmal sei ein Betrunkener vor die Bahn gefallen, da, direkt vor dem Fenster, und die Räder hätten ihm beide Beine abgeschnitten. Es hatte ihn gegruselt, und dann hatte er lange darüber nachgedacht, ob der Mann selber oder ob nur seine Beine unter der Bahn gelegen hatten. Er war noch zu klein, um eine so schwierige Frage in Worte zu fassen. So stellte er sich mal die Beine und mal den Oberkörper des Mannes unter der Straßenbahn vor – wie ein Maler, der ein Bild entwirft –, wenn er zufrieden im Bett lag und draußen die Wagen vorüberfuhren und der Schein der Funken über die Zimmerdecke zuckte.

In einer hellen Vollmondnacht – «Zeppelinwetter» nannte seine Mutter solche Nächte – hörte er, wie draußen eine Bahn plötzlich bremste und vor seinem Fenster anhielt. Benbow war sofort aus dem Bett und am Fenster. Seine bloßen Füße spürten die Kälte nicht. «Lieber Gott, bitte mach, daß wieder einer drunterliegt», betete er inbrünstig.

Aber sein Gebet wurde nicht erhört. Die Bahn hatte mit blauverhängten Lampen einfach zwischen den zwei Haltestellen angehalten. Das war noch nie vorgekommen. Und jetzt lief eine junge Frau aus dem Schatten der Häuser auf die Straße, und der Schaffner sprang vom Wagen und küßte sie im hellen Mondlicht. Dann blieb die Frau allein zurück, und die Bahn setzte sich wieder in Bewegung.

Benbow hatte sich mehr erhofft. Enttäuscht schlüpfte er wieder in sein Bett. Er wunderte sich nur, daß die junge Frau so ausgesehen hatte wie seine Mutter. Natürlich konnte es seine Mutter nicht gewesen sein. Er hatte noch nicht viel Erfahrung, aber er wußte, daß Männer und Frauen einander nur küßten, wenn sie verlobt oder verheiratet waren. Und seine Mutter war seine Mutter und sonst nichts.

Deshalb dachte er nicht weiter darüber nach.

Sein Vater war ein Foto in einem silbernen Rahmen.

Das lag am Krieg. Benbow wußte nicht, was das war. Er wußte nur, daß die Erwachsenen immer ein bißchen weinten, wenn sie von Dad sprachen, vor allem Oma, Großtante Min und Tante Edith. Deshalb erwähnte Benbow seinen Vater auch nur, wenn er wirklich in der Klemme war und die Aufmerksamkeit von sich ablenken mußte.

Er hätte gern mehr gewußt. Aber niemand *erklärte* es ihm.

Oma Dorman sagte: «Er gab sein Leben für uns, mein Junge.»

Großtante Min murmelte: «Ich denke, er ist vielleicht besser dran als mancher, der zurückgekommen ist.»

Opa Dorman sagte seufzend: «Niemand hat größere Liebe denn die, daß er sein Leben läßt für seine Freunde.»

Und Benbows Mutter sagte: «So was Dummes – geht hin und läßt sich totschießen. Warum ist er nicht in der Munitionsfabrik geblieben, wie dein Onkel Albert!»

Aber niemand erklärte ihm, was der Krieg war. Und seine Verwirrung war noch größer geworden, als Großtante Min eines Tages gesagt hatte: «Wenn dein Vater damals nicht aus dem Krieg auf Urlaub gekommen wäre, dann wärst du heute nicht hier.»

Dann hatte Dad ihn also anscheinend im Tornister aus dem Krieg mitgebracht? Ratlos wandte er sich an seine Mutter. «Mam, Tante Min hat gesagt, ich wär nicht hier, wenn Dad damals nicht auf Urlaub gekommen wäre.»

Sie sah ihn an mit einem Blick, bei dem ihm bange wurde. «Die arme Alte», sagte sie. «Keine Ahnung hat sie.» (Oh, die Nacht in dem dumpfen kleinen Schlafzimmer, das angstvolle Warten auf die Morgendämmerung, denn am Morgen mußte er zurück in den Schlamm, in die Angst.)

Regen, Regen, geh doch wieder,
Komm an Mutters Waschtag wieder.

Die ganze Woche hindurch hatte Benbow das alte Liedchen vor sich hingesummt, wenn er mit plattgedrückter Nase am Fenster stand und den Wolken nachsah, die über die Schornsteine und die grauen Schieferdächer hinwegfegten. Und tatsächlich hing am Montagmorgen der Himmel wie eine nasse graue Decke über den Straßen. Das hieß, daß nachmittags beim Tee der Wäschetrockner vor dem Kaminfeuer stehen und es überall im Hause nach Seife und Dampf und nasser Wäsche riechen würde.

Der Montagmorgen war ihm sowieso verhaßt. Der Übergang war zu plötzlich. Sonntag – das hieß Braten mit Röstkartoffeln, ein Glas Limonade, bei gutem Wetter ein Spaziergang über den Spielplatz, wo er einen sehnsüchtigen Blick auf die Schaukeln warf, die sonntags alle hochgebunden waren, damit auch die Kinder den Feiertag heiligten, und abends saß man in der guten Stube am Klavier und sang Choräle, und Onkel Walter sang manchmal *Pale hands I loved, beside the Shally, Ma.*

Montag – das hieß Arbeit und kaltes Hammelfleisch mit Kartoffelbrei. Und der Montagmorgen war trostlose Düsternis.

Für Opa Dorman begann der Tag damit, daß er saubere Wäsche anziehen mußte. Ein lästiges Unternehmen. Die Hosenträger mußten durch die Schlaufen der langen wollenen Unterhosen gezogen werden, dann mußte er die Kragen- und Manschettenknöpfe an einem frischen Flanellhemd befestigen und ein sauberes, ungemütlich steifes Vorhemd anziehen. Aber schließlich hatte er es geschafft und kam nach unten.

In der Küche brannte schon ein helles Feuer. Dafür hatte Benbows Mutter gesorgt. Und sie hatte auch schon den Tisch gedeckt – für Oma und Opa. Benbow stocherte mit dem Löffel in seinem Brei herum. Seine Mutter war in der Waschküche und machte mit Reisig und der *Sunday Chronicle* Feuer unter dem großen Waschkessel.

«Sie will heute im Bett frühstücken, Nell», rief Opa ihr zu. «Sie fühlt sich nicht recht.»

«In Ordnung», sagte Benbows Mutter und warf eine Schaufel Kohlen aufs prasselnde Feuer.

«Heute nacht hat eine Straßenbahn draußen vorm Haus gehalten», verkündete Benbow.

Niemand beachtete ihn. «Sie hat keinen Appetit. Nur ein Stückchen Toast», sagte Opa. «Und Tee, natürlich.»

«Aber sie hatte keine Panne, und es hat auch keiner unter den Rädern gelegen.» Benbow gab sich alle Mühe, das Interesse der anderen zu wecken.

«Und ich hätte gern zu meinem Spiegelei den Rest Wurst von gestern, Nell», sagte Opa. «Wenn du sie mir ein bißchen aufwärmst.»

«Schön, Opa.» Nell blickte noch einmal in die züngelnden Flammen, dann ging sie in die Speisekammer und holte die graue Wurst. Opa nahm am Tisch Platz und schlug die *Daily Mail* auf. Benbow zog mit seinem Löffel das Bild des Sunny Jim auf dem Kraftflockenpaket nach. Dann sagte er: «Und als sie hielt, kam eine Dame und sprach mit dem Schaffner.»

«Du kannst mir ja 'ne Scheibe Brot mitbraten», sagte Opa.

Jetzt kam Benbows Mutter an den Tisch und fing an, Brot zu schneiden.

«Und der Schaffner hat sie umarmt und geküßt», fuhr Benbow fort.

Seltsam. Er hatte das schon manchmal bei Erwachsenen beobachtet: man konnte ihnen die interessantesten Sachen erzählen, und sie hörten überhaupt nicht zu. Wenn man dann aber noch irgendwas hinzufügte, konnte es geschehen, daß sie sich daran festbissen, als wäre es die Hauptsache.

Opa ließ jetzt die Zeitung sinken, nahm den Kneifer ab, setzte ihn wieder auf und starrte Benbow an. «Was sagst du da?» fragte er. Und Mutter blieb mit der Bratpfanne in der Hand wie erstarrt stehen.

«Ja», sagte Benbow, «sie hat draußen vor dem Haus angehalten. Eine von den offenen, ohne Verdeck.»

«Und was war das mit der Dame?»

«Die hat den Schaffner geküßt. Die Bahn mußte ganz lange warten.»

Mutter stellte die Pfanne wieder auf den Herd. «Woher weißt du das eigentlich, Benbow?» fragte sie mit strenger Stimme.

Wie üblich stellte sie genau die Frage, die er nicht hören wollte. Er sollte doch nach dem Zubettgehen nicht mehr herumstreunen, wie sie es nannte.

Aber diesmal rettete ihn Opa mit zwei Worten, die Benbow zwar nicht verstand, die sich aber höchst bedeutungsvoll anhörten und sogar Mutter von ihm ablenkten. «Taffy Evans», sagte Opa. «Klingt mir ganz nach Taffy Evans.»

Zu Benbows Überraschung erwiderte seine Mutter nichts darauf. Sie kam mit der Bratpfanne an den Tisch und schob das Spiegelei und die Wurst auf Opas Teller.

Benbow sah sie verwundert an. Das freundliche Gesicht seiner Mutter war plötzlich rot geworden. Sie schob sich eine blonde Haarsträhne aus der Stirn und ging wieder in die Waschküche.

«Taffy Evans», sagte Opa noch einmal. «Ich wette zehn Shilling, daß das Taffy Evans war.»

Er legte die Zeitung beiseite und machte sich an sein Frühstück. Nach jedem Bissen schlürfte er einen Schluck Tee durch seinen rötlichbraunen Schnauzbart. (Tee war sein Lebenselixier.)

Nell hockte vor dem Kamin und hielt Omas Toast

über die Flammen. Abwesend blickte sie in die Kohlenglut.

Benbow war noch mit seinem Gefährten beschäftigt, der ihm jeden Morgen beim Frühstück Gesellschaft leistete: Sunny Jim auf der Flockenpackung. «War das erste Mal», murmelte er, «daß die Straßenbahn direkt vor unserm Haus gehalten hat.»

Aber niemand hörte ihm zu. Die Erwachsenen hörten nie richtig zu – außer bei Dingen, über die man nicht gern sprach: dann wollten sie immer noch mehr wissen.

«Mindestens fünf Minuten hat sie angehalten», fügte er hinzu.

«Du sagst oben kein Wort davon, hörst du!» wies Opa seine Schwiegertochter an, die gerade das Frühstückstablett für Oma fertigmachte. «Es regt sie nur unnötig auf.» Dann betrachtete er das Tablett. «Oh, mach mir doch auch ein bißchen Toast, Nell.»

«Ja, gern. Ich will nur eben Oma das Frühstück bringen.»

Opa blieb mit wächsernem Gesicht sitzen. Sunny Jim, der Junge auf der Kraftflockenpackung, sprang wie jeden Morgen strahlend und mit apfelroten Wangen über das Gatter, und Benbow saß stumm auf seinem Stuhl im Mittelpunkt seines Universums, das auf der einen Seite bis zum Marktplatz und auf der andern bis zur Endstation der Straßenbahn reichte. Ein Universum aus ärmlichen Straßen und kleinen Läden, in dem Großeltern, Tanten und Onkel und Mam, Sonne, Mond und Sterne waren und Dad ein ferner blasser Stern, der sich im Nebel verlor.

Lange bevor Benbow und sein Universum existierten, hatte die hübsche Nell Griffiths eines Tages in ihrer Heimatzeitung in Wales in einer Anzeige gelesen, daß in den Midlands Verkäuferinnen gesucht wurden. Mutig hatte sie sich auf den Weg gemacht, und es dauerte nicht lange, da hatte sie drei junge Männer kennengelernt: Frank Hardy, Tom Dorman und Taffy Evans, der auch aus Wales stammte. Sie schloß alle drei in ihr Herz. Aber sie heiratete den stillen, gutmütigen Tom Dorman. Er stellte die kleine schüchterne Nell seiner Familie vor. Da waren seine Schwestern, Edith mit ihrem verkrampften Lächeln und die kühle, gleichmütige Alice, da war seine Mutter, die mit einer freundlichen Miene ihre Härte verdeckte, und da war Toms Vater, der verstohlene Blicke über ihren Busen gleiten ließ – kein Grund zur Sorge, denn er war ein treuer Kirchengänger, in dessen Augen Gin und Wollust gleichermaßen sündig waren. Tante Min erklärte in der Küche hinter vorgehaltener Hand (aber laut genug, daß Nell jedes Wort verstand): «Die Waliser hab ich nie gemocht. Alle falsch, taugen nichts . . .» Nur Tante Mabel, die immer ein bißchen nach Schweinestall und Grünkohl roch, hatte ein gutes Wort für sie. Sie musterte Nell beifällig, als wäre sie eine Sau auf dem Viehmarkt, gab ihr lachend einen Klaps auf den Hintern und sagte: «Gott steh dir bei, Kindchen, in dieser Familie! Aber Tom ist in Ordnung, glaub mir. Bei Tom wirst du's gut haben, Liebes.»

Dann kam die Zeit vor Benbows Geburt. Für Nell gab es nun keine grünenden Bergmatten mehr und auch keine Stimmen im Kirchenchor und keine Harfenmusik; ihr blieb nur der Stadtpark, wo der Rasen oft naß und schlammig war und wo an Winternachmittagen die Rufe der Sportler hallten und an Sommerabenden die Musik der Kapelle der Grenadier Guards ertönte: Opernpotpourri oder Indische Liebeslieder. Bis eines Tages die Musiker ihre roten Röcke auszogen und ihre Instrumente einpackten. Für Soldaten gab es jetzt andere Uniformen und andere Aufgaben.

Eine Welt, die für die Ewigkeit bestimmt schien, begann zu zerbrechen. Gelächter erstickte, lächelnde Lippen verzogen sich, als schmeckten sie Galle, und küßten nicht länger süß und sorglos, sondern in blinder Verzweiflung.

In Europa gingen die Lichter aus. Und in diese dunkle Welt wurde Benbow geboren.

«Was sollte ich bloß ohne dich machen, Nellie», sagte Oma und lehnte sich zufrieden in die Kissen zurück.

«Schreckliches Wetter heute morgen», meinte Nell. «Am besten, du bleibst im Bett.» Sie warf einen Blick auf das große Federbett und einen Augenblick beneidete sie Oma. Sie wandte sich der Tür zu.

«Oh, gib mir doch bitte noch meine Zähne, Nell», sagte Oma. «Da, auf der Kommode.»

Nell brachte ihr das Glas mit dem Gebiß und lachte ihr freundlich zu. Dann lief sie nach unten.

Oma widmete sich ihrem Frühstück. Sie hatte weiche blasse Wangen, doch ihre kleinen Augen wirkten kalt und hart wie Murmeln und die Lippen waren meist schmal zusammengepreßt. Weil sie seit sechzig Jahren alles und alle ablehnte, sagten manche. Weil sie ihr Leben lang leidend gewesen war, sagte Oma selber. Nicht, daß sie eine bestimmte Krankheit hatte. Sie war einfach leidend. Besonders natürlich an so naßkalten Tagen wie heute. Aber sie trug ihr Leiden mit Fassung.

Opa rollte seine frische Montagmorgen-Serviette zusammen und schob sie ungeschickt in seinen Serviettenring. Dann nahm er seine Zeitung, erhob sich und schickte sich an, in den Laden hinüberzugehen.

«Darf ich mit?» fragte Benbow.

«Ja.»

Benbow stand auf und folgte seinem Großvater. Er war jetzt fast vier, und Opa war vierundfünfzig, und beide hatten den gleichen steifen, gemessenen Gang. Was Benbow auch anhatte, es war immer fest zugeknöpft. Und die graue Tweedjacke mit dem Fischgrätenmuster, die er heute trug, saß so stramm über der Brust, daß er aussah wie ein gut verschnürtes Paket. Aber wer ihn gut kannte, hätte gesehen, daß das verschlossene Kindergesicht jetzt sogar eine Spur von freudiger Erregung zeigte. Denn der Laden war sein ganzes Entzücken.

In Opas Laden roch es nach Leim und frisch geschnittenem Holz, nach Polsterstoffen und Lack. Da gab es dreiteilige Möbelgruppen (langweilig), Tische (langweilig), Stühle (langweilig), Leimtöpfe (herrlich) und einen Druckerkasten (wunderschön), mit dem Opa die Preisschilder druckte und Benbow sich von oben bis unten schwarz einschmierte. Und hinten im Hof gab es einen Wagen, ein Pferd im Stall, ein WC und die Werkstatt, zu der ein paar Stufen hinaufführten. Und in der Werkstatt gab es Holz, Leim und George. George, der alte Gehilfe, war ein Muster an Mittelmäßigkeit, aber in Benbows Herzen besaß er einen festen Ruhmesplatz: er konnte sich den Mund mit dünnen Stahlnägeln vollstopfen und dann einen nach dem andern hervorziehen, um einen Stuhlsitz festzunageln. Für Benbow, der es selber heimlich probiert hatte, war das eine Leistung wie Feuerfressen oder Schwertschlucken.

«Darf ich mit dem Druckkasten spielen?» fragte er.

«Ja, aber schmier dich nicht ein», sagte Opa. Taffy Evans, dachte er. Ich freß 'n Besen, wenn das nicht Taffy Evans war!

Nach einer Weile meldete sich Benbow kleinlaut: «Du, Opa?»

«Ja, was ist?»

«Jetzt hab ich mich doch eingeschmiert.»

«Dann geh zu deiner Mutter», sagte Opa. Wäre die Arbeitsteilung nicht schon erfunden worden, hätte Opa das besorgt.

Benbow ging zu seiner Mutter hinüber und baute sich vor ihr auf. Schweigend – er war sparsam mit Worten. Er blickte nur an sich hinunter.

Nell folgte dem Blick. Auch sie sagte nichts. Bisher war alles glatt gegangen heute morgen. Sie hatte den Tisch abgeräumt, Oma frisch gebettet, das Tablett hinuntergebracht und das Geschirr abgewaschen. Dann hatte sie die schmutzige Wäsche der Familie eingesammelt, und jetzt machte sie sich daran, sie vorzuwaschen und zu kochen, zu spülen, zu stärken und später dann zu mangeln und zu bügeln. Außerdem mußte sie das Essen kochen. Aber das ging heute schnell, obwohl Schwiegervater etwas von geschmorten Zwiebeln gesagt hatte, die er gern zum kalten Hammelfleisch essen würde.

Und nun das hier. «Oh, Benbow», seufzte sie vorwurfsvoll, «das ist ja schrecklich. Du weißt doch –»

Zu Benbows großer Erleichterung klingelte es an der Tür. Es war Großtante Min. «Tag, Nell. Ich hab eben

Will drüben im Laden guten Tag gesagt. Er hat es mir erzählt – das mit Taffy Evans.»

«Ich wollte Opa gerade eine Tasse Tee rüberbringen», sagte Nell mit ruhiger Stimme. «Setz dich doch, ich mach dir auch eine.»

«Danke. Man stelle sich das vor! Hält einfach die Bahn an! Und dann noch diese Küsserei! Weißt du, wo der Kerl hingehört? In den Schützengraben!» Sie saß kerzengrade auf dem Stuhl und genoß ihre Entrüstung. «Ich möchte bloß wissen, wer das Mädchen war.»

«Wir wissen ja gar nicht, ob es überhaupt Taffy Evans war. Vielleicht hat Benbow die ganze Geschichte nur geträumt.»

Benbow war tief gekränkt. Er wußte sehr wohl, ob eine Straßenbahn angehalten hatte oder nicht.

Nell trat ans Küchenbord und nahm einen Becher herunter. Er war mit dem Union Jack und der Trikolore bemalt, und darunter stand «1915 – Gott erhalte unsere tapferen Jungen». Sie füllte den Becher mit starkem dunkelbraunem Tee, tat vier Sacharintabletten hinein, stellte den Löffel in den Becher und ging hinüber in den Laden.

Benbow sah seine Großtante an. «Wie geht's Mr. Bates?» fragte er höflich.

«Er macht's nicht mehr lange, Kleiner. Kein Wunder – er ist alt, und sie haben ihm fast alle Innereien rausgenommen.» Sie trank nachdenklich einen Schluck Tee. «Mich wundert's, daß er's immer noch macht.»

Benbow stellte sich Mr. Bates vor – grau und alt und ausgehöhlt. Und er starrte seine Großtante an.

Sie hatte kratzige Bartstoppeln und schiefe gelbe Zähne, mit vielen Lücken dazwischen, und man konnte sich gut vorstellen, wie sie nach ein oder zwei Wochen im

Sarg aussehen würde. Ihr rötliches Haar lag schütter und dünn über ihrem grindigen Schädel. Benbow mochte sie, weil sie so viele Geschichten wußte, Gruselgeschichten, wie er sie liebte, Geschichten, in denen Blut floß und die böse endeten, wahre Geschichten . . .

Geräuschvoll schlürfte sie den Tee durch ihre Zahnlücken. Dann beugte sie sich mit einem listigen Lächeln vor und sagte leise: «Ich wette, du hast die Straßenbahn gar nicht halten sehen. Du hast dir das alles bloß ausgedacht!»

«Nein, hab ich nicht.»

«Du weißt bestimmt nicht einmal, wie der Schaffner aussah.»

Es war Benbow noch nie in den Sinn gekommen, daß ein Straßenbahnschaffner anders aussehen konnte als eben ein Straßenbahnschaffner. Er schwieg.

Ohne ihn aus den Augen zu lassen, schlürfte Großtante Min einen weiteren Schluck Tee. Dann sagte sie betont beiläufig: «Und wie die Dame aussah, weißt du bestimmt auch nicht.»

«Doch!» erwiderte Benbow heftig.

«Wie denn?» zischte sie. «Wie denn?»

Aber Benbows Herz ging zuweilen seltsame Wege, und jetzt bockte er plötzlich. Er starrte angestrengt auf einen Stuhl und machte sich an der Lehne zu schaffen. Dann wechselte er listig das Thema: «Was die wohl mit Mr. Bates' Innereien gemacht haben.»

«Na, sicher haben sie alles in eine Flasche gefüllt und ein Etikett draufgeklebt. Sah die Dame so aus wie ich?» fragte sie kichernd.

«Nein, gar nicht.» Er schüttelte den Kopf. «Warum tun sie so etwas?»

Oh, dieser Teufelsbraten! «Na, falls sie mal zu viel rausgenommen haben, damit sie es ihm zurückgeben können. Willst du einen Bonbon?»

«O ja, bitte.»

Großtante Min langte in ihre Handtasche und zog mit der großen Geste eines Zauberkünstlers einen in Papier gehüllten Toffee heraus, den sie ihm vor die Nase hielt. «Denk mal nach, mein Schatz. Sah sie vielleicht so aus wie – wie deine Mam?»

Doch in diesem Augenblick kam seine Mutter wieder in die Küche. In Großtante Mins Augen flammte eine Sekunde lang Wut auf. Sie wollte den kostbaren Toffee wieder einstecken, aber es war zu spät. Nell, überrascht und erfreut ob der ungewohnten Großmut, sagte: «Sag danke, Benbow.»

«Danke.» Benbow wickelte den Toffee sofort aus und ließ ihn in seinem Mund verschwinden. Diesmal hatte Tante Min den kürzeren gezogen. Sie trank ihren Tee aus und verschwand.

Nell begann, die Druckerschwärze aus Benbows Sachen herauszuwaschen. «Was wollte sie denn wissen, mein Herz?» fragte sie, während sie rieb und scheuerte.

«Ach, wegen der Bahn. Und wie die Dame aussah, die den Schaffner geküßt hat.»

Nell rieb noch heftiger. «Und was hast du gesagt?»

«Gar nichts», sagte er gleichgültig, und dann erzählte er ihr aufgeregt: «Sie hat gesagt, sie haben Mr. Bates' Innereien in eine Flasche getan und –»

Sie schloß einen Augenblick die Augen und preßte seinen Kopf an ihre Brust. Geier, dachte sie. Lauter Geier – Tante Min, Edith, Oma, Opa. Lauter lauernde schwarze

Geier, die darauf warteten, über ihr Opfer herzufallen und es zu zerfleischen.

Taffy Evans war kein Ungeheuer. Aber er hatte zwei Fehler, für die es in den Augen der Leute von Ingerby keine Entschuldigung gab: er war Waliser, und er hatte Plattfüße.

Ein Waliser war für die meisten schon beinahe ein Ausländer. Deshalb war Taffy ihnen von Anfang an verdächtig. Sie trauten ihm alles zu. Sie hielten ihn für einen Wüstling, für einen Spion im Sold der Deutschen. Bei der Army hatte man ihn wegen seiner Plattfüße für kriegsuntauglich erklärt, und er hatte falsch darauf reagiert. Von einem Mann, dem so etwas widerfuhr, wurde erwartet, daß er sich auf dem Marktplatz heulend die Haare raufte und den Tag seiner Geburt verfluchte vor Wut und Verzweiflung darüber, daß er ‹nicht ins Feld durfte und den Hunnen eins auswischen konnte›. Statt dessen hatte Taffy Evans, der Dummkopf, über das ganze Gesicht gegrinst und gesagt: «Oh, fein! Ich hab noch nie Blut sehen können, vor allem nicht mein eigenes.» Und dann hatte er eine Stellung bei der Straßenbahn angenommen – auch wieder ein Fehler, denn wenn einer schon zum Kämpfen zu schwach war, dann ging er gefälligst in eine Munitionsfabrik und sorgte dafür, daß den Männern draußen an der Front die Kugeln nicht ausgingen. So war es nur natürlich, daß die Leute von Ingerby ihm alles in die Schuhe schoben, eine unerwünschte Schwangerschaft ebenso wie die Explosion in der Munitionsfabrik.

Den Dormans, die um Tom trauerten, war schon sein Name verhaßt. Er lebte, während Tom gefallen war. Sie wünschten ihm nichts Gutes. Großtante Min, die sich in Krankheit und Leiden auskannte, sprach für sie alle, als sie einmal sagte: «Wenn ihm seine Plattfüße doch wenigstens weh täten.»

Aber Nell hatte immer etwas übrig gehabt für den lustigen Taffy. Sie hätte es nicht in Worte fassen können, aber sie spürte, daß seine Keckheit, das, was die anderen an ihm so reizte, nur ein Deckmantel war für die Ängste eines schwachen Menschen in einer fremden, ja feindlichen Umgebung.

Ja, sie hatte immer etwas übrig gehabt für ihn. Wenn andere ihn heruntermachten, blieb sie stumm. Und wenn sie an ihn dachte, fiel ihr immer das Bank Holiday-Wochenende im August ein, das nun eine Ewigkeit zurücklag. Benbow war damals noch nicht geboren, und Tom war noch am Leben, und aus Wales war ihre Cousine Vanwy zu Besuch gekommen. Sie hatten den Wagen genommen und waren aufs Land hinausgefahren, zu einem richtigen Picknick. Die blonde, stämmige Nell sah immer ein bißchen so aus, als käme sie gerade aus der Backstube; aber Vanwy sah immer wie ein Gemälde aus mit ihrem rabenscharzen Haar, ihren rosigen Wangen und ihren großen dunklen Augen. Nell konnte man leicht vom Gesicht ablesen, was sie dachte oder fühlte. Was in Vanwy vorging, konnte niemand sagen.

Damit die Cousine Gesellschaft hatte, hatten sie auch noch Taffy, Toms Schwester Alice und ihren Verlobten Frank Hardy mitgenommen.

Es war ein trockener Sommer gewesen, die Felder waren ausgedorrt und verbrannt. Sengende Hitze lag über dem Land. Die Kühe standen in der Flußniederung und peitschten mit den Schwänzen. Die Pferde wieherten leise und hielten die Nüstern an die rauhe Borke der Bäume. Ein schmaler Pfad führte am Flußufer entlang; dort hielten sie den Wagen an und trugen die Körbe mit dem Essen in den Schatten einer mächtigen Eiche. Tom schirrte das Pferd aus und hängte ihm den duftenden Futtersack um den Hals. Das Pferd stampfte und schnaubte zufrieden. Sie packten die belegten Brote aus und füllten die Becher mit Ingwerbier aus dem großen Steinkrug. Wortlos begannen sie zu essen und zu trinken. Ringsum herrschte tiefer Friede, und Friede war auch in ihnen. Für Nell war dies vielleicht der glücklichste Tag, seit sie in die Midlands gekommen war – aus dem lieblichen Wales ins harte Flachland.

Leise rauschte der Fluß. Sie sprachen wenig. Nell lag ausgestreckt im Gras, den Kopf auf der Brust ihres jungen Ehemanns, und lächelte ihm zu, und wenn er zurücklächelte, so erschien ihr sein Gesicht wie warmer Sonnenschein – wie die Liebe Gottes. Schatten spielten auf Vanwys rosigen Wangen und auf den blassen Städtergesichtern der anderen. Nell blickte zu Alice und Frank Hardy hinüber, die ruhig und ernst miteinander sprachen. Wie mochte es sein, dachte sie neidlos, wenn man so wie Alice war: groß, hübsch, klug und verlobt mit einem so vornehmen Mann wie Frank Hardy. Sie betrachtete auch ihre Cousine. Vanwy saß neben Taffy Evans, etwas entfernt von den anderen. Die beiden sprachen leise miteinander, und manchmal lachte Vanwy hell auf. Morgen muß sie wieder nach Merioneth zurück, dachte Nell. Morgen ist alles vorbei. Denn morgen war wieder Alltag, Arbeitstag. «Ich wünschte, es könnte immer so weitergehen», sagte sie zu Tom und fuhr ihm sanft mit einem langen Grashalm über das Gesicht.

«Ja, warum auch nicht?» erwiderte Taffy Evans. «Wir sind doch noch jung, und es wird noch viele andere Sommer geben, oder?»

Vanwy wandte den Kopf und sah ihn keck und herausfordernd an. «Für mich nicht. Jedenfalls nicht hier, in den häßlichen Midlands.»

Er machte eine Faust und hielt sie ihr lachend vor das Gesicht.

Und wieder herrschte schläfriges Schweigen. Man hörte nur das Summen der Bienen, das vorsichtige Flattern eines Wasservogels, das Schwirren der Mücken. Dann sagte Tom mit ruhiger Stimme: «Aber es wird nicht immer so weitergehen. Es wird nicht mehr lange so weitergehen.»

In seiner Stimme war etwas, das Nell erschauern ließ. Sie setzte sich auf und sah ihm in die Augen. Doch jetzt sprach Frank Hardy. «Tom hat recht», sagte er. «Die Menschen vertragen das Wohlleben nicht.»

Alice sah ihn erstaunt an. «Du bist verrückt, Frank Hardy.»

«Nein, das bin ich nicht», sagte er geduldig. «Denk nur mal an die Lage auf dem Balkan. Da kannst du sehen, wie es schon anfängt. Die Menschen sind des Friedens überdrüssig.»

Nell wußte nicht, was er mit der Lage auf dem Balkan meinte. Sie las nur selten Zeitung. «Du meinst, sie mögen es nicht, wenn das Leben so schön und friedlich ist wie heute?»

«Sie mögen es schon.» Ein wenig Ungeduld schwang jetzt in seiner Stimme mit. «Aber irgend etwas treibt sie dazu, es alles wegzuwerfen.»

«Die Politiker machen die Kriege», sagte Tom.

«Nein, alle Menschen», erwiderte Frank. «Auch wenn wir eigentlich ganz zufrieden sind, drängt uns irgend etwas, das Leid, das Unglück zu suchen.»

«Ach, Frank», sagte Alice schmollend, «muß das nun sein – an einem so schönen Tag?»

Krieg – das also meinten sie, dachte Nell. Und Taffy sprang auf, schulterte seinen Stock und spazierte vor den anderen auf und ab, wobei er so tat, als blase er Trompete. Vanwy bog sich vor Lachen und gab ihm einen Schlag in die Kniekehle, so daß er das Gleichgewicht verlor. Er fiel auf sie, und eine Weile lang balgten sie sich wie junge Hunde, bis sie sich plötzlich voneinander lösten und einander anstarrten, ernst und herausfordernd.

«Ich nehme an, wenn wir heute abend nach Haus kommen, haben wir Krieg mit Deutschland», sagte Frank Hardy.

Nell erschrak. Frank Hardy war einer der wenigen Männer, die nur redeten, wenn sie etwas zu sagen hatten. Deshalb hörte man auf ihn.

Die Sonne ging unter. Still begannen sie, die Sachen einzupacken. Tom machte das Pferd los und schirrte es an. Nell blickte zurück zu dem Platz, wo sie gelegen hatten. Bekümmert wandte sie sich ab. Tom kam zu ihr. Sie schob ihre Hand in die seine. «Komm, mein Mädchen», sagte er, und sie gingen zurück zum Wagen. Aber einen Augenblick lang kam es Nell so vor, als habe sie all ihr Glück, in einem Bündel verschnürt, dort auf dem Picknickplatz liegen lassen.

Der Wagen quietschte, das Pferd trabte mit klappernden Hufen durch den stillen Abend. Taffy sang ihnen ein neues Lied vor, das gerade große Mode war, wie er behauptete. Es war ein fröhliches Lied, aber zugleich klang es irgendwie traurig. «It's a long way to Tipperary, it's a long way to go.» Aber wie lang der Weg war, das wußte niemand von ihnen.

2

Seit Benbows Enthüllungen über den nächtlichen Halt der Straßenbahn war Taffy Evans Gesprächsthema Nummer 1 in der Familie Dorman. Und Großtante Min, die mehrmals vorbeikam, war unermüdlich auf der Suche nach Spuren, die zu der fraglichen Dame führten. Am Mittwoch befand Opa, Oma sei nun gekräftigt genug, um die Neuigkeit zu ertragen. Taffy Evans, eröffnete er ihr, poussiere nicht nur, sondern er tue das sogar in seiner Dienstzeit. «Eine halbe Stunde hat die Bahn vor unserem Haus angehalten, als die beiden –»

«Unerhört!» sagte Oma. Und sie preßte die Lippen noch fester zusammen. Ihr Kinn bebte. «Einfach unerhört! Und ein Schlag für unsere tapferen Jungen im Feld.»

«Jawohl. *Und* für jede anständige Engländerin», ereiferte sich Opa. «Aber keine Sorge, Mutter. Ich werde an die Straßenbahnverwaltung schreiben.»

«Aber – das kannst du doch nicht!» sagte Nell entsetzt.

Die Blicke der beiden Alten richteten sich auf sie wie Scheinwerferstrahlen auf einen Zeppelin. «Und ob ich das kann», sagte Opa kalt.

«Aber wir wissen das doch alles nur von Benbow.

Und selbst wenn er es nicht geträumt hat – ihr wißt doch gar nicht, ob es wirklich Taffy . . . Mr. Evans war.»

«Es gibt nicht mehr viele Männer bei der Straßenbahn. Die meisten Schaffner sind heute Frauen. Außerdem –»

Benbow saß auf dem Fußboden und spielte mit seinen Bausteinen. Auf die endlosen Unterhaltungen der Erwachsenen achtete er nicht weiter, er hörte sie wie ein Bauer das Rauschen des Baches hört, der an seinem Hause vorbeifließt. Doch jetzt war er plötzlich hellwach. «Ich hab es nicht geträumt», sagte er tief gekränkt.

«Siehst du?» sagte Opa befriedigt.

«Und du willst wirklich einen Menschen unglücklich machen?» sagte Nell. «Bloß auf die Reden eines Kindes hin?»

«Wie sah die Dame denn aus, mein Schatz?» fragte Oma lächelnd und mit honigsüßer Stimme.

Nell wartete angespannt auf die Antwort. Sie bemühte sich, normal zu atmen und nicht rot zu werden. Aber Benbow hatte jetzt neun Bausteine aufeinander gestellt und versuchte gerade, einen zehnten obendrauf zu setzen – ein Unternehmen, das seine ganze Aufmerksamkeit beanspruchte. Er schwieg. Alle warteten. Oma wiederholte ihre Frage.

Der Turm schwankte ein wenig nach links, hielt sich, neigte sich nach rechts und fiel krachend in sich zusammen. «Verdammt!» rief Benbow laut und deutlich.

Taffy Evans war vergessen. Benbow hatte geflucht! Das würde Oma mindestens vier weitere Wochen bettlägerig machen. Wogen der Entrüstung und des Zorns schlugen über Benbow zusammen. Schließlich tupfte sich Oma die Augen und sagte: «Nie, nicht ein einziges Mal hab ich unsern guten Tom fluchen hören.» Dabei sah sie ihre Schwiegertochter anklagend an.

«Also, von mir hat er's bestimmt nicht», verteidigte sich Nell.

«Hat ja auch niemand behauptet, Nell», sagte Opa. Dann blickte er Benbow streng an. «Von wem hast du das Wort, Junge?»

«Von Großtante Min», erklärte Benbow freimütig.

«Aha.» Opa nickte weise. Min. Also Omas Familie.

Oma mochte leidend sein, aber sie besaß die Fähigkeit der meisten Ehefrauen, eine aussichtslose Verteidigungsstellung flugs aufzugeben und sich schnurstracks in die Offensive zu begeben. «Na, ich weiß jedenfalls, was ich getan hätte, wenn unser Tom jemals solche Wörter in den Mund genommen hätte. Gleich rauf ins Bett, ohne Abendessen.»

«Und ich weiß auch, was sie meint, wenn sie immer ‹Scheibenhonig› sagt», verkündete Benbow stolz. «Sie meint Sch-»

Ein weiterer Schock blieb Oma erspart, denn eine kühle Stimme unterbrach Benbow und sagte: «Ihr könnt mir mal guten Tag sagen. Ich hab nämlich nur eine halbe Stunde Zeit.»

Alle blickten auf. Alice in ihrem langen Schwesternmantel stand in der Tür.

«Hallo, mein Mädchen, komm rein», rief Opa. «Nell, mach Alice eine Tasse Tee, schnell. Und ich trinke auch eine mit, wenn du schon dabei bist.»

Alice setzte sich und nickte ihrer Schwägerin zu, ohne Benbow zu beachten. Dann wandte sie sich ihrer Mutter zu. «Du siehst blaß aus, Ma.»

«Sie hat sich aufgeregt», sagte Opa.

«Aufgeregt – worüber?»

Mit zitternder Stimme flüsterte Oma: «Benbow hat geflucht!»

«Oh, ist das alles?» fragte Alice ungerührt und fuhr Benbow mit der Hand durch das blonde Haar. «Du wirst noch schlimmere Dinge sagen, bevor du mal stirbst, mein Junge.»

Es gab also noch Schlimmeres, dachte Benbow erstaunt. Aus der Aufregung der Erwachsenen hatte er geschlossen, er habe bereits die tiefsten Tiefen erreicht.

Alice zündete sich eine Zigarette an. Oma und Opa übersahen es geflissentlich. Rauchende Frauen waren eines der vielen Übel, die der Krieg mit sich brachte. Opa sagte: «Dieser Taffy Evans hat sich wieder ins Gerede gebracht.»

Alice lehnte sich müde auf ihrem Stuhl zurück. Sie hatte seit sechsunddreißig Stunden kein Auge zugetan. Gierig zog sie an ihrer Zigarette. Dann zwang sie sich zu fragen: «Ja – und?» Drüben im Lazarett waren die Säle überfüllt mit Verwundeten, und hier im Haus ‹Omdurman› lebte jeder sein kleines beschränktes Leben, als gäbe es keinen Krieg. «Ja, und?» fragte sie noch einmal müde.

Man erstattete Bericht. Sie war so wenig beeindruckt, daß Benbow entrüstet beteuerte: «Ich hab's aber wirklich nicht geträumt, Tante Alice.»

«Aber woher denn, Kleiner. So was Dummes würdest du doch nie träumen, was?»

«Nein», sagte er erfreut. Es kam nicht oft vor, daß er in ihr eine Verbündete fand. Meistens schien sie ihn gar nicht zu sehen.

Nell kam jetzt mit dem Tee. Sie merkte, daß Alice sie musterte, und wie immer fühlte sie sich ihr unterlegen.

Und das lag nicht nur daran, daß sie selber nett und lieb aussah und Alice eine regelrechte Schönheit war. Es war eher das Gefühl, daß Alice sich nicht weiter für sie interessierte, was bis zu einem gewissen Grad auch stimmte. Alice interessierte sich für niemanden, der nicht im Sterben lag oder blind oder verkrüppelt war. Nell fragte und ärgerte sich sogleich, weil ihre Stimme fast schmeichlerisch klang: «Hast du etwas von Frank gehört, Alice?»

Alice nickte und atmete den Rauch durch die Nase aus – eine Fähigkeit, um die Benbow sie glühend beneidete. Er hatte es einmal mit einem Mund voll Rauch vom Kaminfeuer versucht, und es war ihm schlecht bekommen. «Ja. Es geht ihm gut. Er meint, Weihnachten ist alles zu Ende. Ach ja, er läßt euch beide schön grüßen. Und dich auch, Nell.»

«Danke», sagte Nell, und sie errötete vor Freude darüber, daß Frank sich an sie erinnert hatte. Oma sagte: «Das war doch aber sicher nicht alles.»

«Was soll er sonst noch schreiben?» fragte Alice bissig. «‹Gestern war ich zum Entlausen›? Oder: ‹Ich bring den Ratten neue Lieder bei›?» Benbow fand das so komisch, daß er sich vor Lachen auf dem Boden wälzte. Aber Oma sank in ihrem Sessel zusammen. «Da hast du es», sagte Opa vorwurfsvoll zu Alice. «Jetzt hast du sie aufgeregt.»

«Hier, dein Tee.» Nell brachte ihr die Tasse.

Alice trank hastig. «Mein Gott, so spät ist es schon? Ich muß schleunigst gehen. Wiedersehen, Dad. Wiedersehen, Ma. Ach ja, ist es euch recht, wenn ich Walter am Sonntag mitbringe?»

Oma und Opa sahen einander an, und Oma sagte: «Findest du es denn richtig, Alice? Wo Frank doch im Felde ist?»

Alice erhob sich schnell, knöpfte ihren Mantel zu und erwiderte: «Das Leben geht weiter, Ma, auch wenn Frank im Felde ist.»

«Oh, ich weiß nicht», sagte Oma und wandte sich hilfesuchend an ihren Mann. «Sag du ihr doch, daß es nicht recht ist, Dad.»

Opa zauderte. Als Ehrenmann hätte er vielleicht einem Zivilisten, der mit der Braut eines Soldaten ausging, das Haus verbieten müssen. Aber hier war mehr als Ehre im Spiel, nämlich hin und wieder ein Pfund Wurst oder ein Stück Schinken, das Walter, der Schlachter, Opa zusteckte. Es waren hungrige Zeiten. «Alice tut gewiß nichts Unrechtes», murmelte er.

Nell war froh. Der Gedanke, daß Frank an sie gedacht und ihr Grüße gesandt hatte, wärmte ihr das Herz. Sie hatte niemals einen Mann wie ihn getroffen, er war anders als alle anderen Menschen, die sie kannte. Groß und schlank, das Gesicht von tiefen Furchen durchzogen, mit großen traurigen Augen und leicht angegrautem Haar – mehr wie ein Filmheld als jemand, den man wirklich kannte.

Vor allem aber imponierte ihr sein Geist – er wußte und verstand einfach alles. Und trotzdem kam man sich bei ihm niemals klein und häßlich vor. Immer war er ernst, höflich und ruhig. Er behandelte einen wie eine Lady.

Fast so sehr wie Frank bewunderte sie Alice. Beide, fand sie, waren ihr in jeder Beziehung weit überlegen. Um so unbegreiflicher schien es ihr, daß Alice sich mit einem Mann wie Walter abgab. Es beunruhigte sie geradezu. Sie nahm an, daß sie zu wenig von der Welt wußte, um solche Dinge zu verstehen. Deshalb tröstete es sie, daß ein redlicher Mann wie Opa der Ansicht war, es sei nichts Unrechtes dabei.

Opa saß in dem stickigen kleinen Büro hinter dem Laden. Er nahm den Korken aus der Tintenflasche, zupfte ein Haar aus der Feder im Federhalter, stieß die Feder in die Tinte und begann zu schreiben. Er ging mit der Feder so um wie mit dem Meißel. Seine Schrift war groß und kräftig, aber ungleichmäßig. Immerhin, es gelang ihm klarzumachen, was er mitteilen wollte. So klar, daß am nächsten Abend der Inspektor im Straßenbahndepot sagte: «Evans – Sie sollen zum Chef kommen.»

Samstag abend. Nell saß in der Küche am Feuer, über sich die zischende Gaslampe, vor sich eine Tasse Tee, und las *Kipps*.

Sie war so glücklich wie sie es jetzt noch sein konnte. Benbow war im Bett und träumte – der Himmel mochte wissen, wovon, dachte sie mit plötzlichem Lächeln. Oma war versorgt, und Opa hatte sich auch endlich erhoben und war nach oben gegangen – ungern, denn das Recht, als letzter aufzubleiben, kam eigentlich *ihm* zu. Aber der Krieg änderte vieles. Man war nicht mehr Herr im eigenen Haus. Er hatte eine Weile herumgedruckst und schließlich gesagt: «Na, dann will ich auch mal raufgehen.»

«Recht hast du», hatte sie munter erwidert.

Grunzen. Ein letzter besorgter Blick im Zimmer umher. «Vergiß nicht das Licht.»

«Nein.»

Er ging mit schlurfenden Schritten zur Tür. «Alice hat es einmal die ganze Nacht brennen lassen.»

«Wirklich?» Es sollte erstaunt klingen, aber das war

nicht ganz leicht, denn die Sache mit Alice und dem vergessenen Licht gehörte ebenso zu den Familiengeschichten wie Omas Wespenstich und Toms gebrochene Nase.

Mißgestimmt ging er hinaus. Sie hörte ihn mit schweren Schritten langsam die knarrende Treppe hinaufsteigen und dachte plötzlich mitleidig: Der arme Alte – um hundertachtzig Pfund zwölf Fuß hoch zu heben, braucht man einen Flaschenzug, und er macht das bestimmt viermal am Tag. Immer wenn er aufs Klo muß oder ins Bett geht. Viele hundertmal im Jahr, der arme Teufel.

Oma und Opa. Alice, Edith. Tom hatte sie hierhergebracht, zu diesen fremden Menschen und hatte sie einfach dagelassen wie ein Stück Treibholz, das die Flut zurückläßt. Ein Haus voller Fremder. O ja, sicher, sie waren nett zu ihr. Nur Edith mochte sie nicht, aber sie zeigte es nicht offen. Ab und zu ein paar kleine Nadelstiche, verwunderte Blicke – aber auch das tat weh. Mit Oma ging es meistens. Und Opa: «Nell, du bist hier zu Hause. Hier ist immer ein Zuhause für Toms Frau.» Nicht für sie selber also. *Für Toms* Frau. Aber das war verständlich, denn sie war immer noch eine Fremde – fremd und verängstigt.

Was hatte sie also? Ein Dach über dem Kopf, genug zu essen und Gesellschaft. Nicht die Gesellschaft, die sie sich wünschte, aber sie war nicht allein. Und das war mehr, als Millionen anderer Menschen in dieser dunklen hungrigen Welt von 1918 von sich sagen konnten. Sie hatte Erinnerungen, die viele andere Mädchen dieser männerarmen Generation vielleicht nie haben würden. Sie hatte Benbow, ihren eigenwilligen unzugänglichen kleinen Jungen. Benbow war Toms Fleisch und Blut, und wenn er manchmal plötzlich strahlend lächelte, dann ging für sie die Sonne auf. («Wie seid ihr eigentlich auf den Namen Benbow gekommen?» hatte Edith einmal streng gefragt, und Nell hatte unsicher geantwortet: «Benbow war ein Admiral – jedenfalls gab es in einem Buch, das wir gelesen haben, ein Lokal *Admiral Benbow.*» Sie fühlte Ediths Blick, kalt und verächtlich. «Tom wollte es gern», hatte sie hastig hinzugefügt. «Er mochte das Meer so gern.» Tom, der das Meer nur vom Strand von Skegness kannte und das bißchen Wasser, das er von seinem Truppentransporter aus gesehen hatte, im Kanal. «Sie haben den Jungen nach einem Lokal in einem Buch genannt», hatte Edith später erzählt. «Als ich sie fragte, sagte sie, Tom wollte es. Landpomeranze aus Wales.» Edith war Lehrerin und wußte natürlich alles.)

Edith. Morgen abend kam sie. Morgen abend kamen alle, morgen war Sonntag. Der alte Mann in seinem guten Anzug – ausnahmsweise roch er nicht nach Leim und Holz – sagte dann: «Nun, Edith, wie wär's mit ein bißchen Musik? Und wenn wir ein paar Lieder gesungen haben, kommst du dran, Albert.» Oma, von Kissen gestützt, ließ ihre Blicke über das Liederbuch wandern und genoß den Sonntagabend, denn an diesem Tag ruhten ihre Unpäßlichkeiten. Großtante Min saß neben ihr. Sie hörte und sah alles und merkte es sich, um es später mit eigenen Zutaten weiterzugeben. Edith, streng und schmallippig, kam manchmal ohne ihren Ehemann Albert, immer dann nämlich, wenn er Nachtdienst hatte. Auch Großtante Mabel war da; ihren kleinen Bauernhof hatte sie in der Obhut des deutschen Kriegsgefangenen Siegfried gelassen, der ihr mit dem Vieh half und ihr – wollte man Tante Min glauben – auch die Einsamkeit der Nächte erträglicher machte. Benbow saß auf dem Fußboden und spielte, er hörte ihr endloses Reden, verstand wenig und sagte nichts.

Das Leben war erträglich für Nell – ganz erträglich. Aber die Sonntagabende in diesem Haus, die fremden Menschen, ihr lebhaftes Gerede und manchmal Streiten . . . und dann die Erinnerung an die Abende am Harmonium, nach dem Gottesdienst, an *Cwm Rhondda*, *Aberystwyth*, an die Chormusik und die wunderschönen Waliser Stimmen . . . die Sonntagabende waren blanke Verzweiflung.

Doch noch war Samstag und sie war allein und hatte die Füße hochgelegt und ein Buch vor sich.

Ein leises Klopfen am Fenster. Sie horchte. Noch einmal. Erschrocken legte sie das Buch weg.

Die Verdunkelungsvorschriften waren streng, denn die Behörden waren der Ansicht, daß ein hochgeschobenes Verdunkelungsrouleau die gesamte deutsche Luftflotte anziehen würde wie das Licht die Motte. Deshalb ging Nell auf den Flur, tastete sich an der Wand entlang zur Haustür und machte sie vorsichtig auf. In der Dunkelheit konnte sie nicht gleich etwas sehen. Eine Stimme flüsterte: «Bist du das, Nell?»

«Wer ist da?» flüsterte sie zurück.

«Taffy. Kann ich rein?»

«Taffy! Das geht doch nicht! Na, komm schon. Hier, nimm meine Hand.»

Sie hatte Angst, aber sie fühlte sich freudig erregt und irgendwie zufrieden, als er ihre Hand ergriff und sie ihn durch den dunklen Flur in die helle warme Küche führte. Er kniff die Augen zusammen und lachte unsicher.

«Du kannst nicht bleiben», sagte sie. «Das ist nicht recht. Nicht hier, in ihrem Haus.»

Er breitete die Arme aus und sagte bittend: «Komm doch her, Liebes. Komm und gib mir 'n Kuß.»

Aber sie blieb stehen. «Nein, Taffy, das geht nicht. Du hättest nicht kommen dürfen.» Und dabei sehnte sie sich genauso wie er nach ein wenig Liebe und Zärtlichkeit.

Er ließ die Arme sinken und stand verloren vor ihr. «Ich hab meine Stellung verloren, Nell. Irgendwer hat uns neulich gesehen – neulich abends, du weißt. Hat mich angezeigt.»

«Nein!»

«Ich möcht wissen, wer das war.» Er sah, wie sie erschrak, und versuchte wieder, sie in die Arme zu nehmen.

Ein Geräusch an der Tür. Dann sagte eine müde Stimme: «O Gott.»

«Alice!»

Sie kam in die Küche und ließ sich, ohne von den beiden Notiz zu nehmen, auf einen Stuhl fallen.

«Taffy kam gerade vorbei», sagte Nell hastig.

Alice sah sie gereizt an. «Ist mir doch völlig egal. Behalt es für dich. Versteh doch! Es ist mir egal, ob du mit ihm schläfst oder ob ihr einen Mord plant. Ich will es nicht wissen – ich will gar nichts wissen. Ich habe nur zehn Minuten Zeit und möchte Ruhe haben. Ruhe.»

Nell machte Taffy ein Zeichen und sie gingen auf Zehenspitzen zur Haustür. Er nahm ihr Gesicht zwischen seine Hände. «Wann kann ich dich wiedersehen?»

«Es geht nicht, Taffy. Im Augenblick nicht. Sonst gibt es Krach.»

«Meinst du, sie wird was sagen?»

«Alice? Ich weiß nicht. Sie ist ganz in Ordnung. Aber sie ist Toms Schwester.»

«Tom ist doch tot», flüsterte er mit plötzlicher Bitterkeit. Es war die Bitterkeit eines Liebenden, dessen Rivale durch seinen Tod unbezwingbar geworden war.

Sie schob ihn nach draußen und schloß die Tür. Dann ging sie in die Küche zurück. Alice saß zusammengesunken im Sessel, die Arme hingen wie tot über die Lehnen. Sie öffnete die Augen und starrte Nell an. «Warte, ich mach dir eine Tasse Tee», sagte Nell.

Sie stellte den Kessel auf das Herdfeuer, und er begann sofort zu singen, dann wärmte sie die Kanne und gab den Tee hinein.

Alice starrte sie immer noch an. «Stille Wasser sind tief», sagte sie, und es klang eher bewundernd als zurechtweisend.

Nell nahm den Becher mit der Aufschrift «Gott erhalte unsere Jungen». «Nein, bloß den nicht», sagte Alice. «Wenn er wirklich unsere Jungen erhält, tut er das auf seltsame Art.»

«Sieht wohl schlimm aus im Lazarett?» fragte Nell teilnahmsvoll.

«Ja.» Alice starrte sie immer noch an. «Von mir wird niemand etwas erfahren, hörst du.»

«Danke, Alice», sagte Nell steif.

«Sag bloß nicht immer ‹Danke›! Es ist mir einfach nicht wichtig genug», sagte sie gleichgültig. Sie trank ihren Tee und erhob sich dann mit steifen Beinen. «Ich werd unsern Helden sagen, daß du nach ihnen gefragt hast. Wiedersehn.» Und draußen war sie.

3

An diesem Oktober-Wochenende wurden die Uhren zurückgestellt. Alle atmeten erleichtert auf; die neumodische Sommerzeit war nicht beliebt, sie war gegen die Natur und gegen das göttliche Gesetz. Sie brachte das Wetter durcheinander und Opas Appetit und Omas Verdauung. Und außerdem war sie eine Erfindung der Deutschen . . .

Aber jetzt hatte man Gott sei Dank wieder die richtige Zeit, die englische. Die Gaslampen wurden angezündet, die dunkelblaue Verdunkelung heruntergezogen; hinter dem Messinggitter tanzten die Flammen im Kamin, und die schwarze Marmoruhr schlug gewichtig die Viertelstunden – alles war, wie es sich für einen gemütlichen Sonntagabend gehörte.

Benbow lag vor dem Kamin und ließ sich rösten. Er war dabei, ein Bild von Kaiser Wilhelm II. zu zeichnen; die Schnurrbartenden waren einen Fuß lang, aber der Helm mit dem Spieker wollte ihm nicht recht gelingen. Benbow ließ jedoch nicht locker. Er gab nicht leicht auf.

Die Unterhaltung war stockend, denn die Damen waren in der Küche beim Geschirrspülen, und nur Oma, Opa und Onkel Albert, im blauen Sergeanzug mit pompöser Uhrkette, hielten die Konversation aufrecht. Auf dem Sofa hatte sich Crystal, Ediths und Alberts einziges Kind, in eine Ecke gefläzt; sie streckte die Beine von sich und warf ab und zu geringschätzige Blicke auf Benbows künstlerische Versuche.

Onkel Albert als schwer wie Blei zu bezeichnen, hieße, dem Metall Unrecht zu tun. Sein Anteil an der Unterhaltung lief darauf hinaus, daß er das, was er in der Zeitung gelesen hatte, mit etwas anderen Worten salbungsvoll wiedergab. Nach längerem Schweigen sagte er jetzt: «Unsere Jungens haben wohl den Schlüssel zum Sieg in der Hand.» (*News of the World*: «Alliierte halten den Schlüssel zum Sieg».)

Oma blickte verstört auf, und Opa sagte: «Sie regt sich immer so auf, wenn vom Kriegsende die Rede ist.»

Ablenkungsmanöver duldete Onkel Albert nicht. «Bei Cambrai hat ein massiver Durchbruch stattgefunden», teilte er mit. (*Empire News*: «Hunnen müssen mit massivem Durchbruch bei Cambrai rechnen.»)

«Das bringt unseren Tom auch nicht zurück», sagte Oma leise. Was war das für ein Sieg, wenn das Kind, das sie geboren hatte, in flandrischer Erde schlief?

«Sie kann es nicht hören, wenn vom Kriegsende gesprochen wird», sagte Opa. (Alice hatte sich einmal gefragt, ob ihre Mutter wirklich wünschte, daß der Krieg so lange dauerte, bis jede Mutter in England und Frankreich und Deutschland das gleiche durchgemacht hatte wie sie. Und sie hatte die Frage erbittert bejaht.)

Schweigen. Dann fragte Opa: «Hast du schon gehört, von Taffy Evans?»

«Ja. Edith hat's mir gesagt.» Albert konnte nichts dazu sagen, denn die Zeitungen hatten nichts darüber geschrieben.

«Ein Schimpf für unsere Jungens draußen», sagte Oma.

«Ja, es passiert allerhand», sagte Albert. In den *News of the World* hatte so etwas gestanden.

«Was allerhand?» fragte Crystal mürrisch und schlug mit der Faust auf ihres Vaters Schenkel. «Allerhand was, Dad?»

«Das verstehst du nicht, Kind», sagte Albert.

«Warum versteh ich das nicht, Dad?»

«Was versteht sie nicht?» Seine Frau war aus der Küche gekommen.

«Wir sprachen gerade über Taffy Evans», teilte Opa mit.

«Ach, der!» sagte Edith gehässig. «Schämen sollte er sich!»

Auch die anderen Frauen kamen nun aus der Küche und wischten sich geziert die Finger an winzigen Taschentüchern ab. Sie setzten sich, glätteten die Röcke, blickten lächelnd in die Runde und sagten: «Das war's» und «Kalt da draußen» und «Viele Hände – schnell ein Ende.»

«Alice kommt aber spät heute», sagte Großtante Mabel.

«Typisch – zum Abwaschen ist sie nie da», bemerkte Edith spitz.

«Das Lazarett ist überfüllt», sagte Großtante Min. «Sie operieren rund um die Uhr, hab ich gehört.»

«Das mit diesem Walter ist wirklich die Höhe», meinte Mabel. «Was wird bloß Frank sagen, wenn er wiederkommt?»

«Viele Verwundete haben Gasbrand», warf Tante Min ein.

Benbow blickte interessiert auf. Doch er kam nicht dazu, das Thema weiter zu verfolgen, denn Edith zupfte etwas affektiert an ihrem Haar herum, das in Schnecken über ihren Ohren lag, setzte sich ans Klavier und gab mit

Verve ein Arpeggio zum besten. Sie spielte nicht ganz so gut wie sie glaubte, aber zweifellos besser als jeder der Anwesenden, und das machte sie praktisch zu einem Paderewski. «Noch ein Kirchenlied, bevor Alice kommt?» fragte sie. Edith, die Lehrerin, meinte, ihre Klasse immer beschäftigen zu müssen, und sie wußte, daß ihre Schwester Alice nichts mehr von Lobgesängen hielt. «Was möchtest du gern hören, Mutter?»

«Sie hat sich ein bißchen aufgeregt», sagte Opa. «Dann hört sie gern: *So nimm denn meine Hände.*»

Edith schlug einen Akkord an, und Oma seufzte: «Tom hätte nie auf dem Boden gelegen, wenn wir Kirchenlieder singen. Er hatte viel Sinn für Religion, unser Tom.»

Nell packte Benbow unter den Armen und zog ihn hoch. «Sing mit!» flüsterte sie ihm zu.

Benbow verlor selten Zeit mit Gekränktsein – er sang also brav mit, genauso, wie er folgsam aufs Klo ging, oder Oma einen Kuß gab, oder sich die Zähne putzte oder ein erschütterndes kleines Gedicht aufsagte, das mit den Worten begann: «Vater, die Turmuhr hat eins geschlagen, o laß uns nach Hause gehn . . .» Er folgte allen Anweisungen ohne Murren.

Edith führte die Stimmen. Albert glaubte (und sie selber glaubte es heimlich auch), sie sei eine zweite Patti, aber die anderen waren nicht dieser Meinung. Walter verglich sie eher mit einem D-Zug, der in einen Tunnel einfährt. Aber verglichen mit Opas ohrenbetäubendem Schreien und Omas zittrigem Krächzen, und auch mit Nells ungeschulter heller Waliserstimme, konnte sich Edith völlig sicher fühlen. Nach *So nimm denn meine Hände* ließ sie ein Solo folgen: *«Ach, Lenker der Zeiten, o laß mich die Jugend noch einmal sehn.»* Alle waren tief beeindruckt, sie selber auch. In dem Schweigen, das ihrem Lied folgte, hörte man nur, wie Großtante Min schmatzend an ihrem Toffee lutschte. Onkel Albert sprach für alle, als er sagte: «Unsere Edith nimmt es mit jeder Opernsängerin auf.»

«Alice kommt aber wirklich spät», meinte Großtante Mabel.

«Sie sind eben überfüllt», sagte Min.

Nells Gedanken waren noch bei dem Lied: *Die Berge und Wälder, die weiten, ich möchte noch einmal sie gehn.* Nie hatte sie schönere Worte gehört. Noch einmal ... noch einmal das Picknick, bei dem sie zum erstenmal etwas vom Krieg gehört hatte – von diesem Krieg, der wie eine Lawine das Leben der kleinen Leute zerstörte. Noch einmal ein Samstagnachmittag, an dem sie zusah, wie Tom Fußball spielte ... Aber Tom würde nie wieder hinter einem Ball herlaufen. Nie wieder. Es gab kein noch einmal – höchstens im Traum. Kein Zurück, nur den Blick nach vorn, in eine harte Welt. Sie hielt ihren Sohn an sich gepreßt, ihren kleinen unzärtlichen Jungen, und das Herz wurde ihr schwer von ungeweinten Tränen.

«Was möchtest du noch hören, Mutter?» fragte Edith in der stillen Hoffnung, man werde sie um eine Zugabe bitten.

«Nacht der Sorgen und der Schmerzen», erwiderte Oma.

Davon hielt Benbow nichts. Für seinen Geschmack hatte die *Nacht der Sorgen und der Schmerzen* wenig zu bieten. «Kann ich mit meinen Bausteinen spielen?» flüsterte er.

«Nein, nicht am Sonntag, Liebling», sagte Nell. «Das hat Oma nicht gern.»

Benbow sang also weiter mit. Aber er rutschte dabei so unruhig hin und her, daß Großtante Min leise sagte: «Nell, ich glaube, er muß mal.»

«Mußt du mal, Benbow?» flüsterte Nell.

Benbow nickte.

«Dann lauf schnell. Laß die Tür offen, damit du was sehen kannst.»

«Bringe Trost in unsere Herzen», sangen Oma und Opa und blickten Benbow verärgert nach, als er eilig hinauslief. Der Blick, den Oma seiner Mutter zuwarf, sagte deutlicher als alle Worte, daß Tom nie, niemals mitten in der *Nacht der Sorgen und der Schmerzen* aufs Klo gegangen wäre.

Im Flur war es fast dunkel, nur durch die offene Tür kam etwas Licht, und oben an der Treppe brannte die kleine Nachtlampe.

Der enge kleine Flur kam Benbow plötzlich groß vor. Bestimmt saß irgendwo ein Gespenst im Schatten. Benbow, der eben noch so stolz gewesen war, daß er sich vor dem Singen gedrückt hatte, bekam es mit der Angst. Mit scheuen Blicken sah er sich um, und es kribbelte ihm im Nacken, als er sah, daß sich nahe an der Haustür etwas bewegte. Er hörte ein Seufzen, machte kehrt und ging festen Schrittes zurück in die Helle des Wohnzimmers, das Kinderherz erfüllt von dunklem Schrecken.

«Mach ein End mit Qual und Pein», sangen sie gerade, und dann sahen sie das weiße Gesichtchen und vergaßen darüber das Amen.

«Was ist denn los, mein Liebling?» fragte Nell und streckte ihm die Arme entgegen.

«An der Haustür steht was. Es hat sich bewegt», stammelte FBenbow.

Bei den meisten Kindern hätten die Erwachsenen gesagt: er phantasiert. Aber das kam bei Benbow nicht in Frage. «Was war's denn, Benbow?» fragte Nell.

«Ein Gespenst», sagte er mit schwankender Stimme.

Onkel Albert, außer Opa der einzige Mann im Zimmer, legte eine Hand auf die Sofalehne und richtete sich ein wenig auf; damit aber meinte er bereits genug getan zu haben und lehnte sich wieder zurück. Immerhin könnte es ein entflohener deutscher Kriegsgefangener sein, und das Einfangen von Hunnen gehörte nicht zu seinen Aufgaben – seine Aufgabe war es, am Leben zu bleiben und Munition herzustellen. Das war einer seiner wenigen eigenständigen Gedanken.

Von Opa erwartete niemand, daß er etwas tat – er selber am allerwenigsten. Er verdiente das Brot und hatte noch nie einen Teller abgewaschen oder ein Bett gemacht oder jemandem die Haustür geöffnet. Er wurde zu Hause bedient wie ein Pascha. «Sieh doch mal nach, Nell», sagte er.

«Laß die Tür offen, damit du was sehen kannst», fügte Oma hinzu.

«Man hört heute so viel von Vergewaltigung», sagte Min.

«Was ist das, Vergewaltigung, Dad?» fragte Crystal und ließ ihre Faust wieder auf den Oberschenkel ihres Vaters sausen. «Sag's mir, Dad, was ist Vergewaltigung?»

«Das verstehst du nicht, Kindchen», gab Albert zurück.

«Bleib hier, Benbow», sagte Nell und ging hinaus in den Flur.

Irgend etwas war da tatsächlich. Nell ging tapfer auf die Haustür zu. Vielleicht ein Mantel an einem vergessenen Haken . . .?

«Geh weg, du Schnüffelziege!» zischte eine Frauenstimme.

«Oh, entschuldige!» flüsterte Nell bestürzt. Der arme Frank Hardy! Das war nicht fair. Dabei ist Alice ein guter Kerl, viel besser als ich, dachte Nell. Wenn sie es für richtig hält, muß es wohl richtig sein. Nell wandte sich um und kehrte ins Zimmer zurück, wo sieben fragende Gesichter ihr entgegensahen. Nell ging zu ihrem Stuhl und setzte sich.

«Nun?» fragte Opa.

«Alles in Ordnung. Es war bloß ein Mantel, glaube ich.»

«Es war kein Mantel, Mam. Es hat sich bewegt.»

«Wenn es ein Einbrecher war, wird er nach oben gegangen sein», sagte Großtante Min.

«Nein, es war bestimmt nichts», versicherte Nell.

«Meinst du nicht, du solltest mal raufgehen und nachsehen, Albert?» fragte Edith.

«In der Küche ist eine Kerze, Albert», meinte Oma. Sie hielt den Vorschlag für eine gute Idee.

«Da oben ist bestimmt niemand», entschied Albert, der es auch gar nicht so genau wissen wollte.

«Es ist wirklich alles in Ordnung», beteuerte Nell. In diesem Augenblick hörte man, wie die Haustür geöffnet und gleich darauf lärmend zugeschlagen wurde, dann laute Schritte und laute Stimmen im Gang. «Klingt wie Alice und Walter», sagte sie erleichtert.

«Wird auch Zeit», meinte Mabel, die ungeduldig auf Walter gewartet hatte. Er brachte immer Leben in die

Bude, fand sie. Die *Nacht der Sorgen und der Schmerzen* war nicht gerade ein Spaß gewesen.

Alice und Walter kamen ins Zimmer. Alice hatte eine böse Falte zwischen den dunklen Augen; sie warf Nell einen herausfordernden Blick zu. Und Walter machte – vielleicht zum erstenmal in seinem Leben – einen unsicheren Eindruck. Beide sahen etwas zerdrückt aus und schienen irgendwie gereizt. Jedenfalls kam es Nell so vor.

«Du kommst spät, Kind», sagte Oma. «Mit dem Singen sind wir schon fertig.»

«Gott sei Dank», murmelte Alice, und laut sagte sie: «Es kam gerade ein neuer Schub.» Sie schob eine Haarsträhne aus der Stirn. «Kaputtgeschossen bis auf die Knochen, alle, und blutverschmiert, aber selig, daß sie wieder in der Heimat sind.»

Niemand sagte etwas. Schrecklich, wie Alice sich jetzt immer ausdrückte, seit sie im Lazarett arbeitete. «So gewöhnlich», fand Oma im stillen. «So hat sie früher nie geredet.»

Walter, der bisher ungewöhnlich schweigsam gewesen war, grinste jetzt Benbow an. «Na, was macht denn der kleine Hindenburg?» Er hielt ihm seine beiden leeren Hände hin, drehte sie ein paarmal hin und her und husch! die linke Hand hielt eine Bonbontüte.

«Danke», sagte Benbow. So etwas wie Ehrgefühl gab es für ihn noch nicht. «Du, Onkel Walter, da war was vorn an der Haustür – hast du es gesehen?»

«Nein, mein Junge, hab ich nicht. Na, geht's allen gut? Oma, Sie sehen prima aus – wie siebzehn.»

Oma erstrahlte und sah auf einmal wohler aus als seit Monaten. Walter bemühte sich, auch die anderen von der Haustür abzulenken. Händereibend wandte er sich an

Nell, Edith und die beiden Großtanten. «Also nein – ich weiß nicht. So viel Schönheit auf einem Haufen. Ist ja wie bei einer Miss-Wahl.»

«Ach, setz dich hin und halt die Klappe, Walter», sagte Alice gereizt. Sie war müde und erschöpft. Sie wollte in Walter einen guten Freund sehen, einen Mann mit ein bißchen Geld, der sie manchmal für eine kleine Weile die Ströme von Blut und den unablässigen Kampf gegen die Schmerzen der Verwundeten vergessen ließ. Aber jetzt sah sie ihn mit den Augen der anderen: als den lauten Grobian, der er in Wirklichkeit war. In ihrem Blick lag Verachtung, als sie ihn ansah: den untersetzten Mann mit dem runden fleckigen Gesicht, nur zehn Jahre älter als sie, aber trotzdem schon in fortgeschrittenem Alter, laut und vulgär. In diesem Augenblick haßte sie ihn. Sie haßte auch Nell, weil sie sie bei den paar Minuten gestohlenen Liebesglücks überrascht hatte. Sie haßte ihre ganze fromme Familie, die Kirchenlieder sang und zu einem Gott betete, der zuließ, was sie täglich im Saal 4 erlebte. Sie haßte Frank Hardy, weil er all das besaß, was Walter nicht hatte, und was sie im stillen so sehr bewunderte. Und am meisten haßte und verachtete sie sich selber.

Walter setzte sich, wie befohlen, und spreizte die Wurstfinger auf den breiten Knien. Aber die Klappe hielt er nicht. Das konnte er nicht, wenn er sich so unsicher fühlte wie jetzt. Beflissene Freundlichkeit rann ihm aus allen Poren. «Erinnern Sie mich dran, Dad – ich hab was für Sie in der Manteltasche. Vom Osterhasen, haha.»

Wenn Walter ihn bloß nicht immer Dad nennen wollte, dachte Opa. Er war ja nicht mal verlobt mit Alice, und würde es auch nie sein, solange Frank Hardy den Bomben und Granaten entkam. Und so auffällig brauchte er es auch nicht zu machen. Opa durfte sich schließlich nichts zuschulden kommen lassen – er war Vorbild für die anderen. Niemand konnte behaupten, daß er Wurst ohne Marken billigte: er aß sie bloß so gern, das war alles. Und ein Mann, der sie mit deutlicher Abneigung entgegennahm, konnte doch wohl etwas Diskretion erwarten. Walter hatte aber auch gar kein Schamgefühl, fand Opa.

Alice setzte sich neben Edith, die ein Stückchen zur Seite rückte – scheinbar, um ihr Platz zu machen. Aber an Alice haftete ein – ein Geruch. Nun ja, Albert roch nach Eisenspänen, Dad nach Holz, Walter nach Fleisch und Mabel nach Schweinen. Aber Alice roch nach Lysol und Chloroform und Morphium – und nach noch etwas anderem, das einen nervös und unruhig machte.

Edith wußte nicht, daß es der Tod war.

Großtante Min lehnte sich zurück und sagte: «Sie haben Taffy Evans rausgeschmissen, hab ich gehört.»

«Geschieht ihm recht», meinte Edith. Hatte sich das zu unchristlich angehört? Sie wechselte lieber das Thema. «Albert hat ein neues Gedicht. Nicht wahr, Albert?»

«Jemand hat an die Bahn geschrieben, hab ich gehört, und von der Küsserei neulich berichtet», fuhr Min fort.

Alle Blicke wanderten zu Opa, der ruhig im Sessel saß. «Kann sein», sagte er.

Edith setzte sich ans Klavier. «Komm, trag's doch vor, Albert.»

Albert rührte sich nicht. Niemand im Zimmer rührte sich. Es war, als senke sich in dem stickigen Raum eine eiskalte Wand zwischen Nell und dem alten Mann herab. «Warst du das, Dad?» fragte sie ungläubig. «Hast du ihnen geschrieben?»

Opa starrte ins Feuer, die breiten Finger zupften an den Spitzenschonern auf den Sessellehnen. «Ich hab gehört – es hat jemand getan», murmelte er ohne aufzublicken.

Nells Stimme wurde zu einem Flüstern: «Du warst es also, Dad», sagte sie und erhob sich. Mißbilligende Blikke trafen sie. Benbow sah zu ihr auf. Sie legte ihm die Hand auf den Kopf und flüsterte: «Bleib hier, Liebling.» Sie ging hinaus in die Küche, drehte das Gas höher und setzte sich an den Küchentisch.

Alle waren konsterniert. So etwas von Nell, die immer friedlich und freundlich war und nie vergaß, was sie der Familie ihres toten Mannes schuldete. Ja, ja, das walisische Blut! Nur Großtante Min war anderer Ansicht; sie ahnte schon lange etwas. Sie saß da wie ein Geier kurz vor dem Sturz auf die Beute und lutschte an ihrem Toffee.

«Na, dann laß hören, Albert», sagte Opa müde. Man sah ihm an, wie tief gekränkt er war. Was für eine Enttäuschung! Alle wußten, wie sehr er Undankbarkeit verabscheute. Sie waren alle auf seiner Seite. Auch sie verabscheuten Undankbarkeit . . .

Edith schlug ein paar Töne an. Albert erhob sich, trat ans Klavier, knöpfte sein Jackett zu, knöpfte es wieder auf, setzte den Kneifer auf die Nase, zog ein Blatt Papier aus der Tasche und las:

«Im Schützengraben. Heini – ein Held ohne Ruhm.»

Edith schlug ein paar Akkorde an. Albert räusperte sich und begann mit feierlicher Stimme:

«Heini war mein bester Freund
Mit feuerrotem Haar –»

Alice ertrug es nicht länger. Sie ging ebenfalls in die Küche und ließ sich auf den Stuhl am Gaskamin fallen. Sie sah Nell an und sagte: «Noch eine Minute länger, und ich hätte mich übergeben. Dieser Kerl, dieser – Munitionsarbeiter hat die Frechheit, von Schützengräben zu reden! ‹Heini, ein Held ohne Ruhm›», sie ahmte ihn nach. «Geradezu obszön, so was.»

«Oma gefällt es aber», sagte Nell sanft.

«Er sollte selber draußen sein und uns mit seinem armseligen Komödiantenauftritt verschonen.» Plötzlich schlug ihre Stimmung um. «Mit Taffy mußt du vorsichtig sein, Nell. Sie kommen doch dahinter.»

Nell sagte: «Tut mir leid, daß ich euch vorhin gestört hab, da draußen an der Tür. Nur . . . nimm's mir bitte nicht übel, Alice – ich find's nicht richtig, weißt du.»

Alice flammte auf wie ein Zündholz, ihre dunklen Augen sprühten Funken. «Na klar findest du's nicht richtig! Glaubst du denn, ich find's richtig, verdammt nochmal? Daß ich mich wie eine Schlampe benehme mit diesem – diesem . . .» Mit zitternden Fingern zündete sie sich eine Zigarette an, und zog tief den Rauch ein. Dann grinste sie plötzlich. «Das war recht, Nell – du imponierst mir, und du hast natürlich völlig recht. Es war nicht deine Schuld, das da draußen an der Tür.» Sie lachte ein leises sanftes Lachen. «So was geht nie gut aus. Und ich . . . mein Gott.»

«Man weiß nicht wohin, nicht wahr», sagte Nell verständnisvoll. «Immer nur dunkle Ecken und Hausflure. Liebe müßte warm und friedlich sein, und ohne Angst. Aber so wird es vielleicht nie wieder.»

Alice blickte sie nachdenklich an. «Komm, mach uns eine Tasse Tee, Mädchen.»

Sie blieben in der Küche sitzen und tranken ihren Tee. Alices plötzliche Freundschaft war für Nell das Schönste, das ihr seit Toms Tod widerfahren war. Der Tee war heiß und stark und süß. Nell betrachtete Alices blasses müdes Gesicht und wartete sehnsüchtig auf ein Lächeln. Endlich sah Alice sie an und verzog die Lippen zu einem kleinen Lächeln, starrte aber, als schäme sie sich der Gefühlsaufwallung, gleich wieder wortlos in ihre Teetasse.

So blieben sie sitzen, beide überrascht von der neuen Kameradschaft. Die ganze Zeit fürchtete Nell, gleich werde Walter hereinstürzen und alles verderben. Erst als sie hörte, wie Edith zu *Ein Wölkchen aus Staub* ansetzte, wußte sie, daß sie noch mindestens eine Viertelstunde Frist hatten, denn so lange mußte Walter den *Indischen Liebesliedern* zuhören.

«Was ist das?» fragte Alice plötzlich.

Sie lauschten. Von draußen kam ein langgezogener Ton, klagend und doch bedrohlich, ein einzelner Ton in der leeren Nacht. Alice riß die Tür zum Wohnzimmer auf und befahl: «Sei still, Albert.»

Albert hatte gerade die Stelle erreicht, an der sich zwei blasse Hände um seinen Hals schmiegten, und wie immer legte er sein ganzes Gefühl und seine ganze Stimmgewalt in die erschütternden Worte. Verwirrt brach er ab. Edith warf ihrer Schwester einen bösen Blick zu und ließ beide Hände auf die Tasten fallen.

«Horcht doch», sagte Alice. «Extrablatt.»

Sie lauschten. Jetzt hörten sie alle den fernen geisterhaften Ruf, der ihnen vier Jahre lang gute und böse

Nachrichten angekündigt hatte. «Extrablatt! Extrablatt!» Ein Zeitungsjunge rief es durch die leeren, verlassenen Straßen, einsam wie ein Vogelruf über kahlen Ebenen. «Lauf schnell und hol eins, Nell», sagte Opa. Er suchte in der Tasche nach einem Penny, fand aber keinen.

«Ich geh schon.» Nell lief in den Flur und holte Hut und Mantel.

«Darf ich mit?» fragte Benbow und beobachtete, wie sich die Mutter zwei lange Hutnadeln in die Haare schob. (Wieder etwas, das er vergeblich versucht hatte. Bei ihm taten sie weh.)

«Ja», sagte Nell und nahm damit Oma, Edith und Großtante Min den Wind aus den Segeln, denn sie alle hatten schon den Mund geöffnet, um zu sagen: «Natürlich nicht, Junge, dafür bist du viel zu klein.»

Sie gingen.

«Na, ich weiß nicht», sagte Oma mißbilligend. «Als Tom so klein war, haben wir ihn jedenfalls nachts nicht auf die Straße gelassen.»

«Er wird's auf der Brust kriegen», unkte Großtante Min.

«Nicht mal 'ne Mütze hat er auf», sagte Edith.

«Wird wohl der Durchbruch sein», meinte Albert. «Ihr könnt mir glauben, der Hunne ist am Ende seiner Kräfte.» (*The People.*)

«Bloß unser Tom kommt nicht wieder», sagte Oma.

«Vielleicht auch 'n Waffenstillstand», warf Walter ein.

Albert verzog die Lippen und schüttelte den Kopf. «So weit sind sie noch nicht. Der Deutsche kämpft bis zum letzten Mann, das sage ich euch.» (*Daily Mail*)

Sie warteten. «Wird wohl 'ne Weile dauern, bis sie

wieder hier sind», meinte Opa. «Ich glaube, er war erst oben an der Derby Road.»

«Crystal hat uns lange nichts vorgetragen», sagte Oma.

Bei Crystal bedurfte es keines Zuredens. Sofort stand sie vor dem Kamin und fing mit lauter Stimme an zu deklamieren: «Kleinchens erstes Weihnachtsfest.» Neckisch stach der Zeigefinger in die Luft, die goldblonden Locken schwangen, der volle rote Mund lächelte schelmisch, nur die Augen blieben hart. «Weihnachtsglocken, süß und lind, erstes Fest für unser Kind.»

Oma wischte sich eine Träne aus dem Auge. Opa hörte nicht zu; ihm machte die Enttäuschung über Nell noch zu schaffen. «Immer ein Zuhause für Toms Frau», hatte er zu ihr gesagt. Und so wurde es ihm gedankt!

Albert und Edith saßen hochaufgerichtet da. Sie waren stolz auf ihre Tochter, und Albert war insgeheim überzeugt, daß er, Edith und Crystal es mit jeder dieser sogenannten musikalischen Darbietungen aufnehmen konnten.

Für Benbow hatte auch der Krieg seine guten Seiten. Da war zum Beispiel die Leuchtplakette, die man während der Verdunkelung am Mantelaufschlag trug.

Während sie durch die Nacht liefen, blickte er glücklich auf die kleine erleuchtete Scheibe herab. Seine eine Hand steckte fest in der seiner Mutter, die andere hob er dicht an das leuchtende Rund und beobachtete, wie seine Finger sich bleich und geisterhaft bewegten. Aufregend war das. Die Nacht um ihn war tiefschwarz, im ganzen belagerten Land gab es nur ein Licht: den winzigen Mond an seinem fest zugeknöpften Mantel. Es war ein weiches Licht, freundlich und voller Trost. Er liebte es sehr.

Doch seine Mutter war froh über die Dunkelheit und die Nachtluft, die kühl und rein auf ihrem Gesicht lag. Mit erhobenem Kopf ging sie der leichten Brise entgegen. Wie gern wäre sie immer so weitergegangen, weg von dem harten ungütigen Haus und seinen ungütigen Bewohnern, weg von dem heuchlerischen alten Mann, dem Taffy es verdankte, daß er seine Arbeit verloren hatte – für immer. Sie wollte weitergehen, den Westwind im Gesicht, und immer weiter, bis der Weg anstieg und sie rings um sich dunkle Hügel sah, die heimatlichen Hügel, die nach Meer rochen . . . Wie lange war das her. Wenn sie doch noch einmal die Hügel hinauflaufen könnte, bevor sie zu alt war zum Laufen! Eine Träne rann ihr über die Wange, und das Heimweh saß wie ein Stein in ihrer Brust, im Magen, hinter den Augen. Tom hatte Wales und seine Hügel nie gesehen. Immer hatte sie sich vorgenommen, ihm alles zu zeigen, ihn stolz zu Hause vorzuführen. «Hier – das ist Da. Und dies ist Mam.» Lachen und Liebe und freundliches Willkommen. Aber Tom war tot, und Da und Mam waren tot, und mit ihnen war ihr Traum gestorben.

Der Ruf des Zeitungsjungen hatte sich entfernt: aber plötzlich war noch ein zweiter da, in der nächsten Straße. Ganz in der Nähe. Fast zu nahe. Der Augenblick der Freiheit, des Alleinseins, des Träumens von einem unerreichbaren Glück war so süß gewesen . . . Aber sie wandte sich dem Jungen zu, war mit ein paar Schritten bei ihm und kaufte die Zeitung. Ihr Pflichtbewußtsein trieb sie zurück ins Haus, wo der alte Mann sicher schon auf das Blatt wartete.

Er las es und fingerte verärgert an seinem Kneifer. Alle warteten. Er blickte auf und nahm das Glas ab. «Die Deutschen haben die U-Boot-Blockade aufgegeben», sagte er.

«Ist das alles?» fragte Edith.

«Alles?» wiederholte Opa erstaunt. Er hatte plötzlich eine beseeligende Vision – Würste, wahre Wurstberge, nicht nur zwei dünne Würstchen in feuchtem Papier, die heimlich aus einer Manteltasche gezogen wurden, sondern dicke, fette Würste, die zu Gebirgen aufgebaut waren in den Schaufenstern. Und nicht nur Würste: Schinken, Säcke mit Mehl und Zucker, Butterberge, aus denen man Schlösser bauen konnte. (O die Samstagabende vor dem Krieg, wenn man die Derby Road hinunterging, vorbei an den erleuchteten Schaufenstern voller Lebensmittel, Schweinefleisch und Rinderfilets und Innereien und Kalbsfüße und Schwarzsauer! Eine untergegangene Welt . . . Aber vielleicht könnte sie jetzt, wo die U-Boote ausgeschaltet waren, doch noch einmal wiederkommen.

Walter war nicht sehr erfreut über die Meldung. Wenn die Mittel knapp waren, kam man als Mann mit Initiative gut voran. In normalen Zeiten konnte jeder Idiot verkaufen. Aber um sich in schlechten Zeiten etwas mehr als seinen Anteil zu sichern und genau zu wissen, welche Kunden man bevorzugen und welche man kurzhalten mußte, dazu brauchte man schon besonderes Geschick, brauchte man Talente, die im Frieden nicht benötigt wurden.

«Das spart uns Verbandstoff und Brandbinden drüben», sagte Alice. Eine solche Bemerkung hörten die anderen nicht gern.

«Unseren Tom bringt es nicht zurück», sagte Oma bitter. Und Opa erklärte salbungsvoll:

«Es bedeutet sehr viel mehr, mein Kind. Es bedeutet, daß dieses Land nicht mehr am Rande einer Hungersnot leben muß.»

«Befreit aus dem Würgegriff der U-Boote», sagte Albert. Wenn er nicht einfach zitierte, redete er gern in Schlagzeilen.

«In diesem Haus habe ich von Hungersnot noch nicht allzuviel bemerkt», sagte Alice halblaut.

«Ja – weil du keine Ahnung hast, mein Kind», gab Opa schnell zurück. «Du bist ja nie hier. Und du kannst mir auch nicht erzählen», dies mit einem Seitenblick auf Walter, «daß du die ganze Zeit im Lazarett bist. Wenn du dich hier mal sehen läßt, kriegst du immer was Gutes, das stimmt. Aber das haben wir uns für dich vom Munde abgespart! Du weißt nicht, wie wir uns einschränken, wenn du nicht hier bist. Frag nur Nell.»

Schweigen.

Nell spürte, wie Alice sie amüsiert und ironisch ansah.

«Na, Nell?»

«Was denn?»

«Ich frag dich. Wie Dad gesagt hat.»

Es hing etwas in der Luft. Der alte Mann, der sonst nicht zum Überschwang neigte, hatte erregt und mit zornigen Augen gesprochen. Und Nell, sonst immer so ruhig und sanft und jetzt vielleicht noch ein bißchen trunken vom Nachtwind und von ihren sehnsüchtigen Träumen, die einsame, herumgestoßene Nell sagte, plötzlich aufsässig, mit gelassener Stimme:

«Einen kenne ich jedenfalls, dem nichts abgeht.»

Opas Pupillen umwölkten sich, das Weiße seiner Augen glich alten unsauberen Bettlaken. Einen Moment warf er Zornesblicke auf Nell, dann wandte er den Blick ab und zog die Uhr heraus. «Ist meine Wärmflasche drin, Nell?» Sie nickte. «Na, dann will ich mal gehen. Nacht, Walter, Nacht, allesamt.» Mit gesenktem Blick schlurfte er aus dem Zimmer, alt, beim ersten Trompetensignal geschlagen. Zum Gefecht taugte Opa nicht mehr.

4

Danach brachen alle auf und tasteten sich durch die dunkle Nacht nach Hause. Auch Edith, Albert und Crystal.

«Nell nimmt sich allerhand heraus, finde ich», sagte Edith böse.

«Ich glaube, ‹Heini› hat ihnen gefallen», meinte Albert, der mit seinen Gedanken noch bei den künstlerischen Darbietungen des Abends war.

«Alice bestimmt nicht», widersprach Edith scharf. «Aber der gefällt ja so leicht überhaupt nichts.»

Alice und Walter traten in einen dunklen Torweg, in dem, wie sie von anderen Gelegenheiten her wußten, überall alte Fahrscheine, leere Zigarettenhülsen und Glasscherben herumlagen. Müde lehnte sich Alice an die Mauer. Sie hob die Arme, langsam, als wären sie mit Blei gefüllt, und legte sie Walter auf die Schultern. Plötzlich umschlang sie ihn heftig und preßte ihre Lippen so fest auf seinen Mund, daß es schmerzte.

«Ich muß Sie bitten weiterzugehen», sagte eine Stimme und richtete den Strahl einer mit blauem Papier abgedunkelten Taschenlampe auf ihre erschreckten Gesichter. «Los, gehen Sie weiter.»

«Herrgott nochmal!» rief Alice, als sie sich aus Walters Armen freimachte. Es klang wie ein Schrei der Verzweiflung.

«Wir tun doch nichts Böses», protestierte Walter.

«Ach, komm bloß mit!» rief Alice und lief los. Walter lief hinter ihr her.

«Alice! Warte doch! Es ist doch nicht meine Schuld! Dieser verdammte Copper –»

Sie hörte ihn gar nicht. Sie lief weiter, blindlings und atemlos. An den Stufen zum Lazarett holte er sie ein und versuchte, sie festzuhalten. «Alice! Ich konnte doch nichts dafür, ich . . .»

Sie riß sich los, stürzte durch die Eingangstür, zog sich den Mantel aus und betrat, immer noch keuchend und außer Atem, den Saal 4. Die Verwundeten blickten sie an, ohne Erstaunen, ohne Interesse.

Großtante Min fuhr mit der Straßenbahn nach Hause.

«Ich dachte, das wäre Taffy Evans' Schicht, am Sonntagabend», sagte sie harmlos lächelnd zu der jungen Schaffnerin, die ihr den Fahrschein gab und dann kopfschüttelnd sagte:

«Den werden Sie hier nicht wiedersehen, Miss.»

Großtante Min tat erstaunt. «Wieso? Er ist doch nicht etwa eingezogen worden?»

«Na, dann wär der Krieg sicher bald zu Ende! Nein, entlassen haben sie ihn.»

«Tatsächlich?» Vertraulich zwinkerte sie mit den Augen. «Aber Sie dürfen sicher nicht sagen warum, nicht wahr? Ich sollte lieber gar nicht erst fragen.» Sie kicherte und entblößte ihre verkümmerten Zähne.

«Wegen Poussierens.»

«Wegen Poussierens?» Min lachte genüßlich. «Na, wenn das ein Grund zur Entlassung ist, dann haben wir bald keine Schaffner mehr.»

Die Bahn war jetzt leer, Großtante Min war der einzige Fahrgast. Sie saß als einzige auf der langen Bank und klopfte auffordernd mit der Hand auf den Platz neben sich. Die kleine Schaffnerin setzte sich zu ihr und spielte mit ihrem Fahrscheinlocher. «Ja – aber es war in der Dienstzeit», sagte sie dann und lachte verstohlen.

«Das ist was anderes. Eine Frechheit, so was.» Sie wühlte in ihrer Handtasche. «Mögen Sie 'n Toffee?»

«Danke. Ich bewahr's mir auf, für später, wenn ich darf.»

«Na klar.» Großtante Min lächelte freundlich. Sie war gerade im Begriff, die nächste Frage zu stellen, als die Bahn an einer Haltestelle hielt. «Entschuldigung», sagte die Schaffnerin und ging auf die Plattform, wo sie stehen blieb, auf ihre Uhr blickte und wartete. Großtante Min kochte vor Ungeduld. Wieder warf die Schaffnerin einen Blick auf die Uhr, dann zog sie zweimal an der Klingelschnur, und die Bahn setzte sich wieder in Bewegung. Großtante Min lächelte ihr breit entgegen und klopfte wieder einladend auf den Nebensitz; aber die Schaffnerin hatte ihren Notizblock und einen Bleistift gezückt und war dabei, ihre Blocknummern aufzuschreiben. Sie wich

Mins eindringlichen Blicken aus. Min saß da, murmelte vor sich hin und fuhr mit der Hand über die Holzbank. Endlich kam ihre Haltestelle; sie stand rechtzeitig auf, aber die Bahn schwankte so, daß sie auf den Sitz zurückfiel. «He, Miss!» rief sie laut.

Die Schaffnerin blickte von ihren Zahlen auf und kam ihr eilig zu Hilfe. «Entschuldigen Sie, Kindchen», sagte Min. «Meine Beine, wissen Sie. Sie sind nicht mehr das, was sie mal waren.»

Die Schaffnerin half ihr beim Aufstehen, und Min stützte sich fest auf sie, als sie zusammen durch den Wagen gingen. Ihr Mund war dicht am Ohr der Schaffnerin, die vor dem warmen übelriechenden Atem den Kopf abwandte. «Wer war denn die Glückliche?» flüsterte Großtante Min.

«Welche Glückliche?»

Sie hatten die Plattform erreicht, als die Bahn hielt. Min blickte auf die Stufe hinunter. «Sie müssen mir runterhelfen, Kindchen. Taffy Evans Glückliche, meine ich.»

Die Schaffnerin sprang auf die Straße und streckte ihr die Arme entgegen, um sie zu halten.

«Taffy Evans Glückliche», wiederholte Min etwas lauter.

«Ach so. Tom Dormans Witwe», sagte die kleine Schaffnerin. «Kommen Sie, kommen Sie, wir müssen weiter.»

Doch plötzlich war Großtante Min wieder Herr über ihre Gelenke. Sie sprang zu Boden. «Danke schön, Kindchen. Vielen Dank für alles.»

Die Schaffnerin war mit einem Satz wieder auf der Plattform und zog die Klingelschnur. Rasselnd und äch zend setzte sich die Bahn wieder in Bewegung. Großtante Min stand auf dem Gehweg, sah ihr nach und leckte sich die Lippen. Sie glich aufs Haar einem Hund, der sich soeben den saftigsten Knochen seines Lebens geholt hat.

Auch Großtante Mabel fuhr mit der Bahn nach Hause; aber sie fuhr bis zur Endstation, wo die Schaffner für Unterhaltungen keine Zeit hatten. Der Fahrer riß die Kurbel aus der Halterung, ging damit eilig ans andere Ende des Wagens, setzte sie dort wieder ein und machte sich bereit für die Fahrt in entgegengesetzter Richtung. Währenddessen nahm die Schaffnerin den Strombügel heraus und setzte ihn hinten unter Zischen und Funkensprühen wieder in die Oberleitung.

«Vorsichtig, Kindchen!» rief Mabel. «Sonst denkt der Kaiser, wir machen hier Feuerwerk für ihn.»

«Gute Nacht, Miss Carter», rief die Schaffnerin. «Und seien Sie schön brav, hören Sie?»

«Ich werd's versuchen!» rief Mabel lachend zurück. Fröhlich summend kehrte sie der Stadt den Rücken und schlug einen schmalen Weg ein, der bald zu einem matschigen Trampelpfad voller Pfützen wurde. Mabels kleiner Hof lag in einer Moorgegend, wo es weder Glockenblumen noch Heidekraut gab, und auch keine blaue Ferne. Es war ein öder Landstrich am Rand der Stadt, ohne Bäume, mit verwahrlosten Anwesen und grobem Schilfgras, leeren Konservendosen und verrosteten Fahrrädern, tellerflach und ohne Gesicht.

Aber Mabel liebte den Platz. Sie liebte ihre Schweine und die Kohlköpfe und den Rosenkohl, der in langen Reihen stand, wie zerlumpte Soldaten; und natürlich liebte sie ihr windschiefes kleines Ziegelsteinhaus, das so gar nicht hierher in die Kargheit zwischen Stadt und Land paßte.

Sie stapfte weiter. Bald sah sie, wie sich ihr Haus schwarz gegen den dunklen Himmel abhob. In der Küche war ein schwaches Glimmen zu sehen, schwächer noch als das erste Tageslicht: eine Kerze, weit weg vom Fenster, schimmerte durch die Netzgardinen. Dieser verdammte Siegfried, dachte sie plötzlich gerührt und erfreut und belustigt, ein Leuchtsignal für seinen verrückten Kaiser.

Siegfried Braun war sehr erleichtert gewesen, als er gefangengenommen wurde. Er hielt nicht viel vom Schützengraben. Kanonen ängstigten ihn und Unteroffiziere auch. Und im Grunde seiner bayerischen Seele hatte er auch für den preußischen Wilhelm nicht allzuviel übrig.

Als er sich dann in einer Arbeitseinheit wiederfand, die den feindlichen Boden Englands beackern und bestellen sollte, war er selig. Er gehörte nicht zu den klügsten. Preußen oder England – das war für ihn kein großer Unterschied: beide waren fremd und weit weg von seinen heimatlichen bayerischen Bergen.

Als der Lagerkommandant ihn dann auswählte und als Hilfsarbeiter auf den Hof einer Miss Mabel Carter schickte, betrachtete er das als besondere Ehre. Er wußte nicht, daß der Kommandant ihn für zu feige hielt, einen Fluchtversuch zu unternehmen. Und sollte er es doch versuchen, würde er bestimmt nur bis zum nächsten Dorf kommen . . .

Auch Mabel Carter war froh, daß sie nicht nur Hilfe, sondern auch Gesellschaft bekam. Sie war von Natur aus ein umgänglicher, freundlicher Mensch; Siegfried Braun – sie nannte ihn nur «Sieg» – teilte alle ihre Mahlzeiten und, wenn man ihrer Schwester Min glauben wollte, auch ihr Bett. Im Lager der Kriegsgefangenen achtete man jetzt im Herbst 1918, als das Kriegsende in Sicht war, nicht mehr so genau auf das Kommen und Gehen der Gefangenen. Aber selbst Großtante Min hatte bisher nicht gewagt, Oma und Opa ihren Verdacht mitzuteilen. Die beiden Alten hätte glatt der Schlag gerührt, wenn sie sich Omas jüngste Schwester in den Armen eines Hunnen vorgestellt hätten.

Mabel betrat das Haus und zog im Gehen ihren Mantel aus. «Hallo, Sieg!» rief sie. «Nachturlaub?»

Langsam kam Siegfried in einer formlosen grauen Uniformhose in den Flur geschlurft. «Hallo, Meebl», grinste er und zeigte die starken weißen Zähne.

Damit war die Unterhaltung erschöpft. Siegfried hatte nicht genügend Grips, um Englisch zu lernen; und Mabel mochte sich zwar darüber hinwegsetzen, mit einem Staatsfeind zu schlafen, aber seine Sprache zu lernen, das kam überhaupt nicht in Frage. So saßen sie zusammen am Tisch, stumm und zufrieden, und lächelten einander nur manchmal liebevoll zu.

Der Oktobertag ging zu Ende. Noch donnerten an der Westfront die Geschütze, im Lazarett stöhnten die Verwundeten im Schlaf. Der Wendepunkt des schrecklichen Völkerringens kam näher.

In dem überhitzten kleinen Zimmer hinter dem Laden saß Opa und mühte sich mit seiner Buchführung ab. Ein Kessel stand schief auf dem kaputten Ofenring. Ein Leimtopf hing an einem Haken; rundherum lagen Etiketten und Preisschilder und Muster von Mokett und Linoleum und Teppichstoffen. Auf einem Papierstapel auf dem Tisch stand eine Dose Kondensmilch, daneben eine offene Tüte mit Zucker, in der ein nasser Löffel in die Höhe stand. Die Tüte war ein Geschenk von Walter, das Opa sogleich für den Laden annektiert hatte. In einer Familie war so ein bißchen Zucker sofort verbraucht, während es bei ihm wochenlang reichte und ihm täglich den Tee versüßte. Außerdem standen noch zwei Tassen da und ein kleines Tee-Ei, das gerade für eine Tasse Tee reichte.

Opa war unwirsch; die Sache von gestern abend ging ihm nicht aus dem Kopf. Diese Nell! Was mochte bloß in sie gefahren sein? Ging einfach aus dem Zimmer, und das bloß, weil vermutlich er es war, der an die Bahn geschrieben hatte wegen Taffy Evans. Marschiert einfach ab in die Küche – und dann diese Bemerkung über einen, «dem nichts abgeht». Unglaublich!

Er sah Nell noch vor sich, wie sie damals das Telegramm in Empfang nahm, es öffnete, dann ihn und Oma ansah und mit tonloser Stimme sagte: «Tom. Er ist gefallen.» Wie sie das Telegramm sorgfältig wieder in den Umschlag schob und damit nach oben verschwand, in ihr Zimmer. «Tom. Er ist gefallen.» Weniger hätte sie nicht sagen können, dachte er abfällig. Sie hatte überhaupt keine Gefühlsregung gezeigt – ganz anders als seine Frau, die von der Nachricht geradezu niedergeschmettert worden war, und als er selber, der sofort versucht hatte, Nell zu trösten: «Toms Frau wird hier immer ein Zuhause haben, Nell», hatte er gesagt. «Wir werden seinen Namen nie vergessen. Mach dir keine Sorgen, Nell, ich weiß, was ich meinem armen Jungen schuldig bin.» Und noch vieles andere. Ja, er hatte sich wirklich bemüht. Und wie hatte sie es ihm gedankt? Mit dem kaum verhüllten Vorwurf, er habe jemanden um Arbeit und Brot gebracht. Und er sei «einer, dem nichts abgeht». Völlerei also – und beides am selben Abend.

Er war kühl gewesen, beim Frühstück; und als er in den Laden ging, hatte er nur gesagt: «Ich mach mir meinen Tee selber, Nell.» Der Junge hatte mitgehen wollen, aber er hatte das abgelehnt. «Nein.» Konfrontationen ging er lieber aus dem Wege. Er zog es vor, seinen Groll zu schüren, hier und da ein Stückchen Holz oder ein paar Kohlen nachzulegen und alles schließlich mit einer Schaufel Kohlengrus zuzudecken; auf diese Weise glomm es noch tagelang, und er konnte sich eine ganze Weile an der warmen Glut seines Grolls wärmen.

Die Ladenglocke ging, laut und heftig. Opa horchte erstaunt auf, denn Montag morgens vor zehn kam sonst kaum ein Kunde. Aber ein Blick in den im richtigen Winkel aufgestellten Spiegel belehrte ihm, daß es kein Kunde war, sondern Großtante Min.

Schnell schob er die Zuckertüte in die Schublade. Wenn sie Tee trinken wollte, mochte sie ihre Sacharintabletten nehmen. Damit waren seine Empfangsvorbereitungen beendet, und er machte sich wieder an seine Rechnungen.

Das Knarren der Fußbodendielen im Laden kündigte an, daß Großtante Min auf dem Weg ins Hinterzimmer war. Als sie eintrat, nahm Opa den Kneifer ab und lehnte sich zurück. «Tag, Min.»

Schwer atmend ließ sie sich auf einen Stuhl fallen. Er erhob sich, schob den Kessel näher ans Feuer, wischte mit einem Finger die heruntergelaufene Milch von der Dose, leckte den Finger ab und stellte die Milchdose wieder auf den Rechnungsstapel. Er füllte das kleine

Tee-Ei mit Tee, legte es in seine eigene Tasse, goß kochendes Wasser darüber, nahm das Ei heraus, legte es in Mins Tasse und goß ebenfalls kochendes Wasser darüber.

«Danke», sagte Min.

Er wartete.

«Wie geht's Lizzie?» fragte Min.

«Es geht so. Hat sich aufgeregt, gestern abend.»

Min verzog die Lippen. «Nell, natürlich.»

Er nickte. Beide schwiegen. Dann sagte Min:

«Du erinnerst dich doch noch an diese Sache mit Taffy Evans? Und dieser Frau, neulich nachts?»

Er wartete.

«Eure Nell war das, Gott sei's geklagt», sagte Min. Ihre schmierige Selbstzufriedenheit ließ falsche Teilnahme gar nicht erst aufkommen.

Langsam schob Opa seine Tasse zurück. Er ließ seine Schwägerin nicht aus den Augen. «Du meinst – neulich nachts? Als die Straßenbahn angehalten hat?»

Sie nickte mit schmalen Lippen. «Eure Nell», sagte sie hämisch.

Er schwieg so lange, daß sie schon fürchtete, mit ihrer Nachricht etwas Irreparables angerichtet zu haben. Endlich sagte er langsam: «Unser Tom. Unser Tom – und seine Frau läßt sich mit diesem – Kerl ein!»

Für Großtante Min war Klatsch und Tratsch reiner Selbstzweck. Sie verfolgte keine böse Absicht damit. Und wenn sie den Ruf eines Menschen oder gar sein Leben zerstörte, war das nur eine Nebenerscheinung. Zuhören und weitergeben, das war alles für sie. «Ich wußte, es würde dich treffen, Will», sagte sie jetzt. «Aber ich fand, du müßtest es wissen.»

«Ja. Danke.» Er grübelte weiter. «Das größte Opfer, Min. Tom hat das größte Opfer gebracht – sein Leben hat er geopfert, stell dir das vor. Und sie geht mit Taffy Evans! Wer hat's dir gesagt?»

«Eine von den Schaffnerinnen.» Min erhob sich. «Soll ich's den anderen sagen, Will?»

«Nein. Nein, das sage ich ihnen.»

«Wie du meinst», sagte sie enttäuscht. Immerhin, was sie heute morgen erlebt hatte, war so wundervoll, daß sie es in ihrem einsamen Zimmer noch tausendmal durchkosten würde. Und sollte ihr einmal zufällig ein Wort entschlüpfen: *sie* konnte keiner im Verdacht haben. «Wiedersehen, Will. Gute Besserung für Lizzie.»

Er schien sie schon vergessen zu haben. Sie ging durch den Laden nach draußen, und die Glocke tanzte wild, als sie die Tür hinter sich schloß. Er goß die Teereste ins Feuer und wischte die Tassen mit einem Stück Löschpapier aus. Dabei sah er im Geist Nell und den Jungen auf der Straße stehen und flehentlich zu ihm herüberblicken, und sich selber sah er mit erhobenem Zeigefinger auf der Türschwelle stehen und rufen: «Fort mit dir! Du hast das Andenken meines Sohnes geschändet!»

Er würde es ihr schon beibringen. Nur durfte man die praktische Seite nicht ganz außer acht lassen. Er und Lizzie brauchten jemand im Hause. Überdies war er nach dem, was gestern abend vorgefallen war, nicht so sicher, daß er wirklich kurzen Prozeß mit ihr machen konnte. Natürlich, wenn er sie vor die Tür setzte, mußte sie gehen, das war klar. Aber vielleicht hatte auch sie ihm noch einiges zu sagen, bevor sie ging. Und er schätzte keine Auseinandersetzungen.

Mabel und Siegfried waren dabei, den Schweinestall auszumisten, als Siegfried sich plötzlich aufrichtete, grunzte und auf den Sandweg wies. Mabel blickte auf. «O Gott, Min», murmelte sie. «Was will die denn hier?»

Min brannte ebensosehr darauf, ihre Geschichte loszuwerden, wie sie darauf brannte, Siegfried kennenzulernen. Allein die Tatsache – deutscher Kriegsgefangener hilft alleinstehender Kleinbäuerin – ließ allerlei ahnen. Und Min mit ihrem untrüglichen Sinn für Pikanterien war fest überzeugt, sie brauche ihre Schwester und diesen Siegfried nur einmal zusammen zu sehen, dann wisse sie *alles*.

«Min – was für eine Überraschung», sagte Mabel.

«Tag, Mabel. Das ist also Siegfried?» Neugierig musterte sie den Deutschen. «Ihnen gefällt's wohl hier, was?» fragte sie mit breitem Lachen.

Mabel, die die Motive ihrer Schwester durchschaute, sagte: «Gib dir keine Mühe, Min. Er versteht kein Wort Englisch.»

Min war enttäuscht. Sie blickte aber weiter mit wissendem Lächeln von Siegfried zu Mabel.

Als es Mabel zu dumm wurde, sagte sie: «Willst du nicht Guten Morgen sagen, Siegfried?»

«Guten Morgen», sagte Siegfried, richtete sich kerzengerade auf, schlug die Hacken zusammen und zeigte seine blendendweißen Zähne.

«Was sagt er?» fragte Min.

«Ach, komm rein. Ich wasch mir nur die Hände, dann mach ich uns Tee. Komm mit.»

«Kommt er auch mit rein?» fragte Min, als Mabel sich am Ausguß die Hände wusch.

«Nicht, wenn ich Besuch habe», sagte Mabel heiter.

Sie drehte sich um und sah ihre Schwester an, während sie sich die Hände abtrocknete. «Schläft er hier? Das ist es doch, was du in Wirklichkeit wissen möchtest, nicht, Min?»

«Ja», gab Min unumwunden zu.

«Und das werd ich dir nicht sagen. So – komm, setz dich und sag mir, warum du gekommen bist.»

Min erzählte es ihr. «Ach, du liebe Zeit», sagte Mabel. «So was Dummes! Jetzt werden sie sie rausschmeißen. Will nicht – der hat noch nie im Leben einen eigenen Entschluß gefaßt. Aber Lizzie. Sie würde die Kleine wahrscheinlich am liebsten umbringen, wenn sie könnte.»

«Crystal, geh rauf und spiel in deinem Zimmer», befahl Edith.

«Ich will aber nicht. Muß ich, Dad?»

Albert sah unsicher aus. «Nun tu mal, was deine Mutter sagt, Kleines.»

Crystal schob die Unterlippe vor. «Ich will aber mit Großtante Min reden.»

Edith sprang auf, packte Crystal an der Schulter und schob sie aus dem Zimmer. Dann wandte sie sich zu Min um und sagte: «Nell also – das ist doch wohl nicht möglich!»

Großtante Min nickte grimmig.

«Ich hoffe, daß Dad sie jetzt vor die Tür setzt. Mich sieht er jedenfalls nicht mehr, solange sie im Hause ist.»

«Ja. Es ist nicht recht», ließ sich Albert vernehmen. Eigentlich hatte er nichts zu diesem Thema zu sagen, aber er wußte, daß er irgendwas von sich geben mußte.

«Nicht recht? Wenn ich an unseren Tom denke – so einen netten Jungen konnte man lange suchen. Und dann dieser – Taffy.» Edith war rot vor Zorn. «Aber im Grunde überrascht es mich nicht.»

«Edith mochte sie eigentlich nie recht, nicht wahr, Edith», sagte Albert. Sicherheitshalber schlug er sich stets auf die Seite seiner Frau.

«Ich hab nie begriffen, was Tom eigentlich an ihr fand», sagte Edith.

Großtante Min erhob sich. «Also erzählt's bitte nicht weiter. Ich fand bloß, ihr müßtet es wissen.» Befriedigt verließ sie das Haus.

Nell wunderte sich, als Opa abends die Treppe hinaufstieg und mehr als zwei Stunden am Bett seiner Frau sitzen blieb. Als Nell Oma um neun Uhr ihren Schlaftrunk – eine Tasse Kakao – brachte, saß er immer noch da. Bei ihrem Eintritt brach die Unterhaltung der beiden ab als wäre sie mit einem Messer abgeschnitten worden.

«Hier, Oma, dein Kakao», sagte sie munter und stellte die Tasse ab. Doch es kam keine Antwort, nicht mal das übliche «Danke, Kind.» Keiner sagte etwas, keiner sah sie an. Verwirrt und mit etwas unbehaglichen Gefühlen verließ Nell das Zimmer.

Mabel hatte sich geirrt. Als das erste Entsetzen, der Kummer und der Zorn bei Oma abgeklungen waren, wurde ihr nämlich schnell klar, daß die Sache für sie zwei Seiten hatte – zwei sehr verschiedene Seiten. Ihre beiden Töchter waren beschäftigt, von ihnen war also nichts zu erwarten. Edith hatte ihren Mann und Alice die Verwundeten. Aber Oma brauchte Hilfe. Der bloße Gedanke an all die Arbeit machte ihr schon zu schaffen: zeitig aufstehen, Frühstück machen, Dinner vorbereiten, fegen, scheuern, waschen . . . Nein, einer mußte sich um sie und ihren Mann kümmern, das stand fest. Oma sagte also: «Bleiben kann sie meinetwegen. Aber nett zu ihr sein, kann ich nicht mehr.»

«Das kann auch niemand von dir verlangen», entgegnete Opa. «Nach dem, was sie getan hat . . .»

Nell durfte also bleiben. Sie machte weiterhin Feuer im Ofen und im Herd, kochte und besorgte die Wäsche und brachte Oma das Essen nach oben, denn nach dem Schock blieb die alte Frau nun fast immer im Bett. Doch es war, als sei eine Glaswand zwischen Nell und den beiden alten Leuten errichtet worden. Sie sprachen nur mit ihr, wenn sie etwas wollten, und behandelten sie mit Geringschätzung. Nell war todunglücklich. Fast fühlte sie sich unglücklicher als nach Toms Tod. Damals hatten sie ihr zwar auch nicht viel Teilnahme entgegengebracht («Sie hat ihn ja gar nicht aufgezogen und zur Schule gebracht und gepflegt, als er Masern hatte!» hatte Oma hysterisch gejammert), aber der Kummer hatte sie verbunden. Jetzt war selbst dieses Band zerrissen, und Nell stand allein da und wußte nicht warum. Eines Abends, als sie Oma ihre Tasse Kakao gebracht hatte, kam sie mutlos und unglücklich die Treppe herunter, stellte sich vor den alten Mann hin und fragte:

«Dad, was hab ich denn getan? Oma will nicht mehr mit mir reden. Sag mir doch, was ich getan habe.»

Er ließ die Zeitung sinken, sah sie traurig an und sagte mit Grabesstimme: «Ich denke, du weißt selber, was du getan hast, Nell. Und hoffentlich ist dir auch klar, wie sehr du uns damit gekränkt hast.»

«Aber ich weiß doch von gar nichts.»

Er ging nicht darauf ein. «Schon gut, schon gut. Du

kannst ja bleiben. Mutter und ich haben lange darüber gesprochen. Es ist natürlich nicht mehr so wie früher, das ist klar, aber wir haben es doch nicht über uns gebracht, dich vor die Tür zu setzen.» Und mit leiser Stimme fügte er hinzu: «Wir haben uns gefragt, was Tom wohl gewollt hätte.»

«Und ihr glaubt, er hätte gewollt, daß ihr mich zwar hier behaltet, mich aber überhaupt nicht beachtet, daß ihr Benbow behandelt, als wäre er gar nicht da, und daß ihr mir nicht mal sagt, was ich eigentlich getan habe?»

Nells Stimme war immer lauter geworden, und der alte Mann rutschte unruhig in seinem Sessel hin und her. Auseinandersetzungen waren ihm verhaßt. «Hör zu, Nell», sagte er, «du hast keinen Grund, dich aufzuregen. Ich hab dir ja gesagt, daß du hierbleiben kannst.»

«Vielen Dank. Und wenn ich nun gar nicht will?»

Opa war tief gekränkt. Wo er so viel für sie getan hatte! Wenn sie jetzt im Zorn das Haus verließ, würde ihm seine Frau nicht nur die Schuld dafür zuschieben, sondern ihn auch zwingen, sie von vorn und hinten zu bedienen. Bloß das nicht! Er raschelte nervös mit der Zeitung und streifte Nell mit einem kurzen hilflosen Blick. «Na, Mädchen, nun mach nicht aus einer Mücke gleich einen Elefanten, hörst du. Ich werde mit Mutter sprechen.» Aber er schien zu merken, daß der scherzhafte Ton nicht angebracht war. «Um nichts in der Welt würde sie dich kränken, das weißt du», sagte er ernst. «Aber daß unser Tom gefallen ist, das war ein schwerer Schlag für sie. Das darfst du nicht vergessen, Nell.»

«Für mich war es auch kein Spaß», erwiderte sie ruhig. Sie stand immer noch da und blickte auf den alten Mann hinunter, der mit ausgestreckten Beinen im Sessel lehnte.

Sie ließ ihn nicht aus den Augen, als sie jetzt sagte: «Ich glaube fast, irgendein guter Freund hat euch was von Taffy Evans erzählt.»

«Taffy Evans?» fragte Opa unschuldig und runzelte die Stirn. «Was hat der damit zu tun?»

Sie wandte sich um. Als sie die Tür erreicht hatte, konnte er die Ungewißheit nicht länger ertragen. «Du bleibst doch, Nell?» fragte er flehend. «Es wäre wirklich hart für uns, wenn du jetzt gehen würdest, bloß wegen so einem Mißverständnis.»

Mit einer Kopfbewegung, die er deuten mochte, wie er wollte, schloß sie die Tür hinter sich und stieg langsam die Treppe hinauf in ihr Zimmer. Lange blieb sie im Dunkeln stehen. Von fern hörte sie eine Straßenbahn kommen, näher und immer näher. Sie hielt an und fuhr wieder weiter, klirrend und rasselnd. Als sie am Haus vorbeifuhr, kroch ein geisterhafter, blauer Schein über die Decke, dann war es wieder dunkel, und auch das Geklingel hörte auf. Am Himmel suchte ein Scheinwerfer nach einem erschöpften Feind. Nell stand am Fenster, Heimweh im Herzen, geborgen im Dunkel der Nacht. Benbow regte sich im Schlaf, und die Scheinwerfer wachten über sie beide.

5

An einem trüben grauen Novembermorgen, in der elften Stunde am elften Tag des elften Monats war der Krieg endlich zu Ende. Die Menschen hatten schon nicht mehr zu glauben gewagt, daß er je enden würde.

Stahlhelme, Gasmasken, Mörser spielten auf einmal keine Rolle mehr. Die langen Mäntel der deutschen Offiziere, die Eichenblätter und gekreuzten Schwerter der Briten waren plötzlich nicht mehr wichtig. Vorbei war es mit Haß und Unmenschlichkeit und Erschöpfung und herzzerreißender Sehnsucht.

Geblieben waren die Tränen der Mütter und Witwen, die Schmerzen der Verwundeten, die Dunkelheit hinter erblindeten Augen. Sie blieben bittere Wirklichkeit.

In England hatte man den Kriegsausbruch 1914 mit geradezu hysterischem Jubel begrüßt. Sollte Frank Hardy wirklich recht gehabt haben, als er sagte, zuviel Wohlleben vertrüge England nicht, die lange Friedenszeit der Viktorianischen Ära sei zuviel für das Volk gewesen, und die Gelegenheit zum Blutvergießen und Töten sei genau das, worauf die Jugend in England gewartet habe? Es sah tatsächlich so aus. Sie konnten es kaum erwarten, ein Gewehr und ein Bajonett in die Hand zu bekommen und zu lernen, wie man tötet und wie man Granaten wirft. Die wenigen, die nicht in das patriotische Geschrei einstimmten, wurden sehr bald auf den rechten Weg gebracht: überall gab es liebevolle Schwestern oder Freundinnen, die ihnen die Weiße Feder zuschickten;

sogar Frauenorganisationen wurden zu diesem Zweck gegründet.

Die Hysterie hielt nicht lange an. So großartig war es gar nicht, Menschen umzubringen, besonders wenn man bis an die Knie im Schlamm stand, wenn einen Läuse quälten und wenn einem plötzlich klarwurde, daß man erst zwanzig war und leben wollte, leben – und daß dieser Krieg die Lebenserwartung von fünfzig Jahren auf kaum fünf Tage herunterschraubte. Nein. Es war Zeit, Schluß zu machen und nach Hause zu kommen.

Nur war das leider nicht möglich. Es gab nur einen Weg, den Krieg zu beenden: man mußte die Deutschen besiegen. Und da sich die Deutschen verrückterweise das gleiche Ziel gesetzt hatten – nämlich die Engländer und die Franzosen zu schlagen –, und da beide Seiten an Kräften ziemlich gleich waren, kam es zu einem klassischen Patt. Als das Ende dann wirklich kam, war die Hysterie genausogroß wie 1914.

Am Trafalgar Square in London und am Piccadilly Circus schäumte die Begeisterung über, als die Nachricht vom Kriegsende kam. Arm in Arm zogen die Menschen durch die Straßen und sangen. Taxis und Autobusse voller Soldaten und junger Mädchen und fahnenschwingender Zivilisten kurvten schwankend um die Eros-Statue. Überall sah man tanzende und jubelnde Menschen. Seit dem Mafeking-Sieg im Burenkrieg hatte London so etwas nicht mehr erlebt. Selbst die Verwundeten in den Lazaretten freuten sich: jetzt brauchten sie nicht mehr zu fürchten, zu schnell zu genesen und in die Hölle zurückgeschickt zu werden.

Nicht überall wurde so gefeiert. Nach vier Jahren Geschützlärm und Kanonendonner war die Stille an der

Westfront fast wie eine Drohung. Die Männer krochen stumm durch die Schützengräben, lächelten nervös oder lachten unsicher, wenn sie auf Kameraden trafen. Es war alles zu plötzlich gekommen – es war wie die Stille vor einer neuen Offensive.

Der Midland Bull in Ingerby, die städtische Sirene, die morgens um sieben und um acht Uhr die Männer zur Arbeit rief, hatte während des Krieges vor Luftangriffen gewarnt. Heute brachte sie eine frohe Botschaft: um elf Uhr kündigte sie den Waffenstillstand an. Kirchenglokken läuteten, die Lokomotiven der Midland Railway pfiffen schrill, und auch die Fabriksirenen stimmten in dem wogenden Nebel mit in den Lärm ein.

Doch nicht allen Herzen brachte der laute Jubel Trost und Freude. Zu viele gab es, die einen hohen Preis für den Frieden bezahlt hatten, zu viele, die einer Zukunft entgegensahen, in der der eine Mensch fehlte, der diese Zukunft lebenswert machte. Für andere wieder war es die Stunde der Besinnung oder gar der Entscheidung. Auch Alice hörte die Glocken und Sirenen und dachte: Jetzt kommt Frank nach Hause. Ein Fremder kommt und will mich holen, ein Fremder, an den ich moralisch gebunden bin, ein selbstbewußter, überlegener Mann, für den ich keine Liebe mehr empfinde. Und Walter? Liebe ich Walter? Er ist ein guter Kerl, wenn er vernünftig ist. Es gibt, weiß Gott, schlimmere als ihn. Großzügig, lustig, amüsant. Ein hübsches kleines Geschäft. Eine Ehe mit Walter würde ein sorgloses und bequemes Leben bedeuten.

Und was soll ich mit einem netten kleinen Geschäft, dachte sie nervös und drehte Franks Ring so schnell und heftig, daß der Finger schmerzte. Mit Frank, dem guten stillen Lehrer, hatte sie kein bequemes Leben vor sich, sondern mehr. Frank würde eine Persönlichkeit aus ihr machen, er würde ihr Mut, Entschlossenheit, Mitgefühl, Charakterstärke geben. Sie hob den Kopf. Das hatte sie alles schon, dachte sie stolz. Aber Frank würde diese Eigenschaften zur Entfaltung bringen.

Und was konnte Walter ihr geben? Reichlich zu essen und zu trinken, Wärme, Behaglichkeit. Vielleicht sogar mehr Liebe als Frank, denn Frank war innerlich einsam und schloß sich sogar gegen die Menschen ab, die er liebte.

Aber das war noch nicht alles. Frank hatte die letzten vier Jahre in Gesellschaft von Männern verbracht, von ungewaschenen, uniformierten Männern. Er hatte nur Schlamm gesehen und Wellblech und Stacheldraht, verstümmelte Bäume und verstümmelte Menschen: er hatte nur die häßliche Seite der Welt gesehen. Er hatte nur gebrüllte Befehle gehört, Kanonendonner, das Bersten von Bomben und das Schreien von Männern. Er hatte Schießpulver gerochen und erhitztes Metall, den Gestank toter Ratten, toter Pferde, toter Menschen. Alice hatte genug Phantasie, um zu wissen, daß ein solcher Mann, selbst wenn er so diszipliniert war wie Frank, ein Bild in sich trug: das Bild einer sanften, duftenden, zärtlichen Frau. Er würde auch in der langweiligsten, nichtssagendsten weiblichen Gestalt noch eine Mona Lisa sehen. Und als sie im Spiegel ihr schmales, feingemeißeltes Gesicht betrachtete, dachte sie: ich bin weder langweilig noch nichtssagend. Aber für Frank werde ich – wie jede andere junge Frau – die Verkörperung von Süße, und Schönheit sein. Er wird kommen – mit der Schnelligkeit eines abgeschossenen Pfeils wird er zu mir kommen. «O Gott», rief sie plötzlich verzweifelt. «Es wäre zu grausam.»

In dem kleinen Raum hinter dem großen Schlafsaal, in dem sie saß, ging plötzlich die Tür auf, und grinsend kam Walter herein. «Kannst du heute abend kommen? Mutter geht aus – zu Mrs. Swingler. Ich hab eine Flasche Whisky besorgt – wir können feiern.»

Er hatte keinen günstigen Moment erwischt. «Was fällt dir ein, hier hereinzukommen», sagte sie wütend. «Ich kann heute abend nicht, ich hab Dienst.»

«Ach Alice, nun sei doch nicht so.» Er setzte sich auf die Tischkante. «Heute ist Waffenstillstand! Überall wird gefeiert, sie machen Freudenfeuer, es wird getanzt. Aber wir können auch ganz für uns feiern, nur wir beide allein», flüsterte er.

«Ich hab dir doch gesagt, ich habe Dienst.»

«Aber heute ist Waffenstillstand», wiederholte er etwas gereizt.

Zornig sprang sie auf. «Glaubst du, die Unterzeichnung des Waffenstillstands hat alles übrige ausgelöscht? Meinst du, die armen Kerle hier drinnen stehen jetzt einfach auf und gehen nach Hause – wie auf der Bühne, wenn der Vorhang fällt? Leider nicht, mein Lieber, ihre Wunden müssen weiter verbunden, ihre Betten frisch gemacht werden – für manche ihr Leben lang!»

«Ja, aber heute wird doch überall gefeiert! Im Rathaus –»

«Was sie im Rathaus machen, kümmert mich nicht. Im Saal vier geht jedenfalls alles den üblichen Gang.»

Er sah enttäuscht aus. Manchmal ist er wirklich wie ein Kind, dachte sie, und dabei ist er zehn Jahre älter als ich. Beleidigt sagte er: «Das nächste Mal suche ich mir keine Krankenschwester aus.»

Das nächste Mal? Sie ließ sich auf ihren Stuhl fallen. Sie

war nicht mehr zornig. Als sie jetzt sprach, war sie es, die sich anhörte wie ein Kind – ein Kind, das Trost und Rat suchte. «Frank wird bald zurückkommen, Walter», sagte sie.

«Ja», sagte er unsicher. Walter war ein ungeschliffener, nicht sehr feinfühliger Kerl, aber selbst ihm war klar, wie er vor Frank dastand: ein Schlachter, der einem Soldaten die Braut ausgespannt hatte. Nicht gerade eine Heldentat. Aber Walter kannte nur einen Weg, mit einem Minderwertigkeitskomplex fertigzuwerden. «Was willst du machen?» fragte er grinsend. «Schickst du ihm seinen Ring zurück, dem Schullehrer?»

Alice schwieg. Sie saß zusammengekauert auf ihrem Stuhl und kaute auf dem Zeigefingerknöchel. Schließlich blickte sie auf und sagte kalt: «Danke. Du hast mir den Entschluß leichter gemacht.»

«In Ordnung, mein Mädchen. Ich wußte, du heiratest keinen Hungerleider.»

Ruhig erwiderte sie: «Ich hab es anders gemeint, Walter. Ich wollte sagen: danke, daß du mir gezeigt hast, wie mittelmäßig und unbedeutend du bist.»

«Unbedeutend?» Er starrte sie an, sein Mund öffnete und schloß sich wie ein Fischmaul. «Weißt du, wie hoch mein Jahresumsatz ist?»

Sie fing an zu lachen. Es war ein müdes, erschöpftes Lachen, das sehr schnell in Weinen überging. Sie schluchzte, als bräche ihr das Herz. Unbeholfen legte er die Arme um sie. «Aber, aber, mein Mädchen – ist ja schon gut», murmelte er erschrocken und hilflos. Sie klammerte sich an ihn. Sie hätte sich an jeden geklammert.

Irgendwo in Flandern sang ein Vogel. Es war nur ein monotones Zirpen, aber es erinnerte an Zeiten, in denen der Gesang der Vögel noch nicht im Kanonendonner unterging – an Zeiten, die Frieden verhießen. Frank Hardy lauschte. Ein Vogel sang, eine Frau wartete, ein Mann, zum Umsinken müde, der sich verzweifelt nach den Armen einer Frau sehnte . . . und nicht ahnte, daß in diesem Augenblick in einem kleinen Lazarettzimmer in der Heimat ein anderer für ihn über Zukunft und Glück entschied.

Im November wirkte Mabels kleiner Bauernhof unbeschreiblich öde und verlassen. Nebelschwaden lagen über den kümmerlichen Grasresten, die Schweine wühlten und grunzten in der Suhle, sonst hörte man keinen Laut.

In dieses Schweigen, das schwer war von Millionen Wassertropfen und stumm wie die Glocken der versunkenen Insel Atlantis, fiel der Klang der Siegesglocken, drang der ferne Heulton der Fabriksirenen, klagend wie der Schrei der Brachvögel.

Zeitungen kamen nicht bis ins Niemandsmoor. Aber das war auch nicht nötig – Großtante Mabel wußte, was los war. Ganz England wußte es. Sobald sie die Glocken hörte, wußte sie, daß das Unglaubliche Wirklichkeit geworden war. Sie schleuderte ihre Gummistiefel von den Füßen, tappte auf durchlöcherten Strümpfen in die Küche, schrie aus dem Fenster: «Sieg!» und nahm eine ungeöffnete Flasche Whisky und zwei Gläser aus dem Wandschrank.

Siegfried kam herein. «Komm her, setz dich», sagte sie, füllte die beiden Gläser, gab ihm eins und stieß mit ihm an. «Armer Sieg», sagte sie mitfühlend. «Ihr habt verloren.»

«Prost», sagte er. Ihre freundlichen kleinen Augen starrten ihn an. Wußte er eigentlich, was los war? Nun, er würde es bald genug im Lager erfahren. Und dann? Zurück ins Vaterland, sicher. Sie schenkte noch etwas Whisky nach, in jedes Glas. «Du wirst mir fehlen, Kamerad, obwohl du ein Hunne bist», sagte sie leise. «Aber du bist wenigstens ein Mann, und Männer werden jetzt knapp sein, das steht fest.»

Siegfried lächelte und stieß mit ihr an. «Prost», sagte er noch einmal.

Sie sah ihn an. Groß und linkisch, mit abfallenden Schultern stand er in seiner zerdrückten feldgrauen Uniform und den riesigen Stiefeln da; das Haar war kurzgeschnitten, das Gesicht hager und grau vor Hunger, aber gut und freundlich. Er war ein Teil der Moorlandschaft geworden, und er würde ihr sehr fehlen, nicht nur weil er ein Mann war. Er war unbeholfen in seinen Bewegungen und Worten und hatte doch in der einsamen Frau eine seltsame Zärtlichkeit wachgerufen. Bald würde er sie verlassen, zurückkehren in ein Vaterland, das für sie eine Mischung aus preußischem Militarismus und Grimms Märchen war. Ob er eine Frau dort hatte? Und vielleicht Kinder? Sie wußte es nicht. Sie wußte nur, daß sein Fortgehen für sie Einsamkeit bedeutete. Für sie waren es Totenglocken, die da läuteten. Aber vielleicht war da niemand, der auf ihn wartete, vielleicht war das Niemandsmoor Heimat für ihn geworden . . . Das mußte sie wissen, jetzt gleich. Sie wollte ihn fragen, aber sie hatte keine Worte. Sie goß noch einmal Whisky nach, in beide Gläser, und trank und fühlte, wie der Alkohol ihr die Glieder wärmte und die kalte Wirklichkeit ein wenig leichter machte.

«Frau?» sagte sie fragend. «Du – Frau?»

Er verstand nicht. Sie nahm seine Hand, wies auf den Ringfinger und blickte ihn an. Jetzt hatte er begriffen, er nickte und sagte lachend: «Ja.»

Ihr Herz sank. «Und Kinder? Kinder?»

Er verstand. Mit der Hand zeigte er die Größe an: etwa drei Fuß hoch. Weiche Zärtlichkeit stand in seinen Augen. «Ja. Ein Mädchen. Ein schönes kleines Mädchen.»

«Wie heißt sie? Ihr Name, Sieg. Name?»

«Ulrike.»

Er würde also zurückgehen. Eine Frau und ein kleines Mädchen warteten zu Hause auf ihn. Hier hielt ihn nichts. Sie stand auf. «Ja, mein lieber Junge, dann ist dies wohl das Ende. Ich glaube, du solltest jetzt ins Lager zurückgehen – sie werden schon auf dich warten.»

Auch er erhob sich, legte ihr seine großen Hände auf die Schultern und küßte sie ungeschickt.

«Du kommst doch noch mal und sagst Lebwohl?» Der Whisky und die Rührung ließen ihre Stimme schwanken.

«Ja», sagte er mit halbem Lachen. Aber hatte er sie verstanden? Er trottete nach draußen, und sie folgte ihm mit den Augen, bis ihn der Nebel verschluckte. Die Glocken läuteten immer noch.

«Warum läuten die Glocken heute?» fragte Crystal mürrisch. «Ist doch gar nicht Sonntag.»

«Weil jetzt Frieden ist, Kind», sagte Edith.

«Braucht man jetzt keine Bomben und Kanonen mehr?»

«Nein, Gott sei Dank nicht.»

«Dann verliert Dad seine Arbeit.» Crystal war Realistin.

Edith schwieg bedrückt. Das Kind hatte recht. Wie hieß es doch in dem alten Lied? *Schweigt still, ihr tönenden Glocken.* Wenn sie doch nur schweigen wollten! Edith konnte sich über den Frieden noch nicht freuen.

«Unseren Tom bringt das nicht zurück», sagte Oma. «Glockenläuten – das ist nur etwas für Leute, die nichts durchgemacht haben. Die anderen . . .» Sie beendete den Satz nicht. Es war aber klar, daß sie das Glockengeläut für taktlos hielt.

Opa schüttelte seufzend den Kopf. «Ich versteh das alles nicht. Vier Jahre Krieg. Unser Tom kommt nicht wieder, und Millionen andere auch nicht. Ich werde nie begreifen, warum die Menschen nicht in Frieden leben können. Warum es überhaupt Kriege geben muß.» Dabei hatte Opa selbst nach einem Streit wegen eines Grenzzauns mit seinem Nachbarn Fred Bates siebzehn Jahre lang kein Wort gesprochen und ein paarmal sogar heimlich Kartoffelschalen und andere Abfälle in Mr. Bates' Garten geworfen.

Nein – kein Mensch konnte behaupten, das Siegesgeläut brächte der Familie Dorman eitel Freude und Glück. Es löste sehr gemischte Gefühle aus, am deutlichsten vielleicht bei Nell, die um elf Uhr stumm ihren Jungen bei der Hand nahm und ihn hinaufbrachte in ihr Zimmer. «Setz dich, mein Liebling», sagte sie.

Er hockte sich auf ihr Bett, und sie stellte sich ans Fenster und starrte nach draußen. Benbow baumelte mit den Beinen. Wenn Mam bloß nicht anfing zu heulen. Er mochte nicht, wenn sie das tat. In das Bild, das er sich aus seinen Erlebnissen vom Leben gemacht hatte, paßten weinende Erwachsene nicht hinein. Weinen taten nur Kinder; große Leute brachten einen entweder zum Weinen, oder sie sagten: Hör auf, du bist kein Baby mehr. Wenn Mam weinte, geriet Benbows Weltbild ins Wanken.

So saß er da, und die Glocken läuteten das Ende aller Kriege ein. Er wartete, verschlossen und teilnahmslos, und wußte nicht, warum er dort saß und warum seine Mutter aus dem Fenster starrte. Nell hätte es ihm sagen können. Aber sie tat es nicht. Sie setzte sich nur schweigend zu ihm und nahm die warme kleine Jungenshand in ihre Hand.

Sie fühlte nichts – gar nichts. Dies war seit vier Jahren der erste Tag, an dem Menschen nicht systematisch verstümmelt, geblendet, getötet wurden, der erste Tag, an dem sie nicht gegen Maschinengewehrfeuer und Bajonette anstürmen mußten. Und sie fühlte nichts.

Tom war tot und kam niemals wieder. Auch der Sieg brachte ihn nicht zurück aus dem Grab. Nur eins stand fest: Benbow würde nie in den Krieg ziehen müssen. Soviel hatten die Menschen gelernt. Am 11. November 1918 wußte jeder, daß sich dieser Wahnsinn nie wiederholen durfte.

Benbow würde sein Leben in Frieden leben. Worte aus einem alten Lied kamen ihr in den Sinn: *Lieb und Freude säumt die Wege, Frieden überall.* Und obgleich sie noch immer nichts fühlte, stiegen ihr Tränen in die Augen. Das war die Welt, die Benbow erwartete, eine Welt aus Lieb und Freude. Sie und Tom waren zu früh geboren worden – o Gott, viel zu früh!

Sie ließ Benbows Hand los und legte ihm zärtlich den Arm um die schmalen Schultern. Der Krieg war zu Ende, und sie fühlte nichts. Es war ein Augenblick, da Vergangenheit und Zukunft alles sind, und die Gegenwart nichts. Die Vergangenheit – und jetzt plötzlich überkam es sie wieder, mit schrecklicher Deutlichkeit: die vielen Abschiede. Erst die Kaserne in Derby und die paar gestohlenen Stunden am Wochenende; dann Salisbury – vier unerträglich lange Wochen; dann Frankreich – aber Weihnachten war bestimmt alles vorüber: langsam fuhr der Zug aus dem Bahnhof, der Dampf der Lokomotive ging über in den feuchten Oktobernebel, hundert Soldaten, alle gleich aussehend, winkten aus den Abteilfenstern, und mitten in der Menge aus Khaki und winkenden Armen war einer, der Leben und Liebe und Zukunft bedeutete. Allein kam sie zurück vom Bahnhof, allein und durchgefroren, ins Haus Omdurman, in das fremde Haus mit den fremden Menschen. Dann kam der letzte Abschied – und dann kam er nicht wieder. Nie wieder.

Und die Zukunft, wie sah sie aus? Spaziergänge an leeren Sonntagnachmittagen. Oma und Opa, die mit den Jahren immer zerbrechlicher wurden und törichter. Und Benbow. Ein Segen, daß du den Jungen hast, hatten alle gesagt. So bist du doch nicht allein. Ach, das stimmte ja nicht. Sie liebte ihn, sie fand auch Trost in ihm, wenn sie den kleinen Körper in den Armen hielt – aber allein war sie trotzdem, wie konnte es anders sein. Die Welt aus Lieb und Freude, die Millionen Engländer und Franzosen Benbow durch ihren Tod geschenkt hatten, war für sie eine Wüste. Sie und Tom hatten zu früh gelebt.

Es gab mehrere Wege in die trübe Zukunft. Sie könnte hier im Hause bleiben, wo niemand ihr freundlich gesonnen war und wo ihr Schwiegervater sie ernährte. Aber deshalb hatte sie keine Skrupel: sie wußte, was ihre Arbeit wert war. Oder sie könnte nach Wales zurückgehen. Aber ihre Eltern waren tot, und daheim lebte nur noch die hübsche verschlagene Vanwy, die ihr nie nahegestanden hatte. Sie könnte sich auch irgendwo eine Bleibe suchen, für sich und Benbow, und wieder eine Arbeit als Verkäuferin annehmen, aber dann kümmerte sich niemand um Benbow, das ging also auch nicht.

Es gab noch eins: sie und Benbow konnten sich mit Taffy Evans zusammentun, vorausgesetzt, daß Taffy sie wirklich haben wollte.

Hatte sie ihn denn gern? Ja, sie hatte ihn gern. Nicht so, wie sie immer noch Tom liebte, mit Verständnis und gegenseitiger Achtung und verborgen glimmender Leidenschaft. Nein – mehr wie man einen dummen Jungen lieb hat, gerade wegen seiner Schwäche und seiner Torheit. Aber Schwäche und Torheit, das wußte Nell, waren kein gutes Fundament für eine Ehe.

Sie gab es auf. Entscheidungen waren ihr immer schwergefallen. Wahrscheinlich würde sie sich einfach treiben lassen, wie ein Blatt im Wind. Alle, die sie kannte, waren Blätter im Wind, ausgenommen vielleicht Frank Hardy und Alice, und sie schienen es ganz natürlich zu finden.

Sie kam wieder in die Gegenwart zurück. «Der Krieg ist zu Ende», sagte sie.

Benbow wußte nicht, was der Gegensatz zum Krieg war. Wenn ein Tag zu Ende war, kam die Nacht. Nach dem Sommer kam der Winter, das wußte er. Aber was kam, wenn der Krieg zu Ende war? «Ist jetzt die ganze Welt zu Ende?» fragte er erschrocken.

«Nein.» Nell lachte fröhlich. «Jetzt fängt sie erst an! Jetzt kommt der Frieden.»

«Was ist das, Frieden? Was Schönes?»

«Ja. Es wird nicht mehr gekämpft und nicht mehr getötet.»

«Kommt Dad dann jetzt wieder?» fragte er.

«Nein, mein Herz.»

Benbow war erleichtert. Er hatte seine Mutter lieber für sich.

«Heute abend wird es draußen überall Freudenfeuer geben», sagte Nell. «Vielleicht auch Feuerwerk. Du darfst aufbleiben, wenn du heute mittag schön lange schläfst.»

Benbow war glücklich. Lange aufbleiben war herrlich. Er hatte immer geglaubt, daß in dem Augenblick, wenn er einschlief, bei den Erwachsenen Jubel und Trubel losbräche.

Daß Oma und Opa nicht mit Nells Vorhaben einverstanden waren, sah man ihnen auf zehn Schritt Entfernung an.

«Zu Hause wärst du besser aufgehoben, mein Kind. Bestimmt sind heute viele Betrunkene auf den Straßen.»

«Und wenn nun der Junge aufwacht», sagte Oma. «Opa und ich können die Verantwortung unmöglich übernehmen, wenn was passiert.»

«Ich nehme ihn mit», entgegnete Nell. «An diesen Tag heute soll er sich sein Leben lang erinnern.»

Beide schwiegen verblüfft. «Du nimmst ihn mit? Bei dem Gedränge und den vielen Betrunkenen?» rief Opa endlich.

«Es ist nicht mehr Juli, sondern November, Nell»,

sagte Oma vorwurfsvoll. «Bei dem Wetter wird er sich den Tod holen.»

Nell erwiderte nichts.

«Unglaublich, so was», murmelte Oma. «Ein Kind nachts auf die Straße mitnehmen.»

«Begreift ihr denn nicht?» fragte Nell. «Der Krieg ist aus! Wir feiern den Sieg – das ist doch was Wunderbares. So etwas erleben wir nie wieder – nie. Soll ich da wirklich zu Hause bleiben, wie sonst?»

«Wir bleiben ja auch zu Hause», gab Oma spitz zurück. Aber Opa war der gereizte Ton in Nells Stimme nicht entgangen. Er wollte keine Schwierigkeiten und sagte:

«Na schön, pack den Jungen gut ein. Und komm nicht so spät nach Hause – ich habe keine Lust, die halbe Nacht aufzubleiben und auf dich zu warten.»

«Kann ich nicht einen Hausschlüssel mitnehmen?»

Verblüfftes Schweigen. «Einen Hausschlüssel?» fragte Opa dann gedehnt. «Kommt nicht in Frage, Nell. Ich möchte nicht, daß du erst mitten in der Nacht nach Hause kommst.»

«Unser Tom hat nie einen Hausschlüssel gehabt», sagte Oma. «Und er hat auch nie einen verlangt.»

«Und die Mädchen erst recht nicht», fügte der alte Mann hinzu.

«Was die wohl sagen würden, wenn Opa dir einen gäbe», sagte Oma.

«Ist ja schon gut», beschwichtigte Nell und ging in den Flur. Etwas später fiel die Haustür hinter ihr ins Schloß.

«Das Kind mitzunehmen, so spät!» sagte Oma böse.

«Einen Hausschlüssel will sie haben! Nicht zu fassen»,

regte sich Opa auf. «Das haben wir alles dem Krieg zu verdanken.»

«Und von meinem Becher Kakao hat sie überhaupt nichts gesagt», meinte Oma entrüstet.

6

Benbow trabte stumm neben seiner Mutter her. Niemand sah ihm an, daß er vor Aufregung brannte.

Nebel hing in den Straßen. Das Pflaster war feucht, und die Häuser türmten sich vor Benbow auf wie Felswände. Die Straßenlaternen waren noch abgedunkelt, aber in vielen Zimmern brannte Licht, und die Vorhänge und Jalousien waren hochgezogen. Lange genug war man im Dunkeln durch die Straßen getappt, jetzt waren sie erleuchtet wie ein Märchenland.

Am Ende einer Menschenschlange blieb Nell stehen. Benbow war selig. Sie fuhren mit der Straßenbahn! Die Bahn kam und war fast voll, aber Nell bekam noch einen Platz und nahm Benbow auf den Schoß. Er freute sich über jedes Schlingern in den Kurven. Der Mann neben Nell sagte: «Auf dem Marktplatz verbrennen sie den Kaiser. Gehen Sie auch hin?»

«Ja», sagte Nell.

Benbow bekam es mit der Angst. Er wollte den Kaiser nicht brennen sehen; sonst würde der ihn womöglich nachts im Traum heimsuchen. Doch wie immer behielt er seine Bedenken für sich, und als sie am Marktplatz ausstiegen, standen dort schon so viele Menschen, daß er nichts sah als den Rücken des Herrn vor ihm. Er war sehr erleichtert. Wenn er nichts sehen konnte, würde ihn der Kaiser sicher in Ruhe lassen.

Aber seine Mutter machte diese Hoffnung bald zunichte. Sie beugte sich zu ihm nieder und sagte:

«Es ist noch nichts zu sehen, mein Liebling. Wenn es losgeht, hebe ich dich hoch.»

«Warum verbrennen sie den Kaiser, Mam?»

«Weil er den Krieg angefangen hat. Wenn er es nicht getan hätte, wäre unser Dad noch am Leben, und viele andere Männer auch. Wir werden ihm zeigen, was wir von ihm halten.»

Benbow konnte seine Gedanken noch nicht in Worte fassen, aber es kam ihm reichlich drastisch vor, daß die Menschen auf diese Weise zeigen wollten, was sie vom Kaiser hielten. Die erregte Menge wurde schon ungeduldig. Einige Leute begannen zu singen, andere fielen ein. Es waren Lieder, die sie vier Jahre lang immer wieder gesungen und gehört hatten, Lieder von Herzensleid und nie versiegenden Tränen, bedeutungsvoller als Beethovens Neunte oder die Matthäuspassion. *There's a long long trail a-winding*, klang es über den Platz, und *Keep the Home Fires burning* . . . Die Stimmen schwollen an, zögerten bei gefühlvollen Passagen voll Trauer und Mitleid für die Gefallenen. Nell sang mit und lächelte den neben ihr Stehenden zu, bis plötzlich ihre Stimme brach und Tränen hemmungslos über ihr Gesicht strömten. Es war, als brächen alle Ängste und Sorgen des Krieges, die sie so lange für sich behalten hatte, aus ihr heraus.

«Na, mein Mädchen – so naß im Gesicht!» sagte eine

fröhliche Stimme hinter ihr. Zwei Arme legten sich um ihre Schultern, und ein angegrautes Taschentuch schob sich in ihre Hand. «Nun trockne dir erstmal die Tränen ab, ja?»

«Taffy!» rief Nell. «Wo kommst du auf einmal her?»

«Ich hab dich von weitem gesehen und hab mich einfach durchgedrängt. So was geht nur, wenn man klein ist. Und das ist also dein Sohn?» Überaus höflich schüttelte er dem begeisterten Benbow die Hand und sagte: «Guten Tag, Benbow. Schönes Wetter für November, nicht wahr?»

Nell hatte Taffy noch nie so gesehen, so kraftvoll, sicher und gelassen. Sie war zu unerfahren, um zu wissen, was Alkohol – in der richtigen Menge genossen – zu tun vermag.

Bevor Benbow etwas auf die höfliche Begrüßung erwidern konnte, richtete sich Taffy wieder auf und sagte:

«So – und jetzt kommt *England, unser Vaterland.*» Seine klare Tenorstimme hob sich über den Lärm, und die anderen fielen ein. Nell sang nicht mit. Dankbar lächelte sie Taffy zu. Sie griff fester nach Benbows Hand und war glücklich, Taffys Arm zu spüren, der sie umschlungen hielt. O wenn es doch so bleiben könnte! Nur sie und ihr Sohn und ein Mann, den sie lieb hatte, mitten in der großen anonymen Menschenmenge. Aber der Zeiger der Markthallenuhr stand schon auf neun – es wurde Zeit, nach Hause zu gehen.

Enttäuscht merkte sie, daß Taffy sie nicht mehr festhielt. Er beugte sich zu Benbow hinunter und sagte: «Da unten siehst du ja gar nichts – komm mal her.» Er setzte sich den Jungen auf die Schultern, und Benbow blickte zögernd um sich.

Er sah mehr als tausend Menschen, die lachten und sangen und Fahnen schwenkten. Mitten auf dem Platz war ein großer Haufen Holz – alte Möbelstücke und Brennholz und Äste, und ganz oben auf dem Haufen war eine riesengroße Gestalt, mindestens drei Meter hoch, mit Orden behängt, über dem Pappgesicht mit dem aufgemalten Schnurrbart, das streng und furchteinflößend blickte, saß der Preußenhelm mit der stählernen Spitze.

Benbow sah den Kaiser an. Der Kaiser sah Benbow an.

«Den mag ich nicht», sagte Benbow mit strampelnden Beinen. Gerade in diesem Augenblick ging ein Schrei durch die Menge. Flammen leckten hoch bis zu den Stiefeln des Kaisers. Das Prasseln des Feuers klang wie Höllenlärm. Fest schloß Benbow die Augen; er konnte den Gedanken nicht ertragen, dem Kaiser beim Sterben zuzuschauen. Er begriff nur undeutlich, daß die schreckliche Gestalt da oben nicht aus Fleisch und Blut war, aber seine Angst wurde dadurch nicht vermindert. Er wollte das nicht sehen.

Plötzlich wurde es so strahlend hell, sogar hinter den geschlossenen Lidern, daß er dachte, das Ende der Welt sei gekommen und Gottvater selber sei auf dem Marktplatz von Ingerby erschienen.

Aber es war nicht Gott, sondern ein brennender Magnesiumstab, der die Flammen des Scheiterhaufens zu trübem Gelb verschwimmen ließ. Der ganze Marktplatz strahlte wie in einem endlosen Blitzlicht. Die viktorianisch-gotische Markthalle, sonst von schwärzlichem Grau, leuchtete wie ein Feenschloß. Doch die vom Hunger gezeichneten blassen Menschengesichter wirkten in dem grellen Licht wie Totenköpfe oder Teufelsmasken:

tausend lachende Teufel starrten wie entrückt auf das lodernde Feuer, das gierig an den Gliedern des brennenden Kaisers fraß. Und während Benbow zu ihm hinüberblickte, zerbarst der Leib, Flammen züngelten daraus hervor, der Kopf fiel zur Seite und die blicklosen Augen starrten zum Himmel. Benbow erstarrte vor Grauen. Aber er gab keinen Laut von sich.

Als das gleißende Licht erlosch, war auch das Feuer seiner Macht beraubt. Die Funken, die züngelnden Flammen erstarben allmählich, und der Kaiser aus Pappe und Sägemehl war nur noch eine tote Puppe. Auch die Stimmung der Menge änderte sich. Lachen und Übermut schienen plötzlich ungehörig, und spontan stieg ein Lied auf, in das alle einfielen: *Nun danket alle Gott.*

Die Engländer, hätte Opa Dorman gesagt, sind Gott sei Dank immer noch ein Christenvolk.

Taffy stand hinter ihr, Benbow saß auf seinen Schultern. Seine Arme hielten sie umschlungen, warm und liebevoll. Als sie sang, preßte sie das Kinn gegen seinen Arm, legte dann den Kopf zurück und sah lächelnd zu ihm auf. Das liebe vertraute Gesicht so nahe vor sich – dem konnte er nicht widerstehen. Er senkte vorsichtig den Kopf und drückte einen Kuß auf die weichen Lippen.

Sie lehnte sich an ihn, müde, doch unendlich zufrieden. Die Hymnen – man sang jetzt «Du bist mein Fels im Meer» – wirkten so wohltuend auf sie wie ein warmes Bad. «Fels im Meer, Zuflucht mein – Stab und Stecken sollst du sein.» Sie lehnte sich fester gegen ihn und schmiegte den Kopf an seine Brust. Dabei entdeckte sie, was sie im Grunde immer schon gewußt hatte: ein Fels im Meer war Taffy nicht. Er geriet ins Wanken, weil er

Nell und Benbow nicht gleichzeitig halten konnte, trat jemandem auf den Fuß und erntete einen halblauten Fluch dafür. Nell mußte sich am Arm des vor ihr stehenden Mannes festhalten. Der kurze warme Traum war verflogen, sie blickte auf die Uhr über der Markthalle. «Taffy! Ich muß gehen – es ist schon fünf vor halb zehn!»

«Gehen?» fragte er. «Wohin denn?»

«Nach Haus natürlich. Der alte Mann bleibt extra auf.»

«Nach Hause? Du gehst noch nicht nach Hause, mein Mädchen. Nicht wahr, Benbow?» Er kitzelte den Jungen am Knie. Benbow lachte halb verlegen, halb erfreut, und versuchte die Hand von seinem Knie wegzuschieben. Er war solche vertraulichen Scherze nicht gewohnt und schätzte sie nicht sehr.

«Ich muß aber, Taff. Sie wollten mich gar nicht weglassen.»

«Warum denn nicht?»

«Ach – sie sagten, es wären zu viele Betrunkene auf den Straßen.»

Schweigen. Dann sagte er: «Manche Leute versuchen noch den Erzengel Gabriel zu übertrumpfen.»

«Ich muß wirklich gehen, Taff.»

«Kommt nicht in Frage», sagte er trotzig. «Erst müssen wir auf den Sieg trinken.»

Erstaunt sah sie ihn an. Daß Taffy Evans eine Entscheidung traf und eine Sache in die Hand nahm, hatte sie noch nie erlebt.

Der Scheiterhaufen war nun heruntergebrannt, die Menge begann sich zu verlaufen. «Komm mit», sagte Taffy, «wir suchen uns ein Pub. Wir probieren es mal im ‹Malzkrug›, ja?»

Nell Dorman war in ihrem Leben noch nie in einem Pub gewesen, und schon die Vorstellung jagte ihr Angst ein. Pubs und Kneipen: da waren nur betrunkene Männer, die wüste Lieder sangen und Witze erzählten, bei denen Nell puterrot geworden wäre. Außerdem konnten sie Benbow unmöglich in ein Pub mitnehmen. Aber an so einem Tag . . . Heute war Waffenstillstandstag. Und es tat einfach wohl, ausnahmsweise mal Taffy zu gehorchen, und nicht wie sonst immer von Oma und Opa herumkommandiert zu werden.

Trotzdem: «Nein, Taffy, das geht doch nicht», sagte sie.

Ohne auf sie zu hören, drängte er sich durch die Menge und zog Nell an der Hand hinter sich her, während sie Benbow im Schlepptau hatte. Plötzlich blieb Taffy stehen. «So – hier wartest du. Setz dich hin.» Sie standen an einer vollbesetzten Bank vor dem Eingang zum ‹Malzkrug›.

«Nein, Taffy», sagte sie noch einmal. Doch einer der Männer auf der Bank gab seiner Frau einen Rippenstoß. «Los, Alte, rück mal 'n Stück weiter», befahl er fröhlich und fügte, zu Nell gewandt, hinzu: «Setzen Sie sich, kleine Frau. Für 'ne Hübsche ist immer noch Platz.»

Nell gab den Widerstand auf. Lächelnd dankte sie und setzte sich, wenn auch mit Angst im Herzen. Opa würde bestimmt sehr böse sein, und wenn er auch noch Alkohol roch . . .

Jetzt tauchte Taffy wieder auf, drei Gläser in beiden Händen.

«Hier, nimm das, Nell. Und das ist für dich, mein Junge. Brause.»

«Danke», sagte Benbow. Brause – die kannte er. Aber

Nell betrachtete die braune Flüssigkeit in ihrem Glas argwöhnisch: «Was ist das, Taffy?»

«Na, Bier, natürlich. Versuch's mal.»

Sie nahm einen Schluck. Es schmeckte scheußlich – dünn und bitter und schal, schlimmer als Medizin. Aber sie trank. Der Krieg war zu Ende, Taffy war bei ihr, und heute war heute.

Taffy drängte sich an ihre Seite und gab ihr einen freundschaftlichen Klaps aufs Knie. «Wie wär's denn, mein Mädchen – willst du mich heiraten?»

Endlich war es heraus. Sie mußte wohl nein sagen, ihr Instinkt riet ihr dazu. Furchtsam blickte sie ihn an. Sein Gesicht, sonst so zerfurcht und unsicher, strahlte vor Lachen, und seine kleinen aufmerksamen Augen hatten alle Angst und Traurigkeit verloren. Sicher, mit Taffy würde es immer viel zu lachen geben, aber auch viel zu weinen, dachte sie. «Es geht nicht, Taff», sagte sie. «Es wäre unrecht – Tom gegenüber, meine ich.»

«Tom ist tot», sagte er, wie schon früher einmal.

«Ja, aber die beiden Alten. Das würden sie mir nie verzeihen.»

Sie sah erstaunt, daß sie ihr Glas geleert hatte. Ohne ein Wort nahm Taffy es ihr ab. «Nein, Taff», protestierte sie. «Nein.» Er verschwand und kam gleich darauf mit zwei gefüllten Gläsern zurück. Eins schob er ihr in die Hand.

«Ein Toter, und zwei alte Leute», sagte er. «Die haben doch mit uns überhaupt nichts zu tun, Nell. Es geht um uns, um unser Glück.»

«Ich hab 'n Schluckauf», ließ sich Benbow vernehmen.

«Du mußt versuchen, den Atem anzuhalten, Liebling.»

«Und dabei bis tausend zählen», fügte Taffy hinzu.

«Ich kann aber nur bis fünf.»

«Dann mußt du eben den Schluckauf behalten», meinte Taffy ungerührt. «Es geht doch um unser Leben, Nell. Nur um uns.»

«Und wo sollen wir wohnen? Du hast doch keine Arbeit, nicht wahr?»

«Ich find schon eine. Wir nehmen uns irgendwo ein Zimmer.» Er lachte. «Oder ich zieh einfach mit zu dir.»

Dazu sagte Nell gar nichts. Aus ihm sprach der Alkohol, das war klar. Sie merkte es bei sich selber; ihr war zumute, als schwebe sie, und dann auch wieder, als stände sie neben sich und höre der Unterhaltung zu, die sie selber führte.

Sie nahm einen Schluck aus dem zweiten Glas, und dann noch einen. Es schmeckte immer noch gräßlich, aber sie trank weiter, als sei es ihre Pflicht. Und während sie trank, veränderte sich die Welt um sie. Sie sah, wie liebevoll und wie bezaubernd Taffy in Wirklichkeit war – und nicht nur Taffy, sondern alle diese Engländer hier, die an diesem englischen Novemberabend vor der englischen Kneipe saßen. Und Benbow erst . . . Sie war erfüllt von tiefer sehnsüchtiger Liebe für ihren Sohn. Und Toms Eltern? Ach, sie waren gar nicht so übel. Im Grunde reizende alte Leute. Sie würden es sicher verstehen, wenn sie ihnen erklärte, warum sie Taffy heiraten wollte. Ein wenig Melancholie mischte sich in ihre euphorischen Träume. Ihr war nach Lachen und Weinen zumute.

«Menschenskinder, seht ihr ernsthaft aus!» sagte eine heitere Stimme, und Nell blickte auf. Walter und Alice standen vor ihnen, Arm in Arm.

«Hallo», sagte sie verwirrt und mußte einen Augenblick scharf nachdenken, bevor sie die beiden erkannte.

Walter wies mit der freien Hand auf Alice. «Ich hab sie endlich überredet, mal 'ne Stunde frei zu nehmen. Sie meint, die sind alle tot, wenn sie zurückkommt.» Er lachte breit.

Tatsächlich, Alice kicherte. Sie schien nicht ganz so streng diszipliniert wie sonst. Taffy sprang auf und schob Alice auf seinen Platz. Walter wandte sich zum Eingang des Lokals und sagte: «Was trinkst du denn da, Nell? Egal, was es ist, gieß es weg und trink 'n Whisky.»

«Nein, nein!» Aber Walter und Taffy waren schon verschwunden.

Alice legte ihre Rechte auf Nells Hand. «Was ist los, Kleine? Du denkst an Tom, was?» Die Stimme klang weich und zärtlich.

Nell sah sie so überrascht an, daß Alice sagte: «Keine Angst, ich werd nicht sentimental in meinen alten Tagen. Es ist bloß der Whisky.»

Benbow grübelte über etwas nach, was er vor fünf Minuten aufgeschnappt hatte: etwas, das nicht in sein Weltbild passen wollte. Er sagte: «Mam, du kannst Mr. Evans doch gar nicht heiraten, nicht? Du bist doch schon verheiratet.»

Verlegenes Schweigen. Alices Hand lag immer noch auf Nells, warm und freundschaftlich. Jetzt drückte sie Nell die Hand, und Nell hörte sich plötzlich sagen:

«Taffy hat mich gefragt, ob ich seine Frau werden will.»

Alice schwieg.

«Aber das kann ich doch nicht. Wegen – wegen Tom, und wegen der beiden Alten.»

Befriedigt lehnte sich Benbow zurück. Er hatte es ja gewußt. Aber Alice sagte ruhig:

«Was haben die damit zu tun?»

«Na, ich . . .»

«Tom war mein Bruder, und er hat mir sehr nahegestanden. Aber – heute ist er eine zerfetzte Uniform und eine Handvoll Knochen, irgendwo in Frankreich. Eine schöne sentimentale Erinnerung . . .»

Wieder hörte Nell sich entgegnen: «Ja – und ein Mann, den ich immer lieben und achten werde. Und mein verstorbener Ehemann. Und ein Mann, der für sein Vaterland gefallen ist.»

«Verzeih mir, Nell.»

«Schon gut, Alice. Ich weiß ja, du meinst es gut.»

«Ja, aber laß wenigstens meine Eltern aus dem Spiel. Die geht das überhaupt nichts an.»

«Doch, Alice, doch. Sie sind gut zu mir gewesen. Ich hatte ein Zuhause bei ihnen –»

«Blödsinn. Sie hatten ein Mädchen für alles, gratis und franko, und dazu noch das Bewußtsein, sich so richtig schön christlich benommen zu haben.»

Nell legte jetzt ihre Hand auf Alices Hand. «Du bist sehr nett zu mir.» Sie seufzte. «Aber es hat keinen Zweck, Es ginge ja auch gar nicht – wo sollten wir denn wohnen?»

«Na, zu Haus natürlich», sagte Alice ohne zu zögern.

Nell warf ihr einen erschrockenen Blick zu. «Zu Hause? Bei deinen Eltern? Da soll ich Taffy hinbringen? Sie können ihn doch nicht ausstehen.»

«Soviel ich weiß, kennen sie ihn überhaupt nicht. Hör zu, Nell, ich komme heute abend mit dir nach Haus und erzähle ihnen, was los ist.»

Jetzt erschrak Nell wirklich. «Nein, Alice, das geht nicht. Das kann ich nicht. Und außerdem – ich weiß noch gar nicht richtig, ob ich ihn heiraten will. Außerdem muß ich jetzt unbedingt nach Hause. Spätestens um zehn, hat dein Vater gesagt.»

«Du liebe Zeit! Am Waffenstillstandstag? Du bleibst heute abend bei uns, Nell. Wir werden dich schon beschützen.»

Jetzt kamen Walter und Taffy mit dem Whisky. Er schmeckte noch scheußlicher als das Bier, aber er brachte Nells Bedenken zum Schweigen. Sie tanzte sogar fröhlich mit Taffy auf dem Platz vor dem ‹Malzkrug›, und Walter tanzte mit Alice. Nur Benbow tanzte nicht, er saß zusammengekauert auf der Bank und träumte von Kaiser Bill, während sein Vater in flandrischer Erde den traumlosen Schlaf der Ewigkeit schlief.

7

Oma setzte Nell eine Frist bis halb elf; dann ging sie empört selber in die Küche und machte sich ihren Schlaftrunk.

«Halb elf», sagte sie, als sie zu Opa zurückkam. «Halb elf, und sie ist noch nicht zu Hause. Das geht doch wirklich nicht, Will.»

«Du solltest schlafen gehen», meinte er. «Hat keinen Zweck, daß wir beide die halbe Nacht aufbleiben.»

«Ich hätte wirklich gedacht –» Omas Stimme brach. «Ich hätte wirklich gedacht, sie würde gerade heute zu Hause bleiben wollen, hier bei uns sitzen und an früher denken.»

«Man will ja gar keinen Dank und erwartet auch keinen», sagte Opa bitter. «Aber ein bißchen Rücksicht . . .»

«. . . und Respekt für die Toten.»

«Der Krieg hat die Menschen selbstsüchtig gemacht, Lizzie.»

«Nie hätte ich das für möglich gehalten. Toms Witwe! Für mich ist der Junge noch so lebendig –»

Die Türglocke schnitt die Unterhaltung ab.

Die beiden Alten blickten sich an. «Laß sie rein», sagte Opa.

Oma nahm eine Kerze, ging zur Haustür und öffnete sie. Nell hatte den schlafenden Benbow auf dem Arm. Sie sah verängstigt aus, was ihre Schwiegermutter in dem Vorhaben bestärkte, ihr gründlich die Meinung zu sagen. Doch bevor sie dazu kam, tauchte noch jemand aus dem Dunkel auf: Alice.

Oma war enttäuscht. Sie hatte sich ein paar Bemerkungen zurechtgelegt, die Nell tief verletzt hätten, ohne ihr eine Handhabe zur Erwiderung zu geben. Und nun war Alice da und nahm ihr den Wind aus den Segeln. In Alices Gegenwart nahm sich die Mutter sehr in acht, was sie sagte, denn Alice hatte so eine Art, das Gesagte zu wiederholen, und dann hörte es sich auf einmal sehr dumm oder sehr häßlich an. Deshalb wählte Oma den zweitbesten Weg: sie nahm gar keine Notiz von Nell und lächelte ihrer Tochter liebevoll zu. «Nanu, Alice – das ist aber eine hübsche Überraschung», sagte sie.

«Ja, das dachte ich mir», sagte Alice, schob Nell vor sich ins Haus und trat mit munterem Lächeln ebenfalls ein. Sie legte ihrer Schwägerin die Hand auf die Schulter und sagte: «Du kennst doch wohl Nell, Mutter, nicht wahr?»

«Na, hör mal – klar kenne ich sie.» Oma zog es vor, auf den scherzhaften Ton einzugehen, obgleich sie wußte, daß die Frage nicht scherzhaft gemeint war.

Sie gingen ins Wohnzimmer. Opa war erleichtert, als er Alice erblickte. Wäre er mit Oma allein gewesen, hätte er sich gezwungen gesehen, Nell wegen ihres unerhörten Benehmens zur Rede zu stellen, und das hätte er sehr ungern getan. Aber wenn Alice dabei war – das wußte er so gut wie seine Frau –, dann war das unmöglich; er war also aus der Klemme. «Na so was, Alice!» rief er. «Nell, mach ihr schnell eine Tasse Tee. Und mir kannst du auch gleich eine mitmachen.»

«Bring du den Jungen zu Bett, Nell», sagte Alice bestimmt. Dann wandte sie sich an ihre Eltern. «Ich will keinen Tee. Nicht nach dem Whisky.»

Ein unterdrückter Ton kam von Nell – war es ein verhaltenes Lachen? Als sie aus dem Zimmer ging, warf sie den beiden Alten einen Blick zu. Beide bemühten sich, Schreck und Entrüstung unter freundlichem Begrüßungslächeln zu verbergen. Vom Flur her kam noch einmal der gleiche Ton – ein Schluckauf, oder wieder verhaltenes Lachen? Opa erhob sich und schloß die Tür. «Hat sie etwa auch was getrunken?»

«Natürlich. Heute ist Waffenstillstand.»

«Natürlich kann ich das nicht finden», sagte Oma streng. «Dein Vater und ich haben nichts getrunken.»

«Ja, das kann ich mir vorstellen», sagte Alice und lehnte sich in ihren Sessel zurück. «Ich hab eine Neuigkeit für euch.»

Beide blickten sie argwöhnisch an. Sie schätzten keine Neuigkeiten, denn meistens waren es doch nur schlechte Neuigkeiten.

«Nell und Taffy Evans wollen heiraten», sagte Alice.

Sie starrten Alice an, schweigend. Ihre Lippen bewegten sich, sie suchten nach einer Erwiderung auf diesen Donnerschlag. Oma faßte sich zuerst. «Nicht, solange sie in diesem Hause lebt», sagte sie grimmig und faltete die Hände über dem Leib.

Alice sagte nichts.

«Toms Frau», sagte Opa mit schmerzlicher Stimme. «Geht hin und heiratet diesen – diesen Windhund.»

«Wohnt er nicht im Asyl?» fragte Oma giftig. «Wie stellt sie sich das vor – wo wollen sie überhaupt leben?»

Alice blickte sie erstaunt an. «Na, hier natürlich, Ma.»

Dieses Schweigen dauerte noch etwas länger als das vorige. «Hier?» fragte Opa konsterniert. «Du meinst hier, in diesem Haus?»

«Ja, klar, das meine ich.»

«Du meinst – beide? Du meinst, sie würde ihn mit hierherbringen?»

«Nun hört mal zu», sagte Alice. «Ich hab mir schon alles überlegt. Taffy hat mal bei einem Möbelpolsterer gearbeitet, wie ich heute abend festgestellt habe.»

«Ja, das kann ich mir denken», entgegnete ihre Mutter böse. «Der hat sicher schon vieles gemacht – fünf Minuten lang», fügte sie bissig hinzu.

«George hat doch immer gesagt, er will aufhören, sobald der Krieg zu Ende ist. Taffy könnte sich also hier sehr nützlich machen – nützlicher als der gute alte George. Und Nell könnte weiterhin für euch sorgen.»

Der alte Mann rutschte unruhig in seinem Sessel hin und her. «Soll ich das wirklich so verstehen, Alice, daß du meinst, Taffy Evans sollte Georges Stelle einnehmen, in meiner Werkstatt?»

«Und Toms Stelle in unserem Haus?» Omas Zorn ertrank in Tränen.

«Allerdings. Er wird ja auch Toms Stelle in Nells Bett einnehmen.»

Die beiden Alten schnappten nach Luft wie zwei Schwimmer in hoher See. Betten waren zum Schlafen da. Der Gedanke, daß sie auch anderes bieten könnten, war vulgär und peinlich.

«Siehst du gar nicht, wie du deine Mutter aufregst, Alice?» fragte Opa ärgerlich.

Alice war der Ansicht, etwas Aufregung könne ihrer Mutter nur gut tun. «Ich finde, die Sache hätte für alle etwas Gutes», erklärte sie und setzte, vom Whisky ermutigt, zufrieden hinzu: «Ich glaube, es war eine gute Idee von mir.»

Immer noch ungläubig fragte Opa: «Du glaubst doch nicht wirklich, daß wir ihn hier im Haus haben wollen?»

«Nur über meine Leiche», schluchzte Oma, und der Gedanke an ihre eigene Leiche brachte die Tränen erst richtig zum Fließen.

«Na schön – wenn du meinst», sagte Alice gelassen. «Aber wer soll sich dann um euch kümmern?»

Sie starrten sie an – zwei klägliche, hilflose alte Leute. Dann faßte Oma Mut und sagte: «Wenn man zwei Töchter hat, sollte das kein Problem sein.»

«Und an welche Tochter denkst du?» fragte Alice. «Vielleicht an Edith? Sie muß ja wohl an der Schule bleiben, um den lieben Albert zu unterstützen, denn mit seiner Munitionsfabrik ist es jetzt wohl aus. Und selbst wenn das nicht zuträfe, kann ich mir, verdammt noch mal, nicht vorstellen, daß sie euch zu sich nähme.»

«Bitte, laß das Fluchen, Alice», sagte Oma. Ihr reichte es jetzt.

«Mutter und ich», sagte Opa, «wir hatten immer gedacht, wenn der Krieg zu Ende ist ... nun, wir hatten gedacht, du und Frank, ihr würdet zu uns ziehen. Du bist hier immer willkommen, Alice.»

«O ja, das glaube ich. Frühstück machen. Den ganzen Tag Tee aufgießen.» Sie holte tief Luft. «Wißt ihr eigentlich, was ich heute gemacht habe, seit euer kostbarer Waffenstillstand ausgerufen wurde? Ich habe gesehen, wie ein junger Mann starb, wie einem der Fuß abgenommen wurde und einer sein Augenlicht verlor. Alles nette Jungens – liebe englische Jungens.»

Ihre Eltern sahen sie verwirrt an. Sie begriffen nicht, worauf sie hinaus wollte. «Du möchtest also nicht zu uns kommen, Alice?» fragte Opa zaghaft.

«Nein – ich könnt's nicht, Dad. Ich würde ersticken. Ihr müßt euch also entscheiden, wen ihr haben wollt: Nell oder niemand.»

«Lieber nehm ich 'ne bezahlte Hilfe», sagte Oma grimmig.

«O ja – bezahlen müßtest du, und nicht zu knapp», sagte Alice. «Die Frauen haben in den Munitionsfabriken nämlich nicht schlecht verdient, die geben sich nicht mehr mit einem Trinkgeld zufrieden.»

Unsicherheit und Hilflosigkeit standen in den Augen

der beiden Alten. Es war schrecklich, wenn man alt war und abhängig.

«Du könntest doch überhaupt nicht mehr die Wäsche machen», fuhr Alice mitleidlos fort, «und dann die Kocherei und das Saubermachen . . . das würde dich umbringen, Ma. Und was soll Dad dann machen? Selber kochen und Hemden waschen?»

Man hätte nicht sagen können, wer jetzt bestürzter war: Oma bei dem Gedanken an ihr baldiges Ableben, oder Opa bei dem Gedanken an seine Kochkunst. Alice beobachtete sie und dachte: da sitzen sie nun wie zwei Häufchen Unglück – warum war ich eigentlich so hart mit ihnen? Bestimmt nicht nur Nells wegen, das wußte sie. Warum hatte es ihr auch noch Spaß gemacht, mit ihnen zu spielen wie eine Katze mit zwei hilflosen Mäusen? Denn es hatte ihr Spaß gemacht – mächtig sogar. Frank hatte einmal gesagt, der Alkohol steigere die Hauptwesensmerkmale eines Menschen, er mache die Gutherzigen noch gutherziger, die Zänkischen noch zänkischer. Ich bin offensichtlich kein netter, angenehmer Mensch, dachte sie, und der Whisky hat mich noch bissiger gemacht.

Nell setzte Benbow auf sein Bett. Er fiel wie ein Mehlsack um. «Komm, Liebling, wach auf», bat sie. «Ausziehen, komm.»

Er öffnete die Augen einen Spalt, blinzelte, ohne etwas zu sehen, und machte die Lider wieder zu. Mühsam hielt sie ihn aufrecht und plagte sich mit den Knöpfen seines Matrosenmantels ab. Er sackte immer wieder um. Endlich hatte sie ihm sein Nachthemd übergestreift, fuhr ihm mit dem Waschlappen einmal über das kleine Gesicht und legte ihn ins Bett. Sie saß auf der Bettkante und blickte ihn zärtlich an. «Hättest du nicht auch gern einen neuen Papa, mein Liebling?» fragte sie leise, überwältigt von Liebe und Wärme für das kleine Menschenwesen, den Miniatur-Tom, der einmal ein Stück von ihr selbst gewesen war, bis er laut schreiend von ihr getrennt wurde. Es würde nicht mehr lange dauern, bis er seine eigenen Wege ging – zur Schule, zur Arbeit, zu Mädchen, die jünger und hübscher waren als seine Mutter. Sie lag quer über dem Bett und hielt die Decke, unter der Benbow lag, fest in den Armen. Immer wieder küßte sie seine Wangen, seine Lippen, und murmelte zärtliche Koseworte. Benbow ließ alles über sich ergehen.

Schließlich richtete Nell sich auf. Ihr war seltsam zumute – sie verstand sich selber nicht recht. Das ungewohnte Bier und der Whisky, das Ende des Krieges, der ihr alles genommen hatte, das Tanzen, das sie so liebte und jahrelang entbehrt hatte, und das Bewußtsein, daß sie einen Mann heiraten wollte, der trotz mancher Fehler Charme besaß – all das brachte ihre Gefühle so durcheinander, daß sie hätte lachen und weinen mögen, und zugleich die ganze Welt umarmen, nicht nur Benbow und Taffy, sondern wirklich die ganze Welt – sogar Oma und Opa Dorman.

Es ging nicht nur Nell so an diesem 11. November 1918. In vielen Häusern in Deutschland herrschte Verzweiflung und Reue und unendliche Erleichterung; in Frankreich mischte sich Bitterkeit in den Jubel und Haß für den geschlagenen Feind. In England wurden Freudenfeuer angezündet und auf den Bergen Leuchtsignale; man trauerte um die Toten und hatte sogar Mitleid mit dem einst hochgeachteten und nun gedemütigten Gegner. In Whitehall war man froh, daß dieser Krieg zu Ende war und man sich anderen Aufgaben zuwenden konnte. Im Hause Downing Street 10 saßen zwei kluge Männer zusammen, Winston Churchill und Lloyd George, die beide der Meinung waren, man könne bei der Neuordnung Europas ein Volk, das sich wacker gegen drei Viertel der Welt geschlagen hatte, nicht einfach übergehen. Auch hier sprach zweifellos Gefühl mit. Die beiden waren schon mit Plänen beschäftigt, wie man auf dem zerschlagenen Kontinent das Gleichgewicht der Kräfte wiederherstellen konnte.

Noch ein anderer Mann muß hier erwähnt werden: ein blasser unauffälliger Mann im Schlamm der Westfront, der schon jetzt die Niederlage und Bitterkeit, den Haß und den Wunsch nach Rache des ganzen deutschen Volkes auf sich nahm. Der Gefreite Adolf Hitler machte sich bereit zur Vergeltung.

Alice hatte mehr als recht gehabt: Taffy Evans war ein durchschlagender Erfolg im Hause Dorman.

Er machte seine Sache gut, was sonst selten vorkam. Er war unsicher wie immer, aber er versuchte es nicht durch Aufschneiderei zu kaschieren. Bei seinem ersten Besuch begrüßte er Oma Dorman etwa so, wie Disraeli Queen Victoria begrüßt hatte: ernst und höflich und voller Bewunderung. Und Opa nahm er völlig den Wind aus den Segeln, als er sagte: «Ich glaube, Sie haben damals an die Bahn geschrieben, Sir – weil ich an dem Abend mit Nell – na ja. Sie hatten natürlich vollkommen recht; jeder Steuerzahler hätte das getan. Es war ja schließlich noch Krieg.»

«Ja, ich . . . äh . . .» sagte Opa – eine etwas magere Antwort für jemanden, der mit so wenigen Worten Opas schlechtes Gewissen beruhigt hatte. George, der bisher im Geschäft geholfen hatte, war sehr froh, als er Leim und Leisten an Taffy übergeben konnte. Bald wurde Taffy der Laden auch mal allein überlassen, wenn der alte Mann nachmittags sein Nickerchen machte. Und Taffy bewährte sich. Er hockte nicht im Hinterzimmer, sondern stand an der Ladentür, lächelte den Vorübergehenden etwas unsicher zu, grüßte höflich, verbeugte sich vor älteren Damen und sah den hübschen Jüngeren mit begehrlichen Blicken nach. Zu den Kecken sagte er auch manchmal: «Junge Frau, ich hab genau den richtigen Stuhl für Ihren hübschen kleinen Allerwertesten – wollen Sie ihn sich nicht mal ansehen? Ist auch gar nicht teuer.» Dann gingen sie erst lachend weiter, kehrten aber oft wieder um, weil die schwarzen Männeraugen sie so bewundernd angesehen hatten, und kauften tatsächlich etwas.

Eines Tages kam Taffy zu Nell und sagte: «Komm mal mit in die Werkstatt, Liebchen.» Überrascht ließ sie sich von ihm durch den Laden und das kleine Hinterzimmer führen, wo der alte Mann grunzend aufblickte, und stieg hinter ihm nach oben in die Werkstatt. Nell erkannte sie kaum wieder. Georges Durcheinander aus Stoffresten und Abfällen und Sägemehl und Holzspänen war verschwunden. Alles lag an seinem Platz, geordnet und übersichtlich. Und mitten im Raum stand ein wunderschönes rotes Spielzeugauto, genau die richtige Größe für Benbow.

«Taffy!» rief Nell beglückt und legte ihm den Arm um die Taille. «Hast du das etwa gemacht? Für Weihnachten?»

Er nickte grinsend und schlug sich auf die Brust. «Ja – so dumm ist er gar nicht, dein Ehemann.»

Sie umarmte ihn. «Wie wird er sich freuen, der Junge! Ich danke dir, Taffy, ich danke dir, Lieber.» Ihr kamen die Tränen, so glücklich war sie. Sie und Benbow waren nun nicht länger verwaist, sie hatten einen liebevollen Mann und Vater, der mit ihnen Weihnachten feierte.

Edith hielt ihr Wort und kam nicht ins Haus, «solange der Kerl dort war», aber das machte niemandem etwas aus. Alice und Walter kamen auch weiterhin jeden Sonntagabend, aber diese Abende waren nicht mehr wie früher. Schluß war mit der *Nacht der Sorgen und der Schmerzen*. «Ach nein, das ist doch so traurig, nicht wahr, Ma?» Und schon saß Taffy auf dem Klavierhocker, griff mit beiden Händen in die Tasten und ließ *Auf zum guten Kampf* ertönen oder *Vorwärts, christliche Soldaten*, und sein klarer Tenor führte sie durch alle Verse. Hätte ein anderer ihr das zugemutet, wäre Oma glatt umgefallen. Aber Taffys Neckereien – immer höflich, niemals dreist – ließen sie geradezu aufblühen.

Und Nell – Nell war im siebenten Himmel, den sie für immer verloren geglaubt hatte. Keine Edith, kein Albert mehr; statt dessen ein Stückchen Wales, und dazu die schöne klare Singstimme. Es war fast wie früher. Als sie Taffy in der bescheidenen kleinen Baptistenkapelle ihr Jawort gab, war sie immer noch unsicher gewesen. Aber jetzt liebte sie diesen Mann, der seine Fehler und Schwächen nicht verheimlichte, sondern sie ihr ganz offen zu Füßen legte – und seine Liebe dazu.

Und er schenkte ihr noch etwas: Lachen. Sie hatte das Lachen fast verlernt gehabt, jetzt lernte sie es von neuem. Sie schob sich das Haar aus der Stirn, warf den Kopf zurück und lachte laut und strahlend. Bis Oma gekränkt das Gesicht verzog und alle Fröhlichkeit auslöschte. Man durfte die Toten nicht tot sein lassen.

Nell begann sogar zu träumen. Natürlich versorgte sie die beiden Alten weiterhin – das war selbstverständlich. Solange sie am Leben sein würden, konnte Nell nie mit Taffy allein sein, nicht mal in ihrem Schlafzimmer, denn da war auch Benbow. Aber die beiden würden ja nicht ewig leben. Und da sie keinen Sohn mehr hatten, könnte – vielleicht – Taffy das Geschäft für die Töchter weiterführen. Dann könnte sie mit Taffy ein kleines Häuschen mieten, ein bescheidenes Reihenhaus vielleicht, mit einem gemütlichen Wohnzimmer, einer Küche mit Spülstein und Wasserhahn und Kessel, mit einem ganz kleinen Garten, wo man die Wäsche aufhängen konnte, mit einem eigenen Zimmer für Benbow und einem Schlafzimmer für sie beide ganz allein. Ein winziges Königreich. So weit war es natürlich noch lange nicht. Aber es lohnte sich, darauf zu warten.

Nur Benbow sah der Zukunft mit etwas gemischten Gefühlen entgegen. Er hatte immer noch seine Zweifel, ob Mam überhaupt noch mal heiraten durfte, wo sie doch mit Dad verheiratet gewesen war. Aber er sagte lieber nichts dazu; die Erwachsenen mußten schließlich wissen, was sie taten. Widerspruchslos ließ er sich in seinen Matrosenanzug und den blauen Mantel mit den Messingknöpfen zwängen, die spitze Mütze mit dem Goldstreifen auf den Kopf setzen, und ging dann treu und brav wie ein zuverlässiger Bernhardiner mit seiner Mam (dunkelblaues Jackenkleid mit Chrysanthemensträußchen im Knopfloch) in die kahle hallende Baptistenkapelle, wo sie und Taffy Evans bei einer Temperatur von zwölf Grad getraut wurden. Von der Familie war natürlich niemand gekommen, das wäre wohl auch zu viel verlangt gewesen; nur Nells Cousine Vanwy war (mit verbilligter Tageskarte) aus Wales gekommen, um Brautjungfer zu spielen. Sie lächelte ihr undurchsichtiges Lächeln und fuhr nachmittags wieder heim. Auf dem Bahnhof küßte sie Benbow zum Abschied, küßte auch den neuen Vetter, etwas ausführlicher, und zuletzt noch, eilig und kurz, die Cousine Nell. Dann aßen sie – unerhörter Luxus – zu dritt im Café Boots: Schollen mit Chips, hauchdünne Weißbrotscheiben mit Butter, und Tee für Taffy und Nell, ein Spiegelei und Brause für Benbow. Nell strahlte Taffy schüchtern an, sie hatte das Gefühl, jeder im Café blicke sie an und mustere das hübsche blaue Kleid, und Taffy lächelte zurück und drückte unterm Tisch sein Knie an das ihre. Nein, er war kein schöner Mann, dazu waren seine Züge zu grob. Aber das melancholische Lachen in seinen schwarzen Augen war einmalig. Und er ganz allein hatte sich auch das Essen im Café Boots ausgedacht. Schöner hätte es gar nicht sein können. Sie dachte an den Empfang nach ihrer ersten Hochzeit, in der Baptistenschule, als der alte Mann dem jungen Paar mit Ingwerbrause zutrank und dann sentimental wurde. Damals war Tom an ihrer Seite, heute war es Taffy. Konnte eine Frau denn zweimal lieben? Konnte sie einen Mann im Dunkeln an sich ziehen, obwohl sie den ersten noch liebte, ohne untreu zu sein? Ja, das konnte sie. Tom war Tom und blieb es: ruhig, gelassen, zuverlässig. Ihre Liebe zu ihm blieb das, was sie immer war, und würde sich nicht ändern. Und Taffy? Sie sah ihn an, und in aufwallender Zärtlichkeit schob sie ihre Hand in die seine. Ihre Liebe zu Taffy war noch nicht unveränderlich fest, sie würde noch wachsen und blühen, wie ein junger Baum. Vielleicht auch sterben wie ein Baum? fragte sie sich. Nein, das würde nicht geschehen. Die Jahre würden ihm Nahrung geben, er würde groß und stark werden. Und Taffy würde Tom nichts wegnehmen.

Sie hatten ein kleines Einzelbett erstanden, das im Preis herabgesetzt, aber nicht verkauft worden war. Sie stellten es oben in Nells und Benbows Schlafzimmer. Als Benbow feststellte, daß er und nicht Mr. Evans in dem Bett schlafen sollte, gefiel ihm das gar nicht. Wo er doch so gern in Mams Bett schlief! Sie war warm und weich und man konnte sich so schön an sie ankuscheln. Das liebte er sehr – aber das war doch nichts für einen erwachsenen Mann. Zumal Mam Mr. Evans noch gar nicht sehr gut kannte und bestimmt keine Lust hatte, mit einem fast Fremden im gleichen Bett zu schlafen.

Doch zu seinem Erstaunen schien sie nichts dagegen zu haben. Diesmal versuchte er es mit einem Protest. «Ich möcht aber so gern bei dir schlafen, Mam. Ich glaube, Mr. Evans hat nichts dagegen. Der hat sicher viel lieber ein Bett für sich allein, Mam.»

«Ich glaube nicht, mein Herz.»

Also fügte sich Benbow und kletterte in sein neues Bett. Aber er war überzeugt, daß Mr. Evans, wenn er heute abend schlafen ging, doch noch mit ihm tauschen werde.

Doch als Benbow am nächsten Morgen erwachte, saßen Mam und Mr. Evans nebeneinander in dem großen Bett und lächelten ihm zu. Und Mr. Evans dachte gar nicht daran zu tauschen, weder an diesem Morgen noch irgendwann später.

8

Der Krieg war vorüber, es war Frieden. Aber in Ingerby änderte sich nicht viel. Das Jahr ging zu Ende, Weihnachten kam und brachte ein wenig Licht in die graue Welt. Und langsam kamen die Männer zurück, einzeln oder zu zweit, wie die Schneeflocken, die vom winterlichen Himmel zur Erde trieben. Hager, mit großen starren Augen kehrten sie heim, die Männer, die vier Jahre in einer von Menschen gemachten Hölle gelebt hatten (und niemand konnte das Leben besser zur Hölle machen als der Mensch), in nassen Erdlöchern wie ihre frühen Vorfahren, unaufhörlich der Angst ausgesetzt und dem lähmenden Schrecken, dem Lärm, den Kugeln und Mörsern und Granaten und Bajonetten, den Unteroffizieren, Offizieren, den hohen Gästen vom Stab, den Ratten und den Deutschen. Und dem Haß, den sie auf all das empfanden – außer vielleicht auf die Deutschen. Denn anders als die Zivilisten haßten sie die Deutschen nicht. Sie hatten eher Mitleid mit ihnen, manchmal Respekt, und oft auch Zorn, weil sie sich nicht geschlagen geben wollten. Für Engländer ist Haß ein sehr fremdes Gefühl. Deutsche Infanteristen waren für die englischen Soldaten nichts als arme Schweine, denen es genauso dreckig ging wie ihnen selber.

Nun kehrten sie heim und stellten fest, daß nicht überall die Hölle gewesen war, daß die Häuser in der Heimat noch so standen wie zuvor, mit hellen Gaslampen und warmen Kohlenfeuern, daß die Straßen die gleichen Straßen waren wie früher, die Bahnen und Wagen fuhren wie früher, daß die Welt, die sie damals zurückgelassen hatten, tatsächlich immer noch da war: ein bißchen schäbig und grauer vielleicht, aber sie war da. Und was fast noch erstaunlicher war: die Leute in der Heimat hatten keineswegs jeden Abend Gott auf den Knien gedankt für all das, was ihnen geblieben war. Im Gegenteil: immer noch blühten Zank und Streit, hörte man Nörgeln und Klagen wegen jeder Nichtigkeit, war man aus läppischen Gründen gekränkt und beleidigt. Es war unglaublich: Millionen Menschen hatten sterben müssen, ein ganzer Erdteil war aufgewühlt worden, um den einen großen Streit beizulegen. Jetzt schwiegen die Waffen, aber das kleine Gezänk ging weiter. Für jene Menschen in Ingerby, die niemanden im Krieg verloren hatten, war die Götterdämmerung nichts gewesen als eine Geschichte, der sie wenig hinzuzufügen und von der sie nichts gelernt hatten. Natürlich war die Götterdämmerung schlimm gewesen, davon konnten sie alle ein Lied singen, aber niemand hatte anscheinend die Möglichkeit in Erwägung gezogen, daß England den Krieg verlieren könnte. England verlor keine Kriege, man hatte nur abwarten müssen, bis alles vorüber war – wie ein Unwetter. Und jetzt, wo es vorüber war, kehrte man am besten ganz schnell dahin zurück, wo man 1914 stehengeblieben war.

Weihnachten kam, Taffy saß am Klavier und spielte Weihnachtslieder. Edith, Albert und Crystal kamen nicht. Ediths Vorstellung von Friede-auf-Erden-und-den-Menschen-ein-Wohlgefallen hatte sich immer nur auf einen kleinen Kreis beschränkt, und Taffy Evans gehörte nicht dazu. Albert tat natürlich, was Edith tat. Benbow war erleichtert. «Wo sind Tante Edith und Crystal?» fragte er Oma.

«Sie kommen nicht, Jungchen.»

«O prima!»

Oma war gekränkt. «Hast du denn deinen Onkel und deine Tante gar nicht lieb, Benbow?»

«Och – nicht sehr.»

«Und Crystal auch nicht?»

«Nee – die will immer bloß sehen, was ich in der Hose habe», antwortete Benbow entrüstet.

Oma sagte nichts. Der Krieg war schuld, dachte sie. Selbst unschuldige kleine Kinder hatte er verdorben. Sie mußte Edith warnen. Sie war ernstlich besorgt. Und sie konnte nicht einmal mit jemandem darüber sprechen! Nicht mal mit Will.

Edith und ihre Familie waren nicht die einzigen, die zu diesem Weihnachtsfest nicht wie üblich bei den Eltern erschienen. Alice kam auch nicht. Sie war auch nicht bei den Verwundeten im Lazarett.

Anfang Dezember hatte Alice einen auf häßlichem grauem Feldpostpapier geschriebenen Brief von Frank Hardy erhalten. «Liebe Alice – dieses Jahr bin ich Weihnachten bestimmt noch nicht zu Hause. Unser Regiment soll noch hierbleiben und die letzten Aufräumungsarbeiten machen, oder es wenigstens versuchen. Ich fürchte, darüber kann es Sommer werden, mein Liebes – immer vorausgesetzt, daß der Waffenstillstand überhaupt hält. Manchmal habe ich Alpträume und denke, das geht jetzt immer so weiter, ich werde eine Art Fliegender Holländer und muß auf die schönen Dinge des Lebens für immer verzichten. Und warum? Vielleicht, weil ich zu sehr an ihnen gehangen habe und das harte Männerleben erst lernen mußte . . .»

Sie las den Brief in dem kleinen Zimmer hinter Saal

vier. Er sprach noch von seiner Enttäuschung und seiner großen Sehnsucht. Er bat sie um Verzeihung, daß er ihr diesen Kummer zufügen müsse. Sie hätte doch schon 1914 seine Frau werden sollen; nun müßte er sie noch bis 1919 warten lassen. Aber er würde es gutmachen . . .

Ihr erstes Gefühl war Erleichterung. Seit dem Waffenstillstand hatte sie sich vorgenommen, zu einem Entschluß zu kommen: mit Walter zu brechen und nur noch für Frank da zu sein, ihm das Glück zu geben, das er nach den vier Jahren der Hölle verdiente. Immer wieder hatte sie die Entscheidung verschoben, und nun hatte sie noch sechs Monate Zeit – mindestens sechs Monate. Sie wußte, was sie tun wollte: Sie wollte Walter nicht mehr wie den letzten Dreck behandeln, sondern freundlich zu ihm sein – sogar liebevoll. Sechs Monate lang. Und dann sagen: Lebwohl, Walter, mein Held kommt heim.

«Du hast ja wohl Dienst an den Feiertagen, wie immer», sagte Walter abends.

Sie lächelte ihn zum erstenmal seit Wochen an. «Nein, ich hab keinen Dienst.»

Er sah plötzlich nicht mehr aus wie ein geprügelter Hund. «Soll das heißen, daß wir uns sehen können?» fragte er hoffnungsvoll.

«Wenn dir noch daran liegt – so wie ich dich in letzter Zeit behandelt habe.»

Ein anderer hätte ihren Sinneswechsel dankbar akzeptiert – aber Walter nutzte ihn für den eigenen Vorteil. «Schön. Dann laß uns über Weihnachten nach Scarborough fahren.»

«Mein Gott, Walter!» sagte sie schockiert. «Das kann ich nicht.»

«Und warum nicht?»

«Das wäre unrecht. Geradezu verderbt!»

«Aber schön wär's auch», sagte er grinsend. Er ließ keinen Blick von ihrem schmalen Gesicht.

«Das geht nicht, Walter. Ich bin mit Frank verlobt. Und im Sommer werde ich ihn heiraten.»

«Warum im Sommer?»

«Weil er nicht vorher kommen kann. Aber wenn er kommt, dann heiraten wir.»

«Um so mehr Grund, nach Scarborough zu fahren. Ich dachte, du erwartetest ihn jeden Tag.»

Sie schwieg. Vier Jahre lang Blut und Eiter und Erbrochenes und Männer, die sich vor Schmerzen wanden; vier Jahre lang Arbeit und Müdigkeit und Verantwortung, vier Jahre, in denen sie Schwache und Verzagte stärken und Verzweifelten Kraft geben mußte. Vier Jahre ohne den Mann, den sie einst liebte, vier Jahre Trübsal, erhellt nur zuweilen von dem Mann, den sie innerlich verachtete. Sie sehnte sich nach Ruhe, nach Behagen und fröhlichen Stunden. Aber es wäre unrecht. Ihre puritanische Erziehung ließ es nicht zu.

«Ich kenne da ein nettes Hotel», sagte er. «Kaminfeuer im Schlafzimmer, Wärmflaschen in allen Betten, und morgens bringen sie einem das Frühstück ans Bett, wenn man will.»

Alice hatte noch nie in einem Hotel gewohnt. Sie sah weiße Laken vor sich, die nach Lavendel dufteten, hübsches Geschirr auf einem kleinen Tablett. Sie hatte hübsche Dinge gern. Aber Unrecht blieb Unrecht. «Ich kann's nicht, Lieber», sagte sie sanft.

«Na gut», sagte er lässig. «Ich finde schon jemand anderes.»

In plötzlicher Angst blickte sie ihn an. Weihnachten

bei den Eltern, in dem dunklen Braun und Grün, das so deutlich die Seelen der Bewohner widerspiegelte; ein streng geregeltes Fest, bei dem sie die ganze Zeit an das freundliche Scarborough denken würde – an die aufmerksamen Kellner, den Luxus, an den Spaziergang am Weihnachtsmorgen am einsamen Strand, an die Vorfreude auf den festlichen Puter ... Kein Geschirrspülen, kein Vorwurf, jedesmal, wenn sie sich eine Zigarette anzündete, keine unablässigen Nörgeleien über Bagatellen ... «Gut, ich komme mit, Walter», sagte sie ergeben.

«Zu gnädig», sagte er deutlich verschnupft. «Also gut, ich bestelle das Zimmer.»

Auch Großtante Mabel kam nicht zum Fest.

Sie hatte es sich lange überlegt. Siegfried war noch im Lager. Aber nächstes Jahr war er bestimmt nicht mehr da. Sollte sie dieses letzte Weihnachten mit Siegfried und Whisky feiern, oder mit Will und Lizzie Dorman und Ingwerbrause? Wenn sie bei Siegfried blieb, würde Lizzie gekränkt sein und heulen, und Will würde große Töne reden. Ging sie zu ihnen, so würde sie es vielleicht ihr Leben lang bedauern, die letzten Stunden nicht mit Siegfried verbracht zu haben. «Ach, zum Teufel», sagte sie sich am Weihnachtsabend, ging in den Hof, fing einen Hahn ein, drehte ihm kraftvoll den Hals um und rupfte ihn, daß die Federn flogen. Zu Siegfried sagte sie: «Du kommst doch tagmorrow, ja?»

«Ja», sagte er und lachte.

Er kam tatsächlich und fand Mabel, mit einer mottenzerfressenen Fuchsstola und den üblichen Gummistiefeln, am Herd, wo der Hahn bruzzelte. In der Küche hingen leicht verstaubte Papiergirlanden. Der Tisch war gedeckt, Gläser standen bereit und ebenso die Whiskyflasche.

Doch diesmal ergriff Siegfried die Initiative: er lachte über das ganze Gesicht, als er Mabel eine Flasche überreichte. Sie beäugte sie mißtrauisch.

«Was ist denn das, Sieg?»

«Enzian.» Stolz schenkte er ihr ein, und sie trank einen Schluck. Es schmeckte irgendwie nach Erde. «Bißchen muffig, finde ich, Lieber. Ist er auch noch gut?»

«Ja. Sehr gut.» Er hatte auch sich selbst ein Glas eingeschenkt und stieß jetzt mit ihr an.

Mabel nahm einen tiefen Schluck. Ja, muffig schon. Modrig. Aber es war was dran. Sie hielt ihm ihr Glas zum Nachschenken hin. Sie fühlte es warm und wohltuend durch ihre Kehle rinnen. Der graue Dezembertag war plötzlich gar nicht mehr so grau. Sie holte den Hahn aus dem Herd, er war braun und knusprig, und machte sich energisch ans Tranchieren. Sie füllte zwei große Teller mit Fleisch, Kartoffeln, Rosenkohl, Rüben und Sauce, und Siegfried füllte die Gläser. Sie aßen und tranken mit großem Appetit. Danach half er ihr beim Abwaschen, und sie zerbrachen zwei Teller und ein Glas und schaufelten unter großem Gelächter die Scherben in den Mülleimer. Dann schoben sie das alte Roßhaarsofa näher an den bescheidenen Gaskamin und legten Kastanien auf den Rost. Er brachte ihr *Stille Nacht* bei, und sie lehrte ihn *Old Macdonald had a Farm*, was er offenbar für ein Weihnachtslied hielt, denn er sang es ernst und feierlich. Draußen schob sich die Dämmerung näher an den einsamen kleinen Hof, und das einzige erleuchtete Fenster schien hell über das schweigende Moor. Es war das zauberhafteste Weihnachten, das sie je erlebt hatte, dachte Mabel, bis ihr plötzlich einfiel: Nächstes Jahr! Im nächsten Jahr ist er in seiner Heimat bei Frau und Tochter, und ich hocke bei Lizzie und Will. Einen Augenblick wurde sie von Panik ergriffen und dachte: Nein – nein, das kann ich nicht. Sie schauerte zusammen, als sei auf einmal das nasse trübe Moor ins Zimmer gedrungen. Sie zog seinen Arm fester um sich, nahm noch einen tiefen Schluck Enzian und hielt ihm das leere Glas hin. Er füllte es, und sie stießen an. «Prost, Lieber – auf alles, was du dir wünschst», flüsterte sie und blickte ihn mit traurigem Lächeln an. Zärtlich küßte sie die graue eingefallene Wange und dachte: Wenn mich Lizzie jetzt sehen könnte . . .

Für Benbow fing Weihnachten nicht gut an. Es war noch dämmerig, als er aufwachte und sah, daß es draußen gefroren hatte, denn das Fenster war zugefroren, die Scheibe hatte ein dichtes Muster aus Blättern und Blumen. Doch dann sah er, daß der Strumpf, den er ohne viel Hoffnung ans Fußende seines Bettes gehängt hatte, gefüllt war. Komisch – es gab also doch einen Weihnachtsmann.

Da war aber noch etwas. In dem weißlichen Licht, das durch das vereiste Fenster drang, sah Benbow einen Gegenstand am Fußende seines Bettes stehen. Etwas Großes. Ein bißchen Angst mischte sich in seine Neugier, obgleich das Ding ganz still stand und keinen Laut von sich gab.

Er sah zum anderen Bett hinüber. Mam und Mr. Evans saßen da und lächelten ihm zu. «Was ist das?» fragte Benbow.

«Sieh's doch mal an», meinte Mr. Evans.

Er sprang aus dem Bett und stand auf dem eiskalten Linoleum. «'n Auto», sagte er überwältigt.

«Stimmt», sagte Mr. Evans. «Setz dich mal rein.»

Aber Benbows Gedanken liefen schon weiter. «Wie hat er das durch den Schornstein bekommen?» fragte er.

«Ach weißt du, er hat eine Menge Übung mit Schornsteinen», meinte Mr. Evans.

«Erkälte dich nicht, mein Junge», sagte Mam.

Benbow betrachtete erst das Spielauto und dann den engen Kamin. «Geht nicht. Bestimmt nicht», sagte er fest.

«Nun fahr doch mal los, Junge», sagte Taffy Evans ungeduldig. Schließlich hatte er nicht den alten Kinderwagen gekauft, das Chassis mit Sperrholz umbaut und Pedale und Lenkrad eingesetzt, um an einem eiskalten Morgen über den Transport zu diskutieren.

«Und Ruß ist auch gar nicht drauf», sagte Benbow mißbilligend.

Nell hätte ihn schütteln mögen. Als sie gesehen hatte, was Taffy für den Jungen (und damit auch für sie) getan hatte, war sie glücklich und dankbar gewesen. Ein Mann, der sich so etwas ausdachte und seinem Stiefsohn zuliebe ausführte, mußte sehr viel Liebe in sich haben, dachte sie. «Ist das nicht lieb vom Weihnachtsmann», sagte sie und drückte Taffy unter der Bettdecke die Hand.

«Vielleicht hat er's durchs Fenster reingebracht», meinte Benbow fragend.

«Du kannst im Hof hinter dem Laden damit fahren», sagte Nell.

Jetzt sprang Taffy aus dem Bett, packte Benbow, setzte ihn nicht sehr sanft in den Fahrersitz und schob ihn ein paarmal rund ums Zimmer. Dann kroch er ins Bett zurück, mit einem Glitzern in den Augen und einem schmalen Lächeln um die gepreßten Lippen. Nell sah ihn ängstlich an. War das Ausgelassenheit, oder platzte ihm gleich der Kragen? Sie hatte ihn noch nicht zornig erlebt. Sie nahm seine Hand und sah ihn an. «Alles in Ordnung, Lieber?» fragte sie.

Sein Atem ging etwas schwer, aber daran konnte auch die Anstrengung des Schiebens schuld sein, oder die beißende Kälte. Er nickte kurz, sah sie aber nicht an.

«Durch den Schornstein *kann* er es nicht geschafft haben», erklärte Benbow abschließend.

Es war wirklich traurig: das erste Weihnachtsfest nach dem Krieg brachte Will und Lizzie Dorman nichts als Kummer und Kränkung. Mit Tränen in den Augen dachte Lizzie an vergangene Zeiten, als die Kinder noch jung waren. Damals waren sie nur zu gern gekommen! Und heute –? Tom kam nicht mehr, er konnte nicht mehr kommen. Es erschien aber auch keine von ihren Töchtern. Daß Edith nicht kam, konnte sie verstehen und fast sogar billigen. Aber Alice – das begriff sie einfach nicht. Nach Scarborough zu fahren, mit einem Mann! Zu Weihnachten! Selbst wenn gar nichts passierte – und sie wollte einfach nicht glauben, daß etwas passierte –, es war nicht richtig, was Alice tat.

Auch Mabel kam nicht. Nur Großtante Min erschien. Verfroren und munter, hauchte sie auf ihre faltigen, grauen Finger, als sie die Fausthandschuhe ausgezogen hatte. «Fröhliche Weihnachten, Will. Fröhliche Weihnachten, Lizzie», rief sie und entledigte sich mehrerer Lagen Wollsachen, ehe sie ins Wohnzimmer kam. «Nanu, wo sind denn die andern? Wo ist Edith?»

«Konnte nicht kommen. Weil *er* hier ist», vertraute ihr Oma flüsternd an.

«Ach so.» Min verstand; doch die schlauen kleinen Augen sahen auch die anderen leeren Stühle, und vor allem spürte sie, daß ihre Schwester Lizzie wie auf Kohlen saß. Sie wußte, an diesem Weihnachtsfest würde sie auf ihre Kosten kommen. Nur nichts übereilen – sie hatte Zeit. «Na, Benbow, was hat dir denn der Weihnachtsmann gebracht?» fragte sie süß.

«Ein Auto», erwiderte Benbow stolzgeschwellt. «Wo ich drin sitzen kann.»

«Na so was!» Sie hielt die Finger nahe ans Feuer. «So 'n kaltes Fest haben wir lange nicht gehabt.»

«Bloß gut, daß wir Kohlen haben», sagte Oma.

«Furchtbar kalt», meinte auch Opa.

«Glatt zum Erfrieren», sagte Min. Damit war für sie die Ouvertüre beendet, jetzt konnte der nächste Spaß beginnen. «Wo ist denn Mabel?» fragte sie.

«Konnte nicht vom Hof weg. Sagt sie jedenfalls», gab Oma leicht gereizt zur Antwort.

Min setzte ein vielsagendes Lächeln auf, sagte aber nichts. Sie genoß die Aussicht auf weitere Sensationen und ebenso den Anblick ihrer Schwester, die ihr vorkam wie eine Katze auf dem heißen Blechdach. Min blickte aus dem Fenster und fragte beiläufig: «Und Alice ist sicher im Lazarett, was?»

«Sie ist sehr gewissenhaft», sagte Opa mit einem Seufzer.

«Ja. Sehr», stimmte Min zu.

Lizzie Dorman saß da und bewegte rastlos die Hände

im Schoß. Plötzlich preßte sie sie zusammen und ließ sie auf die Schenkel fallen. «Sie ist ja gar nicht im Lazarett. Sie ist verreist, mit diesem – diesem Walter. An die See sind sie gefahren.»

«Nein!» rief Min laut und machte ein Gesicht, als sei ihr soeben der Tod eines nahen Verwandten mitgeteilt worden.

Auch Nell hatte nichts davon gewußt. «Ist das wirklich wahr, Mutter?» fragte sie erschrocken.

«Ich nehme an, es ist nichts dabei – ich meine, was Unrechtes würde Alice nie tun.» Omas Stimme klang nicht ganz fest. «Aber es sieht sehr merkwürdig aus.»

«Ja. Sehr merkwürdig», gab Min begeistert zu.

Auch Benbow fand das komisch. Weihnachten an der See – da fuhr man doch im Sommer hin und nicht mitten im Winter.

«Ich finde, Will hätte ein Wort mit ihr reden müssen», meinte Oma.

Nell war entsetzt. Wie konnte Alice so was tun! Sie war mit einem Mann wie Frank Hardy verlobt – und verreiste mit so einem Kerl! Nell war sich klar darüber, daß sie es bisher immer vermieden hatte, zu Alices Affäre Stellung zu nehmen. Jetzt war sie dazu gezwungen, und was sie da sah, verursachte ihr Übelkeit.

Es klopfte an der Haustür. «Geh mal hin und sieh nach, Nell», sagte Opa.

«Das ist sicher Taffy», sagte sie im Hinausgehen. Sie hatte ihren Mann eine halbe Stunde nicht gesehen und freute sich, daß er kam. Sie war immer froh, wenn Taffy kam. Sie öffnete die Tür und sagte: «Komm rein, Lieber. Das Essen ist –»

Es war nicht Taffy. Vor ihr stand ein hochgewachsener

Mann in Leutnantsuniform, der sie anstarrte wie einen Geist. «Nell – das ist ja Nell Griffiths – Nell Dorman», verbesserte er sich. Er schwankte vor Müdigkeit. «Nell – es tut mir so leid – mit Tom.» Aber das konnte warten. Die nächste Frage war dringender. Er holte tief Atem. «Ist Alice hier?»

«Wir haben nichts zu tun für die Leute», hatte der Hauptmann erklärt. «Könnten wir nicht einige über Weihnachten auf Urlaub schicken?»

«Wo sollen sie denn hinfahren?» fragte der Adjutant.

«In die Heimat natürlich.»

«Und sie glauben, die kommen zurück?»

«Das überlasse ich Ihnen. Suchen Sie ein paar zuverlässige aus. Hardy, Baines, Forrest . . .»

Leutnant Frank Hardy konnte es nicht glauben, als er die grauen bekritzelten Formulare vor sich sah. Urlaub! Weihnachtsurlaub! Und Fahrtausweise von St. Quentin (France) nach Ingerby (Angleterre). Er war wie benommen, als er aus der Schreibstube kam. Er hatte nur einen Gedanken: Alice. Er hatte keine Verwandten in Ingerby, und sein Zimmer dort hatte er schon vor Jahren aufgegeben. Sein einziges Zuhause war in den Armen von Alice Dorman. Für ihn gab es nur ein Ziel: Ingerby.

Er ging in sein Quartier zurück und ärgerte sich, als er merkte, daß er zitterte. Seine eigenen Schwächen ärgerten ihn immer. Noch sechs Monate, hatte er Alice geschrieben, und nun würde er sie in weniger als sechs Tagen sehen! Er blickte sich um, ohne etwas zu sehen. Seine Sachen – er mußte wohl seinen Burschen zum Packen rufen. Und wenn Alice nun über Weihnachten Dienst hatte und nicht frei bekam? Ach was, dann blieb er eben bei ihr im Lazarett. Da würde man ihn schon unterbringen, egal wie und wo. Essen und Schlafen spielten keine Rolle. Es war nur eins wichtig: Alice.

Er mußte ihr Nachricht geben. Er ließ die zusammengesuchten Sachen liegen und lief zur Feldpoststelle. Dort gab er ein Telegramm auf an Schwester Alice Dorman, Saal vier, Lazarett Ingerby. Wann kam er in London an? Er sah in den Reisepapieren nach: Heiligabend, um zehn Uhr. Um diese Zeit fuhr bestimmt kein Zug mehr nach Ingerby. Auch am ersten Feiertag fuhren sicher nicht viele Züge. Aber, er würde schon hinkommen – irgendwie würde er hinkommen, und wenn er zu Fuß gehen mußte. Ach Unsinn – dazu brauchte er mindestens dreißig Stunden, ohne Pause.

Ihm fiel noch etwas ein, und wieder merkte er, daß er zitterte. Sollte er Alice bitten, ihm nach London entgegenzukommen? Weihnachtsabend mit ihm in London zu verbringen? Sie hätten dann noch einen Tag mehr.

Aber man konnte ein Mädchen nicht darum bitten, allein nach London zu fahren. Auch nicht, wenn man mit ihr verlobt war. Zu zweit in London – in einem Hotel? Ausgeschlossen. Man durfte ein Mädchen nicht in die peinliche Lage versetzen, eine solche Bitte abzuschlagen. Sie würde ihn verachten. Schlimmer noch: er würde sich selber verachten.

Allein in London – mit Alice. Nur sie beide, irgendwo in einem kleinen ruhigen Hotel. Nach vier Jahren – ihr Lächeln zu sehen, ihre gestikulierenden Hände, mit denen sie bestimmte Worte unterstrich. Zu sehen, ob sie sich verändert hatte in diesen vier Jahren. Ihre Stimme zu hören – Herrgott! Den Duft der Haare zu riechen. Er stieß die Feder ins Tintenfaß und schrieb: «Weihnachtsurlaub stop ankomme Victoria vierundzwanzigsten zehn Uhr abends kannst du kommen und über Feiertage London bleiben alles Liebe Frank.»

Der Feldwebel im Postamt las das Telegramm und grinste mit kaum verhohlenem Neid. Er kannte Leutnant Hardy. Streng aber gerecht – ein Mann, bei dem man sich besser keine Freiheiten herausnahm. Reichlich ehrbar und tugendhaft. Der hatte also 'ne Krankenschwester als Freundin und wollte mit ihr ein Wochenende in London verbringen! Sieh an, die Offiziere . . .

Frank brachte das Grinsen des Mannes sehr schnell zum Verschwinden. Aber er mußte sich eingestehen, daß er es verdient hatte. Unruhig kehrte er in sein Quartier zurück. Wenn sie nun verärgert zurücktelegrafierte? Oder wenn sie zu spät an der Victoria Station ankam, ihn um Minuten verpaßte und er noch einen Zug in St. Pancras erwischte und sie allein in London zurückblieb? Schrecklicher Gedanke. Oder wenn sie – wenn sie tatsächlich an der Victoria Station auf ihn wartete, eine große schlanke schöne Frau, und er – er hatte noch den Geruch der Schützengräben an sich – den Geruch, den kein Mann je wieder loswurde?

Der Mann, in den sich Alice damals verliebt hatte, war ein stiller nachdenklicher Lehrer gewesen. Jetzt kam ein Mann zu ihr zurück, der sein Bajonett schreiend in lebendige Menschen gestoßen und Granaten in vollbesetzte Gräben geworfen hatte: nicht aus Haß oder aus Rachegefühlen, nicht einmal aus Mitleid, sondern nur, weil man es ihn gelehrt hatte, weil sein neuer Beruf das erforderte. Sie war eine Frau, die vier Jahre lang Schmerzen gemildert hatte; er hatte vier Jahre lang anderen Schmerzen zugefügt. Es gab nur wenige Menschen im Jahre 1918, die die blutige Ironie dieser Situation erkannten. Frank Hardy erkannte sie, und sie machte ihm Angst.

Der Zug dampfte über die verwüsteten Felder Frankreichs – nach Hause – nach Hause.

Das Fährschiff brachte ihn an die Küste der Heimat. Wie ein Schlachtroß stieg es hoch, ließ sich zurückfallen in die Wogen und pflügte sich keuchend durch den Weststurm. Und unaufhörlich sang es: Nach Hause – nach Hause. Dann saß er im Zug, der durch Kent jagte, und dachte auch hier nichts anderes als: Nach Hause – nach Hause. Frank blickte aus dem Fenster und sah in die Finsternis; die Landschaft draußen hätte auch Indien oder Amerika sein können, aber es war die Heimat. Land meiner Väter, Heimat von Männern wie Shakespeare und Rupert Brooke, Land der Toleranz und der Ruhe. Sein Herz war übervoll. Draußen lagen stille Hügel, schweigende Wiesen und Hügel, weich und rund wie die Brüste einer Frau. Und am Ende der Reise stand, wenn er viel Glück hatte, Alice. Sie würde ihm entgegenlaufen, sich ihm in die Arme werfen und lachen . . . Nicht das harte bittere Lachen der Männer im Krieg, sondern das helle frohe Lachen einer Frau.

Jetzt sah man draußen einzelne Lichter, hell erleuchtete Fenster, die sich näher an die Bahn drängten. Dann mehrten sie sich, waren schließlich überall, bis zum Horizont, eine weite helle Ebene. Frank merkte, wie die Bremsen anzogen und wieder losließen; langsam, langsam schob sich der Zug in eine riesige überdachte Halle. Ein Schild glitt vorbei: «Victoria.» Eine Männerstimme rief laut: «Victoria – London – Victoria Station.» Frank stand am Fenster und spähte nach draußen. Der Bahnsteig war menschenleer. Ja natürlich, fiel ihm ein, sie ließen ja niemand durch die Sperren. Der Zug kroch noch etwas weiter. «London – Victoria!» rief der Bahnbeamte. Nach Hause, nach Hause! Der Zug blieb mit gewaltigem Zischen stehen. Frank packte seinen Koffer und sprang auf den Bahnsteig.

Mit langsamen Schritten ging er am Zug entlang zur Sperre. Ihm war krank und elend zumute, seine Füße waren wie aus Blei. Er wollte sie so nicht wiedersehen: als Soldat, der nach Schützengräben stank, Blut an den Händen und Gier im Herzen hatte. Er mußte diese vier Jahre loswerden und wieder zu dem ruhigen beherrschten Mann werden, den sie gekannt hatte; er konnte nicht als der harte brutale Kämpfer vor sie hintreten, zu dem ihn der Krieg gemacht hatte. Doch das war nicht mehr möglich. Verhärtete Hände können durch liebevolle Pflege wieder weich werden – verhärtete Seelen nicht.

Der Kontrolleur an der Sperre besah sich seine Reiseunterlagen. Frank starrte suchend in die Menge: Soldaten, Bahnbeamte, Frauen – da eine Frau in Schwesterntracht! Er machte ein paar Schritte.

«Hier – Ihre Papiere!» rief der Kontrolleur. Frank riß die Papiere an sich und lief los, die Augen fest auf die Pflegerin gerichtet. Sie sah nicht zu ihm herüber. War sie es denn? Alice war doch viel größer? Er verlangsamte den Schritt, und das Mädchen wandte sich um. Ein breites törichtes Gesicht. Enttäuscht blieb er stehen und sah sich suchend um. Wenn die Leute bloß mal stehenbleiben wollten! Alles lief durcheinander wie aufgestörte Ameisen in einem Haufen. Alice war nirgends zu sehen.

Er ging in den Erfrischungsraum. Und da sah er sie – ganz still saß sie an einem Tischchen, eine Tasse Fleischbrühe vor sich. «Alice!» rief er, zog seinen Koffer durch die Tür und stürzte auf sie zu. «Alice!»

Sie blickte erschrocken auf; es sah aus, als wollte sie um Hilfe rufen. «O bitte, entschuldigen Sie», sagte er verzweifelt. Auch diesmal war sie es nicht – er litt an Halluzinationen. «Verzeihung», murmelte er noch einmal und ging wieder hinaus. Im Laufschritt überquerte er den Platz vor den Bahnsteigen, schob sich durch die Menge, spähte in die Gesichter. Leutnant Frank Hardy, kühl und beherrscht, sah aus, als habe er den Verstand verloren.

Endlich riß er sich zusammen. Sie war nicht da – sie hatte sicher sein Telegramm nicht erhalten. Oder sie hatte Dienst und konnte nicht kommen. Den Blick immer noch auf die Menschen ringsum gerichtet, fragte er einen Gepäckträger: «Wie komme ich nach St. Pancras?»

«Untergrundbahn, Sir.» Der Mann wies auf das blaue Schild.

Der nächste Zug nach Ingerby ging um neun Uhr morgens.

Frank schlief auf einer Bank im Bahnhof. Um sechs erhob er sich, kalt und steif, ging in den Waschraum und rasierte sich mit kaltem Wasser. Der Erfrischungsraum war geschlossen – das war nicht anders zu erwarten am ersten Weihnachtstag.

Dann saß er da und beobachtete den Zeiger der großen Bahnhofsuhr. Die Uhr hypnotisierte ihn, machte ihm Angst. Erbarmungslos und gleichmäßig rückte der Zeiger weiter, Schritt für Schritt, wie die Hand des Schicksals. Auf ihr Zeichen setzten sich die mächtigen Lokomotiven in Bewegung – in den Norden, nach Schottland, nach Wales –, unerbittlich und ohne Mitleid, wenn jemand zu spät kam. Auch für ihn, Frank Hardy, der hier wie auf einer Marterbank die Minuten bis zur Abfahrt zählte, ging die Uhr nicht schneller. Sie hatte die vier mörderischen Jahre, die hinter ihm lagen, in Stunden und Minuten zerteilt, sie hatte die verzweifelten Abschiedsszenen ebenso unbewegt registriert wie die kurzen Freuden des Wiedersehens. Nun wanderte sie gemächlich durch die Morgenstunden dieses ersten Weihnachtstages 1918. Frank Hardy sah vom Abteilfenster aus, wie der Zeiger auf neun Uhr rückte. Ein schriller Pfiff, der Mann auf dem Bahnsteig schwenkte die Signalfahne, die Lokomotive ließ zischend Dampf ab, und der Zug setzte sich langsam in Bewegung. Noch bevor Frank die Uhr aus den Augen verlor, war der Zeiger auf neun Uhr eins gerückt – eine weitere Minute des kostbaren Urlaubs war dahin. Er schloß das Fenster und setzte sich. Draußen war es kalt, und auch im Abteil, obwohl es nach heißem Metall und Dampf roch. Plötzlich bemerkte er, daß der Zug nicht mehr sang: Nach Hause, nach Hause. Eine Ahnung von Unheil überkam ihn . . .

Nach der Ankunft in Ingerby ging er sofort ins Lazarett in den Saal vier. Aber irgendwie wußte er, daß sie nicht da war.

Der Saal war nicht mehr voll belegt; er sah mehrere leere Betten. Die von der Decke hängenden bunten Papierstreifen und Lamettareste konnten den Eindruck nicht verwischen, daß es ein Krankensaal war – Charpie und Verbandmull waren stärker als Lametta und Buntpapier. Die Stationsschwester erschien. Nein – Schwester Alice Dorman hatte keinen Dienst, wo sie augenblicklich war, konnte die Kollegin leider nicht sagen. Ja, es war ein Telegramm gekommen, aber da war Schwester Alice schon fort gewesen, und man hatte nicht gewußt, wohin man es nachsenden sollte. Frank war überzeugt, daß die Stationsschwester das Telegramm gelesen und ihre Schlüsse daraus gezogen hatte: wieder ein ausgehungerter Soldat, hatte sie vermutlich gedacht. Der Gedanke war ihm verhaßt.

Er ging. Es war jetzt zwölf Uhr – sein Urlaub verrann und hatte doch noch gar nicht angefangen. Aber zu Hause *mußte* sie ja sein. In ein paar Minuten würde er vor ihr stehen. Sein Atem ging in flachen hastigen Zügen.

Der Laden kam in Sicht, das Schild: *Wm. Dorman, Möbelanfertigung.* Daneben, spießig und gernegroß, «Haus Omdurman».

Er wagte nicht zu hoffen, daß *sie* ihm die Tür öffnete. Sie würden sich also in Gegenwart der anderen begegnen und sich kaum etwas sagen können, nur ein paar formelle Worte. Der Gedanke, seine paar kostbaren Stunden in nichtiger Unterhaltung mit ihrem Vater verbringen zu müssen, während Alice in der Küche half, machte ihm Angst.

Er ließ das Haus nicht aus den Augen, und als er die Hand zum Klopfen ausstreckte, zitterte sie. Er hörte Schritte im Flur – Schritte einer jungen Frau. Die Sicherheitskette rasselte, der Riegel wurde zurückgeschoben, der Schlüssel umgedreht. Er wollte rufen: «Mach schnell – mach schnell, ich bin's, Frank, mein Urlaub ist schon halb vorbei!» aber er schwieg und hielt den Atem an. Die Tür wurde spaltbreit geöffnet. Sie klemmte etwas (schon seit Jahren), weil sich eine Kachel im Boden gelöst hatte. Eine Frauenhand griff um die Tür und zog sie ganz auf. Nicht Alices Hand. Es war nicht Alice, die vor ihm stand.

Nell erstarrte vor Schreck.

Der Frank Hardy, den sie gekannt hatte, war ein liebenswürdiger, gutaussehender junger Mann gewesen. Jetzt stand sie vor einem ausgemergelten, harten, fremden Mann – aber sie erkannte trotzdem in ihm den alten Frank Hardy. Frank Hardy, der Verlobte von Alice; und Alice, das hatte Nell gerade erfahren, war über Weihnachten mit Walter verreist!

Sie mußte Alice schützen. Und vor allem mußte sie Frank den Schmerz ersparen. Doch Schnelldenken war etwas, was sie nie gelernt hatte, und dies hier war zu plötzlich gekommen. «Frank!» sagte sie atemlos. «Frank Hardy!»

«Ist Alice hier?» fragte er, und seine Lippen waren gespannt, als sei ihm der Mund ausgetrocknet.

«Nein. Sie ist – mit einer Freundin über Weihnachten weggefahren. Mit einer der Schwestern.»

«Weggefahren – sie ist also gar nicht in Ingerby?»

Nell nickte.

Es gelang ihm unter Aufbietung seiner ganzen Willenskraft, ein gleichmütiges Gesicht zu machen. Nell stand vor ihm und dachte fieberhaft nach. Er durfte es nicht wissen, auf keinen Fall. Wenn sie ihn ins Haus bat, fand sich bestimmt ein freundlicher Mitmensch, der ihm alles sagte. Aber konnte sie ihn einfach gehen lassen, allein, am Weihnachtsmorgen? Das mußte ihn doch argwöhnisch machen.

«Wo ist sie hin?» fragte er so unbeteiligt, als erkundige er sich nach einer beiläufigen Bekannten.

«Ich weiß es nicht, Frank», erwiderte sie schnell. «Irgendwo an die See, glaube ich, aber ich weiß nicht wo.»

«Ob *sie* es wissen, da drinnen?» Er machte eine Kopfbewegung auf das Haus zu.

«Nein. Sie hat's keinem gesagt.»

«Und wann kommt sie wieder?»

«Morgen abend, glaube ich. Vielleicht auch erst übermorgen früh.»

Ihn überfiel plötzlich lähmende Müdigkeit. Irgend jemand würde sicher wissen, wo sie war, aber er würde sie trotzdem nicht finden. Es war ihm bestimmt, sie nicht zu finden. Das Schicksal, grau und tückisch, hatte es anders beschlossen. Und irgendwo in seinem Herzen hatte er das unsichere Gefühl, daß es besser sei, sie nicht zu finden. Lag das an Nells Verhalten? Er wußte es nicht. Er wollte jetzt nur zurück in die graue seelenlose Welt der Soldaten, wo Gefühle keinen Platz hatten. Sie war nicht da. Beinahe haßte er sie deshalb. Er würde nicht weitersuchen. Er hatte eine lange Reise vor sich . . .

Mechanisch lächelte er Nell zu; nur seine Lippen verzogen sich. «Sag ihr, daß ich da war», sagte er heiser und wandte sich ab.

«Frank!» rief sie. «Frank – komm doch – wo willst du denn hin?»

«Zurück nach Frankreich», sagte er. Er wandte sich nicht mehr um, er hob nur die Hand zum Abschied mit einer fast verächtlichen Gebärde. Hilflos und völlig verwirrt schloß Nell die Tür, zornig auf sich selbst, weil sie keine Lösung gefunden hatte. Sie ging ins Wohnzimmer zurück, und Opa fragte:

«Wer war denn da, Nell?»

«Ein Soldat», gab sie zur Antwort. «Er wollte den Weg zum Bahnhof wissen.»

Alice kam am Abend des zweiten Weihnachtstages nach Hause.

Sie trat ins Wohnzimmer, wo die Eltern saßen. Sie sah strahlend aus, aber auch trotzig und beschämt und dabei wohl und entspannt – alles auf einmal. Und sie war sehr schön. Es war, als seien die vier Jahre der Erschöpfung von ihr abgefallen. Sie war aufgeblüht.

Oma und Opa blickten sie unsicher an. Oma wischte sich die Augen und sagte: «Es ist noch was vom Puter da, wenn du Hunger hast.»

«Ja, danke, Ma.»

«Mach dir doch eine Tasse Tee», sagte der alte Mann.

«Danke. Wo sind denn die anderen?»

«Wo *er* ist, kannst du dir wohl denken», meinte Oma maliziös. Taffy war auf ein Bier in die ‹Rutland Arms› gegangen. «Nell ist in der Küche und macht meinen Kakao.»

Alice ging in die Küche. Nell blickte auf: sie sah nicht die Scham und den Trotz im Gesicht ihrer Schwägerin – sie sah nur die blühenden Wangen und wandte sich feindselig ab.

«Mein Gott, Nell», sagte Alice. «Seit wann bist du denn auch so?»

«Frank war da», gab Nell knapp zur Antwort.

Alice erstarrte, sie zog sich einen Stuhl heran und setzte sich.

«Frank? Ist er noch hier?»

«Nein.»

«Was hast du ihm gesagt?»

«Daß du über Weihnachten mit einer der Schwestern verreist warst, irgendwo an die See, ich wüßte nicht wohin.»

«Nell, du bist ein Goldstück. Und die andern, was haben –»

«Die hat er gar nicht gesprochen. Ich hab ihn weggeschickt.»

«Danke, Nell.»

«Ich hab es nur für ihn getan», sagte Nell. Verachtung war in ihrer Stimme.

Alice achtete nicht darauf. «Wo ist er hingegangen?»

Nell wurde plötzlich von Wut gepackt. «Woher soll ich das wissen? Wo konnte er denn hin, der arme Kerl? Wahrscheinlich direkt zurück nach Frankreich.»

Alice schwieg. Der alte Mann steckte den Kopf durch die Tür. Sein Blick wanderte unsicher von Alice zu Nell. «Sie möchte gern zu Bett, Nell. Wenn du den Kakao fertig hast – und ich hätte gern eine Tasse Tee, wenn du grad dabei bist.»

Nell brachte den Kakao ins Wohnzimmer und kam in die Küche zurück. «Willst du auch eine Tasse?» fragte sie.

«Ja, bitte», sagte Alice kleinlaut.

Nell machte Tee und brachte Opa eine Tasse. Als sie zurückkam, sagte Alice: «Ich mach's wieder gut, Nell. Sobald er wiederkommt. Ganz bestimmt.»

«So – und Walter?»

«Mit Walter ist dann Schluß. Das weiß er, ich hab's ihm schon gesagt.»

«Da wird er sich ja freuen.»

Alice strahlte nicht mehr. «Für Walter ist das nicht so schlimm», sagte sie müde. «In zwei Jahren bin ich sowieso ein altes Reff, und das hat er gar nicht gern.»

Nell starrte sie über den Rand ihrer Tasse an. «Und wenn Frank nun keine Lust hat, die Reste vom Schlachter zu übernehmen?»

Röte stieg in Alices Gesicht; sie schwieg eine Weile und fragte dann halblaut: «Weißt du noch, wie du mal hier in der Küche gesagt hast, Liebe müßte immer warm und friedlich sein, und das würden wir vielleicht nie wieder erleben?»

Jetzt fand Nell keine Antwort, und Alice fuhr fort: «Das hab ich mir gewünscht, Nell. Deshalb bin ich nach Scarborough gefahren. Und – das hab ich dort auch gefunden.»

Noch immer schwieg Nell.

«Und nun ist alles vorbei – fast, als ob es nie gewesen wäre. Und dabei hat sich dadurch alles, zwischen dir und mir, zwischen Pa und Ma und mir, und auch zwischen Frank und mir, geändert, selbst wenn er es nie erfährt.» Sie lachte kurz auf. «Selbst zwischen mir und mir selber.»

«Und zwischen dir und Walter?» fragte Nell.

Alice hörte sie nicht; gedankenverloren starrte sie auf die Tischdecke. «Armer Frank», murmelte sie. «Armer Frank.» Ihr rechter Arm lag auf dem Tisch, und die Finger gruben sich in den Handballen, als zerknülle sie ein Taschentuch. Und plötzlich ballte sie die Faust und schlug auf den Tisch. «Warum mußte er auch zurückkommen?» rief sie. «Warum zum Teufel mußte er zurückkommen?»

Alice war zu stolz und zu mutig, um zu lügen. Aber in diesem Fall setzte ihr das Gewissen so zu, daß sie Frank Hardy eine lange Beschreibung der Weihnachtsfeiertage bei den Eltern von Schwester Mary Gateley in Skegness gab und erst dann von ihrer bitteren Enttäuschung über das verfehlte Treffen sprach. Sie sei sehr deprimiert, weil sie nicht zu Hause war, als er kam.

Frank schrieb zurück, er freue sich, daß sie ein paar schöne Tage gehabt habe nach all den schweren Jahren, sie habe die Erholung wirklich verdient, und er hoffe, die Seeluft habe ihr gutgetan. Von seiner grausamen Enttäuschung schrieb er nichts, auch nicht von der langen ermüdenden Rückfahrt und nichts davon, daß er vierundzwanzig Stunden früher als nötig zurückgekommen sei – was für jeden Soldaten das übelste ist, was ihm passieren kann. Aber er schrieb ihr, daß die Enttäuschung seine Liebe und seine Sehnsucht fast bis zur Grenze des Erträglichen gesteigert habe. Sie war erstaunt darüber, daß er das zugab.

9

Man schrieb das Jahr 1919. Es war das Jahr, in dem Benbow zur Schule kam und Siegfried ins Vaterland zurückkehrte, das Jahr, in dem Frank Hardy heimkam, um seine Braut zu holen, und in dem die Alliierten sich einen Vertrag ausdachten, der Frieden für alle Beteiligten und für alle Zeiten garantieren sollte. Es war auch das Jahr, in dem Tom Dormans Name auf dem Kriegerdenkmal am Marktplatz von Ingerby erscheinen sollte.

Will Dorman war hochzufrieden, als man ihn in den Ausschuß für das Kriegerdenkmal wählte. So konnte er Oma von den Entwürfen für das Denkmal berichten, und sie konnte ein paar Tränen darüber vergießen.

Einige waren wunderschön. Kampferprobte Tommies

warfen sich mit gezücktem Bajonett dem Feind entgegen, und erschöpfte Tommies, die sich auf ihre umgekehrten Gewehre stützten, oder siegessichere Tommies mit wehenden Fahnen. Ein Entwurf zeigte die Friedenstaube, wie sie – nicht ganz überzeugend – den Kriegsgott Mars und seine Bluthunde in Schach hielt. Es gab Blechhelme, auf Gewehre gestülpt, und Schwerter und Lanzen und Lorbeeren. Man mußte zugeben: sie taten ihr Bestes, um der schlimmsten Tragödie, die die Menschen (bis dahin) gekannt hatten, ein würdiges Denkmal zu schaffen. Überall, in Stadt und Land und in jedem Dorf in England, Frankreich, Belgien und Deutschland taten die Überlebenden das einzige, was ihnen einfiel, das einzige, was ihnen zu tun blieb: sie meißelten die Namen ihrer armen und einst so stolzen Toten in Stein.

Mit dem neuen Jahr kommt meist auch neue Hoffnung. Plötzlich ist es bis fünf Uhr hell, dann bis halb sechs. Der Laternenanzünder macht seine Runde erst abends und nicht mehr mitten am Nachmittag. Im Westen hält sich noch ein letzter Schimmer Lichts, und über den Baumstämmen liegt ein lebendiger Glanz. Ein schwacher grüner Schleier hängt in den Weiden, und trotz der Kälte haben die Sonnenstrahlen schon einen Hauch von Freundlichkeit.

Es wurde März, bis sie Siegfried heimschickten. Der Friedensvertrag war noch nicht geschlossen, aber man war wohl der Ansicht, selbst wenn Deutschland die Feindseligkeiten wieder aufnehmen sollte, würde es auf Siegfried Braun dabei nicht allzusehr ankommen.

Als Mabel sein Gesicht sah, wußte sie, was los war. Er lachte und schwenkte ein Formular in der Hand.

«Was gibt's, mein Lieber?» fragte sie traurig. «Deutschland?»

«Ja.» Er strahlte.

Beim Abschied begleitete sie ihn ein kleines Stück den Sandweg hinunter. Selbst das Moor schien an diesem Märztag zum Leben erwacht. «Also gut, Sieg», sagte sie tapfer. «Dann geh mal los. Auf Wiedersehen.»

Ungeschickt legte er den Arm um sie und gab ihr einen Kuß. Noch immer war das Lachen in seinem Gesicht. Dann ging er. Er drehte sich noch einmal um und winkte.

«Sieg!» schrie sie. Er kam zurück.

«Ja?»

«Ach – gar nichts», sagte sie und schluckte. «Nur – Gott segne dich, Sieg.» Sie wandte sich um und lief zum Hof zurück. Dieses Jahr wollte sie es einmal mit Salat probieren, der sollte ja so gesund sein. Sollte das Blut reinigen. Und mit Schnittbohnen, die breite Sorte. Die hatte sie seit Jahren nicht gezogen, denn sie machte sich nicht viel draus, aber sie waren so nett anzusehen: jeder kleine Bohnenkern in Samt eingepackt, wie Steine im Juwelierladen. Kopfsalat und Bohnen. Schön, daß man sich im Frühling wieder auf etwas freuen konnte. Im Krieg hatte man das nicht gekonnt.

Erst als sie die Haustür erreicht hatte, erlaubte sie sich einen Blick zurück. Aber Siegfried hatte es offenbar eilig mit der Heimkehr ins Vaterland; von ihm war nichts mehr zu sehen. Still und verlassen lag das Moor da.

Für die Männer draußen in den Gräben war die Heimat zur Fata Morgana geworden, zu einem unvorstellbaren Paradies, in dem Frauen umhergingen und freundliche Pubs waren und gemütliche Sessel vor dem Kaminfeuer, in denen man den Sonntagnachmittag verdösen konnte.

Sessel spielten eine wichtige Rolle in ihren Träumen. Tiefe weiche Lehnsessel, warm und behaglich, die Kälte und Gliederschmerzen vergessen ließen, in denen man sich vergraben konnte und nicht mehr an die Angst vor den Kugeln und glühenden Granatsplitttern denken mußte.

Auch in Ingerby kehrten die Männer langsam zurück. Einer nach dem andern kam in Will Dormans Laden, sah sich um und sagte: «Ich hätte gern einen Sessel.» Sie ließen sich hineinsinken, legten die Arme auf die Lehnen, befühlten die Polsterung und lachten verlegen, wenn sie an die feuchten Gräben dachten, in denen sie vier Jahre lang hatten hausen müssen. «Ja, der ist großartig», sagten sie dann. Und manchmal, wenn die Ehefrau mitgekommen war, blieb es nicht bei dem einen Sessel, dann kauften sie gleich zwei und ein Sofa dazu. Den ganzen Tag, von früh bis spät, war Taffy an der Arbeit; er sägte und hämmerte und klebte, er schnitt und nagelte und glättete, fröhlich und zufrieden. Nichts war ihm zuviel. Und nie war das Geschäft so gut gegangen. Will Dorman erhöhte seinen Wochenlohn um Sixpence. Nicht nur das: er gab Nell einen Penny, damit sie mit Benbow zum Jahrmarkt gehen und ihm für einen Penny etwas kaufen konnte.

Das war ein Fest. Benbow zog seine Admiralsuniform aus, setzte sich in sein Auto und zockelte zum Marktplatz. Unterwegs ging ihm die Lust zum Pedaltreten aus, und Nell mußte das Auto schieben. Nell war sehr glücklich. Nach dem dunklen Winter und den finsteren Kriegsjahren leuchteten jetzt wieder die zischenden Gaslaternen in der rötlichen Abenddämmerung. Sie hatte einen Mann, der ihr alles zuliebe tat, und sie hatte ihren

Jungen. Auf den Straßen herrschte geschäftiges Leben, die Schaufenster waren erleuchtet, und über den Marktständen schaukelten die Petroleumlampen. Die Händler priesen ihre Waren mit mutwilligen Scherzworten an, gewürzt mit kräftigem englischem Humor. Lärm und Lichter, Drängen und Schwatzen und Lachen, das Klingeln der Straßenbahn und das Trappeln von Pferden, Benbows warme kleine Hand in ihrer Hand, und über allem der leuchtende Abendhimmel. Leben! dachte sie froh. Buntes Leben auf dem Marktplatz – seit Jahrhunderten das gleiche Bild. Es strömte um sie und in sie hinein und erfüllte sie mit tiefer Zufriedenheit. Bis ihr plötzlich Tom einfiel, der draußen in Flandern lag, wo jetzt die Nacht ihr dunkles Tuch über die kalte Erde legte.

Schweigend und unbewegt starrte Benbow auf all die Herrlichkeiten des Jahrmarkts; sein kleines Herz klopfte stürmisch. Da gab es rote Feuerwehrwagen, gezogen von schwarzen Pferden; Clowns und Soldaten, Affen und Löwen; es gab Briefträger und Schlachterjungen und kleine Kinderwagen mit Puppenbabies, es gab Puzzles und Würfelspiele und bunte Bälle und Segelschiffe und Panzerschiffe und Fischerboote. Es gab Autos und Wagen und Krankenwagen. Es gab einfach alles. Die meisten Kunden hätten Stunden für ihre Entscheidung gebraucht; für Benbow war die Sache bereits entschieden: er wollte den roten Feuerwehrwagen, und den bekam er. Mam bezahlte mit seinem Penny. Benbow beschloß, in seinem Auto heimzufahren; Mam trug die Feuerwehr und das Päckchen mit der Sülze. Er war still und verschlossen, aber innerlich floß er über vor Glück. Ein paarmal stieß er im Gedränge mit anderen Leuten zusammen, deshalb mußte er natürlich trotz der mütterlichen Proteste seine

Hupe ertönen lassen, ganz laut. Als sie dann freie Bahn hatten, kam er viel schneller vorwärts. Kein Mensch, davon war er überzeugt, hätte ihn überholen können.

Taffy aß gern ein Stück Sülze zum Tee abends, dazu ein bißchen Essig, eine oder zwei dünne Scheiben Brot mit Butter, und danach vielleicht noch ein Stück selbstgemachten Kuchen. Und Nell liebte es, dabeizusitzen und ihn essen zu sehen, zu spüren, wie es ihm schmeckte, und zu hören, wie sein Tag verlaufen war. Sie sah Lachen oder Ärger in den weichen schwarzen Augen aufblitzen wie einen Sonnenstrahl im April über dem Waldsee; ab und zu stand sie auf, holte die Teekanne vom Herd, und füllte seine Tasse. Wenn dann alles abgeräumt und Benbow im Bett war, blieb er mit der Zeitung am Tisch sitzen, und sie nahm sich ein Buch vor. Manchmal blickte sie auf und sah ihn liebevoll und sogar bewundernd an. Bis dann der alte Mann vom Wohnzimmer herüberkam und sagte, Oma hätte jetzt gern ihren Kakao. Der warme behagliche Abend war damit zu Ende. So sah ihr gemeinsames Leben aus; und es gab eigentlich keinen Grund, warum das Leben nicht immer so weitergehen sollte – bis endlich, endlich der Tag kam, da sie und Taffy und Benbow in das kleine Häuschen übersiedeln konnten, das für sie der Himmel auf Erden werden sollte.

Lizzie Dorman hatte, wie sie es nannte, ihre guten und ihre schlechten Tage. An den guten Tagen stand sie auf und kam nach unten; an den schlechten blieb sie oben im Bett. Heute war ein guter Tag. Sie saß in der Küche.

«Ich hab 'ne Feuerwehr», sagte Benbow und ließ den Wagen über den Küchentisch rollen.

«Nicht hier auf dem Tisch, Junge», sagte Oma und wies auf einen langen Kratzer. «Den hat dein Dada gemacht, als er vier war – mit einer Eisenbahn.»

«Schön draußen heute», sagte Nell und nahm ihren Hut ab. «Richtig frisch.»

Aber Omas Gedanken waren noch in der Vergangenheit. «Das waren glückliche Zeiten, damals», sagte sie mit zitternder Stimme.

«Ja, das waren es wohl», meinte Nell mitfühlend, obgleich sie sich nicht vorstellen konnte, daß Oma jemals glückliche Zeiten erlebt hatte. Sie war nicht der Mensch dafür.

«Es hat jemand nach dir gefragt», sagte Oma. «Sie ist rübergegangen zu deinem Mann.» Sie brachte es nicht über sich, Taffys Namen auszusprechen, genauso wie Benbow ihn hartnäckig ‹Mr. Evans› nannte.

«Besuch – für mich? Wer denn?»

«Ein komischer Name, ich hab ihn nicht richtig verstanden.» Jetzt fiel ihr etwas ein. «Ach ja, sie ist deine Cousine, hat sie gesagt.»

«Doch nicht etwa Vanwy?»

«Kann sein, ja.» Oma war nicht mehr interessiert. «Das war das einzigemal, wo Tom unartig war. Sonst war er immer brav. Ein Goldkind.»

«Dann will ich mal rübergehen», sagte Nell mit einem merkwürdigen Gefühl im Magen.

«Ein Goldkind. Wenn ich den Kratzer sehe, muß ich immer an die kleine Eisenbahn denken. Aber das war das einzigemal, wo er unartig war. Ein Goldkind, unser Tom.»

Nell ging, Benbow an der Hand, in den Laden hinüber. «Wo ist Taffy?»

«In der Werkstatt. Du hast mir wohl keine Blutwurst mitgebracht, oder?»

«Nein, Dad, tut mir leid.»

«Macht nichts. Geh nicht extra. Ich hätte bloß gern ein Stück zum Tee gehabt.»

«Ich geh nachher noch mal los.» Sie lief auf den Hof. Zur Werkstatt kam man nur über eine Außentreppe ohne Geländer; zwischen den Stufen waren große offene Lükken, die Benbow Angst einjagten. Deshalb nahm Nell ihn unter den Arm und trug ihn nach oben. Schwer atmend und mit rotem Gesicht kam sie in der Werkstatt an. Taffy stand an der Arbeitsbank und schenkte gerade zwei Tassen Tee ein. In einem der neuen Sessel saß Vanwy, weit zurückgelehnt, und blickte Nell kühl lächelnd entgegen.

«Vanwy – was ist los? Was machst du hier?» Nell merkte selber, daß ihre Begrüßung nicht gerade herzlich klang.

«Tag, Nell. Ich hab hier 'ne Stellung angenommen. Bei Derwent Drapery – Tuchhandel. Montag fange ich an.»

«Na, so was, Vanwy!» Plötzlich freute sich Nell. «Du kommst nach Ingerby! Aber wo willst du wohnen?»

«Keine Sorge. Über dem Laden sind Schlafräume. Nicht gerade elegant, aber so bequem wie in Wales sind sie allemal.»

«Tasse Tee, Liebes?» fragte Taffy. «Du auch, Benbow?»

Nell nickte und Benbow sagte:

«Nein, danke, Mr. Evans.»

Vanwy zog einen Umschlag aus ihrer Handtasche und

warf ihn Nell zu. Ein dickes Bündel Geldnoten war darin.

«Fünfzig Pfund», sagte Vanwy. «Dein Vater hat gesagt, das sollte ich dir nach seinem Tode geben.» Sie lachte ihrer Cousine freundlich zu.

Nell war überwältigt. Sie hatte noch nicht einmal eine Fünfpfundnote gesehen, und nun warf man ihr fünfzig Pfund zu – einfach so! «Ist das wirklich für mich, Vanwy?»

Vanwy nickte. «Er traute den Rechtsanwälten nicht, und den Banken auch nicht. Er sagte, wenn du's unter die Matratze steckst, hast du's zur Hand, wenn du's brauchst.»

Nell kamen die Tränen. «Mein armer Pa – er hätte es lieber für sich ausgeben sollen.» Und gleich darauf dachte sie: Wie sehe ich bloß aus, erhitzt und verheult, und Vanwy dagegen – wie aus dem Ei gepellt, wie immer.

Vanwy trug einen grauen Mantel mit Samtkragen, Hut und Handschuhe. Sie hatte Taffys schwarze Augen und Haare, und etwas Rot auf den hohen Backenknochen. Die beiden hätten Geschwister sein können: schmal, zierlich, dunkel, typische Waliser. Nell dagegen, blond und robust, war ein echter Abkömmling der Angelsachsen.

Taffy brachte ihr Tee. «Gut, daß du gekommen bist, mein Mädchen», sagte er zu Nell. «Laß mich lieber nicht zu lange allein mit deiner Cousine da.» Eine Sekunde lang traf sich sein Blick mit dem seiner Frau; und was sie darin sah, war nicht Ausgelassenheit, sondern ein Ernst, der sie beunruhigte.

Als Vanwy sich verabschiedet hatte und sie noch beim Tee sitzen blieben, sagte Nell etwas unsicher:

«Nett, daß sie da ist, findest du nicht?»

«Ja», sagte er und schwieg nach einer Weile, dann: «Wird nicht lange dauern und sie ist verheiratet.»

«Ich weiß von niemandem. Hat sie was gesagt?»

«Nein. Ich meine bloß . . .» Sein Blick war unruhig. «Ich weiß selber nicht, was ich meinte, mein Mädchen.»

«Na, irgendwas mußt du doch gemeint haben, Taff», sagte sie, schärfer als es sonst ihre Art war. Sie dachte an das Picknick damals, als es Benbow noch nicht gab und Tom noch am Leben war, als Taffy und Vanwy sich im Gras herumbalgten wie junge Hunde, und dann auf einmal verstummt waren und mit dunkel starrenden Augen dasaßen. «Wird schon nett werden», sagte sie etwas zaghaft. «Sie ist meine letzte Verwandte jetzt.»

«Ja», sagte er und reichte ihr seine Tasse. «Die Sülze ist gut – woher hast du sie? Von Thompson?»

Sie nickte, aber ihre Gedanken waren bei anderen Dingen. Seltsam, wie Taffy auf Vanwy reagiert hatte. Und ihr armer Vater – sein Leben lang hatte er gearbeitet, um Geld zu verdienen, und dann hatte er es nicht ausgegeben! Nun steckte da ein Bündel Geldnoten in ihrer Handtasche – genug, um ein ganzes Haus einzurichten. Sie sagte:

«Dieses Geld von Pa – war das nicht lieb von ihm? Ach Taff, ich wollte, ich könnte ihm danken!» Und sie schmiegte sich in seine Arme und weinte.

Und nun war der Frühling da. Längere Tage, Vogelgezwitscher, Narzissen und Primeln, Schwarzdorn und Maiglöckchen – für die heimkehrenden Soldaten war das Hoffnung und Wiedergeburt. Soviel Schönheit hatten sie nicht mehr für möglich gehalten. Draußen in den Schützengräben hatte das Frühjahr ‹Offensive› bedeutet. Im Frühling wurden heimlich die Reserven aufgerufen, Bomben sortiert, Schußwaffen kontrolliert und der ganze furchtbare Apparat zum Töten neu organisiert. Im Frühling brach der Sturm los: Metallsplitter, unter denen Männer sich duckten und vorwärtsstürmten, um einander umzubringen. Frühling – das waren keine aufbrechenden Blüten gewesen, sondern platzende Granaten, die Tod und Verderben brachten.

Nun wurde es Frühling in der Heimat, und die Männer konnten es kaum glauben. War es auch so gewesen, als sie fort waren? Und würde es tatsächlich so weitergehen, die vierzig oder fünfzig Jahre lang, die sie noch leben würden? Schneeglöckchen und Osterlämmer und seidenblauer Himmel? Das Herz könnte einem zerspringen vor Seligkeit! Frühling – Frühling und das Morgenrot des ewigen Friedens! Was gab es noch zu wünschen?

Wer etwas weiter sah, wußte natürlich, daß vom ewigen Frieden auch jetzt noch nicht überall die Rede war. Weißrussen brachten in Rußland die Roten um, und Rote töteten Franzosen und Griechen und Polen. In weit entfernten Ländern gingen Esten, Letten, Litauer und Russen einander an die Kehle. Blut färbte den Schnee der nordischen Wälder und das Wasser der Flüsse rot. Aber das war vielleicht typisch für Ausländer – sie weigerten sich einfach, das Feld zu verlassen, auch wenn das Spiel längst abgepfiffen war.

Nur wenige machten sich Sorgen und fragten sich, ob die paar Politiker, die da in Paris zusammensaßen, wirklich imstande waren, die Streitereien für immer zu schlichten.

Frühling! Frühling in Paris: Narzissen und Hyazinthen und Tulpen in allen Farben. Frühling in den kargen Straßen von Ingerby: Narzissen und Hyazinthen auf den Fensterbänken der kleinen Häuser. Und in einem Fenster ein Schild: ‹Zu vermieten. Bitte hier nachfragen.›

10

Nell ließ das abgepellte halbweiche Ei auf die Toastscheibe gleiten, nahm den angewärmten Teller mit einem Topflappen hoch und stellte ihn vor Taffy auf den Tisch. Dann setzte sie sich, stützte die Ellbogen auf und blickte ihren Mann fest an: «Ich hab ein Haus gesehen, das zu vermieten ist. Albion Street.»

Er schnitt das Ei mit dem Messer durch; das Eigelb quoll heraus und mischte sich mit der geschmolzenen Margarine. Er schnitt ein Stück vom Toast ab, wendete es im Eigelb, tupfte es ins Salz und führte es an den Mund. Dann erst blickte er auf und fragte: «Wieviel?»

«Fünf Shilling die Woche.»

«Woher weißt du das?»

«Ich – ich bin reingegangen und hab gefragt.»

Er blickte sie scharf an. «Du möchtest es haben, was?»

Lieber als alles auf der Welt, hätte sie gern erwidert. Aber so etwas sagte man nicht in England, das hatte sie schon gelernt. «Es wäre schön», sagte sie. «Und ich hab doch das Geld von Pa, Taff. Damit könnten wir's einrichten.»

Er reichte ihr seine Tasse zum Nachschenken. «Und was wird mit ihnen?» fragte er und machte eine Kopfbewegung zum Wohnzimmer hin.

«Das hab ich mir alles schon überlegt», antwortete sie schnell. «Ich könnte weiter herkommen und ihnen zur Hand gehen –»

«Sie brauchen aber mehr als eine Hand», sagte er kopfschüttelnd. «Bedient wollen sie werden, hinten und vorn.» Er trank seinen Tee aus und versuchte, den letzten Rest Eigelb mit Brot aufzunehmen. Dann sagte er: «Hast du deinen Mantel?» Er stand auf, nahm seinen Schal vom Haken und legte ihn sich um. Mit aufkeimender Hoffnung sah sie zu ihm auf.

«Wo gehen wir hin, Taff?»

«Na, wir müssen doch deinen Palast mal besichtigen, oder?»

Sie fiel ihm um den Hals. «O Taffy – es ist so ein süßes kleines Haus – das schönste, das du dir denken kannst –»

Nun, das schönste war es nicht. Es war ein Haus wie Millionen andere, die englischen Arbeitern Zuflucht boten. Eins von den Millionen Schlössern, in denen Männer und Frauen sich ihr Heim schufen, ein Zuhause, das sie mit Liebe und Lachen füllten – oder mit Haß und Streit, je nach Charakter und Veranlagung.

Ein blasser Sonnenstrahl fiel durch die schmale Lücke der beiden gegenüberstehenden Häuser auf das Haus Nummer einundsiebzig und brachte die braungelbe Fassade zum Leuchten.

«Das ist es», sagte Nell. Sie merkte, daß sie zitterte – vor Sehnsucht, Hoffnung und Angst vor einer Enttäuschung. Spitzengardinen hingen am Fenster, eine Aspidistra stand in der Sonne. So eine wollte sie auch haben, dachte Nell, es gab dem Hause so etwas Vornehmes, wenn eine Aspidistra im Fenster stand.

Taffy ging auf die Tür zu und griff mutig nach dem Klopfer. «Du willst – du gehst doch nicht rein?» fragte Nell ängstlich.

Taffy klopfte, und die Tür wurde von einem argwöhnisch blickenden älteren Mann geöffnet. Als er Nell erkannte, ging ein leises Lächeln über sein Gesicht.

«Können wir's mal ansehen?» fragte Taffy.

«Jetzt? Es ist eigentlich etwas spät», sagte der Mann zögernd. «Ich weiß nicht – Ethel!» rief er nach hinten. «Es ist die junge Frau, die heute morgen hier war.»

«Laß sie reinkommen», rief eine Stimme aus der Küche.

«Kommen Sie rein», sagte der Mann an der Tür, immer noch mit einem Ausdruck, als rechne er damit, daß sie ihm eine Pistole an die Rippen hielten.

Die Haustür führte direkt in das vordere Zimmer. Es roch ein bißchen muffig und verrußt. Aber Nell sah es so, wie es sonntagabends aussehen würde: im Kamin brannte ein helles Feuer, die Gaslampe mit dem gläsernen Zylinder zischte leise – und ganz vielleicht, aber viel später natürlich, würden sie es sogar zu einem Klavier bringen . . .

Mißtrauisch führte sie der Mann durch das Wohnzimmer. Hier werden wir abends sitzen und Tee trinken, dachte Nell. Nicht in der Küche.

«Ein hübsches kleines Haus», sagte Mr. Braithwaite, der wohl meinte, er müsse die Werbetrommel rühren.

«Kostet ja auch genug Geld», gab Taffy ungerührt zurück. Nells Mut sank. Wenn Taffy das Haus nicht mochte, war alles aus.

In der Küche stand ein Kessel auf dem Herd. Ferner gab es eine Wäschemangel, einen Tisch mit zwei Stühlen und einen Ausguß. Mrs. Braithwaite blieb auf ihrem Stuhl sitzen und sah die Besucher prüfend an, als sie sagte: «Was Besseres werden Sie nicht finden, auch nicht für 'n Pfund die Woche.»

«Können wir mal nach oben gehen?» fragte Nell.

Die beiden Braithwaites sahen sich an, dann sagte der Mann: «Ich geh mal vor», und führte sie nach oben in das größere Schlafzimmer, das nach vorn heraus lag. Ein Sonnenstrahl lag auf der braunen Tapete. Nell blickte aus dem Fenster. Sie sah eine Reihe von Häusern, die alle genauso aussahen wie Nr. 71, und darüber einen feurigen Sonnenball, der am Himmel hing wie eine Kinderlaterne ohne Stock. «Hier scheint die Sonne rein», sagte Nell versonnen. (O der Sonnenuntergang über Rhinog Fawr, und der Friede, der sich wie Nebel in die weiten Täler stahl!)

«Dann springt die Farbe ab», erklärte Taffy.

Dazu sagte Mr. Braithwaite nichts; er führte sie schweigend in die beiden anderen Schlafzimmer.

«Hier kann man sich gerade umdrehen», sagte Taffy in dem kleineren der beiden Zimmer. Nell war dem Weinen nahe. Taffy mochte das Haus nicht, das merkte sie.

Die hinteren Fenster gingen auf einen kleinen verwahrlosten Garten hinaus. Ein schmaler Pfad führte zum WC. Dahinter lagen andere Häuser der gleichen Bauart. Aber hier gab es noch etwas Besonderes: In einem der Nachbargärten stand, fast so hoch wie das Haus, eine Silberbirke, die ein wenig Farbe, ein wenig Schönheit in die graue Umgebung brachte. Sie war etwas kümmerlich und nicht ganz gerade gewachsen, aber sie trug ihr helles

Grün wie eine junge Braut. Und der Sonnenstrahl in der Baumkrone glich einer segnenden Hand.

«Der Baum!» sagte Nell halblaut. (Birken im silbernen Mondlicht am Llyn Cwm Bychan! Waren es nicht Elfenflügel, die sie eben gehört hatte?)

«Wir wollten ihn fällen lassen», berichtete Mr. Braithwaite, «aber die Leute wollten es nicht. Er ist aber nicht gefährlich, glaube ich.»

«Wann ziehen Sie aus?» fragte Taffy.

«Dienstag.»

«Gut, dann nehmen wir es am folgenden Montag.»

«Taff!» rief Nell überwältigt. Sie hätte ihn gern auf der Stelle umarmt und stürmisch abgeküßt; aber ein so unbeherrschtes Verhalten hätte womöglich die Braithwaites veranlaßt, ihnen das Haus nicht zu geben. Deshalb griff sie nur nach Taffys Hand und drückte sie zärtlich, was Mr. Braithwaite peinlich berührt und mißbilligend mit ansah. Er brachte sie zurück in die Küche und sagte:

«Sie wollen es nehmen.»

«So?» sagte Mrs. Braithwaite.

«O bitte!» sagte Nell flehend.

«Hast du sie nach Kindern gefragt?» wandte sich Mrs. Braithwaite ungerührt an ihren Mann.

«Haben Sie Kinder?» fragte Mr. Braithwaite.

«Ja, eins. Einen kleinen Jungen – er ist vier und sehr artig», sagte Nell, und da diese Information Mrs. Braithwaite nicht sehr zu beeindrucken schien, fügte sie hinzu: «Er heißt Benbow.»

«Komischer Name», sagte Mr. Braithwaite. Er wurde wieder mißtrauisch.

«Das war ein Admiral», sagte Nell eilig.

«Also dann bis Montag in einer Woche», sagte Taffy abschließend.

Auf dem Heimweg hängte sich Nell bei Taffy ein und blickte glücklich zu ihm hoch. «Gehört es jetzt wirklich uns, Taff? Ich meine, ganz wirklich? Es kam mir alles so – so unsicher vor.»

«Es gehört uns, mein Mädchen.»

Sie reckte sich und gab ihm im Gehen einen Kuß. Blaue Gardinen im Vorderzimmer, und hübsche gelbe in Benbows Zimmer, und die Schwelle am Eingang wollte sie blitzblank scheuern. Bisher war das Leben nicht ganz einfach für sie gewesen, erst der Krieg und dann Toms Tod. Aber jetzt schien es ihr plötzlich, als werde alles leichter. «Gefällt es dir auch wirklich, Taff?» fragte sie.

«Ja, es ist sehr hübsch. Drei Schlafzimmer hätten wir ja nicht gerade gebraucht, aber immerhin: fünf Shilling in der Woche, das geht.»

Nell holte tief Luft und sagte: «Dad, Taffy und ich haben ein kleines Häuschen gemietet. Es ist aber ganz in der Nähe, und ich komme jeden Tag her und sehe, was ihr braucht, du und Oma. Es bleibt alles so, wie es jetzt ist, bloß, daß ihr das Haus wieder für euch allein habt.»

Er brauchte lange, um es zu begreifen, der alte Mann. Und als er es tat, war er gekränkt. Er hatte keine Dankbarkeit erwartet – was er getan hatte, hatte er für Tom getan. Aber er hätte nie von Toms Frau erwartet, daß sie ihre alten Schwiegereltern im Stich ließe, sobald es ihr in den Kram paßte. Er wollte wirklich keine Dankbarkeit, und um es gleich zu sagen, er hatte auch keine erwartet. Aber soviel Selbstsucht hatte er ebenfalls nicht erwartet.

Oma, die wieder ihren schlechten Tag hatte, sagte, Tom würde sich im Grabe umdrehen. Ihr ging es, wenn man ihr glauben konnte, nicht etwa darum, daß sie jetzt ihren abendlichen Kakao selber machen mußte, sondern allein darum, daß ihr «der Junge, Toms Ebenbild», genommen werden sollte – ein Junge, von dem sie bisher kaum Notiz genommen hatte.

«Seid froh, daß ihr sie los seid», sagte Edith, als sie es erfuhr. Sie war natürlich nicht bereit, sich ihrer Eltern selbst anzunehmen, war aber eifersüchtig auf jeden, der es tat. («Alice könnte jetzt wirklich aufhören, fremde Leute zu pflegen. Sie hat schließlich wichtigere Verpflichtungen.»)

«Diesen Walisern kann man eben nicht trauen», erklärte Großtante Min weise. Es würde sie nicht wundern, wenn Nell die silbernen Teelöffel mitnahm.

Großtante Mabel sagte gar nichts. Sie wußte nur, wenn ihr ein netter Kerl über den Weg liefe, der sich mit ihr zusammentun wollte – sie würde sich nicht zweimal besinnen.

Auch Nell war gekränkt. Und unglücklich. Aber sie war ein Mensch, der es nicht an anderen ausließ. Sie ging ruhig ihrer Arbeit nach und versorgte die beiden Alten wie bisher. Bis am Dienstagabend Taffy hinter sie trat und ihr etwas ins Kleid steckte, das ihr kalt den Rücken hinunterglitt: die Schlüssel zum Haus Nr. 71.

Für Nell kam eine Zeit voller Seligkeit. Sie schrubbte das Haus und pinselte und scheuerte und putzte die Fenster und weißte die Stufen und schwärzte Herd und Kamin. Abends schritt sie Arm in Arm mit ihrem Mann durch die kleinen leeren Räume und zeigte ihm, was sie vollbracht hatte. Manchmal machte sie eine Pause und ging in den Garten, setzte sich auf einen Stein und träumte von den Blumen, die hier bald an Stelle des Unkrauts stehen sollten: Fingerhut, Monbretien, Ringelblumen und hohe samtblütige Iris. Oder sie betrachtete die Birke, das einzige Stückchen Schönheit inmitten der grauen Steinwände, und dachte: Wie gut habe ich es! Womit hab ich das bloß alles verdient? Taffy und Benbow und ein eigenes Haus, und Blumen im Sommer und ein Baum, den ich immer ansehen kann. Was für ein Glück! Und dann stieg Angst in ihr auf, denn Glückseligkeit hat, wie Höhenrausch, allzu leicht Angst im Gefolge.

Und während Nell ihr neues Haus vorbereitete, wurde von den Staatsmännern in Paris ein neues Europa, ja, sogar eine neue Welt geplant, die Frieden und Glück für die Menschen garantieren sollte. (Sie dachten dabei an fast alles, nur an eines nicht: an die menschliche Natur.) In Ingerby, wo sich der Ausschuß für das Kriegerdenkmal mit dem Schrein für die Gefallenen beschäftigte, der, wie der Bürgermeister es in der Diskussion über die Verwendung von Portland-Zement oder Aberdeen-Granit ausdrückte, «dem Schrein im Herzen der Hinterbliebenen» entsprach, plante man Friedensfeiern: Sportliche Wettkämpfe, Tanz im Freien, ein Festspiel und die Verteilung von Freibier an die Insassen des Altersheims. Dabei konnte man natürlich nicht auf die Hilfe von Edith und ihrer kleinen Tochter verzichten. Crystal sollte sogar die Hauptrolle übernehmen, den «Frieden», was in erster Linie der Manipulation ihrer Mutter zu verdanken war.

Noch etwas anderes war in Vorbereitung. Irgendwo in einem Hinterzimmer des Kriegsministeriums saß jemand über den Papieren des Leutnants Frank Hardy, um diesen Mann, der so sorgfältig darin ausgebildet worden war, Menschen zu töten, wieder in den stillen, nachdenklichen Lehrer Frank Hardy zurückzuverwandeln.

II

Sie waren eingezogen. Taffy Evans erschien am Abend im Haus Nr. 71, Albion Street, statt wie bisher im Haus Omdurman.

Alles war fertig eingerichtet. Nell war in Opas Laden gegangen, ihre fünfzig Pfund fest in der Hand, und hatte zusammen mit Taffy Möbel ausgesucht: Betten, eine Polstergarnitur in blauem Mokette fürs Wohnzimmer, Eßtisch und Stühle, Kleiderschränke, Küchenstühle, einen Küchenschrank, Teppich und Linoleum. Das Geld schmolz schnell dahin, schrecklich, aber etwas behielt sie zurück für Kochtöpfe und Geschirr. Taffy lud die Sachen auf den Wagen, fuhr damit zum neuen Haus, und er und Nell verbrachten den ganzen Abend damit, alles abzuladen und an den richtigen Platz zu stellen.

Und nun kam Taffy also nach Hause, wo ihn Nell selig und etwas zerzaust erwartete. Sie nahm ihn bei der Hand und führte ihn ins Wohnzimmer, wo ein Feuer im Kamin brannte und der Tisch zum Abendessen gedeckt war. Und von dort in die Küche mit den Töpfen und Krügen, die aufgereiht über dem weißen Spülbecken standen, und nach oben in das kleine Schlafzimmer, das ebenfalls schon eingerichtet war, und zu Benbow, der nun ein Zimmer für sich hatte und bereits fest schlief, und dann in *ihr* Schlafzimmer mit dem Mahagoni-Kleiderschrank und dem Frisiertisch und der schönen rosa Überdecke auf dem Bett – ein Zimmer, ganz für sie, wo sie zum erstenmal in ihrem Eheleben auch wirklich allein sein durften.

«Ist das nicht wunderschön, Taff?» rief Nell, überwältigt von so viel Glück.

«Ja, wirklich», stimmte er zu. «Das Bett möchte ich am liebsten gleich ausprobieren.»

Sie gingen nach unten, setzten sich an den Tisch vor dem Kamin und aßen Rührei auf Toast, danach einen Rosinenkuchen, und dazu tranken sie Tee. Später stiegen sie die Treppe hinauf in ihr Schlafzimmer, machten die Tür zu, zogen die Gardinen vor und waren allein – allein in ihrer Welt aus rosa Satin und schimmerndem Mahagoni, allein bei Kerzenlicht, sicher und geborgen – eine Burg aus Liebe und Nestwärme.

«Schön bist du, mein Mädchen – wunderschön.»

«Woher willst du denn das wissen, du Schwindler? Du hast doch die Kerze ausgemacht!»

«Ich hab doch nicht bloß Augen, Schatz. Schönheit ist nicht nur das, was man sieht . . .»

Sie lachte glücklich, doch plötzlich blieb ihr das Lachen in der Kehle stecken. So etwas hatte Tom nie gesagt. Lieber armer Tom – wo er jetzt lag, gab es keine rosa Satindecke und keine Liebesworte. Mein Liebster, dich hat ein anderer an sein Herz gedrückt – der Tod. Sie schauerte zusammen und schmiegte sich noch enger in die Arme ihres Mannes.

An einem stillen trüben Sonntagnachmittag im Mai wurde das Kriegerdenkmal enthüllt. Es war ein schlichtes Monument – ein offenes Buch, aus Stein gemeißelt und sechs Fuß hoch. *Unsere ruhmreichen Toten* stand über den aufgeschlagenen beiden Seiten, und darunter die Namen der Gefallenen nach der Rangordnung, als erster: Oberstleutnant X und als letzter: Soldat Young, W. Oben an dem Buch lag ein steinernes Gebinde aus Bajonetten, Handgranaten und anderen tödlichen Waffen, zusammengehalten von einem Band mit der Inschrift *All unsere Liebe gehört euch.*

Aber der Denkmalsausschuß hatte noch an mehr gedacht. Für die Honoratioren der Stadt und für die Familien der Gefallenen hatte man eine Tribüne errichtet und sie mit schwarzem Krepp umhängt. Die Kapelle der Heilsarmee war da und der Pfarrer von Ingerby, die Geistlichen der Freien Hochkirche und die Chöre der Anglikanischen Kirche und sogar der Hornist der Kaserne von Derby. Auch der katholische Geistliche war kurz erschienen (und jeder fand, er sähe deplaciert aus mit seinem Spitzenumhang um die Schultern. Er behielt die ganze Zeit den Hut auf. Wahrscheinlich fror ihn, dachte Nell mitleidig; er hatte ja auch keine Frau, die ihm die Brust mit Gänseschmalz einrieb und die Füße in ein Senfbad setzte, wenn er sich erkältet hatte.) Ja, der Denkmalsausschuß konnte sich wirklich gratulieren – das Denkmal in Ingerby wurde gut vier Wochen früher enthüllt als die in den anderen Midland-Städten . . .

Ein Mitglied des Ausschusses hatte noch einen besonderen Grund, stolz zu sein. Will Dorman hatte es, angestiftet durch einen Vorschlag seiner Frau, durchgesetzt, daß den Witwen der Gefallenen, die bereits wieder geheiratet hatten, kein Sitz auf der kreppverhangenen Tribüne zustehen sollte. In Hochstimmung war er von der Ausschußsitzung nach Hause gekommen. «Du hast ein doppeltes Anrecht auf einen Tribünenplatz, Lizzie: als Ehefrau eines Ausschußmitgliedes und als Mutter eines Gefallenen. Aber sie hat kein Anrecht – sie muß da unten bleiben, bei Hinz und Kunz.» Und als er Nell etwas später traf, sagte er:

«Du wirst leider nicht bei uns sitzen können, Nell. Im Ausschuß sind sie nämlich ziemlich streng: Witwen, die wieder verheiratet sind, haben kein Anrecht auf einen Tribünenplatz. Das hat natürlich keine persönlichen Gründe, weißt du, ich glaube, es ist nur eine Platzfrage.»

«Ich möchte auch gar nicht da oben sitzen», sagte Nell etwas verwirrt. «Ich will bei Taffy sitzen.»

«Ach so», sagte der alte Mann etwas enttäuscht. Er versuchte es noch einmal. «Als Toms Witwe hättest du natürlich einen Ehrenplatz gehabt. Aber da läßt der Ausschuß nicht mit sich reden.»

Sie legte ihm tröstend die Hand auf den Arm. «Aber ich möchte wirklich bei Taffy sitzen, Dad. Das braucht dir nicht leid zu tun.»

«Na schön», sagte er säuerlich. Und Oma berichtete er: «Sie macht sich gar nichts draus. Ist ihr ganz egal, daß sie als Toms Witwe einen Ehrenplatz gehabt hätte. ‹Ich will lieber bei ihm sitzen›, hat sie gesagt.»

«Das ist ja wirklich wie ein Schlag ins Gesicht», meinte auch Oma.

Nachdem sie die Straßenbahnfahrt überstanden und auf dem Sitz, der ihren Namen trug, Platz genommen hatte, fühlte sich Oma, eingezwängt zwischen Opa und Alice, mit sich und der Welt sehr zufrieden. Will in Schwarz, mit glatt gebürstetem, vom Tee gelblich gefärbtem Schnurrbart, sah traurig und nachdenklich und vornehm aus. Und Alice – heute war Oma ganz froh, daß Alice sich zur Krankenpflege entschlossen hatte –, denn bei dieser Gelegenheit war die gestärkte Schwesterntracht genau das Richtige. Tom, dachte sie, Tom hätte keinen Grund gehabt, sich seiner Familie zu schämen. Sie selber, in Tiefschwarz und mit leidgeprüfter Miene, war ein Muster der Heldenmutter. Und noch etwas machte den Genuß an ihrem Kummer vollkommen: Nell stand unten in der Menge, von allen Seiten eingeengt. Die ersten Takte von *Die Toten marschieren* erklangen langsam und getragen.

Als Nell und Taffy nach der Feier heimgingen, trafen sie Vanwy. Nell hatte ihretwegen ein schlechtes Gewissen, denn sie wohnten nun schon zwei Wochen in ihrem neuen Haus und hatten Vanwy noch nicht eingeladen, nicht mal zu einer Tasse Tee. Das war nicht recht – aber sie war so schrecklich glücklich und wollte ihr Glück einfach nicht aufs Spiel setzen. Sie wußte nicht recht, warum sie ihr Glück aufs Spiel setzte, wenn sie Vanwy zum Tee bat. Das war natürlich töricht und vielleicht nur ein Aberglaube, aber sie hatte so ein vages Gefühl . . .

«Wie gefällt's dir im Geschäft, Vanwy?» fragte sie.

«Oh – ganz nett. Bloß der Schlafsaal ist gräßlich.»

«Wieso, gräßlich?»

«Um halb zehn wird das Licht ausgemacht, und dann muß alles still sein. Wie im Gefängnis.»

Mitleid überkam Nell. «Komm doch mit und trink mit uns Tee, Van.»

«Ja, danke.»

Sie kamen nach Hause, und Nell schloß stolz die Tür auf. Sie ließ Vanwy zuerst eintreten.

Vanwy blickte sich um. Wie behaglich es hier war – der Teppich und die Sessel mit dem Sofa und das Glasschränkchen und die geblümte Tapete . . . Nell sah Vanwy an. Sie sah aus, als würde sie gleich anfangen zu weinen. Nell hatte sie noch nie weinen sehen. Selbst als kleines Mädchen hatte sie sich lieber die Lippe zerbissen als eine Träne zu vergießen. «Van! Was ist denn – was fehlt dir?»

«Es ist so – so gemütlich hier», sagte Vanwy. «Ich hab so was nicht mehr gesehen, seit ich . . .» Sie konnte nicht weitersprechen.

«Komm, setz dich hierher», sagte Nell. «Wir lassen dich jetzt ein Weilchen allein und machen ein schönes Abendbrot. Komm mit, Benbow», fügte sie energisch hinzu, denn Benbow starrte Vanwy mit großen Augen an. Ein Erwachsener, der weinen wollte, das war immer aufregend für ihn.

Aber als Nell dann mit dem Tablett zurückkam, war von Tränen nichts mehr zu sehen. Vanwy saß kühl und gelassen da, beherrscht wie immer. Und als sie sich verabschiedet hatte und mit hohen klappernden Absätzen die Straße hinunterstelzte, um in ihr Gefängnis zurückzukehren, spürten Nell und Taffy beide, daß ihr kleines Heim nicht mehr das gleiche war wie zwei Stunden zuvor.

«Scheußlich, daß sie dahin zurück muß, nicht wahr», sagte Nell.

«Ja.» Taffy schlug den *Sunday Chronicle* auf.

«Ich würde es auch nicht gern tun. Mit all den Mädchen, und dann noch 'ne Aufpasserin oder so was.»

«Nein.» Taffy war auf der Sportseite angelangt.

Nell starrte ins Feuer. «Wir haben doch da noch das Zimmer, Taff. Und schließlich gehört sie zur Familie.»

«Aber du möchtest sie lieber nicht hier haben», sagte Taffy halb fragend, halb feststellend.

Nell schwieg eine Weile. «Nein», sagte sie schließlich.

«Dann nehmen wir sie auch nicht.»

«Nein», sagte Nell noch einmal und drehte an ihrem Schürzenzipfel. «Aber es ist . . . irgendwie nicht recht, Taffy», sagte sie schließlich. «Wo wir doch am selben Ort wohnen.»

Er starrte schweigend ins Feuer – ernster als es sonst seine Art war. Endlich sagte er: «Tu's lieber nicht, mein Herz.»

Sie wandte sich ihm mit einem Ruck zu. «Warum nicht? Du magst sie doch, oder?»

«Ja», gab er ruhig zu. «Ich mag sie. Ich dachte nur – lieber nicht.»

«Ach, ich weiß nicht», meinte Nell zweifelnd. «Ich wollte so gern Ruhe haben, weißt du. Mit dir allein sein – mit dir und Benbow. Und nun ist sie dazwischengekommen.»

«Das hat nichts mit ihr zu tun», sagte Taffy überzeugt. «Sondern mit der Familie. Sobald die Familie auftaucht, gibt's Ärger.»

Eine Woche später bot Nell ihrer Cousine das Zimmer an. Zögernd und sehr dankbar nahm Vanwy es an.

Sie fügte sich ohne jede Schwierigkeit in den Haushalt ein Frühstück machte sie sich selber; sie war schon aus dem Haus, wenn Taffy und Nell herunterkamen. Mittags aß sie im Geschäft. Nach Hause kam sie erst, wenn es

Zeit zum Schlafengehen war, und sie ging dann fast sofort nach oben in ihr Zimmer. Eine anspruchslosere Mieterin konnte man sich kaum vorstellen.

Es war nicht ihre Schuld, daß in dem kleinen Zimmer nicht genügend Platz war für alle ihre Kleider und daß sie deshalb einiges in Nells und Taffys Kleiderschrank unterbringen mußte, so daß ihr zartes verführerisches Parfum allmählich den Geruch von Karbol und Mottenkugeln, die Nell verwendete, überdeckte. Es war auch nicht ihre Schuld, daß Taffys Blick oft mit einer Mischung aus Freude, Sehnsucht und Unsicherheit zu ihr hinüberwanderte, oder daß Benbow auf einmal viel mehr aus sich herausging. In seiner Welt hatte es bisher nur Großtanten, Oma und Tante Edith gegeben. Tante Vanwy war für ihn eine Märchenfee aus Tausendundeine Nacht.

Es ist nicht mehr wie früher, dachte Nell oft bedrückt. Es ist nicht mehr dasselbe wie vorher. Warum bloß? Vanwy machte keine Arbeit im Haus. Und sie gehörte schließlich zur Familie. Mit Taffy kam sie gut aus. Benbow mochte sie auch. Arme kleine Nell! Sie hatte Vanwy ins Haus genommen, weil ihr Gewissen ihr sonst keine Ruhe gelassen hätte; und nun ließ es ihr keine Ruhe, weil sie nicht so zufrieden war, wie sie hätte sein müssen. Wahrscheinlich hatte Taffy recht: Familie und Reibereien – das gehört zusammen wie Wolken und Regen, wie Blitz und Donner.

Doch der Sturm und Regen sollte erst noch kommen.

Am 28. Juni 1919 wurde in Versailles ein Friedensvertrag zwischen den Alliierten und dem Deutschen Reich geschlossen. Der Vertrag hatte vierhundertundvierzig Paragraphen, und jeder dieser Paragraphen, das darf man wohl behaupten, versetzte irgend jemanden in Zorn und Empörung.

Die Stadt Ingerby in den Midlands kümmerte sich nicht um solche Kleinigkeiten. Sie interessierte sich nur dafür, daß wieder Frieden herrschte, ihre Pax Britannica, die der Krieg so böse und für so lange Zeit unterbrochen hatte.

Die Festlichkeiten sollten am zweiten Sonnabend im Juli stattfinden. Und die Leute aus der Gegend der Derby Road wollten das Fest auf den Spielplätzen feiern.

Die Spielplätze waren eine Oase inmitten der schäbigen Straßen: eine Oase aus Kricketplätzen und Tennisplätzen und einem neumodischen Pavillon mit Umkleideräumen für Damen und Herren, einem Erfrischungsraum mit einer Teemaschine, in dem es auch klebrig-süßen Kuchen gab. Außerdem gab es ein grünbemaltes Podest fürs Orchester, Kieswege, an denen ein paar spärliche Bäume standen, müde Lorbeersträucher, und Schaukeln und eine Wippe. Nichts Großartiges. Kein Tivoli. Aber viele Bewohner liebten den Platz, denn mit ihm waren ihre frühesten Erinnerungen verbunden, zuerst mit den Schaukeln, später mit den Sportplätzen, mit Fußball und Tennis. Man war hier in weißen Flanellhosen herumspaziert, das Racket unter dem Arm und drei graue Bälle im Netz. Anschließend hatte man Tee getrunken, kleine Kuchen gegessen und dabei versucht, sein Bein unter dem eisernen Tisch behutsam an ein seidenes Knie zu drücken. Viele hatten ihren ersten Flirt hier erlebt, und ihre erste Liebe, und so gingen sie auch im Alter noch gern über die Kieswege und hörten dem Orchester zu, das Melodien aus der *Bohème* spielte. Für viele gehörten diese Erinnerungen zu den freundlichsten Zeiten ihres ereignislosen Lebens.

Heute sah der Spielplatz ganz anders aus. Der Pavillon war mit Fahnen geschmückt. Weiße Fahnenstangen standen am Eingang, an denen die Fahnen der Alliierten flatterten. Die Kinderspielplätze waren mit weißen Seilen abgegrenzt, nahe dem Orchester war eine Tanzfläche aufgebaut, es gab eine Bühne, auf der das festliche Schauspiel stattfinden sollte, und zwei Zelte, ein großes für Tee und – trotz Will Dormans Protest – ein noch größeres für Bier.

Die Familie Dorman war vollzählig erschienen. Sie setzten Oma zusammen mit Großtante Min im Teezelt ab. Da Opa zum Organisationsausschuß gehörte, mußte er natürlich überall gleichzeitig sein.

Nell meinte, sie müßten Vanwy auffordern mitzukommen, und sie hatte es gern getan, denn das Geschäft war heute geschlossen, wie alle Geschäfte in Ingerby.

Alice leitete das Erste-Hilfe-Zelt.

Edith war natürlich völlig überlastet: sie war für das Festspiel zuständig, stand allen Leuten im Wege, und spielte, wenn sie mal eine Minute Zeit hatte, auf dem Klavier im Teezelt patriotische Lieder.

Großtante Mabel saß zufrieden im Bierzelt und freute sich, daß keiner der Verwandten sich sehen ließ. So hatte sie Muße, an Siegfried zu denken. Lieber armer Siegfried. Bei den Deutschen wurde vermutlich nicht gefeiert.

Ja, es waren alle da – bis auf die Hauptpersonen, natürlich, die ruhmreichen Toten, deren Namen in Stein gemeißelt auf dem Denkmal zu lesen waren. Aber für die meisten der Lebenden, die sich heute hier einfanden, war es das erste Mal seit fünf Jahren, daß sich eine Gelegenheit zum Freuen bot, und die wollten sie aus vollem Herzen wahrnehmen.

Das Wetter war wundervoll: strahlender Sonnenschein, tiefblauer Himmel, mindestens 27 Grad im Schatten. Entsprechend waren alle angezogen: die Männer trugen Oberhemden mit großen Eckenkragen, weiße Gamaschen, goldene Uhrketten über der Weste, und wegen der Sonne Schlapphüte oder Strohhüte und manche sogar Zylinder. (Ein paar junge Dandies waren allerdings ohne Hut gekommen und trugen weiße Flanellhosen und gestreifte Blazer, was vielleicht zu einer Ruderregatta in Henley passen mochte, aber niemals zu einer Friedensfeier in den Midlands. «Nie wäre unser Tom ohne Hut gekommen!» Oma hielt mit ihrer Entrüstung nicht hinter dem Berg.) Und die Frauen erst! Sie hatten wirklich alles aufgeboten: Bänder und Spitzen und Rüschen; Fersen und selbst Waden waren zu sehen, manchmal sogar kokett zur Schau gestellt. Strahlende erhitzte Gesichter unter kecken Hütchen mit aufrechtstehenden Federn, ziemlich albern eigentlich, aber wer kümmerte sich schon um die weibliche Kleidung – außer den Frauen selbst. Der Inhalt war wichtig, nicht die Verpackung, witzelten die jungen Männer aus den Schützengräben.

Im Sommer wurde Benbow degradiert – da war der Admiralsanzug eingemottet. Statt dessen erschien er im Matrosenanzug aus weißem Leinen; aber immerhin hatte er eine richtige Trillerpfeife um den Hals hängen und trug einen breitrandigen Strohhut zum Schutz vor einem Sonnenstich. Fröhlich war er nicht an diesem großen Festtag, denn ohne ein Wort der Erklärung hatte man ihn einem Mann übergeben, der eine kurze Pfeife rauchte. Der Mann nannte ihn ‹Sonny›, steckte ihn in einen Sack und stopfte ihm die Sackenden oben in den Hosenbund. «Prima, Sonny. Paßt wie angegossen.»

In Benbow stieg Entrüstung auf. Er war von Natur aus ablehnend und sehr selbständig, und er haßte es, wenn sich jemand Freiheiten mit ihm herausnahm. Er riß an der Sacköffnung und schrie aus Leibeskräften.

«Na, na, Sonny», sagte der Mann beschwichtigend. «Ist doch alles in Ordnung – jetzt kommt das Sackhüpfen für Kinder unter sieben. Was ist denn los – es tut dir doch niemand etwas.»

Benbow hatte keine Angst, er war nur außerordentlich beleidigt und empört und machte seinem Zorn ungehemmt Luft. Und jetzt sah er etwas, das seine Entrüstung noch steigerte: ein Dutzend andere Kinder, alle bis zur Taille in Säcke gesteckt, waren im Begriff, sich neben ihm aufzustellen. «Also, Sonny», sagte der Mann mit der Pfeife, «gleich hüpfst du los, bis zu dem Seil da vorne, und wenn du zuerst ankommst, kriegst du einen Siegerpokal.»

Benbow dachte nicht daran, dieser Aufforderung zu folgen. Keine zehn Pferde würden ihn dazu bringen, sich derartig albern aufzuführen, auch wenn die andern es taten. Er hatte einen Sinn für Würde – so was Dämliches machte er nicht mit. Immer noch laut schreiend, streckte er die Hand aus, riß dem Mann die Pfeife aus dem Mund und schleuderte sie zu Boden. Funken sprühten und fielen auf den Anzug und die Hände des Mannes.

«Du kleiner Satan», sagte der Mann mit unterdrückter Stimme und gab ihm einen kurzen harten Klaps.

Sofort hörte Benbow auf zu schreien. Er wußte jetzt, woran er war. Er strampelte sich aus dem Sack heraus und wollte sich gerade auf die Suche nach seiner Mutter machen, als er Tante Ediths kalte Stimme hörte. «Ach, da bist du ja, Benbow. Komm mit, ich brauche dich als Lloyd George. Bobbie Parfitt hat eine *crise de nerfs*, der dumme Junge.»

Benbow hatte keine Ahnung, was eine *crise de nerfs* bedeutete (auch Tante Edith hatte den Ausdruck erst kürzlich aufgeschnappt), außerdem kannte er weder Lloyd George noch Bobbie Parfitt und war erstaunt – und leicht geschmeichelt –, als man ihn eilig mit weißer Perücke und Zylinderhut versah und ihm einen Schnurrbart auf die Oberlippe klebte. «Du nimmst Crystal bei der Hand», instruierte ihn Tante Edith, «führst sie quer über die Bühne zur Britannia und verneigst dich, dann kommst du denselben Weg zurück. Das ist alles.»

«Ich hab aber keine Lust dazu», stellte Benbow ungerührt fest.

«Mein lieber Junge, wir müssen oft etwas tun, wozu wir keine Lust haben», sagte Tante Edith mit mühsam gebändigter Ungeduld. Wenn sie allerdings mal etwas tun mußte, wozu sie keine Lust hatte, ließ sie es ihre Umgebung deutlich spüren.

«Warum hat Crystal 'ne Möwe auf dem Kopf?» Benbow hielt es für geraten, das Thema zu wechseln.

Es gelang Tante Edith mit einiger Mühe, ihre Gereiztheit im Zaum zu halten. «Das ist keine Möwe, Benbow, das ist die Friedenstaube. Crystal ist nämlich der Frieden, weißt du.» Für einen Augenblick nahm Crystals Gesicht so etwas wie einen friedfertigen Ausdruck an. «Und das hier ist Ethel Ramage, die Britannia, und wer Lloyd George ist, wirst du ja wohl wissen.»

«Das bin ich», sagte Benbow stolzgeschwellt.

«Lloyd George ist der Premierminister», sagte Edith

mit einem Seufzer. «Der Architekt des Friedens. Er bringt also den Frieden – das heißt, du bringst Crystal – zur Britannia, also zu Ethel Ramage, verstehst du? Du wirst das bestimmt prima machen», sagte sie und versuchte zu lachen.

Benbow traute dem Frieden noch nicht. «Und wenn nun die Taube wegfliegt?» fragte er vorsichtig.

«Die ist doch ausgestopft», sagte Tante Edith erschöpft.

Offenbar wollte ihm diesmal keiner zu nahe treten, und normalerweise tat Benbow auch, was man von ihm wollte. Er machte sich also bereit, und als ihm Tante Edith (die am Klavier mit einer Instrumentalbearbeitung des *Hallelujah* kämpfte) auf ein Stichwort hin zunickte, trat er vor, verbeugte sich vor seiner Cousine, überzeugte sich noch einmal, daß sein Schnurrbart noch am richtigen Platz saß, und führte die robuste tapsige Friedensgestalt über die Bühne, wobei er die Augen nicht von der ausgestopften Friedenstaube ließ, die auf den goldblonden Locken schwankte.

Das Publikum klatschte pflichtgemäß, aber Benbow stieg der Applaus so zu Kopf, daß er am liebsten den ganzen Auftritt wiederholt hätte. Doch er mußte schnell Platz machen, denn nun erschien Viktoria, die Siegesgöttin, mit ihren Gefährtinnen Glaube, Hoffnung und Barmherzigkeit. Man nahm ihm Perücke und Zylinder ab und dann auch den Schnurrbart, was nicht ganz schmerzlos vor sich ging, aber er durfte ihn behalten und heftete ihn sich sofort wieder an, um Oma damit zu erschrecken, was ihm nicht gelang, weil sie kurzsichtig war. Sie sagte: «Er hat da eine Blase an der Lippe, Nell – versuch's doch mal mit Vaseline.»

Das Orchester spielte *Frohe Stunden.* Und es waren frohe Stunden – glückliche, selige Stunden. Die untergehende Sonne hatte ein wenig Ruß und Rauch aus der Stadt genommen und in die abendlichen Farben des Sommerhimmels gemischt: orange und purpur, scharlachrot und dunkelgelb leuchtete das Firmament, ein herrlich farbiger Hintergrund vor den flackernden Papierlaternen über der Tanzfläche, wo sich die Tanzenden im Rhythmus der Melodie wiegten. Frohe Stunden! Die Musik ergriff die Tänzer und schwang sie herum, die Köpfe zurückgeworfen. Ausgelassenes Lachen erklang überall.

Benbow war fast eingeschlafen und hörte noch im Schlaf die bestrickend süßen Töne; er wußte auch noch im Schlaf, daß ihn Vanwy im Arm hielt, daß er mit dem Kopf an ihrer Brust lag und ihr süßes Parfum die Luft war, die er einatmete.

Vanwy hielt ihn fest und sah dabei den Tanzenden zu. Die rätselhaften dunklen Augen folgten den Schritten der anderen, folgten ihrer Cousine Nell – tanzen konnte sie – und auch Taffy, der sich so leichtfüßig drehte, als schwebe er. Er und seine Partnerin schienen kaum den Boden zu berühren. Nachdenklich blickte Vanwy auf Benbow herunter, zog ihn fester an sich und fuhr mit den Lippen über sein Haar. «Schade, daß du nicht älter bist, Jungchen. Zwanzig Jahre älter – das wär was, du.»

«Was?» murmelte Benbow und versuchte, die Augen aufzuschlagen. Aber jetzt sah er zwei kühle Augen in einem freudlosen Gesicht, die auf ihn herabblickten. «Wo ist deine Mutter, Benbow?» fragte Opa.

Vanwy deutete mit dem Kopf zu den Tanzenden hinüber, und Opa drängte sich durch die fröhliche Menge und legte Nell die Hand auf die Schulter. Nell, plötzlich herausgerissen aus dem heiteren Gewoge aus Musik und Farben und bunten Lichtern, blieb stehen und starrte den alten Mann verständnislos an.

«Sie möchte nach Hause», sagte Opa.

Nell verstand immer noch nicht, aber Taffy sagte kurz: «Dann bringen Sie sie doch nach Hause.»

«Ich?» sagte Opa beleidigt. «Ich kann doch hier nicht weg. Ich bin im Ausschuß und muß bis zum Schluß bleiben.»

«Kann Edith nicht mitgehen? Oder Alice?» fragte Nell bittend.

«Edith hat noch viel zuviel zu tun.»

«Und Alice?»

«Alice kann doch ihr Zelt nicht im Stich lassen, gerade jetzt, wo die Leute womöglich Hilfe brauchen, wenn sie so viel Bier getrunken haben.» Den Nachsatz konnte er sich nicht verkneifen.

Nell versuchte, sich aus den Armen ihres Mannes zu lösen. «Komm, Lieber – ich muß gehen.»

Aber er hielt sie fest. «Nein. Miss Min kann sie doch nach Hause bringen.»

Opa fiel ein, daß Taffy sein Angestellter war und sich daher nicht allzuviel herausnehmen konnte. Mit trauerumflorter Stimme sagte er: «Ich hätte es nie für möglich gehalten, daß die Witwe unseres Sohnes seine alte Mutter allein nach Hause fahren läßt, in der überfüllten Straßenbahn, mit lauter Betrunkenen, mit einer alten Frau, die noch hilfloser ist als sie selber.»

«Taff – ich muß gehen», sagte Nell müde.

«Oh, mach dir bloß keine Mühe», sagte Opa sarkastisch. «Ihren Kakao darf sie sich dann auch selber machen.»

«Ich geh jetzt, Taff.»

«Nein, du gehst nicht. Du tanzt mit mir.»

«Du kannst mit Vanwy tanzen.»

«Nein – das möchte ich nicht», sagte er mit tonloser Stimme. Er sah plötzlich ängstlich aus.

Nell legte ihm die Hand auf den Arm. «Lieber, ich muß gehen. Sei nicht böse, bitte. Mir tut's doch auch leid.»

Er stand vor ihr und starrte sie erbittert an. Dann kniff er die Lippen zusammen und sagte: «Gut – dann tanze ich eben mit Vanwy. Nimm den Jungen mit.» Er wandte sich ab, griff Vanwys Hand und zog sie auf die Tanzfläche. Vanwy blickte Nell nicht an. Die dunklen Augen waren verhangen, sie schwebte davon, die weißen Finger lagen auf Taffs Schulter. Sie bewegte sich wie in Trance.

«Komm mit, Liebling», sagte Nell zu Benbow.

Aber in der überfüllten Straßenbahn, eingeengt zwischen Oma und Großtante Min, mit Benbow auf dem Schoß, war Nell den Tränen nahe. Es war so herrlich gewesen, nach den trüben Kriegsjahren und der Eintönigkeit bei den Schwiegereltern: die bunten Papierlaternen mit den flackernden Kerzen, der leuchtende Sonnenuntergang; die Musik, die mit jedem Takt zu sagen schien: «Nun freut euch doch endlich, ihr langweiligen Briten – Freude und Frohsinn gehören zum Leben und sind wahrhaftig kein Grund zum Schämen!» All die hübschen Kleider, und vor allem das Gefühl, daß an diesem einen Abend alle Arbeit und Mühe, daß der Alltag vergessen war. Sie hatte getanzt, mit ihrem Mann, und sie hätte zu gern weiter mit ihm getanzt, glücklich bei dem Gedanken, daß sie danach zusammen heimgehen würden, in ihr verschwiegenes Schlafzimmer aus rosa Satin, und die ganze Welt hinter sich ließen. Das wäre der Himmel gewesen. Und nun war sie herausgerissen worden aus ihrem Himmel, und sie hatte es selber zugelassen. Sie kam sich klein und arm vor, sie verachtete sich. Und was schlimmer war: Taffy verachtete sie bestimmt auch.

Sie hätte sich weigern sollen, sagte sie sich. Wäre sie fest geblieben, könnte sie jetzt noch in Taffys Armen tanzen. Aber es hatte keinen Sinn, sich zu beklagen. Sie war selber schuld.

«Er hat einen Schnurrbart», sagte Großtante Min plötzlich.

«Du ja auch», sagte Benbow.

«Benbow!»

«Na, ist doch wahr.»

«Sein Vater hätte so was niemals gesagt», verkündete Oma. «Er war ein Gentleman, unser Tom. Schon als kleines Kind.»

«Er wollte nicht unhöflich sein», sagte Nell müde. «Nicht wahr, Benbow?»

«Doch.» Wenn Benbow müde war, wurde er widerborstig.

«Das sah man ihm an», sagte Oma befriedigt.

«Ja, deutlich», stimmte Min zu. Sie und Oma hüllten sich in eisiges Schweigen.

«Wieso trägt der Junge einen Schnurrbart?» fragte plötzlich ein Mann, der Benbow gegenübersaß.

«Er ist siebenundvierzig. Klein für sein Alter», gab Nell kurz zur Antwort.

Der Mann sah gekränkt aus, und schon tat es Nell leid. So war sie doch sonst nicht. Aber irgend etwas in ihr war zum Zerreißen gespannt, und das beunruhigte sie, weil es ihr neu war.

Geduldig brachte sie Oma ins Bett, brachte ihr den Kakao und stand an ihrem Bett, als Oma sagte: «So, und nun bring den kleinen Kerl schnell ins Bett, Nell. Ist ja schon Stunden über seine Zeit. Er ist hundemüde.» In diesem Augenblick zerbarst tatsächlich etwas in Nell. «Zu Bett?» sagte sie, «wieso? Er geht noch nicht zu Bett – wir gehen zurück zum Fest.» Schon der Gedanke an noch eine Straßenbahnfahrt lähmte sie fast, so todmüde war sie. Aber die Lichter und die Musik! Sie *mußte* noch einmal hin, und wenn es nur für zehn Minuten war.

«Zurück?» fragte Oma entsetzt. «Er schlief ja schon fast im Gehen ein, als wir nach Hause kamen!»

«Trotzdem bist du nicht auf den Gedanken gekommen, daß wir zuerst ihn ins Bett bringen sollten.»

Oma saß im Bett und zupfte an der Bettdecke. Eine Träne erschien in ihren gelben Augenwinkeln. «Das war nicht nett von dir, Nell», sagte sie still. «Das hat mir sehr weh getan.»

«O Gott», sagte Nell reumütig. «Entschuldige.» Sie blickte Oma an. Formlos wie ein Kartoffelsack saß sie da, zog fröstelnd das weißliche Bettjäckchen um sich und schniefte und ächzte. Ihre eingefallenen Wangen waren naß. Arme Alte, dachte Nell. Was hat sie noch vom Leben?

Mit einem Anflug von Stolz, den Nell an ihr nicht kannte, sagte Oma: «Ist schon gut, Nell. Ich kann nicht erwarten, daß du weißt, wie einer Mutter zumute ist.»

«Ich bin seine Witwe, Mutter», gab Nell sanft zurück.

«Nein, das bist du nicht!» sagte Oma gehässig. «Jetzt nicht mehr. Jetzt bist du die Frau von diesem Taffy.» Ihre Lippen bewegten sich, sie kostete genüßlich die nächsten Worte. «Du bist treulos gewesen», sagte sie.

Die zwei Frauen starrten einander an: die eine jung

und stark, die andere alt, furchtsam, farblos, nicht viel mehr als ein Teil ihrer Bettdecke. Wieder riß etwas in Nell entzwei. «Ich bin seine Witwe, Mutter», sagte sie ruhig. «Und ich werde ihn lieben und achten, solange ich lebe.»

Die alte Frau duckte sich, ihre Hände hielten die Kakaotasse, und sie sah Nell ängstlich an.

«Ich liebe Taffy», fuhr Nell fort. «Aber das ist jetzt ein ganz neues Leben.» Sie wollte es erklären, fand aber nicht die richtigen Worte. «Damals, als Tom starb, ist so vieles mit ihm gestorben. Man muß eben mit dem weiterleben, was übriggeblieben ist.»

Noch immer blickte die alte Frau sie an, ohne Verständnis und ohne den Willen, sie zu verstehen.

«Du weißt gar nicht, wovon ich rede, nicht wahr?» sagte Nell. «Für dich ist Tom unser ruhmreicher Toter, das höchste Opfer, das wir dem Vaterland gebracht haben – nicht mehr der liebe gute Junge, der einmal gelebt hat und heute noch leben sollte, aber der nun *tot* ist.» Sie spie die letzten Worte mit so viel Gehässigkeit aus, daß sie selbst überrascht war und plötzlich erkannte, was sie da gesagt hatte.

Und obwohl Oma noch genauso unappetitlich aussah wie vorher, beugte sich Nell jetzt über sie und küßte sie auf die Stirn. «Gute Nacht, Mutter.» Sie nahm die Tasse und stellte sie auf den Nachttisch. «Versuch zu schlafen.» Sie drehte das Gas kleiner und ging ruhig zur Tür. «Gute Nacht.»

Lizzie Dorman blickte sie schweigend an, verletzt bis auf den flachen Grund ihrer Seele, das sah man. Nell machte die Tür zu und ging nach unten, um Benbow zu holen.

12

Benbow war auf dem kleinen Sofa eingeschlafen. Aber als er jetzt aufwachte, war er zu weiteren Taten durchaus bereit. Nell fühlte sich nach dem Auftritt mit Oma erschöpft und müde, aber an Schlaf war nicht zu denken. Sie wollte laufen, rennen, tanzen, bis zum Umfallen. «Wollen wir noch mal zurückgehen, Benbow?» fragte sie. Benbow nickte begeistert. «Dann komm», sagte sie und nahm ihn bei der Hand. Sie gingen zu Fuß, der Festplatz lag nur eine knappe Meile vom Haus entfernt. Benbow trabte neben seiner Mutter her. Sie ging schnell und immer schneller; hart traten ihre Absätze auf die Pflastersteine. Untreu. «Du bist untreu gewesen», hatte Oma gesagt; die Worte hatten sie getroffen wie ein Peitschenschlag. Untreu – wem denn? Dem armen hilflosen Toten? Die Frage der Untreue muß sich wohl jeder stellen, der zum zweitenmal heiratet. Nell hatte sie sich hundertmal gestellt und doch keine Antwort gefunden. Jetzt wußte sie, was andere Menschen darüber dachten. Aber es war nicht wahr – sie liebte Tom! Auch wenn sie in Taffys Armen lag, liebte sie Tom. Der Gedanke an Taffy ließ sie noch schneller gehen. Sie wollte noch einmal mit Taffy tanzen und dann mit ihm nach Hause gehen, zu dem Kerzenlicht und dem rosa Satin, die Tür zumachen und die ganze Welt ausschließen – alle Menschen ausschließen, nur die einsamen Toten nicht.

Noch ein kurzes Stück, dann waren sie an dem hohen schmiedeeisernen Tor des Spielplatzes. Merkwürdig, daß sie die Musik noch nicht hörten. Auch die Lichter müßten schon zu sehen sein – die hellen Lichter, die das andere Bild auslöschen sollten, das stickig-dumpfe Schlafzimmer mit der alten Frau, tückisch noch in der Niederlage, wie eine verkrüppelte Wespe.

Keine Lichter. Und das Tor war geschlossen. Ein Parkwächter legte gerade Schloß und Kette vor.

«Können wir nicht mehr rein?» fragte sie hilflos.

Er blickte nicht einmal auf. «Morgen früh um neun können Sie wieder rein.»

«Wie spät ist es denn?» Den Luxus einer Uhr hatte Nell nie gekannt.

«Kurz nach elf.»

«Ist es denn schon aus?» fragte sie kläglich.

«Wir sind hier nicht in London», sagte er streng. «Hier achten die Leute noch darauf, daß sie zu einer christlichen Zeit ins Bett kommen.»

Sie gingen. Vor einer Stunde noch war die Nacht hell und fröhlich gewesen; jetzt stand ein alter Mann da und verschloß die Tür zum Himmelreich. Vier bittere Jahre waren zu Ende, ein starker Feind war besiegt, der ewige Friede war angebrochen – Grund genug zum ausgelassenen Feiern. Bis Punkt elf Uhr. Für den englischen Bürger genügte das.

Sie waren jetzt beide rechtschaffen müde. Nell nahm Ben auf den Arm und trug ihn ein Stückchen. Sie mußte ihn aber bald wieder absetzen, weil er zu schwer war. «Komm, mein Herz, es ist nicht mehr weit.» Er ging mit schleppenden Füßen und blieb oft einfach stehen. Dann zog sie ihn weiter, aber es wurde jedesmal schwieriger. Hoffentlich hatte Taffy den Kessel aufs Feuer gesetzt, damit sie gleich Tee machen konnte. Taffy war rücksichtsvoll, aber nicht sehr zuverlässig. Es hing ganz davon ab, ob er dran dachte.

Albion Street, endlich. Sie zählte laut die Hausnummern, um Benbow munter zu machen: «Fünfundsechzig, siebenundsechzig, neunundsechzig», und dann, fröhlicher als ihr zumute war: «Einundsiebzig!» Sie schloß die Haustür auf, und sie traten in das dunkle Zimmer. «Hallo!» rief sie.

Kein freundlicher Lichtstrahl war zu sehen. Sie tastete sich vorwärts und öffnete die Tür. Das Wohnzimmer war kalt und dunkel. Das verstand sie nicht. Sie zündete schnell eine Kerze und das Gaslicht an. Dann sagte sie: «Komm, Ben. Schnell ins Bett.»

«Wo ist Mr. Evans?» fragte er.

«Noch nicht da, mein Junge. Komm, ich bring dich ins Bett.»

Sie nahm ihn mit nach oben, zog ihn aus, fuhr ihm mit dem Waschlappen übers Gesicht, deckte ihn zu, hörte sich das müde kleine Gebet an und küßte ihn. Dann nahm sie die Kerze, ging über den kleinen Flur in Vanwys Zimmer und klopfte an. Stille. Sie öffnete die Tür und trat ein.

Das Zimmer war leer. Nur der Duft von Vanwys Parfum erinnerte an sie.

Sie schloß die Tür und ging auf ihr und Taffys Schlafzimmer zu. Die Tür war geschlossen. Eine Minute lang blieb sie schweratmend davor stehen, dann machte sie die Tür auf, beschattete die Kerzenflamme mit der Hand und trat ein.

Das Zimmer war leer, die seidig schimmernde Bettdecke glatt und unberührt. Doch zum erstenmal empfand sie nicht, wie sonst, Trost und Glück beim Anblick des geliebten Zimmers. Sie ging nach unten, legte Holz und ein paar Stück Kohle auf die graue Asche im Herd, wartete, bis es aufflammte, füllte den Kessel und stellte ihn aufs Feuer. Dann deckte sie den Tisch, drei Tassen, ein Kännchen mit Milch und die Teekanne. Dann setzte sie sich und wartete.

Sie kamen um Mitternacht.

«Hallo, Nell», sagte Vanwy. «Vielen Dank, daß du mir Taffy ausgeliehen hast. Tanzt wie ein Engel.» Sie ließ sich in den Sessel fallen und schleuderte die Schuhe von den Füßen.

«Zu schade, daß du nicht zum Tanzen geblieben bist, mein Mädchen», sagte Taffy bekümmert. «Ich dachte, du würdest zurückkommen.»

Nell schenkte Tee ein. «Habt ihr bis jetzt getanzt?»

«Wir haben keinen Tanz ausgelassen», sagte Taffy und sah Vanwy an. «War herrlich. Ich hätte nicht gedacht, daß sie so lang machen würden. Richtig schade, daß du nicht da warst, Nell.»

«Nimm dir Zucker, Van», sagte Nell. «Ich dachte, es sollte um elf Schluß sein?»

Ging da nicht ein Blick hin und her zwischen Taffy und Vanwy? Aber vielleicht hatte sie sich geirrt.

«Ach, das ist wirklich schade, Nell. Bist du deshalb nicht zurückgekommen?» fragte Taffy.

Nell trank ihren Tee. Sie hatte das Gefühl, daß die beiden sie nicht aus den Augen ließen. Es war ganz still im Zimmer, und die Spannung schien erst nachzulassen, als sie den Kopf schüttelte und sagte:
«Nein, ich hatte keine Lust mehr. Ich hatte einen Streit mit Oma.»

«Worum ging es denn?» fragte Taffy betreten.

Nell hob den Kopf und sah ihn an. «Sie sagt, ich sei Tom untreu geworden. Weil ich dich geheiratet hab.»

«Ach!» machte Taffy ärgerlich.

«Aber ich habe ihr gesagt: Die Waliser sind nicht untreu, Oma. Niemals!» Sie starrte Taffy immer noch an. «Das stimmt doch, Taff, nicht wahr?»

«Ja.» Taffy blickte in seine Tasse.

Nell drehte sich plötzlich zu Vanwy um. «Nicht wahr, Vanwy, das stimmt doch?»

«Was? Ach so, ja. Natürlich stimmt das», sagte Vanwy erschrocken.

«Dann ist ja alles in Ordnung», sagte Nell hart.

Aber es war nicht in Ordnung. Die Atmosphäre in dem kleinen Zimmer blieb gespannt. Nell saß auf ihrem Stuhl, in ihrem eigenen Haus, mit ihrem eigenen Mann und ihrer Cousine, aber sie merkte, daß sie für die beiden andern gar nicht da war. Die beiden waren ineinander vertieft, sie waren trunken und benommen, wie zwei Bienen, die sich an überreifen Pflaumen gütlich getan haben. Und als es jetzt an der Haustür klopfte, schienen sie es gar nicht zu hören.

Es war Opa. Er hatte immer noch seinen Feiertagsanzug an, mit der Uhrkette und den Gamaschen, aber er sah irgendwie zusammengeschrumpft aus. «Es geht ihr gar nicht gut», sagte er, und dann, mit fast biblischer Eindringlichkeit: «Kannst du kommen, Nell?»

Sie sah das Flehen in seinem Gesicht, aber sie rang ihr Mitleid nieder. Sie konnte – sie durfte ihr Haus heute abend nicht verlassen. «Tut mir leid, Dad», sagte sie. «Ich kann nicht. Du mußt Edith rufen.»

«Das ist viel zu weit, Nell», seine Stimme brach fast. «Sie ist – es geht ihr sehr schlecht . . .»

«Dann muß eben Alice ihre Patienten mal allein lassen.»

Er sah sie hilflos an. «Du weißt doch, wie Alice ist, Nell.» Er blickte zu Boden, dann sah er sie wieder flehentlich an: «Kannst du wirklich nicht, Nell?»

Sie ging zurück ins Wohnzimmer, wo Taffy und Vanwy schweigend saßen. «Du mußt mit mir kommen, Taff. Oma geht es sehr schlecht», sagte sie.

«Ich?» sagte Taffy. «Ich geh heute keinen Schritt mehr aus dem Haus, und du auch nicht, wenn du noch einen Rest Verstand hast. Sie hat schließlich zwei Töchter.»

Sie hoffte, Taffy würde hinausgehen und dem alten Mann das selber sagen. Aber er rührte sich nicht. Sie mußte plötzlich an den Abend des Waffenstillstandstages denken, als sie sich an ihn gelehnt hatte und sie beide fast umgefallen waren.

«Du bist eine Närrin, Nell», sagte er jetzt hart und laut. «Es war schon dumm von dir, heute abend vom Platz wegzugehen. Und es wäre eine noch viel größere Dummheit, wenn du jetzt weggehst.» Er starrte sie an. Fast schien es ihr, als sähe sie eine verzweifelte Bitte in seinem Blick.

Wollte er ihr etwas sagen? Ihr die Schuld geben für das, was geschehen könnte? Sie wußte es nicht, und sie war auch zu müde, um darüber nachzudenken. Sie dachte an den hilflosen alten Mann und an das, was zu Hause auf ihn wartete. Sie mußte ihm helfen und mit ihm gehen . . .

In dem stickigen kleinen Schlafzimmer roch es nach Gas und nach Sennesblüten und nach vierzig Jahren Will und Lizzie Dorman. Der angsterfüllte alte Mann blickte auf seine stöhnende, um sich schlagende Frau.

«Hol den Arzt», sagte sie. «Ich bleib hier und sehe, was ich tun kann.» Und Will Dorman ging, froh, daß er etwas tun konnte und den Schmerzen nicht untätig zusehen mußte.

Es war vier Uhr früh, als Nell nach Hause ging. Hohl klangen ihre Schritte in den leeren Straßen unter dem abnehmenden Mond.

Der Arzt hatte Lizzie Dorman ein starkes Schlafmittel gegeben. Er hatte auch Will Dorman gewarnt, sich nicht zu überanstrengen («Wenn ihr beide krank werdet, ist keinem geholfen»). Er hatte Nell gebeten, ihm ein Bett in dem freien Zimmer zurechtzumachen und eine leichte Mahlzeit vorzubereiten.

Nell hatte es getan und war dann einfach nach Hause gegangen, was der alte Mann erschreckt und murrend zur Kenntnis nahm.

Sie hatten das Gas im Wohnzimmer heruntergeschraubt. Nell machte die Kerze an und ging schleppenden Schrittes die Treppe hinauf. Eine Weile würde sie sich noch um Oma kümmern müssen, dachte sie, denn mit dem alten Mann war nicht viel los. Oder die Töchter müßten einspringen. Aber Nell wußte schon jetzt, daß sie es nicht tun würden.

Sie stand vor ihrem Schlafzimmer, machte die Tür auf und trat ein.

Rascheln. Erschreckte Bewegung. Kein Laut, nein, das nicht – Vanwy schrie nicht auf. Eilig hochgezogene Bettdecke, feste weiße Glieder. Vanwy hielt die rosa Satindecke an die Brust gepreßt und blickte Nell mit trotzigem Lächeln entgegen. Sie war schön – ihre kohlschwarzen Augen, das schmale, von dunklen Locken umrahmte Gesicht, die schimmernden weißen Schultern über dem rosa Satin.

Nell starrte ihre schöne Cousine an, Taffys erschrecktes Gesicht.

Sie starrte und starrte. Dann sagte sie mit kehliger Stimme, die sie selber kaum erkannte:

«Hier – hier in meinem Zimmer! Geschändet habt ihr es!» Sie ging auf Taffy zu, und ihre Stimme hob sich. «Gibt's denn nicht genug Felder und Gräben? Warum hier in meinem Zimmer, in meinem Bett? Warum hast du sie nicht irgendwo in eine dunkle Gasse geschleppt? Das hätte ich dir verzeihen können . . . das hätte ich verzeihen können», ihre Stimme war nur noch ein Flüstern.

Einen Augenblick war sie still. Dann, ohne Übergang, stürzte sie sich auf Vanwy, packte sie an den Schultern und grub ihr die Nägel ins Fleisch. «Raus hier!» schrie sie. «Raus!» Sie riß Vanwy aus dem Bett und stieß sie aus dem Zimmer. Taffy saß aufrecht im Bett und sah ihr entsetzt zu.

Nell zerrte ihre Cousine in den Flur, weg vom Schlafzimmer. Vanwy wehrte sich, aber Nell war wie besinnungslos vor Wut. Sie waren jetzt an der Treppe. Nell hielt Vanwy fest und drückte ihr ein Bein in die Kniekehle, so daß Vanwys Beine nachgaben. Vanwy schrie gellend, was Nell mit tiefer Befriedigung erfüllte.

Als Taffy angelaufen kam, war es zu spät. Nell ließ Vanwy los, sie schwankte einen Moment und stürzte dann kopfüber nach unten. Nell stand oben an der Treppe und blickte wütend nach unten. Sie hörte Vanwys Schreien, Taffys heiseren Protest, sie hörte auch das Klopfen und die Rufe der Nachbarn. Aber sie fühlte kein Mitleid, keine Reue. Ihre Verzweiflung, die Demütigungen, jahrelang angestaut, hatten sich Bahn gebrochen. Taffy und Vanwy hatten ihr kleines Himmelreich vernichtet, und dafür sollten sie büßen!

Jetzt wandte sie sich ihrem Mann zu. «Raus!» sagte sie. «Schaff sie raus.» Es war, als habe sie nur einen Gedanken: das Haus von Vanwys Gegenwart zu befreien. «Und du gehst mit ihr!»

Er stand in seinem gestreiften Nachthemd vor ihr und machte eine hilflose Geste. So konnten sie doch nicht gehen, ohne Kleider, ohne Unterkunft, mitten in der Nacht, schien seine Geste zu sagen. «Ich habe dir ja gesagt, sie sollte lieber nicht zu uns ziehen», murmelte er. «Ich hatte dich gewarnt, Nell.»

Aber Nells Zorn hatte sich noch nicht gelegt. Sie war plötzlich nicht mehr das hilflose Blatt, das von Wind und Strom umhergetrieben wurde. «Raus!» schrie sie und schob Taffy zur Treppe mit einer Kraft, die sie nie für möglich gehalten hätte. Taffy riß sich los, lief nach unten, trat über die stöhnende Vanwy hinweg und verschwand durch die Haustür nach draußen. Vanwy rief jammernd seinen Namen, erhob sich und stolperte hinter ihm her. Nell lief hinunter und schlug die Haustür hinter ihnen zu. Dann stand sie mit klappernden Zähnen im Wohnzimmer, fuhr sich über die Stirn, blickte sich um. Es klopfte an der Haustür, und Taffys flehentliche Stimme rief: «Nell, mach auf, wir können doch nicht so –» Sie antwortete nicht. Schließlich hörte sie, wie sich Schritte langsam die Straße hinunter entfernten. Nell tastete sich die Treppe hoch. Oben stand Benbow schweigend in seiner Zimmertür. Sie beachtete ihn nicht. Sie ging in ihr Schlafzimmer. Das Bett war zerwühlt, die schöne rosa Decke verschwunden. Lange blieb sie neben dem Bett stehen und starrte es an. Dann nahm sie die Kerze, ging hinaus und schloß die Tür hinter sich, endgültig und unwiderruflich. Sie ging zu Benbow und lächelte ihn an. «Komm, mein Herz», sagte sie, brachte ihn ins Bett und deckte ihn zu. Sie zog sich aus, legte sich neben ihn und preßte ihn fest an sich. Und dann kamen die Tränen. Sie weinte und weinte und konnte nicht aufhören. Das Kopfkissen wurde feucht und warm. «Was ist, Mam?» fragte Benbow schließlich.

«Ich fürchte, ich hab den Kopf verloren, mein Junge.»

Benbow dachte nach. Vielleicht hieß das, daß Mr. Evans nicht wiederkam. Er hoffte es. Er drängte sich enger an seine Mutter und war bald fest eingeschlafen.

Auch Nell schlief ein und hielt ihren Sohn, ihr Stückchen Tom, fest an sich gepreßt. Sie schlief noch, als das Morgengrauen durch die ärmlichen Straßen kroch und die Spatzen in der Silberbirke erwachten und laut zu tschilpen begannen.

13

Großtante Min platzte fast vor Mitteilungsbedürfnis. Sie hatte das Gefühl, krank zu werden, wenn sie die Neuigkeit nicht bald loswerden konnte. Sie ging ihre Bekannten der Reihe nach durch; aber alle wußten es schon. Dann fiel ihr ihre jüngere Schwester ein. Mabel! Das war eine Möglichkeit – wo sie so weit draußen im

Moor wohnte! Die hatte es sicher noch nicht gehört. Min band ihre Schürze ab, drückte sich den schwarzen Strohhut auf den Kopf und fuhr mit der Bahn bis zur Endstation.

Mabel wußte, daß ihre Schwester nur zu ihr kam, wenn sie irgendeine Klatschgeschichte zu erzählen hatte. Sie selber fand Klatsch uninteressant und erzählte, während sie zwei Tassen Tee von undefinierbarer Farbe einschenkte, lieber von ihren Schweinen, von Kleie, Kohl und Kartoffeln. Min wurde ungeduldig und Mabel schwieg schließlich.

Aber Min war eine viel zu gewiefte Klatschtante, um ihre Geschichte zu überstürzen. Sie fragte zunächst: «Von deinem Siegfried hast du wohl nichts mehr gehört, was?»

Mabel schüttelte den Kopf. «Der kann sicher gar nicht schreiben, nicht mal in seiner eigenen Sprache», meinte sie und dachte im stillen: Zum Satan mit Min. Warum rückt sie nicht mit der Sprache raus und macht, daß sie wegkommt, statt alte Wunden aufzureißen? Denn Mabel hatte tatsächlich jeden Morgen, seit Sieg weg war, nach dem Postboten Ausschau gehalten – und manchmal sogar ein paar Tränen vergossen. Aber das ging Min einen Dreck an.

Min behielt, wie eine gute Köchin, das Beste bis zum Schluß. Erst kamen die hors d'œuvres. «Edith macht sich Sorgen», sagte sie. «Albert verdient nicht mehr viel, seit es mit der Munitionsfabrik aus ist.»

Mabel schenkte frischen Tee ein. Ob Edith wohl lieber weiter Krieg und damit mehr Geld gehabt hätte?

«Alice zieht immer noch mit diesem Walter rum. Und dabei kann Frank jetzt jeden Tag zurückkommen.»

«Ist doch schön, daß es wieder 'n bißchen Zucker gibt», meinte Mabel harmlos und gab noch einen halben Teelöffel voll in Mins Tasse.

«Ja», sagte Min gleichgültig. Im Grunde waren ihre vier Sacharintabletten ihr lieber. Aber sie ließ sich nicht ablenken. «Da kommt's bestimmt noch zum Krach», sagte sie.

«Kann sein», sagte Mabel und gähnte.

Gekränkt beschloß Min, zum Hauptgang überzugehen. «Lizzie geht's jetzt etwas besser», sagte sie.

«Wie schön», sagte Mabel, die gar nicht gewußt hatte, daß es Lizzie nicht gutgegangen war.

«Bloß gut, daß sie jemand hat, der sie versorgt. Will hätte das nie geschafft.»

«Ja», sagte Mabel. Wer mochte das sein?

Jetzt hielt Min es nicht länger aus. Sie blickte ihre Schwester scharf an und fragte: «Du weißt es also schon?»

«Was soll ich wissen?» fragte Mabel resigniert.

Min starrte sie an, halb ungläubig, halb erfreut. «Soll das heißen, du wußtest es nicht?»

«Nun red doch schon», Mabels Finger klopften ungeduldig auf den Tisch.

«Also dann hör zu!» Min rückte sich zurecht, ihre kleinen Augen glitzerten boshaft. Und sie begann zu berichten. Sie wählte sorgfältig die Worte und baute die ganze Szene geschickt und künstlerisch auf. Diese Nell! Und dieser Taffy! «Rausgeschmissen hat sie sie, um vier Uhr morgens!» Sie sog die Luft ein und sagte dicht an Mabels Ohr mit triumphierend-krächzender Stimme: «Splitterfasernackt!»

«Arme Nell», sagte Mabel nachdenklich.

Auf eine so enttäuschende Reaktion war Min nicht gefaßt. «Na, *der* fehlt doch nichts», sagte sie hämisch. «Um neun Uhr war sie schon wieder bei Will und Lizzie und hat gebeten, ob sie zurückkommen dürfte.»

«Und sie haben sie aufgenommen?»

«Na ja, da ging es Lizzie doch gerade so schlecht. War ein Wink des Himmels, würde ich sagen.»

«Arme Nell», sagte Mabel noch einmal.

Das war zuviel für Min. «Sag doch nicht immer ‹arme Nell›! Sie hat's, weiß Gott, nicht besser verdient! Sich mit diesem Taffy einzulassen, noch bevor sie verheiratet waren! Ich hab es gewußt. Ich hätte ihr sagen können, wie das ausgeht.»

Diesmal mußte Mabel etwas fragen. «Ist denn Taffy ganz fort?»

Min nickte heftig. «Er hat mit dieser Vanwy eine *Wohnung* genommen. Draycott Street.» Wohnungen grenzten für Min schon an Unmoral.

«Nell ist also wieder bei Will und Lizzie. Warum ist sie denn nicht mit dem Jungen im Haus geblieben?»

Solche Art Fragen liebte Min. «Die Nachbarn haben sich beschwert – der Hauswirt konnte gar nicht anders. Aber er hatte Mitleid und hat ihr einen Monat Frist gegeben. Seine Frau hätte sie am liebsten gleich am nächsten Tag rausgehabt, hab ich gehört.» Jetzt kam Min so richtig in Fahrt. «Außerdem hatten sie ja fünf Shilling pro Woche zu zahlen. Wo soll jemand wie Nell so viel Geld hernehmen?»

Ja, woher? dachte Mabel traurig. «Hör zu, Min», sagte sie, «sag Nell, sie soll mit dem Jungen mal für einen Tag herkommen, wenn das Wetter schön ist. Wir machen dann ein Picknick, das wird ihnen beiden guttun.» Sie blickte in Mins Tasse. «Fertig? Dann will ich jetzt mal weitermachen, Min. Sei nicht böse.» Sie erhob sich.

Ziemlich enttäuscht verließ Min das Haus. Die eigene Schwester – so wenig Interesse für die Familie! «Sie denkt zu viel an sich selber», murmelte sie, als sie zur Straßenbahnstation trottete.

So ganz hatte Min nicht die Wahrheit gesagt, als sie erzählte, Nell habe um neun Uhr vor Wills und Lizzies Haus gestanden und gebeten, ob sie nicht zurückkommen dürfe.

Nell hatte ein böses Erwachen gehabt: Die Erinnerung an das Geschehene hatte sie überfallen wie eine Schar Fledermäuse im Keller. Der Verrat ihrer Liebe, die Schändung ihres geliebten Zimmers, die Tatsache, daß Taffy weg war und sie ohne einen Pfennig dasaß. Dann die Erinnerung daran, daß sie ihre Cousine die Treppe hinuntergeworfen und ihren Mann, den sie liebte und von dem sie völlig abhängig war, aus dem Hause gejagt hatte. Nicht in unbeherrschter Wut, sondern in kaltem Zorn. Und das Schlimmste war, daß es ihr nicht mal leid tat – sie bereute nichts.

Schlimmer als der Treuebruch ihres Mannes und schlimmer als Vanwys Betrug war für sie, daß sie das Haus aufgeben mußte, in das sie erst vor kurzen eingezogen war wie eine Königin in ihr Königreich.

Benbow schlief noch. Sie hörte die Kirchenuhr von St. Barnabas siebenmal schlagen. So früh noch? Sie war unbeschreiblich müde; ihre Glieder schmerzten, und sie sehnte sich danach, für immer in der warmen Geborgenheit des Federbetts auszuruhen. Aber sie hatte Opa versprochen zu kommen, und nie wäre es ihr in den Sinn gekommen, ein Versprechen zu brechen, selbst wenn der Himmel einstürzte.

«Komm rein», sagte der alte Mann mit unbewegtem Gesicht und schloß die Tür.

«Wie geht's ihr?» fragte Nell.

«Mäßig. Aber sie hat etwas gegessen.» Seine Stimme wurde vorwurfsvoll. «Als du nicht kamst, hab ich ihr selber was zurechtgemacht.»

«Ich dachte, du wärst froh, wenn ich nicht noch früher komme.» Nell ging nicht auf den Vorwurf ein.

«Na ja, aber . . .» In seinem Blick lag jetzt Verzweiflung. «Nell . . . könntest du . . . könntest du nicht . . . zurückkommen? Ich weiß nicht, was ich sonst . . .» Er schwieg.

«Zurückkommen? Ja, das könnte ich.» Sie mußte fast lachen. «Taffy hat mich verlassen.»

Er starrte sie an, sein Blick schwankte zwischen Zweifel und Hoffnung. «Wieso – ist er fort?»

Sie nickte.

Hatte Gott seine Gebete erhört? Doch bei aller Dankbarkeit: jetzt mußte er aufpassen und durfte keinen Fehler machen. «Ist ja alles gut und schön», sagte er langsam. «Aber schließlich bist du gegangen, weil es dir in den Kram paßte. Du kannst nicht einfach kommen und gehen, wie es dir gefällt.»

«Aber du hast mich doch eben selber gebeten, zurückzukommen», sagte sie erstaunt.

«Na, ja. Ich hab's dir ja oft genug gesagt: bei uns ist immer ein Platz für Toms Frau. Nur – selbstverständlich ist das nicht, mehr wollte ich damit nicht sagen.»

Sie war immer noch verwirrt.

«Ich weiß natürlich nicht, wie Oma dazu steht», sagte Opa. «Sie hat es dir sehr übelgenommen, als du so einfach weggingst.» Jetzt fiel ihm etwas Schreckliches ein. «Glaubst du, Taffy wird weiter bei uns arbeiten?» fragte er erschreckt.

«Das weiß ich nicht, Dad.»

Er biß sich auf die Unterlippe. «Dann säße ich ganz schön in der Klemme.» Er straffte sich. «Ich werd jetzt zu ihr gehen und ihr sagen, daß du zurückkommen willst. Sie wird nicht gerade froh darüber sein.» Ein fast durchtriebener Blick streifte Nell. «Aber ich werde tun, was ich kann, Nell.»

So kam Nell also zurück und übernahm wieder das Kochen und Putzen und Waschen. Sonntags gab es Braten, montags kalte Hammelreste, dienstags Hackfleisch, mittwochs Gulasch, donnerstags Würstchen – bis in alle Ewigkeit. Nur war diesmal kein Taffy da, der ihr im Dunkel zuwinkte. Taffy war verschwunden – mit seiner Liebsten.

«Du, Walter», sagte Alice mit ungewöhnlich sanfter Stimme. Er sah sie argwöhnisch an.

«Was ist?»

«Frank kommt nach Hause», sagte sie. «Er hat es mir geschrieben.»

Schweigend gingen sie weiter. Der Schotter knirschte leise unter ihren Schritten. Sie spürte, wie der Arm, den er um sie gelegt hatte, erschlaffte. «So heißt es also Abschied nehmen, mein König», sagte sie.

Er verstand nicht. «Wieso König?» fragte er mürrisch.

«Shakespeare. Haben wir in der Schule gehabt.»

«Shakespeare! Ausgerechnet jetzt.»

Sie kamen unter eine Brückenwölbung, und er zog sie fester an sich. Seine Lippen suchten ihren Mund, aber sie machte sich los. «Nein, Walter – nicht.» Sie lief weg, und die Sterne tanzten über ihr. Er folgte ihr keuchend. «He – du kannst mich doch nicht einfach stehen lassen.»

Sie ging jetzt schneller. «Hör zu, Walter. Ich bin . . . nicht gerade stolz darauf, ich meine auf das, was ich getan habe. Aber etwas Gefühl habe ich doch noch, und ich muß jetzt versuchen, an Frank einiges gutzumachen – so gut ich eben kann. Ich hatte dich gewarnt, vor sechs Monaten schon.»

«Du hast mich also nur benutzt», sagte er bitter. Und sie erwiderte traurig: «Ich habe ja auch zugelassen, daß du mich benutzt.»

Darauf ging er nicht ein. «Du glaubst doch nicht, daß ich dich jetzt so ohne weiteres aufgebe, oder?»

Sie verlangsamte den Schritt und sagte müde: «Walter, schau mich an. Ich bin mager und knochig. Wenn du dich umsiehst, findest du bestimmt eine, die ein bißchen mehr Fleisch auf den Knochen hat.»

«Stimmt, das dürfte nicht schwer sein.» Er war tief verletzt und suchte nach einer Revanche. «Und eine, die nicht so kalt ist wie du, Alice Dorman. Grad so gut könnte man mit 'ner Leiche ins Bett gehen.» Wieder waren sie an einer Brücke angelangt, und plötzlich begann er, breitbeinig die Böschung hinaufzuklettern. Keuchend kam er oben an; dann hörte sie, wie sich die eiligen Schritte auf der stillen Straße entfernten.

Sie zuckte mit den Schultern. Das Ende einer miesen Liaison. Ein mieser Mann. Und auch eine miese Frau? «Ja, ja, ja!» rief sie in die Nachtluft. An den schäbigsten Orten hatte sie mit ihm gelegen; unter Brücken, in dunklen Hintergassen. Eine treulose Frau. Und jetzt bereitete sie sich darauf vor, einen großartigen Mann, einen heimkehrenden Helden zu empfangen und sich während ihres gemeinsamen Lebens von der ganzen Qual und dem Schmutz der Kriegsjahre zu befreien. Frank, das hatte sie immer gewußt, würde ihrem Leben Sinn geben. Sie hatte zwar nur die Mittelschule besucht und das Erlernte nie richtig verarbeitet, aber sie war aufgeschlossen und wußte, daß Frank ihr Türen öffnen und sie zu ungeahnten Höhen führen konnte. Jahrelang war sie auf schlammigen Pfaden gewandert, jetzt – seit dem Augenblick, da Walter mühsam die Böschung hinaufgeklettert war – stand sie wieder auf festem Boden. Die Luft am Kanal war feucht und schal, doch sie atmete sie tief ein und füllte die Lungen wie jemand, der gerade aus dem Gefängnis kommt.

Später sagte sie zu Nell: «Ich hab mit Walter Schluß gemacht, Nell. Ich dachte, du würdest es gern wissen.»

Nells liebes rundes Gesicht strahlte. «O Alice, da bin ich aber froh.» Sie suchte nach Worten. «Er war doch – ich meine, er war deiner nicht würdig, Alice.»

Sie sah sofort, daß sie das Falsche gesagt hatte. Alice runzelte die Stirn. «Nicht würdig? Es gibt niemand, der meiner nicht würdig wäre.» Sie starrte ins Feuer. «Ich bin eine Schlampe, Nell.»

Nell ging nicht darauf ein; wenn sie jetzt widersprach, machte sie alles nur schlimmer. «Willst du es Frank sagen?» fragte sie. (Früher hätte sie das nie zu fragen gewagt. Aber seit Weihnachten, seit Alices Rückkehr aus Scarborough waren sie einander nähergekommen. Nell betete ihre Schwägerin fast an, seit sie entdeckt hatte, daß Alice, die sie immer vewundert hatte, sie tatsächlich gern mochte.)

«Das mit Walter?» fragte Alice. «Nein.»

Nell blickte auf ihr Strickzeug. «Meinst du nicht, daß du es ihm sagen müßtest?»

«Nein.»

Bis vor kurzem hätte Nell es dabei belassen, doch allmählich kam sie zu der Erkenntnis, daß man nicht immer nachgeben durfte. «Wenn du's ihm nicht sagst, wird er es von jemand anderem erfahren.»

Alice schwieg. Dann sagte sie mit gerunzelten Brauen: «Hältst du mich eigentlich für ein Ungeheuer? Ich könnte einen Menschen nicht so verletzen.»

«Wenn er's von anderer Seite hört, wird es ihn noch mehr verletzen.»

«Das muß ich riskieren», sagte Alice kurz. Dann fragte sie in völlig verändertem Ton: «Nell, willst du meine Ehrendame bei unserer Hochzeit sein?»

Nell starrte sie an. «Aber ... Edith ... und die Schwestern im Lazarett ...»

Alice berührte ihre Hand. «Ich möchte dich haben, Liebes.»

Zärtlichkeiten war man bei Alice nicht gewöhnt. Aber auch ohne sie wäre Nell überwältigt gewesen. Alice, die so turmhoch über ihr stand, wollte *sie* als Ehrendame haben! Es war einer der stolzesten Augenblicke in Nells Leben. «O Alice!» sagte sie ein bißchen außer Atem. «Gern! Ich hab noch das blaue Kostüm von meiner Hochzeit mit Taffy. Meinst du, daß das geht?»

«Wunderbar. Das stand dir ganz reizend.»

Nell errötete. Die schöne Alice machte ihr so ein Kompliment! In diesem Augenblick wäre Nell glatt für sie gestorben.

Sie saßen am Küchentisch, auf der gescheuerten Tischplatte stand der unvermeidliche Tee. Benbow lag auf dem Fußboden und zeichnete Lloyd George, für den er einiges übrig hatte. Lloyd George war lange nicht so leicht zu erkennen wie der Kaiser, er trug keinen Helm, sondern einen Zylinder, und auch sein Bart war nicht so einmalig.

Es klopfte an der Haustür.

«Ich gehe», sagte Nell und kam gleich darauf mit einem Mann in dunkelblauem Anzug und grauem Schlapphut zurück.

Niemand sprach.

Benbow zeichnete weiter; er war daran gewöhnt, daß Männer ins Haus kamen – der Mieteeinnehmer, Versicherungsagenten, Gasableser. Und jeder richtete ein paar alberne, herablassende Worte an ihn. Deshalb hielt er den Kopf gesenkt.

Niemand sprach. Der Kessel summte. Auf der braunen Tapete lag ein Streifen Nachmittagssonne (die tägliche Zuteilung für die Küche), weich und goldfarben. Das Feuer knisterte. In der kleinen Küche war es warm und gemütlich und still; alles, von der Teedose auf dem Kaminsims bis zum Kamingitter, war gepflegt und blankgeputzt. Es war der Inbegriff englischer Behaglichkeit, und für Frank Hardy war es die Heimkehr in ein nie vergessenes Paradies.

Niemand sprach.

Langsam erhob sich Alice und blieb stehen, groß und schlank, das schmale Gesicht ausdruckslos, nur die Augen hell und lebendig.

«Frank!» sagte sie.

«Komm mit, Benbow», sagte Nell.

Benbow wollte nicht, er spürte, daß etwas Aufregendes los war. Aber zu seinem Kummer nahm ihn seine Mutter bei der Hand und zog ihn aus dem Zimmer. Frank und Alice standen noch immer da und starrten einander an. Plötzlich lagen sie sich in den Armen und er murmelte wieder und wieder ihren Namen, wie ein Gebet.

Jahrelang hatte er mit angesehen, trockenen Auges und mit eiserner Selbstbeherrschung, wie seine Freunde und Kameraden starben.

Jetzt weinte er hilflos.

Doch sie vergoß keine Träne.

Auch die anderen weinten. Tränen liefen über das Gesicht des alten Mannes, als er Franks Hand festhielt und sagte: «Wir wurden nicht alle zum Opfer ausersehen, mein Junge. Keiner soll sagen, du hättest nicht deine Pflicht getan, obgleich du heimgekommen bist und andere nicht.»

Als Benbow festgestellt hatte, wer der Ankömmling war, fing er ebenfalls an zu weinen, weil er fest damit gerechnet hatte, Onkel Frank werde ihm einen deutschen Helm mitbringen.

Franks gesunde Heimkehr hatte sie alle noch einmal an Toms Opfertod erinnert – eine Taktlosigkeit, die Oma erneut aufs Krankenlager warf. So blieb ihr ein Zusammentreffen mit Frank erspart und sie konnte nach Herzenslust weinen.

Auch Nell weinte an diesem Abend. Weil Frank lebte und Tom tot war? Nein, es kam noch etwas anderes hinzu. Sie weinte, weil zwei Menschen, die so viel mehr besaßen als sie selber – Schönheit, Intelligenz, Charakter –, zwei Menschen, die das Leben besser verstanden als sie und die sie mehr achtete und bewunderte als alle anderen, zueinander gefunden hatten. Und sie weinte, weil sie das alles als Außenstehende beobachten mußte, ohne Neid zwar und ohne Eifersucht, aber mit einem Gefühl schrecklicher Einsamkeit und lähmender Unterlegenheit.

14

Alice wünschte sich eine kleine stille Hochzeit, doch damit war Frank nicht einverstanden. Er hatte bei der Armee gelernt, daß Formen wichtig sind, und was er tat, wollte er richtig tun. Er fühlte sich wohl in der Uniform. Vor allem aber hatte er vier Jahre lang Tag und Nacht im Dreck der Schützengräben von seiner Braut im langen weißen Kleid und weißem Brautschleier geträumt. Und nun wollte sie auf keinen Fall Weiß tragen.

«Frank, das ist heute alles anders, glaub mir. So feierlich zieht man sich heute nicht mehr an. Außerdem . . .»

«Außerdem was?» fragte er scharf. Er stritt nicht gern wegen Kleinigkeiten, aber er gab auch nicht gern nach, wenn ihm etwas wichtig schien.

«Frank!» Sie setzte sich zu ihm, nahm seine Hand und spreizte seine Finger, einen nach dem andern. «Ich bin fast fünfundzwanzig, Lieber. Kein scheues junges Reh mehr.»

«Das hat damit nichts zu tun.»

«Wer vier Jahre in einem Lazarett Soldaten gepflegt

hat, der ist am Ende keine rosenrote Unschuld mehr, weißt du. Die Umgebung steckt an.»

«Dich nicht!» protestierte er.

«O Frank!» Sie ließ seine Hand fallen. «Stell mich nicht auf ein Piedestal, Lieber. Ich bin nicht Lady Godiva. Ich bin eine ganz gewöhnliche Frau, und ich weiß mehr als mir lieb ist von den körperlichen und geistigen Funktionen der Männer.»

Er blickte sie lange und durchdringend an; dann legte er den Arm um sie und sagte: «O Gott – daß du das alles durchmachen mußtest.» Und dann nach einer Pause: «Aber ich werd's wieder gutmachen, Liebes, verlaß dich drauf.»

Alice war sonst keine Opportunistin, doch jetzt nahm sie die Gelegenheit wahr und sagte: «Danke, Frank. Und – wir machen nur eine kleine Hochzeit, nicht wahr?»

«Ja, natürlich.» Er schob die Frage beiseite, er war in Gedanken schon weiter. «Als ich im Zug hierher fuhr, dachte ich daran, wieviel uns geblieben ist: unser Land, Bücher, Musik, Theater. All das wird uns helfen, mit der schrecklichen Vergangenheit fertig zu werden. Eines immer vorausgesetzt.»

«Und das ist?»

«Daß du mich noch lieb hast, Alice.»

«Ich hab dich immer noch lieb, Frank», sagte sie. Aber sie wußte es nicht.

«Dann können wir uns zusammen einen neuen Himmel schaffen, und eine neue Erde», sagte er.

Frank Hardy hatte in Ingerby keine Bleibe mehr. Und da es Unglück bedeutete, wenn er die Nacht vor der Hochzeit unter dem gleichen Dach wie seine Braut verbracht hätte, und da Edith und Albert sich absichtlich kein Gastzimmer leisteten, beschloß man, daß er bei seiner zukünftigen Schwägerin in der Albion Street übernachten sollte.

Er kam erst spät, aber Nell hatte auf ihn gewartet. Sie blieben bis gegen elf Uhr in der Küche sitzen und tranken Kakao. Nell war glücklich: sie hatte einen Gast, dem sie sehr zugetan war, einen gutaussehenden, gebildeten Mann, der ihr so hoch überlegen war, daß sie es ihm nicht übelgenommen hätte, wenn er ein bißchen herablassend gewesen wäre. Aber davon war keine Rede.

«Nell, es tut mir so leid – das mit Taffy», sagte er einfach.

«Danke, Frank. Aber es war nicht seine Schuld. Er hat sich so verhalten, wie es seine Natur war. Einer Katze kann man auch keinen Vorwurf machen, wenn sie Vögel fängt.»

«Da bin ich anderer Ansicht», sagte er streng. «Von einem Mann kann man erwarten, daß er sich beherrscht.»

«Aber nicht, wenn es um Vanwy geht», sagte Nell.

Er schüttelte den Kopf und stand auf. Sie gab ihm eine Kerze. «Das erste Zimmer oben links. Es war Vanwys Zimmer.»

Er sah sie ernst an und sagte: «Schön dumm von ihm – wo er dich hatte.»

Sie errötete glücklich. «Wenn du irgendwas zu waschen hast, Frank, laß es morgen hier. Ich tu's dann mit den anderen Sachen in den Waschkessel. Ja, und ... Frank ...»

«Ja?»

«Ich wünsch dir alles, alles Glück, Lieber. Und mach *sie* glücklich. Es war nicht immer leicht für sie.»

«Ich werde mein Bestes tun.» Wieder dieser ernste Blick in den seltsam fremden Augen. Dann wandte er sich um und ging nach oben.

Es war wirklich eine stille Hochzeit. Fast eine heimliche Hochzeit, fand Edith. Es war der erste Mittwoch im Oktober (mittwochs war früher Ladenschluß). Um zwei Uhr mittags versammelten sich die Hochzeitsgäste im Haus Omdurman, um geschlossen zur Baptistenkapelle in der Slag Lane zu gehen.

Frank und Albert trugen feierliche Anzüge aus dunkelblauem Serge. Albert gab die Schlagzeilen aus der Morgenausgabe der *Mail* zum besten – als eigene Meinung, natürlich. Frank tat, als höre er zu, aber er hörte kein Wort. Er wartete gespannt auf das Erscheinen seiner Angebeteten. Er mußte sich bald auf den Weg machen, und alle sagten, er dürfe Alice nicht vor der Kirche sehen, das bedeute Unglück für die Ehe. Aber er war nicht abergläubisch und war entschlossen, bis zum letzten Moment zu warten, um vielleicht doch noch einen Blick auf sie zu erhaschen. Er würde sich sehr zusammennehmen müssen, um sich nicht lächerlich zu machen. Der Gedanke, daß diese bezaubernde Frau sich ihm anvertrauen wollte, machte ihn fast schwindlig vor Stolz und heimlichem Verlangen.

Oma kam die Treppe herunter, mit feuchten Augen, aber gefaßt, und stützte sich schwer auf den Arm ihres Mannes. Sie hob den schwarzen Schleier, damit ihr künftiger Schwiegersohn sie auf die Wange küssen konnte, und sagte: «Ich hoffe, du wirst glücklich, Frank.» Es klang, als halte sie das weder für sehr wahrscheinlich noch für gerecht.

Ein schwacher Schweinestallgeruch kündigte Großtante Mabel an, und Großtante Min folgte in einer Wolke von Pfefferminz.

«Ich dachte, wir feiern heute Hochzeit?» sagte Mabel scherzend.

«Tun wir doch auch.» Aus Omas Stimme klang leichter Groll.

«Aber du und Will, ihr seht mehr nach Begräbnis aus», sagte Mabel heiter.

Tante Min nahm Platz, glättete ihren Rock, faltete züchtig die Hände im Schoß, blickte sich um und fragte mit Unschuldsmiene:

«Die Braut ist doch sicher in Weiß?»

Frank fuhr aus seinen Träumen hoch. «Nein», sagte er mit entschuldigendem Lächeln, «sie sagt, sie sei zu alt dazu.»

«Nun, sie muß es ja am besten wissen», erwiderte Min. Sie hatte ihren Pfeil abgeschossen und wechselte das Thema. «Herrliches Wetter, was? Hochzeit mit Sonne bringt Freude und Wonne!»

«Ihr müßt jetzt gehen, Frank und Albert», mahnte Will Dorman. Auch er riskierte einen Scherz – schließlich feierten sie ja Hochzeit. «Ihr wißt schon, nach drei Uhr kann nicht mehr geheiratet werden. Da könnt ihr –»

In diesem Augenblick öffnete sich wieder die Tür und Benbow kam herein, mit Schnurrbart à la Lloyd George und – zum erstenmal in diesem Herbst – in seinem Admiralsmantel. In den Schultern war er schon etwas eng, auch an der Länge fehlte es ein bißchen, aber der Eindruck war immer noch imponierend. Und das wußte Benbow auch. Er kam sich großartig vor und tat, was ihm seine Mutter gesagt hatte: er gab einen trompetenartigen Ton von sich, stand stramm und verkündete: «Hier kommt die Braut.»

Alle lachten und klatschten Beifall, was Benbow so zu Kopf stieg, daß er seinen Auftritt mehrmals wiederholte. Doch dann blickten alle nur noch auf Alice, die jetzt, gefolgt von Benbows Mutter, erschienen war.

Nell sah immer so aus, als habe sie ihre Jacke falsch zugeknöpft. Und immer hing ihr eine Haarsträhne ins Gesicht. Aber sie sah nett aus, lieb und freundlich und nett.

Alice wirkte angespannt – und sehr schön. Der schmale feine Schnitt ihrer Züge wurde noch hervorgehoben von ihrem fast durchsichtigen Teint. Selbst in dem braunen Schneiderkostüm, mit den hohen Stiefeln und dem schicken kleinen Hut sah sie noch fast unirdisch aus – als ob sie sich auf einen Opfergang vorbereite.

Alle starrten sie schweigend an. Frank Hardy konnte den Blick nicht von ihr wenden. Seine Braut! Der Gedanke an diese Frau, an ihre Schönheit, war ihm vier Jahre lang Licht in dem Dunkel Flanderns gewesen . . .

«Frank, es ist Zeit», mahnte Will Dorman.

Aber Frank hörte nichts – er starrte immer noch Alice an. Ein weiches Lächeln erschien auf seinen Lippen. Und auch Alice stand da und lächelte ihm zu. Die Umwelt, der überfüllte Raum, die Verwandten schienen für die beiden versunken. Es war, als schwebten sie auf Wolken der Liebe. Aber Alice dachte: Ich weiß es immer noch nicht. Es wird nicht leicht werden, wir sind einander zu ähnlich. Aber er ist besser für mich als Walter. Bloß – genau weiß ich es immer noch nicht. Er ist mir ein Rätsel, dieser Frank Hardy.

«Frank!» sagte Opa.

Der Zauber war gebrochen.

«Komm, Albert. Sie wollen uns los sein», sagte Frank leichthin und wandte sich zur Tür. Aber nicht schnell genug, um zu hören, wie Großtante Min sagte: «Fabelhaft siehst du aus, Alice.» Und dann vertraulich: «Kommt denn Walter nicht zu deiner Hochzeit? Ich dachte, den hättest du eingeladen.»

«Wer ist Walter?» fragte Frank und blieb an der Tür stehen.

Großtante Min erschrak. Sie klatschte gern, und sie liebte Klatsch, aber sie wollte keinen Unfrieden. «Lieber Himmel, Frank», sagte sie, «ich dachte, du wärst schon draußen.»

«Frank, der Pfarrer wartet!» drängte Opa.

Frank nickte, drehte sich um und wäre gegangen, wenn nicht Alice gerufen hätte: «Ich sag's dir nachher, Lieber.» Sie warf ihm eine Kußhand zu.

Frank blickte sie an. Die Kußhand machte ihn stutzig – das sah Alice so gar nicht ähnlich. Auch ihr Lächeln war wie gefroren. «Ich möcht's lieber gleich wissen», sagte er und kam ins Zimmer zurück.

Niemand wagte ihn anzusehen. Er fragte ruhig:

«Wer ist Walter?»

«Frank», sagte Opa, «der Pfarrer wartet nicht gern.»

Benbow, immer noch aufgekratzt, wollte sich noch einmal in den Mittelpunkt schieben und sagte wichtig: «Onkel Walter hat mir immer Bonbons mitgebracht. Tante Alice, warum kommt Onkel Walter gar nicht mehr?»

«Sei still, Benbow.» Nell legte ihm die Hand auf die Schulter.

Aber Benbow, sonst so schweigsam, sprudelte plötzlich über vor Mitteilungsbedürfnis. Er wandte sich an

Frank Hardy und sagte: «Onkel Walter und Tante Alice haben mir Weihnachten eine große Tüte Nordseekiesel mitgebracht.» Er lachte, als er an die glatten rosaweißen Bonbons dachte. Nordseekiesel zu Weihnachten – so was Komisches!

Nell nahm ihn auf den Arm und trug ihn nach oben, wo sie ihm ungerechterweise eine Tracht Prügel verabreichte. Als sie wieder herunterkam, fand sie Großtante Mabel vor der Zimmertür. «Geh lieber nicht rein», sagte sie traurig. «Sie bereden es gerade.»

Ja, sie beredeten es, nachdem Frank einfach gesagt hatte: «Laßt uns jetzt bitte allein.»

Opa hatte protestierend auf seine Uhr gezeigt, aber Frank hatte es ignoriert. Er stand da und wartete. Alle gingen hinaus, etwas beschämt, aber im Grunde froh, nicht dabei sein zu müssen. Niemand liebte Auseinandersetzungen. Sie ließen sich in der Küche nieder – wie aufgebrachte Hühner, meinte Mabel. Opa warf einen letzten verzweifelten Blick auf seine Uhr und sagte: «Du mußt wohl rübergehen zum Pfarrer und ihm sagen, daß wir nicht mehr kommen, Albert. Und mach du uns jetzt mal eine Tasse Tee, Edith, die können wir brauchen.»

Alice und Frank standen einander gegenüber. «Wer ist Walter?» fragte Frank noch einmal.

«Ein Freund von mir. Er war es – jetzt ist er es nicht mehr.»

Frank schwieg lange und starrte auf den Fußboden. Dann ging er auf sie zu, ohne sie anzusehen, und nahm ihre Hände. «Ich will es nicht wissen», sagte er steif. «Lieber nicht. Wenn es wirklich aus ist . . .»

«Es ist aus», sagte sie und fügte heftig hinzu: «Und ich wäre froh, wenn es nie angefangen hätte!»

«Mach dir keine Vorwürfe.» Er hielt ihre Schultern fest. «Ich will es nicht wissen. Und damit Schluß.»

«Du hast ein Recht, es zu wissen.»

Er schüttelte den Kopf. «Später vielleicht. Nicht jetzt.» Er lächelte. «Wir sehen uns in der Kirche.» Er ging auf die Tür zu.

«Du mußt es aber jetzt wissen», sagte sie mit tonloser Stimme.

Wieder schüttelte er den Kopf. «Der Krieg hat lange gedauert. Ich hätte wissen können –» Ihm fiel etwas ein, und das Lächeln verschwand. «Der Junge sagte etwas von Weihnachten – was war das?»

Sie sah ihn an, und in ihren Augen stand Angst.

«Letztes Weihnachten?» fragte er. «Als ich auf Urlaub kam?»

Sie nickte, aber sie sah ihn nicht an. «Ich war in Scarborough. Mit Walter.»

Er griff nach einem Strohhalm. «War er einer von deinen Verwundeten? Auf Genesungsurlaub?»

Jetzt sah sie ihn an, und ihr Blick war kalt, fast feindselig. «Ich hatte dich gebeten, mich nicht auf ein Piedestal zu stellen. Nein, Walter ist kein verwundeter Held. Er ist Schlachter, er schenkte meinem Vater Wurst, und mir –»

«Was? Was hat er dir geschenkt?»

«Ich glaube, das weißt du», sagte sie erschöpft. Sie ließ den Rosenstrauß aufs Klavier fallen und nahm den kleinen Hut ab.

Lange sagte er nichts. Dann: «Und der Brief, den du mir nach Weihnachten schriebst – daß du mit einer anderen Schwester verreist warst?»

«Ja. Alles gelogen.»

Er stand still und dachte an seine treuherzige Antwort auf diesen Brief: Er hoffe, die Seeluft habe ihr gut getan nach all den schweren Jahren; und: Seine Liebe und Sehnsucht sei durch die Enttäuschung bis zur Grenze des Erträglichen gesteigert. Er dachte an die Fahrt nach Ingerby, an seine Müdigkeit und sein brennendes Verlangen, an die schreckliche Enttäuschung und die Qualen der Rückfahrt nach Frankreich, an seine Hoffnungen und Wünsche, die jetzt zunichte gemacht worden waren – nicht durch die Treulosigkeit, sondern durch einen Brief, der nichts als Lügen enthielt. Er nahm die Rosen hoch und betrachtete sie, als wolle er sich ihr Bild für immer einprägen. Dann ließ er sie auf den Teppich fallen. Er hätte sie gern zertreten, aber er gestattete sich nicht, dieser Gefühlsregung nachzugeben. Vorsichtig berührte er eine Blüte mit der Schuhspitze. Ein Blütenblatt, weißrosa und seidenleicht, brach ab und fiel vor den Kamin. Ein winziger Rußfleck störte seine Vollkommenheit. Frank Hardy betrachtete es. Alice sah er nicht an. Aus seiner Kehle kam ein rauher Laut – es war, als sei ihm in diesem Augenblick das Herz gebrochen. Er verließ das Zimmer und schloß ruhig die Tür hinter sich. Gleich darauf hörten die in der Küche Versammelten, wie die Haustür ins Schloß fiel. Alice stand da und starrte auf die Rosen.

Aufgeregt kam Albert vom Pfarrer zurück. «Ich hab Frank draußen auf der Straße getroffen!»

«Wo ist er hingegangen?»

«Hat er nicht gesagt.»

«Hast du ihn denn nicht gefragt?» erkundigte sich Edith scharf.

«Natürlich hab ich gefragt», gab Albert ebenso scharf zurück. «Er ließ sich aber nicht zu einer Antwort herab.»

Sie hätte bestimmt eine Antwort aus ihm herausbekommen, dachte Edith, was vermutlich auch stimmte.

«Was hat der Pfarrer Persimmons gesagt?» fragte Opa besorgt.

«Na, gefreut hat er sich nicht.»

Opa sah bedrückt aus; die gute Meinung des Pfarrers war ihm mehr wert als Gold. «Was hat er denn gesagt?» fragte er kläglich.

«Etwas für einen Geistlichen sehr Merkwürdiges», sagte Albert empört. «Er hat gesagt: ‹Da ist mir 'ne Beerdigung wirklich lieber.› Bei 'ner Beerdigung wäre es ihm noch nie passiert, daß ihn die Hauptperson im letzten Moment sitzen ließ.»

Allgemeine Entrüstung: «Wie kann er so was sagen!»

Oma sagte plötzlich: «Unser Tom hätte so was nie getan. Geredet, ohne gefragt zu sein.»

Früher hätte Nell das überhört. Jetzt fragte sie: «Was willst du damit sagen, Oma?»

«Na, was er da geredet hat, von Alice und Weihnachten.»

«Dafür hab ich ihn schon versohlt.»

«Das bringt die Sache auch nicht wieder ins Lot», jammerte Oma.

Opa nahm Albert beiseite. «Meinst du, der Pfarrer war richtig verärgert?»

«Erfreut war er nicht», stellte Albert fest.

Der alte Mann zog an seiner Unterlippe. «Ich könnte ihm vielleicht die Hälfte der Gebühren geben», überlegte er.

«Warum kommt bloß Alice nicht raus», sagte Oma.

«Bei der weiß man ja nie», sagte Edith gehässig. «Erzählt nichts. Nie weiß man, woran man mit ihr ist.»

Nells Herz war voller Mitgefühl. Alice war jetzt sicher nicht nach einer munteren Unterhaltung mit der Familie zumute. Deshalb schenkte sie eine Tasse Tee ein und ging damit ins Wohnzimmer.

Alice weinte – und war ärgerlich, daß ihre Schwägerin sie dabei ertappte. Sie bemühte sich, ruhig zu sprechen, als sie sagte: «Du hattest recht, verdammt noch mal. Ich habe ihn verloren.»

Nell reichte ihr den Tee. «Zucker ist drin», sagte sie still.

«Walter – den hätte er geschluckt, ohne Mühe. Aber nicht den Brief, den hat er mir nicht verziehen. Eine Nutte, das machte ihm nichts, aber eine, die lügt, wollte er um keinen Preis. Und das mir – wo mir Lügen selber so zuwider ist!»

«Du bist der ehrlichste Mensch, den ich kenne», sagte Nell einfach.

Alice nippte an ihrem Tee und blickte sie über den Tassenrand hinweg an. «Du bist ein guter Kerl, Nell. Viel zu gut für diese Familie.»

Nell wurde rot vor Freude. Dann sagte sie bekümmert: «Wenn Benbow nicht gewesen wäre –»

«Quatsch. Es war nicht Benbow, es war Min, die alte Kuh. Sie ist eine richtige Giftspinne.»

Die Tür öffnete sich, und Opa schob sich ins Zimmer. «Alice, was ist denn bloß los? Ist es – aus?»

«Ja, es ist aus, Dad.»

«Ja, aber – für immer? Oder nur für heute? Ich muß doch dem Pfarrer irgendwas sagen.»

Nell sagte: «Er hat deine eigene Tochter vor dem Altar

sitzenlassen, Dad, und du fragst, was du dem Pfarrer sagen sollst!»

«So brauchst du nicht mit mir zu reden, Nell», sagte der alte Mann gekränkt. Mit Nell mußte man in diesen Tagen vorsichtig umgehen.

«Ich kann schon für mich selber eintreten, Nell, danke», sagte Alice.

«Wie du meinst, Alice», gab Nell ruhig zurück und ging zur Tür. «Ich werde mal sehen, was Benbow macht.»

Benbow war empört. Immer hatte ihn die Mutter aufgezogen, weil er so still war. «Was werden bloß die Leute sagen? Benbow hat sicher keine Zunge im Mund!» Nun hatte er mal geredet und war dafür versohlt worden. Als sie jetzt heraufkam und mit liebevollem Lächeln ins Zimmer trat, sah er sie mit einem Blick an, der sie mitten ins Herz treffen sollte. Leider schien sie das nicht zu bemerken. «Komm, Junge, wir gehen nach Hause», sagte sie. «Die Küche muß noch gescheuert werden.»

Die um ihre Hochzeitsfeier betrogene Familie wußte nicht recht, was sie anfangen sollte. Alice ging hinauf in ihr Zimmer. Großtante Mabel sagte vernehmlich, es sei höchste Zeit, daß Min lerne, die Klappe zu halten und nicht allen Leuten die Freude an einem schönen Tag zu verderben.

Großtante Min sagte, sie habe doch nur eine einfache Frage gestellt. Schuld an dem ganzen Unglück sei der Junge. Es folgte eine lebhafte Diskussion über Nells Erziehungsfehler, über ihre Undankbarkeit, ihre Affäre mit diesem Taffy und über die Unzulänglichkeiten der Waliser im allgemeinen: es war eine befriedigende Aussprache, die alle wieder vereinte. Danach verzog sich Oma ins Bett, Opa suchte den Pfarrer auf, und Crystal mußte zu ihrem Leidwesen mit nach Hause.

Nell war die einzige, die an Frank dachte und sich fragte, was er wohl tat. Ob er zu ihr kam, da er sonst kein Zuhause hatte in Ingerby? Er hatte noch Sachen dort, die er irgendwann holen mußte. Wahrscheinlich wanderte er todunglücklich durch die Stadt, bedrückt und ohne Hoffnung. Wenn er nicht kam und seine Sachen abholte, würde sie sich große Sorgen machen.

Er kam nicht. Und Nell hatte bald andere Sorgen. Ein paar Tage später ging sie zum letztenmal durch das Haus, das ihr kleines Königreich gewesen war, und warf einen wehmütigen Blick auf die Silberbirke, die einem Gemälde glich an diesem stillen Herbstmorgen. Dann holte sie sich den Wagen, belud ihn mit ihren Möbeln. Der alte George (der wieder bei Opa arbeitete) half ihr dabei, und sie schafften alles in den Verschlag an der Rückseite des Ladens. Liebevoll deckte sie eine alte Segeltuchplane über alles, ging nach oben in ihr altes Zimmer, das sie wieder mit Benbow teilte, und weinte.

Sie weinte nicht lange; denn plötzlich fiel ihr ein, was Großtante Mabel gesagt hatte: «Wenn mal ein schöner Tag ist, kommst du mit dem Jungen raus zu mir, dann machen wir ein Picknick.»

Heute war ein herrlicher Tag. Und sie hatte einen Rindfleischtopf im Ofen; Oma und Opa würden es wohl zusammen schaffen, den Topf aus dem Ofen zu nehmen und zwei Teller zu füllen. Oma hatte heute ihren ‹guten› Tag. Nell ging also nach unten und sagte:

«Großtante Mabel hat Benbow und mich eingeladen, mal für einen Tag zu ihr zu kommen.»

Oma blickte erstaunt auf. «So? Wann denn?»

«Ich dachte, wir könnten heute hinfahren. Das Essen ist im Ofen – Rindfleisch und Gemüseeintopf, alles fertig. Damit kommt ihr doch allein zurecht, nicht wahr?»

Oma sah aus, als habe sie Zweifel. «Ich weiß nicht, Nell. Wann kommst du denn zurück?»

Nell fühlte plötzlich Ärger in sich aufsteigen. Aber sie sagte geduldig: «So um sechs, denke ich.»

Pause. Dann von Oma ein mißbilligendes: «Na, dann werden wir wohl zurechtkommen *müssen*, Nell.»

«Gut», sagte Nell resigniert. Sie ging nach oben und holte Benbows Mantel. Traurig, aber ohne Bitterkeit dachte sie, wie schön es wäre, ein einziges Mal ein zustimmendes, ein ermunterndes Wort zu hören.

15

Es war ein herrlicher Oktobermorgen, doch nur wenige Menschen hatten ein Auge für das weiche Sonnenlicht und den feinen Schleier über den Bäumen und Feldern.

Oma sah nichts von dem herbstlichen Gold: sie saß in ihrem Wohnzimmer und warf keinen Blick nach draußen. Opa hockte in dem stickigen kleinen Raum hinter der Werkstatt, wo es nach Leim und Leder roch, nach Holzspänen und aufgekochtem Tee. Auch Albert atmete keine frische Luft, sondern den Geruch von Maschinenöl und Stahlteilen. Die Freude an der Arbeit war ihm vergangen, denn Munition wurde nicht mehr gebraucht. Albert baute jetzt Autos für reiche Müßiggänger, eine Kategorie von Menschen, die er nicht ausstehen konnte. Auch Edith sah nichts von dem schönen Tag, sie unterrichtete in einer alten viktorianischen Schule, um das Minus in Alberts Lohntüte wettzumachen. Und Walter stand hinter einem Berg von Würstchen und warf grinsende Blicke auf die jüngeren und hübscheren Kundinnen.

Auch Frank Hardy, der verloren unter dem Geschrei der Möwen den Strand von Lincolnshire entlang wanderte, hatte keine Augen für den leuchtenden Tag. Dies hätte seine Hochzeitsreise sein sollen . . . Kraftlos rollten die Wellen auf den Sand, schleppten sich noch ein Stückchen weiter und fielen dann ins Meer zurück. Frank setzte sich auf eine Buhne. Er sah nicht die Möwen, die sich gegen Sand und Meer und Himmel abhoben; er sah nur Alices Gesicht vor sich, die feinen schmalen Züge, das weiche Haar, und das Rosenblatt mit dem kleinen Rußfleck.

Er sehnte sich nach ihr – ja, er sehnte sich, obgleich er sie fast haßte. Nicht so sehr wegen ihrer Lügen, sondern weil sie ihn gezwungen hatte, seine Gefühle zu zeigen, zu erkennen, daß ihm Eifersucht und Zorn und lähmende Unentschiedenheit nicht fremd waren.

Er erhob sich und murmelte «Ich will jetzt aufstehen und gehen.» Er wandte sich ab vom Meer und dem sonnenglänzenden Strand. Langsam, wie ein alter Mann, stapfte er durch die Sanddünen und über den Strand zurück in die häßliche schmutzige Welt der Menschen.

Aber Großtante Mabel hatte Augen und Sinne für den herrlichen Morgen! Sie freute sich über die Sonne, die sie auf Armen und Wangen spürte, über die rosigen Ferkelchen, die draußen herumliefen und fröhlich quiekten. Sie liebte das Moor bei jeder Stimmung, ob es naß und glucksend war, oder in Novembernebel gehüllt oder weit und flach unter den jagenden Wolken im April. Heute war es besonders schön: die paar verkrüppelten Bäume schimmerten in der Sonne, die Trampelpfade und schmalen Sandwege führten sicher in versteckte Talmulden, wo Tausendschön und Herbstzeitlose blühten. Mabel war keine Dichterin. Aber sie hatte gern Gedichte gelernt, früher in der Schule, und manchmal dachte sie, es wäre schön, ein Gedicht über das Moor zu machen. Den Anfang hatte sie schon gemacht, aber über die Zeile «O schwarzes Moor» war sie nicht hinausgekommen . . .

Der Tag heute war wie geschaffen dafür. Er weckte viele Gefühle in ihr: sie spürte ihre Einsamkeit, ihre Liebe für diese verlassene Gegend, für den herbstlichen Tag, der bei aller Lieblichkeit doch schon die schreckliche Leere der Winterabende ankündigte, Sehnsucht nach warmer kreatürlicher Zweisamkeit, einem stillen Miteinander – mit Siegfried. Sie freute sich über die Sonne heute und fürchtete sich vor der Zukunft. Hätte sie das alles in Worte fassen können, dann wäre ihr leichter gewesen. Aber das konnte sie nicht. Es war nicht einmal jemand da, zu dem sie sagen konnte: «Was für ein schöner Tag heute!» Nur die Schweine . . .

Da kam jemand den schnurgeraden Weg entlang. Noch weit weg, aber immerhin – es kam jemand. Sie blieb wartend stehen und legte die Hand über die Augen. «Nell!» rief sie plötzlich freudig. «Mit dem Jungen!» Schnell ging sie ins Haus, um Sandwiches zu machen aus selbstgebackenem Brot und einem der gerade verwursteten Schweine.

Benbow war es fast übel geworden vor Aufregung. Sie würden mit der Straßenbahn fahren!

Er wartete mit Mam an der Haltestelle, eine ganze Weile. Endlich war ein Geräusch zu hören, es kam näher und näher, bis die Bahn klingelnd und rasselnd um die Ecke schwenkte. «Können wir nach oben gehen?» fragte Benbow, und seine Mutter nickte: «Ja.» Die Bahn hielt. Ungeduldig wartete Benbow, bis ein alter Herr ausgestiegen war; dann kletterte er mit flinken Beinen auf das offene Oberdeck, wo zum Glück der begehrteste Platz, ganz vorn, noch frei war.

Nell ließ sich neben ihm nieder, einen Picknickkorb auf dem Schoß. Die Glocke klingelte zweimal, und schlingernd fuhr die Bahn an. Der Fahrtwind schlug Benbow ins Gesicht und spielte mit Nells goldblondem Haar. Wie Götter blickten sie nach unten auf die Straße, wo die gewöhnlichen Sterblichen gingen. Sie konnten in die oberen Etagen der Häuser sehen: Betten aus Messing, Wasserkrüge, Wäsche, die über Stühlen hing. Dann blieben die Häuser zurück, und sie fuhren zwischen Baumwipfeln hindurch. Einmal fegte ein großer Zweig an der Bahn vorbei, ganz nahe an Benbows Mütze. Er nahm sie ab, um nachzusehen, ob ihr auch nichts geschehen war. «Der hätte mich beinahe getroffen, Mam!» sagte er begeistert.

Dann kam die Endstation. Die lange Richtungsstange wurde aus der Halterung gezogen, umgeschwenkt und wieder eingehängt. Nell und Benbow blieben so lange stehen, bis die Bahn wieder abfuhr und sich klingelnd und leise schaukelnd auf die Reise ans andere Ende der Stadt begab.

«Nun komm aber, Benbow», sagte Nell und schlug einen von Löwenzahn und Wegerich und anderem Unkraut eingefaßten Weg ein. Zerfallene Schuppen, verkümmerte Gänseblümchen, hier und da ein paar Strünke Rosenkohl – aber nichts war häßlich an diesem goldenen Morgen.

Nell war lange nicht aus der Stadt herausgekommen, sie war wie verzaubert. Die Sonne auf den Blättern, auf den Brennesseln und dem Riedgras – das war eine Freude, die sie fast vergessen hatte. Warum hatte Tom sie nie hierhergebracht? Es wäre schön gewesen, hier mit ihm zu gehen, Arm in Arm, während er mit seinem Stock die Brennesseln köpfte.

Sie gingen schweigend durch den stillen Morgen. Benbow überlegte, ob Mam wohl so viel Geld hatte, daß sie heute abend wieder mit der Bahn zurückfahren konnten. Und ob dann der Vordersitz wieder leer sein würde. Auch Nell ging vielerlei durch den Kopf. Sie versuchte, an die Zukunft zu denken, Pläne zu machen. Aber das hatte sie nie gekonnt. Es würde wohl einfach immer so weitergehen, bis eines Tages die beiden alten Leute starben. Und dann? Das hing davon ab, ob Benbow dann schon arbeitete, dann konnte sie eine Stellung annehmen, oder ob er noch zur Schule ginge. Noch hatte er ja nicht einmal angefangen!

«Das ist aber eine hübsche Überraschung!» rief Mabel, als sie in die Tür traten. «Ich habe schon Brote zurechtgemacht, und hausgemachtes Kräuterbier ist auch da!» Sie schwenkte den Steinkrug. «Ziemlich schwer, aber wir brauchen ja nicht weit zu gehen.» Damit hatte sie recht, denn die Aussicht auf das Moor war von überallher nicht gerade einladend.

Benbow war bereits bei den Ferkeln, an dem Picknick lag ihm nicht viel. Schweine waren für ihn genauso exotisch wie ein Gnu oder ein wildes Tier. Und wie alle kleinen Jungen liebte er kleine Haustiere mehr als große. Daher nahm Mabel einfach einen Strick, band ihn einem der Ferkel um den Hals und gab Benbow das andere Ende in die Hand, was ihm weit besser gefiel als dem Ferkel.

Nell und Mabel hatten einander immer gern gehabt. Sie setzten sich auf den kargen Grasboden, über sich Sonne und Feldlerchen, tranken Kräuterbier und redeten nach Herzenslust. Beide fühlten sich glücklich. Nell, weil sie draußen war, im Freien, in der Sonne, erlöst von der freudlosen Enge im Haus Omdurman; und Mabel, weil sie einen Menschen neben sich hatte, der – anders als die übrige Familie – fröhlich lächeln konnte.

«Es hat mir so leid getan, das mit Taff und deiner Cousine», sagte Mabel liebevoll.

«Ich danke dir.»

«Weißt du, ich hatte mich gefreut, als ihr geheiratet habt und in das kleine Haus umgezogen seid. Ja, ein bißchen neidisch war ich auch, ich geb's zu.» Sinnend schwieg sie eine Weile und sagte dann: «Ein Jammer, daß es so gekommen ist, Nell.»

Mitgefühl war etwas Seltenes für Nell. «Schön ist es hier», sagte sie tief aufatmend. «Beinahe wie zu Hause, bloß keine Berge.»

«Ja – ein paar Berge könnten wir hier gebrauchen, was? Würde hübsch aussehen.»

Sie saßen im Gras und schwiegen. Benbow, übermütig wie selten, jagte lachend und mit der Zunge schnalzend hinter dem Ferkel her, das sich gelegentlich umdrehte und Benbow jagte. Lerchenstimmen übertönten das entfernte Rollen der Lastwagen, und der Rauch aus den Schornsteinen der Fabriken hinten am Horizont kroch langsam hinauf ins Himmelsblau. «Von Kräuterbier kann man einen richtigen Schwips kriegen», sagte Mabel. Sie füllte Nells Glas.

Kräuterbier, Sonnenschein und Mitgefühl: das alles stieg Nell zu Kopf. Mit geschlossenen Augen lehnte sie sich, auf die Hände gestützt, ein bißchen zurück und begann zu singen – ein altes walisisches Lied aus ihrer Heimat, schwer vor Sehnsucht nach den Bergen und Flüssen und nach den Menschen von einst.

Das Lied erstarb in der weichen Luft. «Merkwürdige Sprache ist das», sagte Mabel. «Aber es klingt hübsch. Sing noch eins, ja?»

Nell sang noch ein Lied, und Mabel hörte zufrieden lächelnd zu. Plötzlich sah sie zum Sandweg hin und sagte: «Da kommt jemand.»

Nell öffnete die Augen. Hinten, wo der Sandweg anfing, bewegte sich etwas; es sah aus wie zwei Gestalten, aber genau konnte sie es nicht erkennen. «Besuch?» sagte sie.

«Glaub ich nicht. Manchmal kommen Leute zum Picknicken her. Oder Liebespaare. Was man da manchmal zu sehen kriegt . . .» Aber sie lachte nicht bei dieser Bemerkung. Sie ließ die Augen nicht von den beiden winzigen Gestalten, die noch weit entfernt waren.

Der Nachmittag war still. Unmerklich kamen die beiden näher. Jetzt sah Nell es deutlich: ein großer, breiter Mann und ein kleines Mädchen. Der Mann trug eine Tasche oder einen Beutel. Mabel spähte immer noch angestrengt den Weg hinunter, und ihr Blick war starr und ungläubig, als sähe sie einen Traum. Sie atmete schwer. Dann versuchte sie aufzustehen, ohne die Augen von den beiden abzuwenden, und flüsterte: «Siegfried! Das ist ja

Siegfried!» Und sie lief ihm mit weit geöffneten Armen entgegen, das verblichene rote Kleid flatterte um ihre Beine, die Gummistiefel flappten über die trockene Erde. «Sieg!» schrie sie. «Sieg – du bist wieder da!» Sie warf ihm die Arme um den Hals und küßte ihn aufs Kinn, auf den Mund, auf die Wangen – was immer sie erreichen konnte. Dann, immer noch die Arme um ihn geschlungen, wandte sie sich um und winkte Nell, wild und triumphierend, zu sich.

«Komm, mein Junge», sagte Nell. Benbow ergriff sein Ferkel, und sie zogen los.

Nell sah einen hochgewachsenen blonden Mann, und an seiner Hand ein kleines Mädchen in Benbows Alter. Auch sie war blond – aber nicht wie Crystal, mit ihren rosig-weißen Wangen und ihren goldenen Locken – ihr Haar und ihr Teint waren blasser. Sie war hell und zart wie eine Waldanemone. In der trüben Moorlandschaft, zwischen dem kräftigen Vater und Mabel in Schürze und Gummistiefeln, stand sie da wie eine schlanke, lichte Blume.

Mabel unterbrach ihre ausladenden Gesten und sagte: «Nell, das ist Siegfried. Und das ist seine kleine Tochter.» Sie wandte sich an das Kind. «Wie heißt du, Kindchen?»

Das Kind blickte sie verständnislos an. Als Mabel die Frage wiederholte, schmiegte sich die Kleine an ihren Vater und blickte stumm zu Boden. Vielleicht war sie taubstumm, dachte Benbow. Oder nur blöd.

«Ulrike», sagte der Mann.

«Wie bitte?» fragte Mabel.

Er zeigte auf das Kind. «Ulrike.»

«Na, was für ein Name!» lachte Mabel. «Nun kommt

erst mal alle mit. Ich mach uns Tee. Oh, Benbow, mein Junge – das ist – na, du hast es ja gehört.»

Benbow starrte Ulrike an. Ein seltsames Gefühl stieg in ihm auf. Es drängte ihn zu dienen, niederzuknien, zu opfern. Er sah das Ferkel an, das friedlich in seinen Armen lag, und hielt es Ulrike hin.

Sie hob langsam den Kopf und blickte Benbow aus klaren braunen Augen an. Dann ging ihr Blick zu dem Ferkel, sie lachte mit ernsten Augen, deutete auf das kleine Tier und sagte: «Schweinchen.» Aber sie nahm es nicht. Etwas gekränkt setzte Benbow es ab, und sie gingen alle zum Haus zurück. Mabel war immer noch zappelig vor Aufregung. «Er war mein Kriegsgefangener», sagte sie zu Nell. «Ich glaube, er will hierbleiben. Er sagt, seine Frau ist kaputt – ich weiß nicht, ob das heißen soll, sie ist tot oder abgehauen, jedenfalls nehme ich an, sie ist weg.»

«Das ist aber nett für dich», sagte Nell.

«Nett? Mädchen, das ist einfach wunderbar! Ich bin nicht fürs Alleinsein gemacht, weißt du. Benbow, nimm mal die – die Kleine mit und zeig ihr die Schweine, ja?»

«Wir müssen gehen», sagte Nell – sie wollte das Wiedersehen der beiden seltsamen Liebenden nicht länger stören. Aber Mabel wollte nichts davon wissen. «Kommt nicht in Frage, erst mußt du noch Tee mit uns trinken.» Benbow führte Ulrike zu den Schweinen, und Ulrike betrachtete sie schweigend mit ihren großen braunen Augen. Benbow verschwendete kaum noch einen Blick an die Schweine, er betrachtete nur seine liebreizende Gefährtin; und er, der sonst immer schwieg, wünschte sich nichts mehr, als jetzt reden zu können. Aber seine Schüchternheit hielt ihn zurück. Nach einer Weile machte Ulrike einen kleinen feierlichen Knicks, ging ins Haus zurück und schmiegte sich zärtlich an ihren Vater.

Als Benbow und seine Mutter der strahlenden Mabel für das schöne Picknick dankten und sich verabschiedeten, sagte Mabel, sie müßten recht bald wiederkommen, dann könnte Benbow mit Ulrike spielen – was Benbow bis über beide Ohren rot werden ließ.

Sie fuhren nach Hause; der Vordersitz oben auf der Straßenbahn war besetzt, aber Benbow bemerkte es kaum. Er sah nichts als das helle Licht, das von dem kleinen deutschen Mädchen ausging . . .

Und Nell dachte an Mabel und freute sich für sie. Sie dachte auch an Tom und wie sehr er diesen Tag genossen hätte . . .

16

An einem Samstag, nach dem Dinner, klopfte es an der Haustür. Opa saß im Sessel und schnarchte, die Daily Mail auf dem Bauch. Oma sah Benbow zu, der sein rotes Feuerwehrauto über den Fußboden schob. «Nicht auf dem Teppich, Junge», sagte sie mahnend, «der geht sonst kaputt.»

Alice hatte ein Buch vor sich und las; wenn sie die Seiten umschlug, geschah es ungeduldig und fast gereizt. Man hatte bei ihr jetzt noch stärker als während des Krieges das Gefühl, als müsse sie all ihre Selbstbeherrschung aufbieten, um nicht aufzubrausen. Nell starrte ins Feuer und fragte sich zum hundertstenmal, wie ausgerechnet sie, die barfuß über die Waliser Hügel gelaufen und im kalten Meerwasser herumgesprungen war, in dieser englischen Stube gelandet war und mit Menschen zusammenlebte, die ihr fremd waren und es auch immer bleiben würden.

Opas Schnarchen brach ab, seine Finger griffen nach der Zeitung. «Hat geklingelt, Nell», murmelte er.

«Ich geh schon.» Sie war bereits auf dem Weg.

Vor der Tür stand Frank Hardy. «Frank!» rief sie, und die Freude stand ihr im Gesicht.

Er sah sie kaum an. «Ist sie da? Alice?» fragte er.

«Ja. Komm rein.» Wie schön – er wollte zu Alice!

Drei Augenpaare blickten auf, als er ins Zimmer trat. Oma sagte nichts, ihr Blick war feindselig. Ein Mann, der den Krieg überlebt und dann auch noch Alice hatte sitzenlassen, konnte von ihr kein freundliches Wort erwarten. Aber der alte Mann war gleich auf den Füßen. «Frank», sagte er. «Nanu? Nell, mach Frank mal eine Tasse Tee. Und mir bitte –»

Frank schüttelte ungeduldig den Kopf. Er sah auch die beiden Alten nicht an; sein Blick war auf Alice gerichtet, seit er das Zimmer betreten hatte.

Alice blieb sitzen, das Buch offen auf dem Schoß, und sah Frank kühl entgegen. Sie sagte nichts, sie zog nur die Augenbrauen hoch.

«Kann ich dich allein sprechen, Alice?» fragte Frank.

«Nein.»

Er schluckte. «Ich hab lange drüber nachgedacht», sagte er. «Ich dachte, ich könnte allein fertigwerden. Aber ich kann's nicht.»

Ihre Augen wanderten zu dem Buch auf ihrem Schoß.

Man sah Frank an, wie er mit sich kämpfte. Seine Stimme brach fast, als er sagte: «Ich kann nicht ohne dich leben, Alice.»

Sie hob den Kopf und sah ihn mit ihren dunklen, glänzenden Augen an. «Nicht ohne mich? Mit all meinen Fehlern?»

«Keiner von uns ist fehlerlos», erwiderte er.

«Tatsächlich?» Die zart geschwungenen Brauen zuckten nach oben. «Ich dachte immer, du hieltest dich für fehlerlos.»

«Na, Alice», sagte Opa, «so was sagt man aber nicht. Wenn wir mehr Menschen mit Franks Grundsätzen hätten – Nell, nun geh schon und mach uns allen eine schöne Tasse Tee.»

«Frank will gar nicht bleiben», sagte Alice.

«Also, Alice», protestierte Opa, «Frank ist doch bestimmt hergekommen, weil er bereit ist, zu vergeben und zu vergessen, nicht wahr, Frank?»

«Ja», sagte Frank ernst.

Alice starrte ihn an. «Du verdammter Philister!» schrie sie, schleuderte ihr Buch auf den Boden und stürzte aus dem Zimmer. Man hörte, wie sie, zwei Stufen auf einmal, nach oben lief.

Frank sah verstört und zornig aus. Opa sagte: «Sie weiß nicht, was sie tut, Frank.»

Oma sagte: «Unsere Alice. Früher hat sie nie geflucht.»

Frank hatte sich wieder in der Gewalt. «Mr. Dorman», sagte er. «Ich liebe Ihre Tochter. Aber einen weiteren Versuch werde ich nicht machen.» Er griff nach seinem Hut.

«Aber nein, Frank, Sie müssen wenigstens noch eine

Tasse Tee mit uns trinken. Sie wird gleich wieder runterkommen. Vielleicht hat sie sich's dann überlegt», meinte Opa hoffnungsvoll. Im gleichen Augenblick hörten sie eilige Schritte die Treppe herunterkommen, sie hörten die Haustür gegen den losen Fliesenstein scheppern und die Tür krachend zuschlagen. Es hörte sich nicht so an, als habe sich Alice eines anderen besonnen.

Frank hob die Schultern und ging hinaus. Nell brachte ihn durch den Flur und öffnete die Haustür. «Es tut mir so leid, Frank», sagte sie traurig.

Einen Augenblick blieb er stehen und starrte sie an. Dann nickte er kurz, schüttelte den Kopf und ging.

An diesem Samstagnachmittag (es war einer der ersten winterlichen Tage, Nebel kroch durch die Straßen, und die Winterdämmerung legte sich lähmend über die Stadt) – an diesem Samstagnachmittag bekam der Schlachter Walter Snape unerwarteten Besuch.

Er hatte einen Teil seiner Kriegsgewinne zur Modernisierung seines Ladens benutzt. Im hellen elektrischen Licht glänzten Bratwürste und Frankfurter und Schweinsfüße, die aussahen, als seien sie gerade einem heißen Bad entstiegen, und Blutwurst und Schwarzsauer. Herr über dieses Gebiet aus sattem Behagen war Walter, der lässig den Blick über die wartenden Kunden schweifen ließ und plötzlich Alice Dorman unter ihnen entdeckte.

Was zum Teufel will sie hier? dachte er. Aber er ließ sich nichts anmerken, sondern schnitt Fleisch und wog Wurst ab und bediente weiter.

Sie war dünner geworden, und sie sah älter aus. Ihre Augen glitzerten in dem hellen elektrischen Licht. Er kannte das Glitzern – es hatte nie Gutes bedeutet. Na, sie brauchte nicht zu denken, daß sie ihm noch etwas anhaben konnte. Er war fertig mit ihr. Ehrlich – er begriff nicht, was er jemals an ihr gefunden hatte.

Trotzdem sah er etwas erhitzt aus, als sie an der Reihe war. «Ja?» sagte er kurz und blickte auf das Messer, mit dem er rhythmisch auf die marmorne Tonbank klopfte.

«Du kannst mich haben, wenn du willst», sagte sie. Die Stimme war leise und sehr müde.

Er blickte auf und starrte sie mit seinen kleinen rotgeränderten Augen an. Dann sagte er ebenso leise: «Männer ansprechen, darauf steht Strafe, Mädchen.» Das wird reichen, dachte er, befriedigt von seinem witzigen Einfall. Doch zu seinem Erstaunen sagte sie:

«Ich hatte Heirat gemeint, Walter.»

«Heirat?» Noch immer starrte er sie an, doch jetzt verzogen sich die Lippen zu einem abfälligen Lächeln. «Heirat?» Er traute seinen Ohren kaum. «Haben Sie denn letzthin mal in den Spiegel geschaut, Miss Dorman?»

Sie ging hinaus, nach Hause. Nell war in der Küche. Alice setzte sich nahe ans Feuer. «Machst du mir jetzt wohl eine Tasse Tee, Nell?» fragte sie freundlich. Doch gleich darauf packte sie ein Schüttelfrost, der sie an allen Gliedern zittern ließ. «K-kalt draußen», sagte sie mit klappernden Zähnen. «Sieht g-ganz nach Sch-schnee aus.»

17

Kurz nach Weihnachten kam Benbow in die Schule. Wegen der turbulenten Nachkriegszeit und der Lehrerknappheit hatte er ein Vierteljahr versäumt, denn im September hatte man für ihn keinen Platz in der Klasse gehabt. Er hatte also einiges nachzuholen.

Da stand er nun, an diesem dunklen Januarmorgen, mit blankgeputzten Stiefeln und braunen Ledergamaschen um die stämmigen Beine, den Mantel fest zugeknöpft, in den Ohren den grellen Klang der Schulglocke, in den Augen mühsam beherrschte Angst.

Die Schule lag in der Sebastopol Street. Er ging durch das schmiedeeiserne Tor, über den asphaltierten Schulhof voll schreiender, sich balgender Jungen und albern kichernder Mädchen, in die große Halle in Braun und Dunkelgrün, in der Bilder von Nelsons Tod, Maria Stuarts Hinrichtung und anderen ebenso heiteren Episoden aus der Geschichte Englands hingen.

Gestern war seine Mutter mit ihm hergekommen, da war alles schön und leicht gewesen. Die Schulvorsteherin hatte ihn interessiert, wenn auch nicht begeistert gemustert und ihn dann einer Mrs. Foster übergeben, die sich zu Benbows Verblüffung als die Dame herausstellte, die er bisher als Tante Edith gekannt hatte. (Die Entdekkung, daß Erwachsene auf einmal an völlig unvermuteten Orten, mit anderen Namen und einer ganz veränderten Beziehung zu einem selber auftauchen konnten, brachte seine kleine Welt vollkommen durcheinander.)

Aber es gab noch Schlimmeres als Tante Ediths Metamorphose. Heute war er, bevor er die große Halle erreichte, mit den Kleinen in eine Reihe gestellt worden und mußte, eins-zwei-drei-vier, links-rechts links-rechts, Arme schwingen, in die Halle gehen, wo der Rektor vor den geschlossenen Reihen der Schulkinder ein paar Minuten mit dem Allmächtigen sprach. Unter den scharfen Augen des Rektors (und wohl auch des Allmächtigen) lösten sich die Truppen dann mit militärischer Präzision auf, und Benbow marschierte mit den Jüngsten in eine Klasse, die nach Tinte und feuchter Kleidung roch und für ihn zu einer Stätte der Demütigung, Qual und Verzweiflung werden sollte.

Das wußte er bereits in der ersten Stunde: Rechnen.

Benbow hatte keine Ahnung, was Rechnen war; die anderen wußten es. Mrs. Foster/Tante Edith hatte im ersten Quartal Wunder vollbracht. Im Vergleich zu Benbow saßen in dieser Klasse lauter kleine Einsteins. Wer weniger als fünf richtig hatte, mußte sich auf die Bank stellen. Benbow hatte gar nichts richtig – war das weniger als fünf? Er wußte es nicht. Aber er erfuhr es bald. Tante Edith ging durch die Reihen, warf einen Blick in sein Heft, packte ihn mit eisernen Fingern an den Schultern und hievte ihn auf die Bank. Seine Stiefel klapperten auf dem Holz. Diese Demütigung! Ihm wurde schwindlig – Höhen hatte er nie vertragen. Es ist schrecklich, sich plötzlich auf einem anderen Niveau zu finden als die andern. Benbow betrachtete die anderen Missetäter – und entdeckte plötzlich die süße Ulrike unter ihnen. Die Freude ließ Angst und Schande für einen Augenblick versinken. Die anderen ließen die Köpfe hängen und sahen ihn nicht an. Sie wußten, was jetzt kam; nur Benbow wußte es nicht.

Als er das scharfe zischende Geräusch hörte, mußte er an Schlangen und wilde Tiere denken. Aber es war etwas anderes: Tante Edith kam mit dem Rohrstock. Einer nach dem anderen mußte die Hand ausstrecken, und dann – Huiii! Sie wanden sich, bissen die Zähne zusammen. Aber das – konnte sie doch mit ihm nicht machen!

Er irrte sich: sie konnte. (Sie wußte sehr wohl, es war sein erster Tag; aber sie handelte nach dem gesunden Prinzip, je früher desto besser.) Der Schmerz fuhr Benbow durch den ganzen Arm, aber die Schmach war noch schlimmer. Und sein bereits gefüllter Kelch floß über, als er hinter sich eine selbstzufriedene Stimme hörte: «Ich hab neun von zehn richtig.» Er fuhr herum und sah in Crystals glitzernde Augen. Ihr Rosenknospenmund lächelte triumphierend. Das reichte – er hatte genug von der Schule. So viel Angst und Erniedrigung und Wut war zu viel für ihn.

Nach dem längsten und schrecklichsten Morgen, den er je erlebt hatte, ging er zum Essen nach Hause, wo es still und warm und liebevoll war. «Heute nachmittag geh ich nicht wieder hin», erklärte er.

Nell sah ihn besorgt an. «Warum – war's denn nicht schön, mein Junge?»

«Nicht sehr.» Nein, selbst ihr konnte er nie, nie erzählen, was man ihm angetan hatte.

Sie nahm ihn in die Arme. «Aber Tante Edith war doch sicher sehr nett zu dir», sagte sie hoffnungsvoll.

«Ja, aber –»

«Und die anderen Kinder – fandest du sie nicht nett?»

Er ergriff seine Chance. «Nicht sehr.»

«Das wird sich sicher bald ändern, mein Kleiner.»

Aber ganz überzeugt war sie davon nicht. Wenn Benbow jemand ablehnte, dann war das für ihn endgültig. «Ja – aber hingehen mußt du trotzdem, Benbow», sagte sie.

«Warum?»

«Das ist Vorschrift, weißt du. Wenn du wegbleibst, kommt der Schulinspektor und fragt, was los ist.»

Ein Inspektor war für Benbow nichts Neues. Manchmal kam einer in die Straßenbahn, prüfte streng alle Fahrscheine und lächelte niemals. Sie trugen so komische Mützen, und die Fahrgäste wurden gleich etwas stiller, wenn einer erschien. «Steckt er mich dann ins Gefängnis?» fragte er unruhig.

Sie drückte ihn an sich. «Nein, mein Herz. Aber er wird vielleicht sehr böse.»

Womöglich hatte er einen noch stärkeren Rohrstock! Benbow kehrte also nachmittags in die Schule zurück. Und erhielt einen weiteren Schlag auf seine kleine Hand, diesmal für Lesen.

Nell hatte ihm eine schöne Teemahlzeit gemacht, als er heimkam: Toastfinger und ein weichgekochtes Ei zum Eintauchen, und Kuchen. «Na, mein Liebes?» sagte sie warm. «War's heute nachmittag besser?»

«'n bißchen», log er.

Als er am nächsten Morgen erwachte, hatte der Frost die Fenster mit lauter Blumen und Farnen überzogen. Benbows Atem stand wie Dampf in der Luft, und das Linoleum fühlte sich eisig an. In der ganzen bösen Welt gab es nur einen warmen sicheren Ort, das war sein Bett. Sehnsüchtig blickte er es an. Er wollte wieder hineinkriechen, tief unter die Decke, wo weder der Inspektor noch Tante Edith ihn finden konnten . . . Aber da rief Mam, es sei spät, und er wußte, wenn er zu spät kam, würde er den Stock zu fühlen bekommen, bevor der Tag noch richtig angefangen hatte. Er schluckte und ging nach unten, und nachdem er sein Frühstück kaum angerührt hatte, trottete er zur Schule, die ganze Last der Welt auf seinen Schultern.

Nell sah ihm nach. Sie litt fast so sehr wie er. Als er eines Morgens wieder nur in seinem Brei herumstocherte, fragte sie ihn besorgt: «Benbow – du kriegst doch nichts mit dem Rohrstock, nein?»

Mit engelhafter Unschuld sah er sie an und schüttelte langsam den Kopf. Nell war erleichtert. Er schien gar nicht zu wissen, was das war, der Rohrstock.

Tante Ediths Methode war offenbar doch richtig gewesen. Irgendwo in der Tiefe von Benbows Gedanken drängte etwas ans Licht: die Idee, daß sie ihn vielleicht nicht mehr schlagen werde, wenn er gut lesen, schreiben und rechnen konnte. Mit der Hartnäckigkeit und Willenskraft, die er von seinem Vater geerbt hatte, machte er sich an die Arbeit und erreichte tatsächlich, daß ihn in der letzten Quartalswoche der Stock zwei ganze Tage verschonte – zu Crystals unverhülltem Ärger.

Als die eigenen Schwierigkeiten ein wenig abnahmen, sah er, was Ulrike zu leiden hatte, und der geteilte Schmerz verwandelte sich in das heftige Verlangen, sie zu beschützen.

Manchmal schob er Ulrike vorsichtig sein Rechenheft hin und nickte ihr aufmunternd zu, die Aufgaben abzuschreiben, was sie nach einem ängstlichen Rundblick auch tat. Sie hatte sechs Aufgaben von zehn richtig, genau wie Benbow. Ein schüchtern-dankbares Lächeln belohnte ihn.

Doch da geschah etwas Schreckliches. Crystal stand auf, lehnte sich weit vor und stützte sich mit einer Hand auf ihr Pult, die andere reckte sie in die Höhe. «Miss!» rief sie laut. «Miss – Benbow und Ulrike haben gemogelt!»

Tante Edith hielt in ihrer Züchtigungsaktion inne und kam wie ein rächender Engel auf die zwei armen Sünder zu. Sie prüfte die beiden Hefte: eine abgekartete Sache, zweifellos. Benbow und Ulrike erhielten jeder zwei Stockschläge und mußten den Rest des Nachmittags oben auf ihrer Bank stehen bleiben, was Benbow noch härter traf als Ulrike, denn wenn ihre Mutter nicht hinsah, piekte ihm Crystal Stecknadeln in die Waden.

Und dann waren die Osterferien da, und Benbow fand sich in einem längst vergessenen Himmel mit Mam, oben in ihrem kleinen Zimmer, allein mit ihr. Kein Frühaufstehen, keine Schule und keine Mrs. Foster, außer an einem Morgen, als Benbow ins Wohnzimmer kam und dort Tante Edith im Gespräch mit Oma vorfand.

«Hallo, kleiner Benbow», sagte Tante Edith, süßlich und eiskalt.

Benbow machte ein finsteres Gesicht.

«Wie kommt er denn in der Schule mit?» fragte Oma, insgeheim stolz darauf, daß die einzige Studierte in der Familie ihre beiden Enkelkinder unterrichtete.

«Recht gut», gab Tante Edith zurück. «Er kann schon das Einmalzwei. Sag mal das Einmalzwei, Benbow.»

Benbow brach in Tränen aus. Es waren doch Ferien! Auf die Idee, daß Tante Edith heute ihren Stock nicht bei sich hatte, kam er gar nicht.

Oma sah Benbow mißbilligend an. «Crystal kann das Einmalzwei sicher auswendig, nicht wahr, Edith?»

«Crystal kann schon das Einmalacht», erwiderte Edith kühl.

«Einmal acht ist acht, zweimal acht ist sechzehn, dreimal acht ist vierundzwanzig», legte Crystal sofort los.

«Das reicht, Crystal», sagte Tante Edith.

Erwartungsvolle Stille. Benbow schnüffelte. «Du bist mir ein komischer Junge», sagte Oma vorwurfsvoll.

Nell kam herein und sah den verzagten Jungen. «Was ist los?» fragte sie scharf.

«Gar nichts – Edith wollte nur, daß er das Einmalzwei aufsagt. Das hat er übelgenommen», antwortete Oma. «Ein richtiger Heulpeter ist er.»

«Heulpeter – Heulpeter – Heulpeter», begann Crystal.

Ihre Mutter brachte sie mit einer Handbewegung zum Schweigen.

«Warum weinst du denn, mein Dummerchen?» fragte Nell liebevoll.

«Weil er denkt, er kriegt was mit'm Stock!» rief Crystal. «Jedesmal heult er, wenn er was mit'm Stock kriegt.»

«Gar nicht wahr!» rief Benbow verzweifelt.

Schweigen. Dann fragte Nell: «Kriegt er denn was mit dem Stock?»

«Ja, wenn er es verdient hat», gab Edith mit fester Stimme zurück.

«Jeden Tag kriegt er was, weil er's immer verdient», stellte Crystal fest. «Er kann nicht rechnen und nicht lesen und nicht –»

«Du hältst jetzt den Mund», fuhr Edith dazwischen.

«Und warum hast du mir das noch nie gesagt, mein Junge?» fragte Nell.

Benbow wußte es nicht. Er schluckte. Sicher hatte er jetzt noch mehr zu erwarten.

«Komm bitte mit in die Küche, Edith», sagte Nell.

Edith zuckte mit den Schultern, stand auf und folgte Nell in die Küche.

«Du gibst ihm also was mit dem Stock, wenn er Fehler im Rechnen macht?» fragte Nell.

«Ja. Dann macht er nämlich bald keine mehr.»

«Aber wenn er es noch nicht kann?»

«Er kann es. Als er begriffen hat, daß er entweder arbeiten oder Schmerzen aushalten muß, hat er sich fürs Arbeiten entschieden. Es gibt andere, die das nicht tun. Aber Benbow hat mehr Verstand.»

Nell wußte nicht, was sie darauf erwidern sollte. Tag für Tag hatte sie mit angesehen, wie ihr Sohn sich widerwillig zur Schule schleppte, als ginge es zum Galgen. Das konnte doch nicht richtig sein. «Aber er ist doch noch so klein», sagte sie zögernd. «Er hat –»

«Das schadet ihm nichts. Im Gegenteil, es macht ihn zum Mann. Ich habe schon mehr als einen Jungen ohne Vater gesehen, die von ihren Müttern verzärtelt wurden. Überlaß das nur mir, Nell.» Sie lächelte ihrer Schwägerin zu, beinahe freundschaftlich. «Der wird bestimmt für ein Stipendium ausgewählt, bevor ich ihn abgebe.»

Nachher, als sie allein waren, sagte Nell zu Benbow: «Es tut mir so leid, daß du Schläge bekommst, Benbow. Aber Tante Edith meint es gut mit dir, glaub mir. Sie will nur dein Bestes.» Enttäuscht sah sie, daß ihr Trost ihn nicht zu beeindrucken schien. «Wenn du dich anstrengst, kriegt du vielleicht eine Freistelle in der Oberschule, sagt Tante Edith.»

Auch dieser Köder zog nicht; Benbow hatte noch zu wenig Ahnung von Freistellen und Oberschulen. Nell versuchte es von neuem. «Dann gehst du in die große Schule oben an der Derby Road, weißt du, wo die Jungen rote Mützen mit Abzeichen tragen und ganz viel Sport treiben.»

Es half alles nichts. Benbow hatte nur den einen Wunsch: so schnell wie möglich mit allem, was Schule hieß, fertig zu werden. Und das liegt für einen noch nicht Siebenjährigen in sehr weiter Ferne.

Nell setzte sich, stützte die Ellbogen auf den Küchentisch und lachte ihren Sohn an. «Weißt du was, Benbow? Ich konnte früher immer gut rechnen. Wollen wir's mal zusammen versuchen?»

Rechnen? In den Ferien? Er war entsetzt. Aber Nell hatte schon ihren liniierten Schreibblock und den Bleistift aus der Schublade gezogen und sagte: «So – nun zeig mir mal, was ihr im Rechnen macht.» Und dabei strahlte sie ihn so glücklich an, daß er nicht Nein sagen mochte. Zögernd fügte er sich; sie saßen in der gemütlichen Küche und übten Addieren und Subtrahieren, und danach lockte Nell ihn Schritt für Schritt weiter zum Buchstabieren und Lesen und Schreiben. Für sie war es einer der schönsten Nachmittage, an die sie sich erinnern konnte. Benbow hätte es nicht in Worte fassen können, aber in ihm stieg eine erste Ahnung davon auf, daß das, was man in der Schule lernte, vielleicht doch nicht ganz dumm und überflüssig war. Solche Feriennachmittage sollte er in den kommenden Jahren noch oft erleben.

Am letzten Ferientag kam er morgens mit Leichenbittermiene die Treppe herunter.

«Komm her, Benbow», sagte Nell fröhlich. «Ich hab eine Überraschung für dich.»

Benbow war auf der Hut. «Was denn?» fragte er mißtrauisch.

«Ich hab uns Sandwiches gemacht, wir gehen zu Tante Mabel und Ulrike und machen ein Picknick. Es ist so schön draußen!»

Benbow strahlte. Bis heute abend, wenn sie zurückkamen und die Schule drohend näherrückte, lag eine Ewigkeit, ein Tag voller Sonne, ein ganzer Tag mit Ulrike . . .

Blaß und schlank wie eine Blume stand das Kind an der Pforte und sah ihnen, ohne zu lächeln oder zu winken, entgegen. Als die beiden Besucher bis auf hundert Meter herangekommen waren, wandte sie sich um und ging ins Haus.

Nell und Benbow folgten. «Na so was!» sagte Tante Mabel. «Nell und der Junge – das ist aber nett!» Sie gab beiden einen nassen Kuß. «Wo ist denn . . . Rieke!» schrie sie fröhlich. «Dein kleiner Freund ist da!»

Benbow wurde blutrot. Langsam öffnete sich eine der wackligen Türen, und Ulrike schob sich herein. Sie warf Benbow einen freudigen Blick zu und starrte dann zu Boden.

«Sie ist ein liebes Ding», sagte Mabel, «aber Gott weiß, was in ihrem kleinen Rappelkopf vorgeht.» Liebevoll strich sie dem Kind über den Kopf und versuchte zu übersetzen. «Ich hab gerade gesagt, du bist ein feiner Kerl. Wir zwei verstehen uns prima, was? Aber Gott allein», sie zeigte nach oben, «weiß, was in deinem kleinen Rappelkopf vorgeht.» Sie klopfte sich an die Stirn. Ulrike schien nur die Hälfte verstanden zu haben.

«Geh und zeig ihm die Schweine, Liebchen», schlug Mabel vor.

Schweine – das war ein Schlüsselwort für Ulrike. Sie und Benbow blickten sich an und gingen dann wortlos miteinander hinaus in die Sonne. Mabel zog Nell in die Küche und machte Tee. Als sie zusammen am Tisch saßen, sagte sie:

«Ach Nell, du glaubst nicht, wie glücklich ich bin. Sieg ist hier, und die Kleine – ich hab sie so gern, die Kleine. Und ihr kommt manchmal her – das ist wunderbar. Früher ist nie jemand gekommen, manchmal was ich monatelang allein.»

«Das freut mich, Tante Mabel, wirklich.»

«Danke, Liebes. Das hab ich so gern an dir – du kannst dich mitfreuen. Die meisten gönnen einem die Freude nicht. Wie geht's Lizzie?»

«Och – mäßig.»

«Bei ihr heißt das *gut*. Ich glaube, ihr ist es ihr Leben lang nur mäßig gegangen.»

Nell fing an, von der Sache zu sprechen, die ihr am Herzen lag: «Ich glaube, Benbow freut sich nicht gerade auf die Schule morgen.»

«Nein – die Kleine auch nicht. Drei Meilen hin und drei zurück, das ist ein langer Weg für so ein Küken. Immerhin, das schlechte Wetter haben wir wohl hinter uns.»

Nell trank einen Schluck Tee. «Edith scheint viel Gebrauch vom Rohrstock zu machen.»

«Das kann ich mir denken. Sähe ihr ähnlich. Aber anscheinend erreicht sie etwas damit.»

«Hältst du das für richtig? Ich meine – wird es den Kindern nicht schaden?»

«Schaden – wieso?»

«Na, ich meine – daß sie einen bleibenden Schaden davontragen?»

«Was denn für 'n bleibenden Schaden?»

«Ich weiß auch nicht recht», sagte Nell kleinlaut.

«Mach dir man keine Sorgen, Nell. Der Rohrstock gehört zur Erziehung – das wird immer so sein, glaube ich. Bei mir war's jedenfalls so, regelmäßig. Und es hat mir nichts geschadet.»

Nell war erleichtert und im stillen etwas beschämt. Offensichtlich hatte sie sich aufgeführt wie eine Glucke, die ihre Küken nicht loslassen will. Benbow mußte lernen, auch Härten zu ertragen.

Die beiden Küken spielten draußen. Sie schritten gerade wie zwei Alte durch die Reihen der ersten zarten Salat- und Kohlpflanzen. «Morgen ist Schule, gräßlich», stellte Benbow fest.

«Nicht gut», stimmte Ulrike zu. Danach hatten sie nicht mehr viel zu sagen, aber sie schienen sich sehr wohlzufühlen in der Gesellschaft des anderen. Jetzt kamen Tante Mabel und Nell mit dem Picknickkorb aus dem Haus. «Rieke!» rief Mabel. «Lauf schnell zum Vater und sag ihm, wir machen Picknick.» Die Kinder rannten los und holten Siegfried, der auf einem Feldstück ein paar hundert Meter entfernt arbeitete. Sie zogen ihn, jeder an einer Hand, hinter sich her. Als Siegfried Nell sah, lachte er sie an: «Miessies Evans!» Dann ging er ins Haus, um sich die Hände zu waschen, und kam wieder nach draußen zu ihrem fröhlich-traurigen Picknick. Fröhlich, weil Frühling in der Luft lag und sie einander alle gern hatten, und traurig, weil die Ferien zu Ende gingen und am nächsten Tag die Schule begann . . .

18

Friedlich zogen die Nachkriegsjahre vorüber – langsam zuerst, und dann immer schneller, wie die guten Jahre es so an sich haben. Im Hause Omdurman änderte sich wenig. Oma und Opa wurden älter und immer launischer. Alice zog sich immer mehr in sich selbst zurück und kehrte ihre Stacheln hervor, sobald ihr jemand nahe kam. Nell schlug sich tapfer durch, ohne viel zu fragen; sie nahm die Dinge, wie sie waren – ändern konnte man ja doch nichts daran.

In der Politik verlief allerdings nicht alles so, wie man es sich erhofft und erwartet hatte. Viele Menschen blickten besorgt in die Zukunft. Auch Nell, die bei Kriegsende ganz fest davon überzeugt gewesen war, ihrem Sohn werde ein Krieg erspart bleiben, machte sich Gedanken. Die Staatsmänner in Versailles hatten bei ihren Überlegungen einen Dreierbund außer acht gelassen, der tödlicher sein konnte als das explosivste Pulvergemisch: Dummheit, Bosheit und Angst.

Wo wird das Böse geboren – im Schlund der Hölle oder im Herzen der Menschen? Der Mensch bedarf nicht der Teufel – er schafft sich sein eigenes Inferno.

Die Tarantelwespe lockt die Tarantelspinne aus ihrem Schlupfloch hervor, lähmt sie durch einen giftigen Stich, rollt sie zurück in ihr Loch und legt ein Ei auf den gelähmten Spinnenleib. Schlüpft dann die junge Wespe aus, so frißt sie sich in die noch lebende Spinne hinein und nährt sich von ihr.

Ein gewisser Hitler, den wir schon erwähnten, wandte

eine ähnliche Methode an. Sein Nationalsozialismus fraß sich in das gelähmte Deutschland hinein und wuchs zu einem drohenden Ungeheuer heran. Die übrige Welt begann es zu fürchten. Und je mehr es drohte, um so mehr erbebte die Welt. Der letzte Krieg war so schrecklich gewesen, daß alle sich geschworen hatten, nie wieder in einen Krieg zu ziehen. Aber das Ungeheuer wurde immer größer und stärker, so daß sich schließlich diejenigen, die ihm am nächsten waren, fragen mußten, ob ein Krieg überhaupt noch zu vermeiden sei.

Von all dem merkte man wenig in Ingerby. Tante Mins Klatschgeschichten waren interessanter als die Berichte über aufrührerische Versammlungen in einem Münchner Bierkeller. Und Tante Mabel hätte es nie für möglich gehalten, daß dieser Adolf Hitler, dessen Name jetzt öfter in der Zeitung erwähnt wurde, einmal das Schicksal von Sieg und Ulrike und auch das ihre beeinflussen könnte. Nell ließ sich vom Alltag treiben: sie versorgte die beiden Alten und half Benbow bei den Schularbeiten. Alice versuchte vergeblich, durch Arbeit über ihre Bitterkeit hinwegzukommen und ihre Selbstachtung wiederzufinden. Sie war unermüdlich und legte weitere Prüfungen ab. So stieg sie zur Stationsschwester und dann zur Oberschwester auf. Ihre Vorgesetzten sahen in ihr schon die künftige Oberin des Krankenhauses. Die jüngeren Schwestern konnten sie nicht ausstehen. Sie wirkte immer gehetzt. Mit ihren Eltern sprach sie in einem so ruppigen und scharfen Ton, daß beide kaum noch etwas zu sagen wagten. Nur für Nell hatte sie manchmal ein freundliches oder sogar liebevolles Wort.

So wie die Wasser im Fluß dahingleiten, bald in einer kleinen Bucht verharrend, bald in einem Strudel sich im Kreise drehend, so trieben die Dinge unaufhaltsam den Stromschnellen zu, hinter denen der Abgrund lag.

Aber noch war es nicht so weit.

Im Sommer 1925 brachte der Postbote eines Morgens Nell einen mit der Schreibmaschine adressierten Brief. So etwas kam selten vor, und es verhieß nichts Gutes. Nell betrachtete ihn von allen Seiten und riß ihn auf. «. . . freuen wir uns, Ihnen mitteilen zu können, daß die Schulleitung der Realschule Ingerby Ihrem Sohn Benbow Dorman ein Stipendium . . . beginnend am 14. September . . . Die Schuluniform besteht aus . . . und kann bezogen werden bei . . . Wir hoffen, daß Ihr Sohn . . . zur Ehre dieser altehrwürdigen Schule . . .»

Es war noch früher Vormittag. Benbow war in der Schule, Opa im Laden und Oma noch im Bett. Nell saß in der sommerwarmen Küche, den Brief auf den Knien, und Tränen strömten ihr über das Gesicht. «Was für ein schöner Brief!» sagte sie immer wieder. «Was für eine wunderbare Nachricht!»

Ach, wenn sie es doch nur Tom hätte erzählen können . . . Aber Tom war nun schon seit zehn Jahren tot . . . Oder Frank, ihm hätte sie es auch gern erzählt – er hätte sie verstanden und sich mit ihr gefreut. Aber Frank war verschwunden. Nur Tante Min hatte einmal gesagt, sie hätte gehört, daß er irgendwo im Süden unterrichtete. Sonst hatte niemand je seinen Namen erwähnt.

Wenn Benbow jetzt bei mir wäre, würde ich ihn ganz fest in die Arme nehmen, dachte sie. So ein braver Junge! Und sie mußte auch an all die Nachmittage in der Küche hier denken, wenn die Sonne durchs Fenster schien und ihn nach draußen lockte, oder wenn im Winter das Feuer brannte und der Tag in der Dämmerung versank: dann hatten sie und Benbow zusammen gearbeitet, geduldig und liebevoll und manchmal auch müde und gereizt, aber immer mit dem Ziel vor Augen, sich von Tante Ediths Tyrannei zu befreien – das Stipendium war dabei nur Nebensache gewesen.

Natürlich mußte sie sich bei Edith bedanken, das war klar. Aber zuerst mußte sie es jetzt gleich, auf der Stelle, jemandem erzählen, sonst würde sie platzen. Sie ging nach oben zu Oma.

«Oma, Benbow hat eine Freistelle für die Realschule bekommen.»

Oma brach in Tränen aus. «Für die Realschule! Das hätte unser Tom haben sollen!» Sie schneuzte sich lange und gründlich. «Aber der hat ja auch nicht solche Beziehungen gehabt.»

«Wieso Beziehungen?» fragte Nell erstaunt.

«Na, das ist doch klar. So was kriegt man nicht ohne Beziehungen.»

Nell mußte lachen. «Du glaubst doch nicht, daß Benbow Beziehungen hat?»

Aus dem Berg von Kissen und Federbetten und Bettjäckchen warf Oma ihr einen traurigen Blick zu. «Du glaubst doch nicht etwa, daß er das Stipendium sonst bekommen hätte?»

«Was für Beziehungen meinst du denn?» fragte Nell noch einmal.

Oma setzte ihr weises Eulengesicht auf. «Unsere Edith hat bestimmt bei Schulfragen allerhand mitzureden», sagte sie kühl.

Als nächstes ging Nell zu Opa in den Laden. Sie brachte ihm eine Tasse Tee. «Dad!» rief sie. «Stell dir vor! Benbow hat eine Freistelle für die Realschule bekommen.»

Der alte Mann goß ein wenig Tee in die Untertasse und schlürfte ihn geräuschvoll. «Das wundert mich nicht, Nell. Nein, das wundert mich gar nicht. Edith ist eine sehr gute Lehrerin.» Wieder schlürfte er. «Wäre gut, wenn du ihr einen kleinen Brief schreiben würdest. Ein paar Dankesworte, verstehst du? Sie ist wirklich eine sehr gute Lehrerin.»

Die Ladenglocke klingelte, und Min kam herein: um fünf Jahre grauer und schmuddliger, sonst aber kaum älter geworden.

«Tag, Will. Guten Tag, Nell. Was gibt's Neues?»

«Fred Plackett macht's nicht mehr lange», sagte Opa.

«Ach.»

«Und Charlie Bracegirdle wird morgen beerdigt.»

«Das wird 'n Fest für die Würmer, was? Da bleibt keiner nüchtern, das sage ich dir.»

«Ja, er hat gern einen gehoben», gab Opa in christlicher Nächstenliebe zu.

«Benbow hat ein Stipendium für die Realschule bekommen», sagte Nell.

«Tatsächlich, Nell? Was ich sagen wollte: Charlies Bruder George konnte sogar noch mehr vertragen, Will.»

«Ja, die beiden paßten gut zusammen», meinte Opa.

Nell ging ins Haus zurück. Ihr war etwas eingefallen.

In den Wochen und Monaten, als Benbow sich um das Stipendium bemühte, hatte Nell sich etwas vorgenommen: wenn Benbow es schaffte – er würde es natürlich nie schaffen, aber falls er es schaffen sollte –, dann wollte sie ihm zur Belohnung etwas schenken. Ein Fahrrad. Das war Benbows größter Wunsch. Und im Postamt war eines angezeigt, dessen Preis im Bereich ihrer finanziellen Möglichkeiten lag: «Knabenfahrrad, neuwertig, 10 Shilling. Albion Street 50.»

Nell nahm Hut und Mantel, steckte ihr Portemonnaie ein und machte sich auf den Weg.

Das Rad sah hübsch aus. Neuwertig war zwar übertrieben, aber es schien in Ordnung.

«Die hintere Bremse klemmt etwas», gab Nell zu bedenken.

«Das kann sein, aber vorn wär's sehr viel schlimmer», meinte die Frau mit freundlichem Lächeln. «Da könnte der Junge glatt vornüberschießen.»

Das stimmte. «Wären Sie mit neun Shilling einverstanden?»

«Nein. Zehn.»

Nell gab ihr das Geld. Zitternd vor Aufregung schob sie das Rad nach Hause. Dort rieb und putzte sie es, bis alles glänzte, hievte es dann die schmale Treppe hinauf und stellte es an Benbows Bett. Ein Blick auf die Uhr: es war Zeit, ihm entgegenzugehen. Sie machte sich auf den Weg. Was für ein schöner Vormittag! Sie konnte es kaum erwarten, sein Gesicht zu sehen.

Da kam er ja auch schon über die Eisenbahnbrücke! Er war in diesem Augenblick eine mächtige Lokomotive der Great Western Railway, ein Ungetüm aus Messing und Zischen und heißem Dampf. Den Abhang hinauf ging es nicht ganz leicht, aber er schaffte es und kam auf der anderen Seite mit gleichmäßig zischenden Kolben herunter. Für seine Mutter freilich war er immer noch der kleine Benbow, obwohl er inzwischen ein Stück größer und schlanker geworden war. Er lächelte neuerdings auch bereitwilliger und war nicht mehr ganz so zugeknöpft wie als kleiner Junge.

«Du hast das Stipendium bekommen, Benbow», rief sie glücklich lächelnd. «Hier, ich habe Weintrauben gekauft, zur Feier des Tages.»

Sie setzten sich auf das Brückengeländer und aßen die Trauben. «Verschluck bloß die Kerne nicht», warnte sie ihn. «Daran ist Edward VII. gestorben.»

Es war schön, hier in der Sonne zu sitzen und Weintrauben zu essen. «Und wann bin ich damit fertig?» fragte Benbow.

«Womit?»

«Mit der Realschule.»

«Da bleibst du so lange, wie du kannst», sagte sie. Aber als sie sein enttäuschtes Gesicht sah, ließ sie das Thema fallen und lenkte ihn ab. «Ich habe was Schönes für dich», sagte sie. «Weil du dich so angestrengt hast.»

«Noch was? Du hast doch schon die Trauben!» Er sprang vom Geländer herunter und sah sich um. «Wo ist es denn?»

«Zu Hause. Willst du es sehen?»

Er nickte, und sie zogen los.

Auch über einen Rolls-Royce hätte Benbow sich nicht mehr freuen können. Er war selig. Er trug das Rad hinunter auf die Straße und setzte sich auf den Sattel. Nell lief hinter ihm her und hielt das Fahrrad am Gepäckträger, bis es ihm gelang, sich im Gleichgewicht zu halten. Lachend japste sie nach Luft, und auch Benbow lachte, wenn er umfiel und wieder neu aufsteigen mußte. Als sie schließlich immer noch lachend und mit glühenden Gesichtern ins Haus schwankten, fast als hätten sie etwas getrunken, bedachten Oma und Opa ihre Schwiegertochter nur mit einem erstaunten Blick. Sie benahm sich wie ein Backfisch mit ihrem ersten Freund und nicht wie eine Mutter mit ihrem Sohn.

Die Realschule war in Benbows Augen ein gewaltiger Fortschritt: Keine Tante Edith, kein Rohrstock (außer beim Schulvorsteher, und nur für größere Vergehen, zum Beispiel wenn man in der Schule rauchte). Keine Crystal. Und auch der Umstand, daß es in dieser rein männlichen Umgebung keinen Platz für Ulrike gab, machte ihm nicht sehr viel aus. Er hatte seine Kinderliebe überwunden und fuhr jetzt kaum noch ins Moor hinaus. Ein Junge hatte anderes im Kopf.

In der Zeitung las man jetzt wieder öfter von Adolf Hitler, der eine Zeitlang im Gefängnis gesessen hatte. Aber für die Welt außerhalb Deutschlands war er im Grunde doch nur eine sehr komische und ziemlich vulgäre Gestalt – ungesund, ewig heiser und ohne jeden Charme, kurz, ein abstoßender Mann. Für die Deutschen dagegen war er Messias und Siegfried in einer Person. Und in seinen eigenen Augen? Da war er der Mann, der von Berlin aus die Welt beherrschen würde, der Gründer eines tausendjährigen Reiches, der mit Deutschland siegen oder untergehen würde. So redete er. Und er hatte schon viel erreicht, weil er die Schwächen und Ängste der Menschen so gut kannte und auszunutzen verstand.

In England mußten die aus dem Krieg heimkehrenden Soldaten feststellen, daß Helden nicht begehrt waren. Die Arbeitslosigkeit stieg. Die Bergleute und die Grubenbesitzer standen einander mit mehr Haß und Bitterkeit gegenüber als einst die Deutschen und die Engländer in den Schützengräben in Frankreich. Und die Kluft wurde immer noch größer. Man bezog Stellungen, zog immer tiefere Gräben, und am 3. Mai 1926 wurde durch die Ausrufung des Generalstreiks der Krieg erklärt.

Aber die Engländer hielten diesen Zustand nicht lange aus: sie waren zu tolerant. Als sie merkten, daß das Land am Rande des Bürgerkriegs stand, bekamen sie es mit der Angst zu tun und zogen sich wie erschreckte Kaninchen in ihre Schlupflöcher zurück. Das heißt, sie machten weiter wie bisher und schlugen sich irgendwie durch.

Benbow interessierte sich noch nicht für diese Dinge. Es gab so viel anderes: Kricket, Fußball, Mathematik, Chemie.

Als er eines Tages – er war inzwischen sechzehn – mit seiner Mutter Einkäufe machte und Nell vor einem Schaufenster stehenblieb, sagte plötzlich eine weiche Stimme hinter ihnen: «Hallo! Tag, Nell.»

Nell und Benbow drehten sich um. Vor ihnen stand eine elegant gekleidete Dame. Sie trug ein Schneiderkostüm mit einem kleinen Pelzkragen um den Hals. Benbow fand sie wunderschön, obwohl sie nicht mehr jung war – bestimmt schon fast dreißig, dachte er. Ihre dunklen Augen funkelten. Ihr Blick war wachsam und ein wenig spöttisch.

«Vanwy!» fuhr es Nell heraus. Dann hatte sie sich wieder in der Gewalt und wandte sich zum Gehen.

«Nell!» sagte Vanwy fast zärtlich. «Das ist doch nun über zehn Jahre her! Ich bin jetzt wieder hier – ich arbeite wieder bei Derwent.»

Benbow hörte ihr gespannt zu und starrte sie an. Tante

Vanwy – er kannte den Namen aus der Zeit, als er noch ein kleiner Junge war. Diese elegante, nach Parfum duftende Dame mit ihrer erregenden Stimme – war das wirklich seine Tante?

Nell blieb stehen, aber sie lächelte nicht. «Was macht – er?» fragte sie fast gegen ihren Willen.

«Ach, Nell, wie soll ich das wissen? Beim Generalstreik hat er sich davongemacht, mit irgendeiner kleinen grauen Maus.»

Während sie sprach, musterte sie Benbow von oben bis unten und sah ihn dann mit einem bewundernden Lächeln an. «Sag, Nell, das ist doch nicht etwa Benbow?»

«Doch», sagte Nell kurz.

«Wie hübsch er geworden ist!» Ihre Augen wanderten über die weichen vollen Wangen, die klaren Augen und das wellige braune Haar. Dann wandte sie sich Nell zu. «Kommt doch mit und trinkt eine Tasse Tee bei mir. Ich habe eine kleine Wohnung, unten, in der Draycott Street.»

«Danke, nein», sagte Nell schroff. Was hatte Vanwy da gesagt – über zehn Jahre? Nun, auch ohne Vanwy hätte er sie, Nell, bestimmt längst verlassen. «Komm lieber mit zu uns zum Tee.» Sie sagte es mürrisch, ohne ein Lächeln, aber ihre Gutherzigkeit behielt wieder einmal die Oberhand.

Vanwy erkundigte sich interessiert nach Benbows Schule, fragte, welche Fächer und welche Sportarten ihm die liebsten seien. Nell beobachtete argwöhnisch, wie ihr sonst so stiller Sohn plötzlich gesprächig wurde.

Benbow, der in der engen klösterlichen Atmosphäre des Hauses seiner Großeltern und der Schule aufgewachsen war, hatte noch nie einer Frau gegenüber gesessen, die sich so offen und selbstverständlich als Frau gab. Die Frauen, die er kannte, Oma, die Großtanten, Tante Edith und seine Mutter, verbargen diese Seite ihres Wesens so weit wie möglich. Tante Vanwy war von einem betörenden Duft umgeben, und sie war schön und begehrenswert. Als er ihr beim Abschied die Haustür öffnete, sah sie ihn prüfend an, nahm ihn bei den Schultern, zog ihn an sich und drückte ihren leicht geöffneten Mund auf seine Lippen. Und einen Augenblick lang preßte sie ihren ganzen Körper an den seinen. Dann schob sie ihn wieder von sich und sah ihn mit einem zufriedenen Lächeln an.

In diesem Moment kam Nell in den Flur. Sie sah das Lächeln, und sie sah Benbows rotes Gesicht. Meinen Mann hat sie gehabt, aber meinen Sohn kriegt sie nicht, dachte sie empört. «Auf Wiedersehen, Vanwy», sagte sie bestimmt.

«Komm doch mal mit deiner Mutter zum Tee zu mir, Benbow», sagte Vanwy immer noch lächelnd. «Vergiß nicht: Draycott Street 5 a.»

«Nein, ich werd's nicht vergessen», rief Benbow ihr nach. Nell kam und schloß die Tür.

«Die ist aber nett», sagte Benbow, als sie durch den Flur gingen. «Ich würde sie gern mal besuchen. Ich bin noch nie in einer Mietwohnung gewesen.»

Kommt nicht in Frage, dachte Nell zornig. Aber wie sollte sie einem Sechzehnjährigen die Schmach von damals erklären? Sie sagte: «Bevor du dir neue Freunde zulegst, solltest du dich erst einmal um die alten kümmern. Du gehst nirgendwo hin, bis du Tante Mabel besucht hast. Seit Jahren warst du nicht bei ihr, und sie ist immer so lieb zu dir gewesen.»

Da hatte sie recht, dachte er beschämt. Tante Mabel war wirklich immer so gut zu ihm gewesen. Er wollte sie bald besuchen – und auch Ulrike wiedersehen. Aber zuallererst wollte er zu Tante Vanwy gehen – so hatte er es sich in den Kopf gesetzt.

Ein paar Tage später sagte er zu Nell: «Tante Vanwy hat doch gesagt, wir sollten sie besuchen.»

«Ich möchte sie nicht besuchen», sagte Nell ernst. «Ich will das nicht wieder anfangen.»

«Warum nicht?» Da war er wieder, der scharfe Ton, den seine Stimme jetzt manchmal annahm, wenn sie ihm widersprach oder ihm etwas verbot.

«Ach, das ist eine alte Geschichte.»

«Es war doch sehr nett von ihr, daß sie uns eingeladen hat. Ich fände es unhöflich, wenn wir –»

«Ich gehe nicht zu ihr, Benbow.»

«Aber ich gehe.» Er warf ihr einen finsteren Blick zu.

Sie hatten sonst nie Streit miteinander – jeder war für den andern die ganze Welt. Sie hingen aneinander. Und nun . . .

«Ich weiß wirklich nicht, was du gegen sie hast», murrte er. «Ich finde sie furchtbar nett.»

«Und du kennst natürlich genug Frauen, um das beurteilen zu können.»

Was meinte sie damit? «Ich kenne sehr viele – dich, Tante Alice, Tante Edith, Oma . . .»

«Ich meinte es etwas anders», sagte sie mit einem kleinen fraulichen Lächeln, das ihn erbitterte.

«Und was hast du gemeint?»

«Vanwy läuft allem nach, was Hosen anhat. Das meine ich! Selbst Jungen in deinem Alter.»

Benbow war gekränkt. «So etwas zu sagen ist abscheulich», sagte er mit hochrotem Kopf. «Immerhin ist sie meine Tante!»

«Sie ist bloß eine Cousine von mir, das weißt du. Wenn du sie Tante nennst, ist das bloß Höflichkeit. Ich gehe jedenfalls nicht hin», schloß sie müde, «und wenn du vernünftig bist, gehst du auch nicht.»

Benbow schwieg. Er war nachdenklich geworden. Wie Tante Vanwy ihn damals geküßt hatte, das war tatsächlich etwas seltsam gewesen, wenn auch aufregend und schön. Mam hielt Tante Vanwy doch nicht etwa für eine *Person*?

Er sagte nichts mehr, aber in seinem Innern hatte sich eine Tür geöffnet – die Tür zu einer Welt, in der es parfümierte und begehrenswerte Frauen gab. Am nächsten Tag machte er sich heimlich auf den Weg zur Draycott Street.

Nummer 5a war eine Wohnung über einem Laden. Die Haustür unten stand offen. Mit trockenem Mund und klopfendem Herzen stieg er die steile Treppe hinauf.

Oben war eine Tür. Er klopfte.

Die Tür wurde aufgerissen, und Tante Vanwy stand vor ihm, im Morgenrock, aber trotzdem wunderschön. «Nanu, das ist ja Benbow!» Sie sagte es freundlich, aber ihr Gesicht wirkte angespannt und ihre Stimme klang gehetzt.

«Du hast gesagt . . . wir sollten dich mal besuchen», brachte er schließlich heraus. «Mam konnte nicht kommen. Da habe ich gedacht . . .»

«O du, das tut mir leid, Benbow. Es ist nämlich was passiert, verstehst du?»

«Ja, natürlich», sagte er und trat zurück. «Das macht doch nichts.»

Sie hielt ihn an einem Knopf seines Jacketts fest. «Hör zu. Sag deiner Mutter, daß *er* zurückgekommen ist. Gerade eben, vor einer halben Stunde. Deshalb –»

«Ja. *Er* ist zurückgekommen», wiederholte Benbow wie ein gelehriger Schüler.

«Ja, sag ihr das.» Sie hielt ihn immer noch am Knopf fest und starrte ihn an. Dann ging ein verstehendes Lächeln über ihr Gesicht. «Das ist aber nett von dir, daß du gekommen bist. Du kriegst auch noch einen Kuß von mir, ja, Benbow?» Sie zog ihn an sich heran, drückte schnell den leicht geöffneten Mund auf seine Lippen, gab ihm einen Klaps auf den Hintern und sagte: «So – das war's, mein Herz. Und nun gehst du nach Hause und bestellst deiner Mutter, was ich gesagt habe.» Mit einem freundlichen Lächeln schloß sie hinter ihm die Tür. Benbow ging langsam nach unten. Er fühlte sich gedemütigt: sie hatte ihn wie einen Schuljungen behandelt.

19

Stumm saß er am Tisch, aß seinen Toast mit weißen Bohnen und trank seinen Tee.

«Du bist so still, Junge. Fehlt dir etwas?» fragte Nell.

Er starrte auf seinen Teller. Im allgemeinen war er sehr ehrlich, auch wenn er sich wie die meisten Menschen nicht scheute, gelegentlich, um des lieben Friedens willen, die Wahrheit ein wenig zurechtzustutzen oder sie auch einmal ganz unter den Tisch fallen zu lassen. So hätte er seinen Besuch bei Tante Vanwy normalerweise nicht erwähnt, aber diese Möglichkeit hatte die Tante ihm durch ihre seltsame Bestellung genommen. Er wagte es nicht, sie zu unterschlagen.

Er blickte auf und sagte aggressiv: «Ich bin bei Tante Vanwy gewesen.»

Nell, die gerade ihre Gabel zum Mund hob, erstarrte. Nach einem Augenblick ließ sie die Gabel sinken und blickte ihren Sohn fest an: «Ich hätte es lieber gesehen, wenn du Tante Mabel besucht hättest.»

Er ging nicht darauf ein. «Ich soll dir etwas ausrichten», sagte er.

Sie starrte ihn nur an.

«Willst du nicht wissen, was sie dir sagen läßt?»

«Nein, es interessiert mich nicht», sagte sie kalt.

So hatte er seine Mutter noch nie erlebt. Ihre Härte erschreckte ihn.

«Er ist zurückgekommen», sagte er.

Nell wurde blaß. Langsam erhob sie sich. «Wer?»

«Weiß ich nicht», sagte er mürrisch. «Ich dachte, du wüßtest es. Ich sollte dir nur sagen, daß er zurückgekommen ist.»

Sie blickte auf ihn herab. Und in diesem Moment haßte sie ihn. «Was fällt dir eigentlich ein?» schrie sie. «Wie kannst du mich da mit hineinziehen? Wozu mußtest du dieser Schlampe nachlaufen und alles wieder aufrühren?» Sie lief aus dem Zimmer, und er hörte, wie sie die Treppe hinaufstolperte.

Benbow war verwirrt. Er begriff nicht, was in seiner sonst so ausgeglichenen Mutter vorging. Er aß seine Bohnen auf, schnitt sich ein Stück Kuchen ab, verzehrte es und ging dann nach oben, um wiedergutzumachen, was er angerichtet hatte – was es war, das wußte er selber nicht.

Nell lag auf dem Bett, den Kopf an die Messingstange am Kopfende gelehnt. Sie blickte aus dem Fenster und rührte sich nicht, als Benbow hereinkam.

«Was ist denn los, Mam?» fragte er kläglich.

Langsam wandte sie sich ihrem Sohn zu. «Nichts. Jedenfalls nichts, was ich hätte wissen müssen.»

«Es tut mir so leid.» Er meinte es ehrlich. «Aber ich wußte es nicht – wirklich nicht.»

«Was wußtest du nicht?» fragte sie scharf.

Er zuckte mit den Schultern und lachte kurz. «Nicht einmal das weiß ich.»

Sie sah ihn immer noch an.

«Ich weiß ja nicht einmal, wer dieser *er* ist», sagte er.

«Mein Mann», erwiderte sie kurz.

Jetzt starrte er sie an. «Dad?» Er hatte plötzlich die schreckliche Vision von einem Skelett, das, in eine Uniform gehüllt, die Treppe zu Tante Vanwys Wohnung erklomm.

«Weißt du es wirklich nicht mehr?» fragte Nell. «Denk mal nach. Du warst noch ganz klein. Taffy Evans. Du hast immer Mister Evans zu ihm gesagt.»

Jetzt erinnerte er sich. Ein Weihnachtsmorgen, Kälte. Und ein Mann, der ihn anschrie, weil er nicht mit seinem Spielauto fahren wollte. Ein Mann, der neben seiner Mutter im Bett saß. Benbow wurde rot. «Dein – Mann? Was ist denn mit ihm? Was ist ihm passiert?»

«Vanwy hat ihm den Kopf verdreht. Und mit dir würde sie es genauso machen, wenn du dich nicht wehrst. Ich hab sie beide rausgeschmissen.»

«Du hast sie rausgeschmissen?» Er sah sie mit großen staunenden Augen an.

«Ich weiß – das traust du mir nicht zu. Normalerweise hätte ich's auch nicht fertiggebracht. Ach, Junge – wenn ich so was nur etwas öfter fertiggebracht hätte, dann wäre ich besser mit meinem Leben zurechtgekommen. Mit meinem und auch mit deinem.» Da saß sie in dem dämmerigen Schlafzimmer, traurig und hoffnungslos, und fing an zu weinen.

Er setzte sich neben sie und legte ihr den Arm um die Schultern. Schließlich versiegten ihre Tränen. «Entschuldige, Junge. Ich wollte nicht – es war ja nicht deine Schuld.» Sanft schob sie ihn von sich. «So, und nun geh. Es geht mir schon wieder besser. Geh nur, du hast noch zu arbeiten.»

Immer noch unruhig und doch erleichtert, ging er nach unten. Selbst Schularbeiten waren besser, als hier zu sitzen und nicht helfen zu können.

Am nächsten Morgen holte Benbow sein Rad aus dem Schuppen und sagte obenhin: «Mam, ich fahr mal rüber zu Tante Mabel.»

«Fein.» Nell war gerührt. Offensichtlich bemühte er sich, sein gestriges Verhalten wiedergutzumachen. Sie gab ihm einen Kuß. «Sag ihr viele Grüße, ja?»

Aber Benbow hatte noch einiges mehr im Sinn. Er schlug drei Fliegen mit einer Klappe: er besänftigte sein Gewissen, er machte seiner Mutter eine Freude, und er erfüllte sich selber einen plötzlich dringenden Wunsch – er wollte Ulrike wiedersehen.

Auf einmal war sein Interesse an Mädchen erwacht. Nach der Kinderliebe zwischen ihm und Ulrike hatte er, wie alle Schuljungen, geglaubt, daß Mädchen dumme alberne Geschöpfe seien, mit Jungen überhaupt nicht zu vergleichen. Jetzt wußte er, daß er sich geirrt hatte: das hatte Tante Vanwy ihm klargemacht. Zu Hause und in der Schule fehlte ihm die Gelegenheit, mit Mädchen zusammenzutreffen. Aber jetzt wanderten seine Gedanken sehnsüchtig zu Ulrike. Die Kinderliebe erblühte von neuem. Er konnte es kaum erwarten, sie wiederzusehen.

Er lehnte sein Rad an die Hecke und öffnete die Pforte. Tante Mabel kam gerade aus der Haustür, einen Eimer mit Schweinefutter in der Hand. Wir immer trug sie das alte rote Kleid und die alten schlammverkrusteten Gummistiefel. Sie starrte ihn an. Dann setzte sie den Eimer ab, um ihn zu umarmen. «Nein so etwas – Benbow!» Sie hielt ihn auf Armeslänge von sich und sah die Quaste an seiner Mütze. «Junge, bist du fein geworden. Was bedeutet das? Bist du Schulsprecher?»

«Ja.»

«Donnerwetter!» Sie wandte den Kopf und schrie ins Haus: «Rieke! Benbow ist da.» Dann schob sie ihren Arm unter seinen und lachte ihn zärtlich an. «Wie ich mich freue, Junge!»

Er lachte zurück. Doch plötzlich verschwand das Lachen aus seinem Gesicht. Eine junge Frau trat aus der Tür. Sie trug eine einfache weiße Bluse und einen grauen Rock. Ihr langes blondes Haar wurde im Nacken von einem schwarzen Band zusammengehalten. Ihr Gesicht war blaß. Sie lächelte ihm ruhig und ernst mit schmalen blassen Lippen zu. «Hallo, Benbow», sagte sie. Die im Gegensatz zu ihrem Lächeln etwas rauhe Stimme war von erregender Zärtlichkeit. Darin – aber nur darin – ähnelte sie Vanwy.

«Wollt ihr zwei nicht einen Spaziergang machen? Ich kümmere mich derweil ums Essen», schlug Tante Mabel vor.

Benbow sah Ulrike hilflos an. Einen Augenblick lang spielte ein kleines Lächeln um ihre Mundwinkel. Dann nickte sie ihm fast förmlich zu und ging den Pfad entlang zur Pforte. Er ging neben ihr her. Sie wartete, bis er die Pforte geöffnet hatte, und ging hindurch. «Wo wollen wir hin?» fragte sie.

Nord – Süd – Ost – West – das flache Moorgelände sah überall gleich aus. Sie wandten sich nach Süden. Benbow verstand nicht viel von Mädchen, aber eins wußte er: man mußte mit ihnen reden, sie unterhalten, sonst machten sie sich lustig und konnten sehr verletzend sein. Wenn ihm bloß etwas einfiel! Sein Mund war trocken, er fuhr sich mit der Zunge über die Lippen. «Wie geht es Tante Mabel?» fragte er dann. Nicht gerade genial, aber etwas anderes fiel ihm nicht ein.

«Ach, sie ist so gut zu mir! Ich habe sie schrecklich gern. Sie hat alles für mich getan – wirklich alles. Sogar auf die Oberschule hat sie mich geschickt – stell dir vor!»

Daher also die korrekte weiße Bluse, das damenhafte Aussehen inmitten von Schweinen und Gemüsebeeten. «Tante Mabel hat dich auf die Oberschule geschickt?»

«Ja. Von ihrem Ersparten, sagt sie. O Benbow, weißt du noch, diese gräßliche Grundschule und die gräßliche Mrs. Foster?» Und zu seinem unaussprechlichen Entzücken legte sie ihre schmalen Finger auf seine Hand und sagte: «Aber du warst immer nett zu mir. Du hast sogar Schläge für mich eingesteckt, du Armer.»

«Ach, das war doch nichts», sagte er mit einer wegwerfenden Handbewegung und suchte verzweifelt nach einem anderen Thema. «Was hast du vor, wenn du aus der Schule kommst?» fragte er.

Sie zuckte mit den Schultern. «Vielleicht gehe ich zurück nach Deutschland.»

Ihm war zumute, als sei ein Schatten über die Sonne gefallen und als schwiegen plötzlich die Lerchen. Aber da er Engländer war, sagte er nur: «So, wirklich?»

Sie wandte ihm das Gesicht zu. Die Blütenblässe war verschwunden, die haselnußbraunen Augen leuchteten, und sie sagte eifrig: «Drüben geschehen jetzt aufregende Dinge, verstehst du? Meine Heimat wird wieder ein großes Land.»

Er hatte keine Ahnung, was sie meinte. Anfang der dreißiger Jahre wußten englische Schüler recht gut über Julius Cäsar Bescheid, aber über den neuen Eroberer, der ihrer aller Leben in andere Bahnen lenken sollte, wußten sie nichts. Er wußte nur, daß er sich wünschte, Ulrike möge immer bei ihm bleiben – immer. «Geh nicht zurück, Ulrike», sagte er mit erstickter Stimme. «Bleib hier, in England.»

«Was könnte ich in England tun?»

Er schluckte und versuchte vergeblich, einen leichten Ton anzuschlagen. «Du könntest doch heiraten.» Der Mut verließ ihn. «Irgendeinen Engländer zum Beispiel.»

Sie lachte hell auf und griff nach seinem Arm. «O Benbow, wie komisch!» Dann wurde sie ernst. «Nein, das könnte ich nicht. Ich könnte keinen Engländer heiraten – auch nicht, wenn er so süß wäre wie du.»

Er war irgendwie beschämt und zugleich peinlich berührt. «Ich glaube, wir müssen zurück. Tante Mabel hat sicher schon das Essen fertig.»

Sie machten kehrt und gingen durch die sommerliche Landschaft zurück.

Um diese Zeit kamen die ersten Tonfilme nach Ingerby. Benbow ergriff mutig die Gelegenheit und lud Ulrike ins Kino ein. Ulrike lächelte ein wenig und sagte Ja.

Benbow zitterte vor Aufregung. In der Tasche eine Schachtel Pralinen, in der Hand ein Paar waschlederne Handschuhe, jeder Zoll ein Kavalier – so ging er mit seiner ersten Freundin zum erstenmal ins Kino.

Drinnen war es dunkel, warm und stickig. Al Jolson sang mit Schmelz und Schmalz «Sonny Boy». Die Bilder flimmerten, die Musik dröhnte. Aber von all dem merkten Ulrike und Benbow nichts – für sie war die warme Dunkelheit gerade recht. Trotzdem dauerte es über zwei Drittel des Films, bis ihre Hände zueinander fanden, wunderbar und ein klein bißchen klebrig-feucht. Und erst in den allerletzten zehn Minuten brachte Benbow den Mut auf, den Arm um sie zu legen, und er fühlte, wie sich ihr Kopf mit dem duftenden Haar in seine Armbeuge schmiegte. Und als sie in dieser Nacht über das weite Moorland zurückgingen und tausend Sterne über ihnen funkelten, erlebte Benbow die ekstatische Verzauberung, die jeder Mann nur einmal so erlebt, die Flamme, die nie wieder entzündet wird: die jubelnde Seligkeit der ersten jungen Liebe. Und dann, am Gartentor, der erste Kuß: süß und verzehrend weich waren ihre Lippen – ach, und wenn er tausend Jahre alt würde, solche weichen Lippen würde es nie wieder geben . . .

Es war Mitternacht, als er nach Hause kam. Nell lag schon im Bett und war sehr erleichtert, als sie ihn sah. «Ich habe mir schon Sorgen gemacht, Junge. Wo warst du denn?»

«Im Kino.»

«Mit Gerald?»

Die Versuchung war groß, einfach Ja zu sagen. Pause. «Nein. Mit Ulrike, Mam.»

Nell schwieg einen Augenblick. Dann: «Aber sie ist eine Deutsche, Benbow.»

«Ja, ich weiß.»

Plötzlich war der Wandschirm, hinter dem er sich auszog, nicht mehr die einzige Schranke zwischen ihnen. Zum erstenmal hatte er ungeduldig gesprochen, mit der Stimme des Erwachsenen, der entschlossen ist, das Gespräch zu beenden.

Nell begriff. «Gute Nacht, mein Junge», sagte sie nur.

«Gute Nacht.»

Sie hörte, wie er hin und her ging, wie er sich hinlegte. Sie lag noch lange wach, unglücklich, ohne recht zu wissen, warum. Einmal hatte es doch so kommen müssen, das wußte sie. Sie konnte Benbow nicht immer behalten. Nur – es war so plötzlich gekommen. Ihr kleiner Junge. Ihr kleines Stückchen Tom. Irgendwann würde er sie verlassen, das war nur natürlich. Und dann würde sie allein sein, bis an Ende ihrer Tage . . .

Doch im Laufe der Jahre mußte Nell erkennen, daß sie nicht nur die Frau zu fürchten hatte, die ihr eines Tages ihren Sohn wegnehmen würde.

Die Anzeichen für einen neuen Krieg mehrten sich. Noch fürchtete sich die Welt so sehr davor, daß sie Hitler alles gab, was er verlangte. Alles und mehr. Doch die Zeit war nahe, da die Welt Adolf Hitler noch mehr fürchtete als einen neuen Krieg . . .

20

Benbow war inzwischen Angestellter in Barclay's Bank.

Die Zahl der Arbeitslosen war groß, und eine Anstellung in einer Bank war etwas besonders Beneidenswertes, da sie Sicherheit bedeutete. Für Will Dorman, der an ein paar Drähten gezogen hatte, war es noch mehr. «Das ist etwas fürs Leben, Benbow. Regelmäßige Gehaltserhöhung, mindestens zehn Pfund im Jahr, hat mir Amtsrat Williams gesagt. Natürlich nur, wenn du dir nichts zuschulden kommen läßt. Und mit sechzig bist du pensionsberechtigt. Es wäre vielleicht gut, wenn du ein paar Zeilen an Amtsrat Williams schreiben würdest – zum Dank, verstehst du?» Amtsrat Williams hatte Opa beim Drahtziehen geholfen.

«Ja, Opa», sagte Benbow. Die erste Woche in der Bank war scheußlich gewesen, und er hatte das Gefühl, daß die übrigen neununddreißig Jahre und einundfünfzig Wochen sicher ebenso scheußlich werden würden. Aber er hielt das für durchaus normal und fügte sich. Auch die Grundschule war scheußlich gewesen, und die Realschule nicht viel weniger. Wenn er von jetzt an für seine Arbeit bezahlt wurde, war es nur natürlich, daß es noch scheußlicher würde.

Er haßte die Bank aus vielerlei Gründen. Der Kontrast zwischen seinem Zuhause und dem griechisch-römischen Tempel der Bank war geradezu beängstigend. Jeden Morgen, wenn er um zehn Uhr die schweren Bronzetüren öffnete, wurde ihm angst. Wenn er sie um drei Uhr wieder schloß, war ihm etwas leichter zumute, obgleich er wußte, daß er noch drei oder vier Stunden in der Bank verbringen mußte, bis er die Briefe beim Postamt aufgeben und nach Hause gehen konnte. Er haßte auch den morgendlichen Gang zur Midland Bank, wo er zusammen mit einem Dutzend Angestellter anderer Banken Schecks abliefern und in Empfang nehmen und abrechnen mußte.

Er hatte Angst vor den großen Kontobüchern mit den vielen Spalten und vor den Bergen von Schecks, die alle nachzuprüfen waren. Er wußte, wenn er sich auch nur um einen Penny bei der Abrechnung irrte, mußte die ganze Abteilung so lange dableiben, bis der Fehler gefunden war, und wenn es bis Mitternacht dauerte. Aber am meisten Angst hatte er vor den anderen jungen Angestellten. Sie hatten sich alle ihrer Umgebung sehr schnell angepaßt, und Benbow fand sie hochnäsig, herablassend und ungeheuer gewitzt. Auch, daß Ulrike seiner Arbeit so ablehnend gegenüberstand, gefiel ihm nicht. Schließlich trug er jetzt jeden Tag einen guten Anzug, helle Handschuhe und einen Stock, und er war Mister Dorman von der Barclays Bank – das war doch was! Aber Ulrike sah es anders. Immer wenn er von der Bank sprach, wechselte sie das Thema und erzählte von Deutschland, von den Wandervögeln, den «Hitlerjungen». Und einen Vergleich mit der deutschen Jugend, die sonnengebräunt und singend durch die Wälder zog, hielt der blasse Bankangestellte Benbow natürlich nicht aus.

Aber er klagte nie und sprach auch nie über seine Ängste. Niemand wußte, daß er sich jeden Morgen fürchtete, und niemand ahnte, wie freudig er abends der Bank den Rücken kehrte: vier, fünf freie Stunden vor sich und dann noch die sichere Ruhe einer ganzen Nacht . . .

Auch wenn er mit Ulrike zusammen war, fand er keinen Frieden. Sie war lieb zu ihm, aber manchmal so reserviert und kritisch und ungeduldig. Sein Lebensziel war ihr unbegreiflich. «Was tust du da eigentlich?» fragte sie ihn ungeduldig. «Du sitzt jeden Tag in der schönen warmen Bank, sicher und beschützt wie eure Pfundnoten, bis du sechzig bist! Und dann kommt bald der nächste Schritt: ins Grab, in die Ewigkeit, die genau so sicher und langweilig sein wird wie dein ganzes Leben.»

«Aber was soll ich denn tun?» fragte er unglücklich. Er wußte, daß er mit Ketten an die Bank geschmiedet war wie ein Gefangener an die Mauer.

Sie sagte nichts, sie hob nur den Kopf und blickte ihn lange an. In ihren braunen Augen fing sich das Licht der untergehenden Sonne. Sie senkte den Blick und murmelte: «Komm mit mir nach Deutschland.» Dann stand sie plötzlich hinter ihm, ihre Hände streichelten sein Kinn und drückten seinen Kopf an ihre Brust. «Ach nein, nein.» Sie lachte jetzt. «Du würdest dich da drüben nicht zurechtfinden, mein kleiner Engländer. Du könntest dich dort nie behaupten.»

Er schob ihre Hände weg, drehte sich um und blickte sie an. Es kam selten vor, daß er zornig wurde; er glich dann wieder dem kleinen Jungen, der fast aus den Kleidern platzte. «Du brauchst mir wirklich nicht so deutlich zu zeigen, daß du mich verachtest.»

«Ich verachte dich nicht», sagte sie ruhig. «Nur – warte, ich zeig dir was.» Sie lief in ihr Zimmer und kam mit einem Foto zurück. «Hier – das ist mein Vetter Wolfgang.»

Das Bild sprach für sich: ein gut aussehender, blonder junger Mann, der selbstsicher in die Kamera lächelte. Eine kräftige Gestalt, ein energischer Mund, klare Augen. Er trug eine Uniform. «Warum zeigst du mir das?» fragte Benbow. Er hatte bisher nicht gewußt, was Eifersucht war.

Sie ignorierte seine Frage. «Wolfgang schreibt mir oft. Ach Benbow, alles ist da drüben so wunderbar. Sie veranstalten Fackelzüge und große Versammlungen, und alle sind so voller Leben und voller Freude.» Sie legte ihm die Hand auf den Arm. «Kannst du dir nicht vorstellen, wie schön das sein muß: eine Lichtung im Wald, ein Lagerfeuer, Hunderte von jungen Leuten wie Wolfgang, und hübsche Mädchen, und alle lachen und singen beim Feuerschein.»

Benbow sah es vor sich: die Funken, die ins Dunkel flogen, die strahlenden Gesichter, und ringsum der tiefe Wald und die hohen Berge. «Es klingt herrlich», gab er zu.

«Es ist auch herrlich. Besonders wenn man das hier sieht.» Sie deutete auf die flache Moorlandschaft.

«Also hör mal», sagte er gereizt, «so ist es ja nicht überall in England. Paß auf: Sonntag gibt's eine verbilligte Fahrt nach Dovedale. Laß uns mitfahren! In der Bank haben sie mir erzählt, wie hübsch es dort ist – da gibt's auch Berge.»

Sie lächelte schuldbewußt. «Gern, Benbow, abgemacht. Und – tut mir leid, was ich eben über Deutschland gesagt habe.»

Er küßte sie. Sie war ein bezauberndes Mädchen und sie hatte ihn auch gern, bestimmt. Aber sie hatte gesagt, sie würde nie einen Engländer heiraten. Wenn das ihr Ernst war, würde das Leben für ihn grau und freudlos sein . . .

Es war ein strahlender Sonntag. Benbow trug einen grauen Flanellanzug und einen weichen Filzhut. In der einen Hand hielt er seine gelben Handschuhe und seinen Stock, in der anderen eine Tasche mit Sandwiches und einer Thermosflasche. Ulrike sah frisch und reizend aus in ihrem weißen Leinenkleid. Ihr Haar glänzte im Sonnenlicht.

In Ashbourne mußten sie umsteigen. Sie saßen nebeneinander auf den staubigen Roßhaarsitzen im Dritter-Klasse-Abteil. Der kleine Zug schlängelte sich schnaufend durch die friedliche Hügellandschaft. Sie saßen Hand in Hand und küßten sich und blickten aufgeregt aus dem Fenster auf die schöne, ihnen noch fremde Landschaft. Benbow hatte kaum je einen Hügel gesehen, und Ulrikes Erinnerungen an die Bayerischen Berge waren längst verblaßt. Am Bahnhof von Alsop-en-le-Dale stiegen sie mit den anderen Ausflüglern aus und gingen den hellen gewundenen Pfad zum Dove hinauf.

Zum Picknick ließen sie sich in einem sonnenbeschienenen alten Steinbruch nieder. Benbow, der wohl wußte, wie stubenblaß er aussah, wünschte sich glühend, so sonnengebräunt zu sein wie Vetter Wolfgang. Aber bald versteckte sich die Sonne hinter den Wattewölkchen . . .

Ulrike fühlte sich wohl. Ihre langen kühlen Finger lagen in seiner Hand. «Es ist schön hier», sagte sie. «Vielen Dank, Benbow.»

Er stützte sich auf den einen Ellbogen und blickte in ihr Gesicht hinab. Sie lächelte still, und plötzlich wurde ihr Blick nachdenklich und dann fast herausfordernd. Sie waren allein, so allein in der warmen Hügelmulde, wie zwei Menschen nur sein können. Er sehnte sich danach, sie in die Arme zu nehmen, sie ganz fest an sich zu ziehen, bis sie eins wurden mit der warmen Sonne und den singenden Lerchen. Doch wenn ihn die Schule und jetzt die Bank je etwas gelehrt hatte, so war es dies: sich in jeder Situation korrekt zu verhalten, wie ein englischer Gentleman. Also wischte er sich die Grashalme vom Ärmel, küßte ihre Finger und fragte lächelnd: «So schön wie in Deutschland?»

Sie schwieg nachdenklich. «Würdest du wirklich keinen Engländer heiraten, Ulrike?» fragte er leise.

Sie sah ihn immer noch an, und ihre Augen verengten sich. Dann sagte sie ruhig: «Vielleicht doch – wenn er so lieb und gut wäre wie du, Benbow.» Und ehe er sich von seinem Erstaunen erholt hatte, war sie lachend aufgesprungen und zog auch ihn auf die Füße. «Komm, wir laufen um die Wette den Hügel runter!» Und schon lief sie los und zog ihn hinter sich her. Am Fuß des Hügels hörten sie auf zu laufen und gingen langsam weiter. Er legte zärtlich den Arm um sie.

«Ulrike, willst du mich wirklich heiraten?» fragte er ungläubig.

Sie nickte und sah ihn lächelnd an.

Nell hatte an diesem Tag am Fenster gestanden und beobachtet, wie die Sonne die Schornsteine vergoldete, wie die Wolken über das schmale Stück blauen Himmels segelten, das sie von dort aus sehen konnte.

Schön mußte es in Dovedale sein, bei solch einem Wetter. Hoffentlich hatten die Kinder einen fröhlichen Tag. Einmal war sie mit Tom dort gewesen. Sie erinnerte sich noch an den rieselnden Bach, an das sonnige Grün der Blätter und wehenden Gräser, an die plätschernden Wellen. In einem kleinen Cottage hatten sie Tee getrunken. Hatte sie das alles wirklich einmal erlebt, ein solches Paradies auf Erden? Es war kaum zu glauben. Doch für eins war sie heute noch dankbar: sie hatten damals jeden Tag ihres kurzen Glückes genossen und keine Zeit mit Zank und Streit verschwendet. Sonst hätte sie sich heute noch Vorwürfe machen müssen, und das wäre schwer zu ertragen gewesen.

Der Tag kam ihr endlos vor. Sie dachte an die Kinder, die jetzt da draußen in Sonne und Wind umherliefen und das ganze Leben noch vor sich hatten. Und sie dachte an Taffy und Vanwy, die nun wieder zusammenwaren. Und an Frank Hardy – was er wohl jetzt machte? Sicher war er längst verheiratet mit einer eleganten gebildeten Frau und wohnte in einem hübschen Haus in einer guten Gegend, mit einem Rasen davor und ein paar Bäumen. Frank verstand es, sich sein Leben einzurichten. Er wußte, worauf es ankam.

Nell neigte nicht zu Selbstmitleid; doch an diesem hellen Sonntag fand sie, daß jeder, den sie kannte, irgend etwas hatte – einen Menschen oder etwas anderes. Mabel hatte ihren Siegfried, Alice ihren Ehrgeiz und ihre Karriere, Nell wußte nicht einmal, was Ehrgeiz war . . .

An der Haustür klopfte es, laut und drängend. Benbow, dachte sie. Ein Eisenbahnunfall. Die Polizei. Mit klopfendem Herzen lief sie zur Tür und riß sie auf.

Draußen stand Vanwy, zitternd, angsterfüllt. «Kannst

du kommen, Nell? Er ist krank – ich habe jemanden zum Arzt geschickt, aber –»

Nell schlug die Tür hinter sich zu. Sie liefen die Straße hinunter. «Was fehlt ihm?» keuchte sie.

«Schlaganfall, glaube ich. Er gibt so schreckliche Laute von sich – und sein Gesicht ist ganz verzerrt . . .»

«Hast du ihn allein gelassen?»

«Nein, Mrs. Porter ist bei ihm.»

Sie stürzten die Treppe hinauf, in die Wohnung. Da lag Taffy Evans, aber er gab jetzt keine Laute mehr von sich. Er war schrecklich still geworden. Mrs. Porter erhob sich. «Es ist vorbei», sagte sie ruhig und ging hinaus.

Vanwy stöhnte einmal leise auf, dann war es still. Sie und Nell starrten in das kleine graue Gesicht. Nell fiel der Abend ein, an dem sie ihm von dem Haus in der Albion Street erzählt hatte. Was hatte er doch gesagt? «Hol deinen Mantel. Wir müssen doch deinen Palast mal besichtigen, was?» Das war der richtige Taffy gewesen – gutherzig und lustig. Und nicht der Ertappte, der sie an jenem schrecklichen Abend vom Bett her töricht und hilflos angestarrt hatte. Und auch nicht das leere traurige Nichts, das jetzt vor ihr lag.

Vanwy, die eben noch so hilflos gewesen war, kam wieder zu sich. «Er muß bestattet werden», sagte sie in sachlichem Ton. «Und der Tod muß gemeldet werden. Darum kümmerst du dich wohl, nicht wahr, Nell?»

Nell sah den Toten immer noch an. Jetzt wandte sie sich langsam ihrer Cousine zu und betrachtete sie ungläubig. «Ich?» fragte sie erstaunt.

«Ja. Er war ja dein Mann», gab Vanwy zurück.

«Wieso – nein. Ich nicht.»

«Du wirst es müssen, Nell. Auch die Beerdigung. Ich

habe damit nichts zu tun – ich war bloß sein Verhältnis.» Ein katzenartiges, sehr weibliches Lächeln erschien einen Augenblick in ihrem Gesicht.

Nell schwieg. «Gut», sagte sie dann. «Geh!»

Ohne ein weiteres Wort ging Vanwy hinaus und schloß die Tür hinter sich.

Nell tat, was getan werden mußte – und sie tat es mit Liebe. Als sie fertig war, sah sie herab auf den Toten und flüsterte: «Sie hat ja recht – du bist mein Mann, Taff. Ich sorge dafür, daß alles gemacht wird, wie es sich gehört, Lieber.» Sie beugte sich herab und küßte die faltige Stirn. Dann stieg sie langsam die steile Treppe hinunter.

Als es Abend wurde, kam Benbow nach Hause. Er sah irgendwie anders aus als sonst, fand Nell; in den Augen war ein seltsamer Glanz, und er wirkte, als wisse er nicht recht, wohin mit sich. Er stellte sich vor das Bücherbord, setzte sich, sprang wieder auf, verschränkte die Hände und löste sie wieder und warf ihr schnelle Blicke zu. Er hatte doch nicht getrunken? Schließlich sagte er: «Ulrike hat gesagt, sie will mich heiraten.» Seine Lippen zitterten, und nun fing er wirklich an zu weinen.

Sie war gerührt, ihren gelassenen Sohn so bewegt zu sehen. Sie trat zu ihm und legte ihm die Arme um den Hals. «Benbow! Ich freue mich so – für euch beide.» Sie freute sich wirklich für Ben und Ulrike, aber ihr selber war nicht nach Freude zumute. «Willst du ein pochiertes Ei und ein Glas Milch?» fragte sie. Sie hätte ihm gern von Taffy erzählt, aber heute abend wollte sie ihm die Freude nicht verderben.

«Ach ja, Mam, bitte.» Manche Leute feierten mit

Champagner – für Benbow war ein pochiertes Ei auf Toast stets der höchste Genuß gewesen.

Sie gab ihm die Toastgabel. »Hier – ich mache inzwischen das Ei. Ist es noch ein Geheimnis, Junge?»

«Nein. Ich glaube nicht.»

«Tante Mabel wird an die Decke springen vor Freude! Und was werden sie in der Bank sagen – werden sie überhaupt einverstanden sein?»

«Sie werden wohl einverstanden sein müssen», sagte Benbow zögernd. Ihm war sein Vertrag eingefallen: es gab da eine Klausel, die das Heiraten unter einem gewissen Alter untersagte. Wenn sie sich darauf versteiften . . .

«Heiraten wollen Sie?» rief der Bankdirektor und lehnte sich zurück, um Benbow besser mustern zu können. «Mein lieber Dorman, da werden Sie sich wohl noch ein paar Jahre gedulden müssen.»

Benbow fühlte, wie sein Mut sank. Es war das gleiche Gefühl, das er aus seiner Schulzeit bei Tante Edith so gut kannte. Es war, als hätte der Direktor gesagt: «Wer weniger als fünf richtig hat – vortreten.» Er schwieg.

«Was verdienen Sie jetzt?» fragte Mr. Crabtree und fuhr gleich fort: «Ich glaube, zweihundert Pfund im Jahr, nicht wahr? Sie denken doch nicht im Ernst, daß Sie davon eine Frau ernähren können.»

«Doch, das könnte ich bestimmt, Sir.»

Mr. Crabtree machte Tt-tt und schüttelte den Kopf. «Die Bank erwartet aber einen gewissen Lebensstandard von ihren Angestellten. Die Gehälter sind großzügig, sie darf also damit rechnen, daß man sich danach richtet.»

«Ich würde mich auch danach richten, Sir.»

Wieder schüttelte der Direktor den Kopf. «Das könnten Sie gar nicht, Dorman.» Er neigte nicht zu Späßen, aber manchmal half ein kleiner Scherz bei solchen Gelegenheiten. «Sie wissen doch, wenn man verheiratet ist, ist der Penny nur noch die Hälfte wert.»

Benbow versuchte, amüsiert zu lächeln, aber es gelang ihm nicht.

«Und nehmen Sie mal an, es kommen Kinder», fuhr Mr. Crabtree fort. «Was dann? Sie können mir glauben, die Bank will mit ihrer Vorschrift nur verhindern, daß die jüngeren Angestellten in Bedrängnis geraten.»

«Sicher, Sir, aber . . .»

Mr. Crabtree hatte in fünf Minuten eine Verabredung mit einem großen Kunden. Er erhob sich, ging um den Schreibtisch herum und legte Benbow väterlich die Hand auf die Schulter. «Nun besprechen Sie das alles mal in Ruhe mit der jungen Dame, Dorman. Und kommen Sie in vier Jahren wieder zu mir, dann wird unser Gespräch anders verlaufen. Sie haben sich bisher gut gemacht.» Ein leichter Klaps auf die Schulter. «Und so sollte es auch bleiben. Wer ist denn eigentlich die Glückliche?» Es war immerhin möglich, daß sie die Tochter eines großen Kunden war. Dann sah die Sache natürlich anders aus.

«Ulrike Braun, Sir.»

Nein – einen großen Kunden namens Brown kannte er nicht. Aber sicher ist sicher, sagte er sich . . .

«Mr. Crabtree hat ganz recht», sagte Will Dorman. «Ein Bankangestellter hat eine große Verantwortung, und die Banken müssen dafür sorgen, daß ihre Leute nicht in Versuchung geraten.»

«Ja, aber vier Jahre!» wandte Benbow ein.

«Vier Jahre gehen schnell rum, Junge. Ihr habt ja das ganze Leben vor euch.»

Großtante Min lachte zweideutig und sagte: «Vier Jahre, das wäre bei einer Muß-Heirat nicht gut. Aber ihr müßt doch wohl nicht heiraten, oder?»

«Ja, Junge, vier Jahre sind lang», sagte Nell traurig. «Aber da sie für das Geld fremder Leute geradestehen, weißt du, müssen sie eben sehr vorsichtig sein.» Doch in Wahrheit dachte sie anders: Teufel sind es, gemeine, engherzige Teufel! Als ob die Liebe und das Zusammenleben von Mann und Frau und das Gründen einer Familie mit Gold aufgewogen werden könnten!

In allen Regierungsgebäuden Europas, in den unterirdischen Kommandostellen und Arsenalen und Munitionsdepots, in den Flugzeugfabriken und den eilig eingerichteten Lazaretten sah es so aus, als seien vier Jahre der längste Zeitraum, den überhaupt noch jemand überblikken konnte.

Benbow fuhr zu Ulrike, um ihr von dem Gespräch zu berichten. Sie sah, wie er sein Fahrrad an die Hecke stellte und lief ihm entgegen.

An der Gartenpforte trafen sie zusammen, lächelten und küßten sich über die Pforte hinweg. Dann hoben sie beide die Hände und preßten sie gegeneinander, Finger gegen Finger, wie es junge Liebende in der ganzen Welt tun.

Das Herz war ihm schwer. Er führte sie ins Moor hinaus. Sie zog einen Grashalm aus dem Boden und schob ihn sich zwischen die Zähne. Fröhlich schlenderte sie neben ihm her. Er sagte: «Ich habe mit Crabtree gesprochen. Er hat gesagt, wir müssen noch vier Jahre warten mit dem Heiraten.»

Sie blieb stehen und starrte ihn an. «Das ist doch lächerlich», sagte sie und nahm den Grashalm aus dem Mund.

«Ja, ich weiß. Aber es ist Vorschrift bei der Bank.»

Langsam ging sie weiter. «Und wenn wir trotzdem einfach heiraten – was passiert dann?»

Das wußte er nicht. Vermutlich würde die Welt untergehen. «Es steht so in meinem Vertrag, Liebling», sagte er unglücklich.

Sie ging weiter. Plötzlich blieb sie stehen und warf ihm die Arme um den Hals. Sie legte den Kopf an seine Schulter, das Gesicht abgewandt, als schäme sie sich, und sagte: «Benbow, ich glaube, das Leben als Frau eines englischen Bankangestellten ist nicht das Richtige für mich. Aber ich will es trotzdem, weil ich dich liebe. Nur – vier Jahre! O Benbow, ich kann nicht vier Jahre warten.»

«Die gehen auch herum», sagte er ohne Überzeugung.

Mit plötzlichem Ärger sagte sie: «Kannst *du* denn vier Jahre warten?» Er fühlte, wie ihre Tränen auf seine Hand fielen.

«Aber wir können uns doch oft sehen, wir können tanzen gehen oder ins Kino, oder Ausflüge machen wie neulich nach Dovedale. Manche Leute sagen, eine lange Verlobungszeit sei schön», sagte er.

Sie löste die Arme von seinem Nacken und ging mit abgewandtem Gesicht weiter. «So einfach ist das nicht», sagte sie leise. «Es gibt da noch etwas anderes.»

«Was denn?»

Sie schwieg so lange, daß er glaubte, sie habe seine Frage nicht gehört. Schließlich sagte sie leise: «Weißt du, ich liebe dich, aber ich liebe auch meine Heimat – ich liebe sie sehr. Und wenn du mich nicht festhältst, ganz fest –» ihre Stimme war nur noch ein Flüstern – «dann weiß ich nicht, was geschieht.»

Wieder fühlte Benbow den ihm vertrauten Druck im Magen. Wie hatte sie das gemeint? Wenn er sie nicht festhielt, würde sie in ihre Heimat zurückkehren? Ja, das hatte sie gemeint. Und der Gedanke, ein Leben ohne sie an seiner Seite führen zu müssen, war so unerträglich, daß er ohne Besinnen sagte: «Ich werde kündigen.» Gott weiß, was Opa dazu sagen würde, nachdem er sich so viel Mühe gegeben hatte. Und auch Mam wäre bestimmt nicht einverstanden. Aber er konnte Ulrike nicht aufgeben, das war unmöglich. «Ich werde kündigen», sagte er noch einmal.

«Und was wird dir das nützen?» fragte sie gereizt. «Glaubst du, du kriegst was Besseres?»

Nein, das glaubte er nicht. Er würde erst einmal Arbeitslosenunterstützung beziehen – vorausgesetzt, daß er überhaupt dazu berechtigt war, was noch keineswegs feststand. «Ich werde noch einmal mit Crabtree reden», sagte er verzagt, denn er wußte, daß er genausogut zu einem Stein reden konnte. Crabtree hatte alles auf seiner Seite: die Bankenvereinigung, die Bankpräsidenten, die Rechtschaffenheit, die Weisheit der Väter, sämtliche Bankkunden, die ihm ihr Geld anvertraut hatten, und schließlich die unleugbare Tatsache, daß für einen Verheirateten ein Penny nur noch die Hälfte wert war. Und was hatte Benbow dagegenzuhalten? Seine junge Liebe: ein Gefühl, dem jeder über vierzig gründlich mißtraute, und ein Herz, das zu brechen drohte.

Einen Tag später marschierten Hitlers Truppen in Österreich ein. Menschen jubelten, Fahnen wehten, und es fiel kaum ein Schuß. War das nicht, wie es überall hieß, der schlagende Beweis für die Friedensliebe des «Führers»?

21

Benbow war enttäuscht, aber auch etwas erleichtert, als er bei der Rückkehr zur Arbeit feststellte, daß Mr. Crabtree für zwei Wochen auf die Insel Wight in Urlaub gefahren war. Er hatte sich vor dem Gespräch gefürchtet. Rechnen hatte er bei Tante Edith gelernt, aber Mut hatte sie ihm nicht beigebracht . . .

Am Abend ging er mit Ulrike ins Kino. Sie sahen *So wird es werden*, einen Film nach einem Buch von H. G. Wells. Es war kein guter Abend. Ulrike war liebevoll, aber sehr still und sichtbar unglücklich. Der Film machte Benbow Angst. Krieg – ein Krieg der Zukunft: Flugzeuge warfen Bomben auf hilflose Städte, die Einwohner flohen in panischer Furcht vor einstürzenden Häusern und dem Feuersturm, während ringsum neue Bomben explodierten. Es war ein Krieg, an den man nicht einmal denken mochte, schlimmer als alle anderen Kriege, ein Krieg, den nicht nur die Soldaten, sondern auch die Zivilbevölkerung auszufechten hatte, denn die Bomben fielen wahllos auf Wohnhäuser, Marktplätze, Straßen . . . So etwas durfte nicht Wirklichkeit werden. Niemals.

Benbow war froh, als sie aus dem grauenvollen Getöse des Films ins Moor hinauskamen, wo man nur in der Ferne die Straßenbahn rasseln hörte. Das Land lag still unter der hellen Mondsichel. Er blickte zum Himmel empor. Der Mond zog einen zarten Schleier hinter sich her, die Sterne hingen dämmerig-müde am Firmament. War es wirklich denkbar, daß Flugzeuge diese dunkle Decke, die Ewigkeiten standgehalten hatte, auseinanderrissen?

«Das war ziemlich albern, nicht?» sagte Ulrike.

«Was war albern?» Benbow mußte sich erst von den Sternen losreißen.

«Der Film. Als ob so etwas möglich wäre!»

Einen Augenblick lang war er beruhigt. Aber dann sagte er zweifelnd: «Meinst du nicht, daß es möglich wäre?»

«Nein, natürlich nicht. Wer sollte denn so einen Krieg anfangen? England?» Sie lachte. «England ist viel zu träge. Und Frankreich ist zu dekadent. Und Amerika?» Wieder lachte sie. «Viel zu beschäftigt mit Geldverdienen.»

«Und – Hitler?» fragte er zögernd.

Sie blieb so plötzlich stehen, daß er ihre Hand loslassen mußte. «Hitler?» Sie sah ihn verwundert an. «Aber Benbow, Hitler würde doch nie einen Krieg anfangen.» Sie sah ihn immer noch erstaunt an. «Das steht doch fest – dafür hat er seine Friedensliebe zu oft unter Beweis gestellt.»

Wie schön, dachte Benbow erleichtert. Er las die Zeitungen nicht sehr aufmerksam, die Bankexamen nahmen ihn zu sehr in Anspruch. Und wenn Ulrike das sagte, dann mußte es stimmen. Er war beruhigt. An der Pforte umarmte sie ihn so liebevoll und sehnsüchtig, daß er wie auf Wolken zurückging. Sie liebte ihn, sie würde auf ihn warten, und es würde keinen Krieg geben, weil niemand einen Krieg anfangen würde . . .

Als er eine Woche später aus der Bank nach Hause kam, fand er zu seiner Überraschung Großtante Mabel in der Küche vor. Sie war wie zu einem feierlichen Anlaß gekleidet. Statt der Gummistiefel trug sie schwarze Schuhe, von denen der rechte einen Drall nach links und der linke einen Drall nach rechts hatte. Ein schwarzer Mantel versuchte, ihren stämmigen Leib in Form zu halten. Ein abgewetztes, nach Mottenpulver riechendes Pelztier, das sich in den Schwanz biß, lag um ihren Hals.

«Tag, Junge», sagte Mabel mit brüchiger Stimme. «Deine Mutter ist oben bei Oma.»

Benbow sah die zusammengesunkene kleine Gestalt bestürzt an. «Ist was passiert, Tante?» fragte er besorgt.

Sie sah ihn mit Tränen in den Augen an und versuchte zu sprechen, aber ihr versagte die Stimme.

«Komm, ich mach dir eine Tasse Tee», sagte er tröstend. Er konnte andere nicht leiden sehen. Was hatte sie bloß für einen Kummer? «Ist es das Schweinefieber, Tante Mabel?»

«Ich wollte, das wär's.» Sie schluckte. «Bei Gott, ich wollte, es wäre bloß das Schweinefieber.»

Schweinefieber war für Großtante Mabel stets etwa das gleiche gewesen wie die Tötung des Erstgeborenen für die alten Ägypter. Deshalb war Benbow jetzt ernstlich beunruhigt. Er nahm den Kessel vom Haken, wärmte die Teekanne an, setzte den Kessel aufs Feuer, blickte Tante Mabel an und wartete.

Sie hatte sich wieder in der Hand. «Schlechte Nachrichten, Junge. Schlecht für dich und schlecht für mich – für uns beide schlecht.»

Nell kam in die Küche und sah ihren Sohn besorgt an. «Hat sie es dir schon erzählt?» fragte sie betrübt.

Er schüttelte den Kopf. «Es ist doch nichts mit Ulrike? Ist sie krank?»

«Es geht ihr gut.» Großtante Mabel, meist sehr direkt und geradeaus, war – wie alle Leute ihrer Generation – der Ansicht, schlechte Nachrichten müsse man tropfenweise vorbringen.

«Also was ist denn nun?» Seine Stimme war plötzlich hart und befehlend.

«Sie ist weg, Junge. Abgehauen. Einfach weg. Zurück nach Deutschland. Und –», wieder versagte ihr die Stimme – «ihr Vater ist mit ihr gegangen.»

Benbow war gerade dabei, den Tee einzuschenken. Seine Hand zitterte nicht, aber aus seinem Gesicht wich alle Farbe. «Das ist doch nicht möglich», sagte er hilflos. Dann fiel ihm etwas ein. «Auf Ferien, meinst du?»

Mabel warf ihm einen mitleidigen Blick zu. Dann riß sie ihre Handtasche auf und begann darin herumzuwühlen. Sie zog verschiedene Zettel heraus, die sie mit kurzsichtigen Augen untersuchte und dann murmelnd wieder zurückstopfte. Schließlich hatte sie gefunden, was sie suchte. Sie gab ihrem Neffen einen Briefumschlag, auf dem in Ulrikes schöner Schrift sein Name stand.

Er riß ihn auf und nahm ein weißes Blatt Papier heraus. Nur ein einziges Wort stand darauf: Verzeih!

Er setzte sich. «Hast du ihre Adresse? Was ist passiert? Sie muß doch etwas gesagt haben – sie kann doch nicht einfach so weggehen.»

Großtante Mabel schaufelte vier Teelöffel Zucker in

ihre Tasse und rührte energisch um. «Es kam ein junger Mann», berichtete sie. «Er sah wirklich gut aus, aber ich mochte ihn nicht. Er hat mir die Hand geküßt! Ich kam mir vielleicht dämlich vor, in meinen Gummistiefeln, und der küßt mir die Hand!» Sie trank.

«Ja, und? Mit dem sind sie weggegangen? Erzähl doch!»

«Er kam rein, und sie fingen an zu reden, alle drei, ganz schnell, immer auf deutsch. Und dann gingen die beiden nach oben, Rieke und ihr Vater, und als sie wieder runterkamen, hatten sie alle ihre Sachen gepackt. Rieke hat mir noch den Brief gegeben, ganz schnell, und dann gab sie mir einen Kuß. Aber sagen konnte sie nichts mehr, der junge Mann hatte es furchtbar eilig. Und dann waren sie draußen, und er schob sie in seinen Wagen.» Wieder kamen ihr die Tränen. «Sieg hat mir nicht mal einen Kuß gegeben. Fast zwanzig Jahre war er bei mir – und nicht einmal einen Kuß hat er mir zum Abschied gegeben.»

«Sie kommen bestimmt zurück», sagte Benbow hilflos.

«Nein, Junge, die kommen nicht wieder. Ich glaube, der junge Mann hatte sie irgendwie in seiner Gewalt, jedenfalls kam es mir so vor. Vielleicht kam er von . . . von diesem Führer, den sie da drüben haben.»

Benbow fühlte plötzlich einen kalten Schauer. *So wird es werden* – das war der Titel des Films gewesen, der ihn so tief erschüttert hatte, daß er sich seither die Zeit nahm, jeden Tag die Zeitung zu lesen. Nicht alles, was in Deutschland vorging, war Wanderlust und Freudenfeuer, und die «Hitlerjungen» waren keineswegs ruhmreiche Pfadfinder. Es gab offenbar auch anderes: finstere, blutige Dinge . . .

Das Sprechen fiel ihm schwer, als er jetzt fragte: «Wie – wie hat er ausgesehen, der junge Mann?»

«Blond. Er sah gut aus, groß und kräftig. Aber ich mochte ihn nicht.»

Wie hieß er doch, ihr Vetter? Ach ja, Wolfgang. Aber sie konnten doch nicht einfach so weggegangen sein! «Und – sie hat keine Adresse hinterlassen?» fragte er noch einmal. Tante Mabel schüttelte den Kopf. Er sah im Geist das riesige Land vor sich, dieses Deutschland, wie es sich die Engländer vorstellten: dunkle Wälder, schroffe Gipfel, Rhein und Ruhr, die Ebenen Preußens, kahl und unfreundlich, Berlin, militärisch und arrogant. Und irgendwo dort, weit weg und unauffindbar, war seine geliebte Ulrike! «Sie wird schreiben», sagte er. «Sie wird ganz bestimmt schreiben.»

Seine Mutter und Tante Mabel sagten nichts.

Mr. Crabtree war erleichtert, als er feststellte, daß der junge Dorman sich offenbar beruhigt hatte. Er war ein gutherziger Mann, und es hätte ihn bekümmert, wenn der Junge seine Heiratspläne weiter verfolgt hätte. Aber es kam keine weitere Bitte um ein Gespräch. Der Direktor war zufrieden mit sich: er hatte die Sache freundlich, fest und endgültig beigelegt.

Er wäre entsetzt gewesen, wenn er in Benbow hätte hineinblicken können. Buchungseingänge, Fälligkeitstermine, nicht eingelöste Schecks – das alles nahm er nur noch mechanisch wahr. Sein Denken war beherrscht von diesem Adolf Hitler, von dem schrecklichen Zukunftsfilm, den er kurz zuvor gesehen hatte. Er hatte Angst um Ulrike. Tausend irrsinnige Pläne schossen ihm durch den Kopf, wie er Ulrike wiederfinden könnte: er wollte bei der Bank kündigen und zu Fuß durch Deutschland wandern, in einer der Zeitungen inserieren, von denen man jetzt so viel im Rundfunk hörte – *Der Völkische Beobachter* oder *Der Angriff* –, er wollte an den Britischen Botschafter in Berlin schreiben oder das Rote Kreuz um Hilfe bitten.

Natürlich blieb es bei den Plänen. Weder seine Erziehung noch seine Veranlagung hatten ihn gelehrt, seine Gedanken und Sehnsüchte in die Tat umzusetzen.

Es blieb ihm schließlich nichts anderes übrig, als Tag für Tag verzweifelt auf den Briefträger zu warten. Und immer wieder in Gedanken ein Gedicht zu wiederholen, das er in der Schule gelernt hatte:

Der Halbmond zieht gen Westen, Lieb,
Und Regen bringt der Wind;
Du liegst so fern von mir, mein Lieb,
Die Meere zwischen uns sind.

Der Briefträger brachte Rechnungen und Prospekte, und die Firma May, Fernkurse im Bankwesen, schickte neue Aufgaben. Aber von Ulrike kam nie ein Brief.

22

Ingerby – das war für Frank Hardy allerdings der letzte Ort, den er sich ausgesucht hätte. Zu viele schmerzliche Erinnerungen waren für ihn mit Ingerby verbunden.

Und nach den vielen Jahren in Reigate fühlte er sich im wärmeren Süden eigentlich recht wohl. Von hier aus erschien ihm Ingerby grau und kalt und höchstens halbzivilisiert.

Aber die Stellung war natürlich verlockend – die nächste Stufe würde dann der Direktorsposten sein. Und er hatte ja immer gesagt, ihm sei es egal, wohin er komme, seine Karriere sei ihm wichtiger.

Aber ausgerechnet Ingerby . . . Sicher würde er irgendwann Alice Dorman dort begegnen. Wahrscheinlich war sie längst mit ihrem Schlachter verheiratet, und womöglich fand er einen ihrer Sprößlinge in seiner Klasse.

Und wenn sie gar nicht geheiratet hatte? Er war erstaunt, als er merkte, daß sein Puls plötzlich schneller ging. Sie war eine auffallende Erscheinung gewesen, eine sehr schöne Frau. Für ihn war sie – trotz ihrer scharfen Zunge und der vorgerückten Jahre – noch immer das Ideal einer Frau. Mit Herzklopfen, aber auch mit Angst, daß alte Wunden wieder aufbrechen könnten, bewarb er sich um den Posten und kam in die engere Wahl.

Seine Zeugnisse, sein Offiziersrang, sein ruhiges, bestimmtes Auftreten und seine disziplinierte Haltung sprachen zu seinen Gunsten. Die andern Kandidaten hatten kaum eine Chance. Man bot ihm den Posten an, und er sagte zu. Er fand eine kleine Wohnung gegenüber vom Park mit Aussicht auf den Spielplatz. Die nächste Stufe der Leiter war erklommen . . .

Zuerst war es recht einsam für ihn. Die Kollegen respektierten ihn, aber sie mochten ihn nicht besonders. Es ging ihm wie den meisten Männern, die den Krieg mitgemacht hatten: Er war älter und reifer und schloß sich den jüngeren nicht leicht an. Ein paarmal wurde er von verheirateten Kollegen zum Essen eingeladen, aber die Frauen fanden den Junggesellen steif und schwerfällig; man bat ihn nicht zum zweitenmal.

An einem warmen Aprilabend, als er es zu Hause nicht mehr aushielt, ging er hinunter in den Park und begann, mit schnellen unruhigen Schritten den Kiesweg entlangzugehen.

Eine Frau kam ihm entgegen. Sie war mittleren Alters und ging unverkennbar wie jemand, der immer allein geht. Sie trug keinen Hut, und ihr goldblondes Haar glänzte in der Abendsonne. Nell! Er wollte sich abwenden und über den Rasen davonlaufen, aber es war zu spät – sie hätte es bemerkt. Vielleicht erkannte sie ihn ja gar nicht, nach der langen Zeit . . .

Nein, sie erkannte ihn nicht. Sie hatte den Blick gesenkt und sah ihn nicht einmal an. Er seufzte erleichtert auf.

Doch dann überfiel ihn der Gedanke an seine Einsamkeit. Er wandte sich um und sagte laut: «Verzeihung.»

Sie beschleunigte ihren Schritt. «Verzeihung», rief er noch einmal.

Sie blickte über die Schulter zurück, blieb aber nicht stehen. Er eilte ihr nach. «Nell . . .» Wie hieß doch ihr zweiter Mann? Ach was: «Nell Dorman, nicht wahr?»

Sie starrte ihn an. Ein trauriges kleines Gesicht, dachte er, aber immer noch lieb und jung. Und plötzlich strahlte es so freudig auf, daß ihm das Herz warm wurde. «Frank Hardy! Was machst du hier?» Sie streckte ihm die Hand entgegen und drückte die seine fest und herzlich.

Er berichtete von seiner neuen Stellung. «Und was macht dein Sohn?» Er versuchte, sich auf den Namen zu besinnen. «Benbow heißt er, nicht wahr? Und die beiden Alten? Leben sie noch?»

Und Nell erzählte . . . Sie setzten sich auf eine Parkbank, auf die die letzten Strahlen der Sonne fielen. «Und wie geht es dir?» fragte er und sah sie aufmerksam an. Die Jahre waren nicht spurlos an ihr vorübergegangen. Trotzdem war sie die gleiche liebe, freundliche, muntere Nell wie früher.

Sie zog die Schultern hoch und sah ihm lächelnd in die Augen. «Ich kann nicht klagen, Frank.»

Allzu glücklich klang es nicht. «Ich nehme an . . . dein Mann . . .» sagte er tastend.

«Tot», sagte sie. Punktum.

«Das tut mir leid.»

Sie lächelte. «Vor allem willst du doch sicher etwas über Alice wissen.»

«Nicht unbedingt», sagte er kühl.

«Sie hat nicht geheiratet, verstehst du? Sie ist jetzt Oberin in ihrem Krankenhaus. Aber sie kommt ab und zu nach Hause, zu uns.»

«Ich dachte, sie hätte geheiratet», sagte er tonlos.

«Nein.» Die Sonne berührte den Horizont. Schon hing ein Stern am blassen Aprilhimmel. Sie starrte auf ihre Hände. «Warum kommst du nicht einmal zu uns?»

Er schwieg. Zwanzig Jahre war es her. Seit zwanzig Jahren hätte er mit Alice verheiratet sein können, wenn ihm nicht sein Stolz im Wege gestanden hätte. Sein Stolz, die Eifersucht und seine kleinliche Überheblichkeit . . .

Die Sonne ging unter, und eine Glocke begann zu läuten. «Der Park wird geschlossen», sagte Nell.

Sie gingen langsam auf das Parktor zu. Der Faden des Gesprächs war gerissen – sie sprachen jetzt von anderen

Dingen, tauschten Erinnerungen aus. Am Parktor verabschiedeten sie sich mit einem Händedruck; von einem Wiedersehen wurde nicht mehr gesprochen. Nachdenklich ging Nell nach Hause. Frank Hardy! Mit dem angegrauten welligen Haar sah er noch besser und distinguierter aus als früher. Die Leute, die an ihnen vorübergegangen waren, hatten ihn alle interessiert angesehen. Sie war richtig stolz gewesen . . .

Alice war zu Hause und las. Oma war bereits im Bett, und Opa ließ sich von Nell beim Schlafengehen helfen. Als sie wieder herunterkam, sagte sie: «Alice –?»

«Hm-mm?» sagte Alice, ohne von ihrem Buch aufzublicken.

«Ich hab jemand getroffen. Unten im Park.»

«Wen denn?» fragte Alice kurz. Ratespiele schätzte sie nicht.

«Liebes, hör zu. Es ist wichtig», sagte Nell bittend.

Alice legte einen Finger in ihr Buch und klappte es zu. «Also wen?» sagte sie etwas freundlicher.

«Frank Hardy. Er ist Lehrer an der Oberschule – in der Derby Road, sagte er, glaube ich.»

Alice war schmaler geworden. Ihre Arbeit und die Verantwortung hatten ihre Züge gezeichnet, vor allem aber die Bitterkeit, die immer noch ihre stärkste Antriebskraft war. «Mein Gott – mußte er ausgerechnet nach Ingerby zurückkommen!» Sie war sehr blaß geworden.

«Was immer zwischen euch vorgefallen ist, Alice», sagte Nell scharf, «es war nicht alles seine Schuld.»

«Das weiß ich sehr wohl.» Sie lachte kurz auf. «Deshalb geht mir ja seine Prüderie so auf die Nerven.»

«Du hast noch gar nicht gefragt», sagte Nell nach einer Pause.

«Was hab ich nicht gefragt?»

«Ob er verheiratet ist.»

«Das ist mir auch völlig egal.»

«Na, er ist's jedenfalls nicht.»

Alice sah blaß und müde aus. «Gute Nacht», sagte sie. Ihr Gesicht war hart und unbewegt. Sie ging nach oben, ins Bett.

Eine Woche später klingelte es. Nell nahm an, es sei der Gasmann, und öffnete die Haustür. Es war Frank Hardy. Wieder strahlte Nell vor Freude. «Frank! Komm rein!»

«Ich wollte mal vorbeikommen und sehen, wie es euch geht, Nell.»

Sie führte ihn voller Freude ins Wohnzimmer. «Hier ist Frank Hardy!» sagte sie.

«Wer?» fragte Oma. Sie hörte sehr schwer.

«Frank Hardy.»

Oma betrachtete ihn, aber weder der Name noch das Gesicht sagten ihr etwas. Sie sah ihn mißbilligend an.

Aber Opa erhob sich mühsam. «Frank!» sagte er. «Komm, setz dich. Du willst sicher Alice sehen, was? Nell, mach doch Frank eine Tasse Tee. Und mach mir auch eine mit.»

«Bitte nicht», sagte Frank. «Ich wollte nur sehen, wie es euch allen geht.»

Schritte auf der Treppe, und Alice trat ins Zimmer. Sie trug einen dunklen Mantel und einen breiten Hut. «Ich geh dann also», sagte sie. Erst da erblickte sie Frank und starrte ihn an. «Mein Gott – Frank Hardy.» Sie bedachte ihn mit einem kühlen Lächeln. «Ich hab schon gehört, daß du wieder hier bist.»

«So?» Es hatte weder freundlich noch unfreundlich geklungen. Eher leicht belustigt.

«Sicher. Du hast ja auch schon dreimal im Krankenhaus nach mir gefragt. Die Oberin weiß alles», fügte sie lächelnd hinzu.

Nell sah erstaunt auf. Frank sah den Blick und sagte: «Ich wollte dir nur gratulieren, Alice. Um der alten Zeiten willen.»

«Danke schön», sagte sie. «Also dann – ich muß jetzt gehen. Wiedersehen.»

«Darf ich dich begleiten?»

«Wenn du willst.»

Nell schloß die Tür hinter ihnen. Sie vergaßen, sich von ihr zu verabschieden. Sie blickten sich nicht einmal um.

«Mein Gott, Alice – wie schön du bist», sagte er und sah sie bewundernd an. Zwanzig Jahre lang hatte er keinen Versuch gemacht, sie zu sehen, und nun erkannte er nach wenigen Sekunden, daß er sie noch ebenso liebte wie damals im Jahre 1919.

Sie wandte den Kopf und lächelte ihm mit schmalen Lippen zu. Ihre Augen funkelten. «Und du siehst etwas menschlicher aus als damals.»

Er war verwirrt und verletzt. «Wieso – habe ich damals etwa nicht menschlich ausgesehen?»

Sie sah ihn prüfend an. «Ja, du hast nicht mehr dieses ‹Ich bin päpstlicher als der Papst› an dir.»

Er war bereit einzulenken. «Du bist jedenfalls schöner als je, Alice.»

«Nein, das bin ich nicht. Weißt du, wie mich die Patienten nennen? ‹Der Drachen›, sagen sie. Und sie haben recht – ich bin ein richtiger Drachen, Mr. Hardy.»

«Frank.»

«Mr. Hardy.» Sie blieb plötzlich stehen und blickte ihm in die Augen. «Hör zu: wenn du zurückgekommen bist, um mir noch einmal zu verzeihen, dann kannst du es gleich vergessen.»

Er sagte sanft: «Alice – ich liebe dich immer noch. Genauso wie früher.»

Sie starrte vor sich hin und erwiderte langsam: «Vor zwanzig Jahren hast du mich so gedemütigt, daß ich glaubte, ich könnte es nicht ertragen. Ich gebe zu, daß ich schuld daran war. Aber du hast es getan. Ich werde dich nicht heiraten, Frank. Und wenn es mich das Leben kostete.» Sie packte ihn an den Jackettaufschlägen und schüttelte ihn. «Begreifst du das jetzt? Begreifst du es endlich?» Sie schüttelte ihn wieder.

Er sah die blitzenden Zähne, ihre zornig funkelnden dunklen Augen, die weichen schmalen Wangen. Und er liebte sie in diesem Augenblick mehr als je zuvor. Aber er verstand.

«Ja, Alice», sagte er ruhig. «Ich begreife. Aber ich möchte dich immer noch heiraten.»

Sie ließ ihn mit einem Seufzer los. Einen Augenblick lang standen sie sich gegenüber und starrten einander an. Dann wandten sich beide um und gingen schweren Schrittes auseinander.

«Na, Alice, wie bist du denn mit Frank Hardy zurechtgekommen?» fragte Opa hoffnungsvoll.

«Er hat mich gebeten, ihn zu heiraten.»

«Fein – nach so langer Zeit. Gottes Wege sind eben wunderbar, Alice.»

Sie sagte langsam und betont: «Ich habe ihm gesagt, ich würde ihn nicht heiraten. Und wenn es mich das Leben kostete.»

Opa seufzte. Er würde Alice nie verstehen. Nell stand leise auf und ging nach oben in ihr Zimmer. Sie trat ans Fenster und blickte hinaus auf den schmalen Streifen Himmel. Tränen rannen ihr über die Wangen. Lange stand sie so und weinte und hätte nicht sagen können, warum.

Im Frühling 1938 blühten wie jedes Jahr Narzissen und Krokus, Maiglöckchen und Schwarzdorn, Tulpen, Hyazinthen, Forsythien und Flieder.

Und Drachenzähne sprossen. Der Mai brachte nicht nur blühende Wiesen und Hecken, sondern auch eine neue europäische Krise. Sogar in England spürte man, daß der strahlende Morgen, der mit Versailles begonnen hatte, kein strahlender Morgen mehr war. Immer dunklere Wolken ballten sich zusammen. Aber noch wollten die Menschen es nicht wahrhaben. Ein Krieg – das war noch etwas so Undenkbares wie damals vor neunzehn Jahren. Es gab andere Wege, um Streitigkeiten beizulegen. Es mußte sie geben, denn die Männer würden nicht noch einmal ins Feld ziehen. Und diesmal würden nicht nur die Männer betroffen sein, sondern *alle* Menschen. Nein. Gebt Hitler, was er haben will, aber laßt nicht zu, daß ein neuer Krieg ausbricht.

Diesmal war es die Tschechoslowakei. Zum Schrecken der Welt zogen die Tschechen am 20. Mai ihre Reservisten ein und besetzten ihre Grenzstellungen. Hitler, so hieß es, sei im Begriff, das Land zu überfallen.

Hitler beteuerte tief gekränkt seine Unschuld. Die englische Regierung, die sich inzwischen wieder gefaßt hatte, verpaßte den Tschechen einen Rüffel dafür, daß sie ihr einen solchen Schrecken eingejagt hatten.

Aber die Wolken schwanden nicht – sie wurden immer dunkler und drohender.

Den ganzen Sommer verhandelten englische und französische Politiker mit den Staatsmännern der Tschechoslowakei. Sie beschwichtigten und flehten: Opfert euer kleines Land, damit wir nicht das Gesicht verlieren, erspart uns harte Entscheidungen, rettet Europa, rettet die Welt. Unverständlicherweise weigerten sich die Tschechen und gaben nicht nach. Adolf Hitler hielt still und wartete ab.

Schließlich trafen sich in München der britische Premier, der «Führer» des Deutschen Reiches, der italienische «Duce» und der französische Ministerpräsident, um das Problem gemeinsam zu lösen. Die Vertreter der Tschechoslowakei mußten im Vorzimmer warten, bis man über das Schicksal ihres Landes entschieden hatte. Um zwei Uhr morgens wurden ihnen die Bedingungen vom französischen und britischen Premierminister vorgelegt. Bei seiner Rückkehr nach England sagte der britische Premier, er sei müde, aber angenehm müde.

Die Wolken verzogen sich noch einmal. England atmete erleichtert auf: man hatte die Zivilisation, ja die ganze Welt vor dem Krieg gerettet. Man hatte es abgelehnt – um die Worte des Premierministers zu gebrauchen –, «in den Streit eines weit entlegenen Landes hineingezogen zu werden, einen Streit zwischen Menschen, von denen wir gar nichts wissen».

In Ingerby gab es nur wenige Menschen, die sich Gedanken machten um die verstümmelte Tschechoslowakei. Zu den wenigen gehörte Frank Hardy.

Er beschäftigte sich so intensiv damit, daß er sich bereit erklärte, auf der ersten Versammlung der *Stop Hitler Now Society* zu sprechen.

Es war eine traurige Zusammenkunft. Die Atmosphäre war bedrückend, im Saal waren kaum mehr Zuhörer erschienen als Redner.

Frank Hardy war ein feuriger Redner. Er hatte den Aufstieg Hitlers mit wachsender Angst beobachtet. Ungläubig hatte er mitangesehen, wie sich England und Frankreich vor der Konfrontation zu drücken versuchten. Der Verrat an den Tschechen, den die meisten seiner Landsleute erleichtert und dankbar hinnahmen, hatte ihn empört.

Er erhob sich und blickte über die Zuhörer hin: ein paar Frauen mittleren Alters, ein Mann, der aussah wie ein früherer Offizier, eine kleine Schar junger Leute, Lehrer oder Bankangestellte. Und ganz hinten, in der letzten Reihe, fünf Männer in schwarzen Hemden, mit steinernen Gesichtern und kurzgeschnittenem Haar.

Als er gerade angefangen hatte zu sprechen, ging hinten im Saal die Tür auf und eine Frau kam herein. Sie ging schnell auf einen Platz zu, faltete die Hände im Schoß, blickte den Sprecher an und sagte mit klarer, deutlicher Stimme: «Entschuldigung.»

Er machte die Andeutung einer Verbeugung und begann von neuem. Er gehörte zu den Rednern, die genau wissen, was sie sagen wollen, und das war gut so, denn sonst hätte er vielleicht den Faden verloren: die Frau war Alice Dorman.

Sie richtete den Blick unverwandt auf den Redner. Und er wußte, daß sie in jedem Punkt mit ihm übereinstimmte. Mehr noch: Er spürte, wie erregend seine Worte auf sie wirkten. Was man von den andern Zuhörern nicht sagen konnte. Die Frauen sahen aus, als überlegten sie, was sie morgen zum Mittagessen kochen sollten. Einer der Bankangestellten war eingeschlafen. Die fünf Schwarzhemden beobachteten ihn kalt und unbewegt. Sie ließen sich kein Wort entgehen.

Alice verschwand, sobald die Versammlung zu Ende war. Frank eilte ihr nach. «Alice!»

Sie blickte sich um, wartete ungeduldig, und dann gingen sie zusammen weiter. «Gute Rede», sagte sie. «Aber du vergeudest deine Zeit. Du hast nicht nur das Dritte Reich gegen dich, sondern auch noch Neville Chamberlain und die englischen Wähler.»

«Dann müssen sie blind sein!» rief er. «Er hat es ihnen doch genau beschrieben, in seinem Buch *Mein Kampf*, Wort für Wort.»

«Nell hat zu mir einmal gesagt, sie sei nur ein Blatt, das auf dem Strom schwimmt. Und damit hatte sie recht. Aber jetzt ist es das ganze Volk, das sich treiben läßt.» Sie schwieg einen Augenblick und sagte dann: «Und wir sind schon fast am Wehr.»

Eine befehlende Stimme rief laut: «He, Sie da! Hardy!»

Beide blickten erstaunt auf. Die fünf Schwarzhemden waren in lautlosen Gummistiefeln herangekommen und umringten sie.

«Was wollen Sie von mir?» fragte Frank ruhig.

«Wir wollen Sie warnen, Hardy. Was Sie da heute abend gesagt haben, hat uns nicht gefallen. Sagen Sie es nicht noch einmal.»

«Ich werde es so oft und so laut und vor so vielen Leuten wie möglich sagen.»

«Hört, hört», sagte Alice laut.

Sie beachteten sie nicht. Frank blickte in die harten, brutalen Gesichter. «Wenn Sie das tun», sagte der Anführer, «werden Sie den Rest Ihres Lebens als Krüppel verbringen. Merken Sie sich eins: wir machen keine leeren Drohungen.» Geschmeidig und lautlos wie Panther entschwanden sie.

Alices Stimme war unsicher geworden. «Ich weiß, wie dir zumute ist, Frank. Ich bin wütend, und ich habe Angst, das ist ganz erklärlich. Aber du bist nur wütend, und das ist einfach dämlich. Das sind üble, gefährliche Burschen.»

«Und gerade solche Leute bekämpfen wir!»

«Ja, ich weiß. Aber es lohnt sich nicht, Frank. Was kann eine solche kleine Versammlung wie heute abend schon ausrichten?»

«Was schlägst du mir also vor?» fragte er gekränkt. «Soll ich den Kopf in den Sand stecken, wie meine Landsleute?»

Sie sagte: «Mut ist eine Eigenschaft, die ich bewundere. Aber Tollkühnheit nicht.»

Schweigend gingen sie weiter. Beide hingen der Frage nach, auf die es, wie sie wußten, keine Antwort gab. Als sie vor dem Krankenhaus angelangt waren, seufzte er und sagte: «Ich danke dir jedenfalls für dein Interesse an meinem Wohlergehen.»

War es demütig gemeint, oder sarkastisch? Sie nahm

letzteres an und erwiderte kurz: «Ich habe keine persönlichen Gründe – ich wollte nur ein unnötiges Blutvergießen vermeiden.»

«Und du glaubst, das kann man, wenn man solchen Kerlen nachgibt?» fragte er.

Sie stand hochaufgerichtet vor ihm – schön in ihrem Zorn. «Ach, geh doch zum Teufel», sagte sie hilflos und lief die Stufen zum Krankenhaus hinauf.

Vier Wochen später sah Alice am Schwarzen Brett der Schwesternkantine ein hektografiertes Blatt: *Stop Hitler Now Society. Versammlung am 17. November 1938, 19.30, St. Michael's-Gemeindesaal. Gastredner: Frank Hardy.*

«Dieser Narr!» sagte sie. «Dieser blinde Narr!» Sie ging wütend in die Schwesternräume und fragte erregt: «Wer hat das angeschlagen?»

«Ich», sagte eine Schwester von der Unfallstation.

«Aha», sagte die Oberin. «Dann möchte ich mal kurz mit Ihnen sprechen, Schwester Lisa.»

23

Zu der zweiten Versammlung der *Stop Hitler Now Society* erschienen einige Zuhörer mehr als beim erstenmal. Im übrigen war es das gleiche Publikum wie bei der ersten Zusammenkunft, und in der letzten Reihe saßen auch wieder schweigend und bedrohlich die fünf Schwarzhemden. Aber Alice war diesmal nicht gekommen.

Frank hatte Angst. Es war die gleiche Angst, die er so oft erlebt hatte, im Krieg, kurz vor dem Angriff. Er wußte, daß sie losschlagen würden. Er wußte nur nicht wann – während seines Vortrags oder danach, draußen, in der Dunkelheit.

Die Uhr schlug halb acht. Der Vorsitzende der Gesellschaft stellte Frank den Zuhörern vor. Er sprach unnötig ausführlich. Frank dachte die ganze Zeit: Wenn es bloß erst vorüber wäre! Dann erhob er sich. Blaß und leicht vornübergebeugt stand er am Tisch. Dann zwang er sich, die Schultern zurückzunehmen und den Kopf zu heben. Ein seltsames Glitzern war jetzt in seinen Augen, und in seine Furcht mischte sich fast so etwas wie freudige Erregung: Es war die Beschwingheit, mit der ein Märtyrer singend zum Scheiterhaufen schreitet.

Er sprach ruhig, fast im Plauderton. «Wenn Sie wissen möchten, was Österreich und die Tschechoslowakei erwartet, und vor allem, was den europäischen Juden bevorsteht, wenn es Sie interessiert, womit Polen und Holländer und Belgier zu rechnen haben, dann drehen Sie sich um. Hinter Ihnen, in der letzten Reihe, sitzen fünf Imitationen der Hitlerschen Braunhemden.» Er lächelte mit schmalen Lippen. Einige der Zuhörer drehten sich neugierig um, andere starrten nervös zu Boden. Die fünf britischen Faschisten verzogen verächtlich die Lippen und rührten sich nicht.

Frank fuhr fort: «Sie sind nicht so gut trainiert wie Hitlers Banden. Aber es sind genau solche Halunken.»

Die Schwarzhemden blieben mit verschränkten Armen reglos sitzen. Einer wollte aufstehen, wurde aber von seinen Kameraden auf den Sitz zurückgezogen. Eine ältere Dame blickte prüfend auf ihre Uhr und ging dann eilig hinaus, als sei ihr soeben eine Verabredung eingefallen.

«Sehen Sie sich diese Banditen genau an – und dann danken Sie Ihrem Schöpfer, daß Sie kein Jude sind.»

Nach dieser Einführung begann er seine vorbereitete Rede. Er war ein glänzender Redner. Er lieferte Zahlen und Fakten, er beherrschte sein Thema, er riß das Publikum mit. Zum Schluß applaudierte man ihm und sang stehend die Nationalhymne. Dann fragte ihn der Vorsitzende etwas hilflos:

«Werden Sie auch sicher nach Hause kommen, Mr. Hardy? Ich meine –»

«Aber selbstverständlich», antwortete Frank und ging mit festen Schritten aus dem Saal. Er hatte immer noch Angst und war immer noch wie betäubt vor Zorn und Haß. Die Schwarzhemden blickten ihm nach. Dann erhoben sie sich langsam, rückten die Ledergürtel zurecht und folgten ihm.

Frank trat in die kühle Nachtluft hinaus. Seine Schultern zuckten, alle Muskeln waren angespannt. Jetzt ging es los. In wenigen Sekunden würde ein Schlag auf ihn niedersausen, ein Fußtritt ihn treffen. Aber der Kampf würde nicht ganz einseitig sein. Die Army hatte ihm vieles beigebracht. Weiß Gott, wenn es zu einem Kampf ohne Waffen kam, dann kannte er ein paar Tricks, die diese Banditen bestimmt nicht kannten.

Er war so in sein Vorhaben vertieft, daß er den Krankenwagen draußen vor der Tür gar nicht sah. Und auch Alices Befehl: «Los, los, steig ein!» hörte er nur mit halbem Bewußtsein.

Zwei Krankenschwestern packten ihn und zogen ihn in das erleuchtete Innere des Wagens. Alice gab eilig dem Fahrer ein Zeichen, und Schwester Lisa schlug die Türen zu. Unter Sirenengeheul jagte der Wagen davon.

Frank lag auf dem Boden. Jetzt faßte er sich, richtete sich auf und starrte Alice sprachlos an. Sie lächelte kühl und sagte: «Neue Idee. Vorbeugende Therapie heißt das bei uns.»

Er starrte sie noch immer an. Dann flüsterte er: «Was fällt dir ein? Wie kannst du es wagen –»

«Was hab ich denn nun wieder getan?» fragte sie achselzuckend. «Hab ich deinen männlichen Stolz verletzt?»

«Verstehst du denn gar nicht?» fragte er zornbebend. «Das war eine Sache zwischen denen und mir. Ich mußte es durchstehen – und zwar allein.»

«Du bist verrückt», sagte sie verächtlich.

«Laß mich raus.» Er versuchte, an die Tür zu kommen.

«Wenn du dich nicht vernünftig benimmst, übergebe ich dich Schwester Lisa.» Alice und die Schwester lächelten sich zu.

«Dir macht das wohl Spaß, was?» fragte Frank.

«Na und wie!»

Der Wagen hielt. Schwester Lisa öffnete die Türen, und Frank sprang hinaus. Er stand vor seinem Haus. Einen Augenblick blieb er unentschlossen stehen, dann steckte er den Kopf in den Wagen und sagte, ohne eine Miene zu verziehen: «Danke, Alice.»

«Schon gut», sagte sie und nickte ihm mit einem kühlen Lächeln zu.

Eine Schwester meldete Alice am nächsten Tag, daß ein Besucher auf sie warte. Sie ging in ihr Büro und stand Frank gegenüber.

«Ich wollte mich bei dir entschuldigen», sagte er mit gerunzelter Stirn.

«Wieso?» sagte sie und ließ sich in ihren Drehstuhl fallen. «Lebensrettung gehört zu meinen Aufgaben. Kommt allerdings selten vor, daß sich einer bedankt.»

«Es war tapfer von dir, und gut geplant. Ich weiß bloß nicht, warum du das für mich getan hast.»

«Ich hab's nicht für dich getan», sagte sie schnell, «sondern gegen *die*. Aber warum warst du so böse?»

«Weil du dich eingemischt hast – in einen privaten Krieg», sagte er eigensinnig.

«Eingemischt!» fuhr sie auf. «Glaubst du, du bist der einzige, der solche Banditen und ihre Ziele verabscheut?»

«Nein, sicher nicht», sagte er zögernd. «Aber ich hatte noch einen anderen, einen persönlichen Grund.»

Sie wartete. Er sagte halblaut: «Meine Mutter –» Dann verstummte er. Es war, als hätte er ganz vergessen, daß er ihr gegenüber saß.

«Deine Mutter?» fragte sie behutsam.

«Sie war Jüdin.»

Eine Weile schwiegen sie beide. Dann sagte sie: «Ja. Ich verstehe.»

«In Polen. Als sie siebzehn war, kam es zu Pogromen. Sie hat viel durchgemacht. Aber dann kam sie nach England. Sie hat Glück gehabt.»

Wieder schwiegen sie.

«Das hast du mir nie erzählt, damals –»

«Hätte es etwas geändert?»

«Nein, nichts», sagte sie.

«Ich habe immer gedacht, das sei alles längst vorbei. Und nun haben diese Scheusale es alles wieder lebendig gemacht.»

Sie blickte ihn traurig an, und jetzt sah sie nicht nur die feinen Linien in seinen Wangen, das Grau in seinem Haar, sie begriff plötzlich, daß er anders war, empfindlich und einsam. Sie sah den jahrelangen Schmerz in seinen Augen. «Ja», sagte sie, «ich verstehe. Es ist ein privater Krieg. Aber allein kannst du ihn nicht ausfechten.»

«Ich muß.» Und dann, sehr ernst: «Mich treibt ein glühender Zorn, Alice.»

Sie sah ihn verwundert an. «Und ich habe dich immer für kalt und gefühllos gehalten.»

«Das freut mich.» Mit einem winzigen Lächeln neigte er den Kopf. «Wir Juden», sagte er, «haben im Laufe der Jahrhunderte gelernt, unsere Gefühle zu verbergen.»

Wieder schwiegen sie. Dann fand Alice in ihren alten Ton zurück. «Hör zu, Frank. Es hat mich bewegt, was du gesagt hast. Und das geschieht nicht oft. Aber ich sage dir noch einmal, du kannst diesen Kampf nicht allein kämpfen. Es nützt alles nichts, du mußt schweigen.»

Er stand auf. Und plötzlich sah er frischer und unbekümmerter aus, als sie ihn je gesehen hatte. «Wenn sie mich umbringen, mußt du dafür sorgen, daß alle es erfahren. Alle müssen es wissen, daß die britische Faschistenunion einen englischen Juden ermordet hat. Das wird sie in England nicht gerade beliebter machen.»

Sie streckte die Hand aus. «Leb wohl, Frank. Sei trotzdem vorsichtig.» Er gab ihr die Hand. Sie beugte sich vor, lächelte ein wenig und küßte ihn leicht auf den Mund.

24

Am 15. März 1939 marschierte Hitler in Prag ein.

Dieser Schritt hatte in England eine außerordentliche Wirkung. Bis jetzt hatten die Engländer vor einem Krieg die größte Angst gehabt. Jetzt erschien ihnen Hitler schlimmer als ein Krieg. Die fast hysterische Euphorie nach dem Münchener Abkommen wurde zu einer Erinnerung, an die man nicht gern dachte. Es kam zu einem späten Erwachen.

England hatte keinen Finger gerührt, als das Rheinland besetzt wurde, es hatte die deutsche Aufrüstung ignoriert und zum «Anschluß» Österreichs geschwiegen. Man hatte Hitler fast mit Gewalt ins Sudetenland geschoben. Aber jetzt *war er zu weit gegangen* – wie englische Eltern und Kinderfrauen und Lehrer es ausdrückten. Und damit war er über Nacht der unberechenbare Tyrann geworden, ein Tyrann mit einer mächtigen Armee, der ein Land nach dem anderen verschlingen würde: heute die Tschechoslowakei, im Herbst vielleicht Polen und im nächsten Jahr Frankreich, Holland, England . . .

Auch die Regierung wachte auf. Die Oberin im Krankenhaus erhielt die Weisung, Vorkehrungen für die Aufnahme größerer Zahlen von Verwundeten aus der Zivilbevölkerung zu treffen. Lehrkurse für die Behandlung von Giftgasopfern wurden abgehalten, Luftschutzräume wurden gebaut.

Es gibt Krieg, dachte Alice. Und er wird das Ende der Zivilisation sein. Ausgerechnet jetzt!

Bisher waren ihre Gefühle für Frank Hardy mit Bitterkeit verbunden gewesen. Aber jetzt spürte sie plötzlich, wie Sanftheit und Wärme sie durchdrangen, wenn sie an ihn dachte.

Der Umschwung in der öffentlichen Meinung brachte der *Stop Hitler Now Society* neuen Zulauf. Die nächste Versammlung fand im Freien statt, auf dem Marktplatz. Hunderte von Menschen waren erschienen. Ein starkes Polizeiaufgebot sorgte für Ordnung. Die britische Faschistenunion verteilte Zettel am Rande der Menge. Nell und Benbow waren gekommen, und auch Alice. Frank hielt eine großartige Rede, und Nell war stolz, den klugen Mann dort oben persönlich zu kennen. Benbow hoffte im stillen, Mr. Hardy irre sich. Soldat werden und gegen Ulrikes Landsleute kämpfen zu müssen, widerstrebte ihm. Aber er hatte das unangenehme Gefühl, daß Mr. Hardy die Lage richtig beurteilte.

Er könnte mein Mann sein, seit zwanzig Jahren, dachte Alice. Es war alles meine Schuld. «Lieber Gott, bitte schütze ihn», murmelte sie. Aber sie hatte nicht so viel Angst um ihn wie bei den früheren Veranstaltungen. Die Polizei würde den Faschisten schon Einhalt gebieten.

Sie hatte recht: nach seiner Rede wurde Frank zu einem Streifenwagen geleitet und eilig weggefahren. Viele Leute lächelten und winkten ihm zu. Die Menschen waren weiter als ihre Regierung, sie verlangten nach einem mutigen Mann, und in Ingerby begann man, in Frank Hardy diesen Mann zu sehen.

Der Wagen setzte ihn vor seiner Wohnung ab. Aber Frank hatte noch keine Ruhe. Der Applaus des Publikums klang noch in ihm nach. Er ging ins Krankenhaus zu Alice.

Sie empfing ihn mit freundlicher Zurückhaltung und ließ Tee für ihn bringen.

«Ich melde mich bei der Territorialarmee», sagte er.

Stand einen Augenblick Angst in ihren Augen?

«Du hast schon getan, was du konntest», wandte sie ein.

«Heirate mich, Alice. Bevor es wieder losgeht bei uns.»

Sie schüttelte den Kopf und sagte dann: «Es ist zu spät, Frank. Ich habe meine Entscheidung vor zwanzig Jahren getroffen.»

«Ich werde dich immer wieder bitten.»

«Und ich werde immer wieder nein sagen.»

Als er aufbrach, legte sie ihm nachdenklich lächelnd die Hände auf die Brust und küßte ihn. Als er die Treppe hinunterging, summte er *Tea for Two* vor sich hin. Er würde sie schon noch herumkriegen.

Es dämmerte, als er an den Spielplatz kam. Die Glocke fing an zu läuten, aber er wollte das Tor noch erreichen, bevor es abgeschlossen wurde.

Neben dem Tor standen Büsche: Ilex, Lorbeer, Rhododendron. Und hinter den Büschen kauerten Männer in schwarzen Hemden und mit Gummiknüppeln in der Hand, bereit zu morden.

Erst als sie ihn umringten, sah er sie. Angst und Wut explodierten in ihm. Er nahm sich einen aufs Korn, sprang wie ein Tiger auf ihn zu und drehte ihm den Arm um. Er hörte Knochen splittern. Der Mann fiel zu Boden und krümmte sich.

Er stürzte sich auf den nächsten und stieß ihm die Faust in die Zähne, zweimal, dreimal. Sein Gegner schlug zu Boden. Rasend vor Wut packte er den dritten, hielt ihn am Arm fest und riß und riß, bis er merkte, wie der Arm schlaff wurde und der Mann vor Schmerz keuchte.

Dann war die Reihe an ihm. Sie waren fünf – er hatte von vornherein keine Chance gehabt. Sie schlugen ihn fast tot. Dann ließen sie wie satte Blutegel von ihm ab und verschwanden im Dunkel des Parks.

Der alte Parkwächter, der das Tor schließen wollte, sah ihn auf dem Weg liegen. Er sah, wie das Blut im Kiesweg versickerte. «Mein Gott!» stöhnte er entsetzt. Er rannte zum nächsten Telefon und rief die Polizei. Als sie ihn ins Krankenhaus brachten, war es dunkel geworden.

Alice stand am Bett des Bewußtlosen. Leise sagte sie: «Ich werde nicht wieder nein sagen, Frank. Nur bleib am Leben, mein Liebster.»

Jahrelang hatte England den Krieg gefürchtet. Jetzt fürchteten die Engländer Hitler noch mehr als den Krieg. Sie versprachen den Polen, ihnen im Falle eines Überfalls zu Hilfe zu kommen.

Die panische Angst verhärtete sich plötzlich zu grimmiger Entschlossenheit.

Es war ein trauriger Sommer. Als Hitlers Truppen am 1. September morgens um vier in Polen einfielen, waren die Menschen fast erleichtert. «Es ist soweit», sagten sie. Sechs Monate hatten sie gewartet, nun wußten sie, woran sie waren.

Wußten sie es wirklich? Um sechs Uhr warfen deutsche Flugzeuge Bomben auf Warschau. Stunden vergingen. Engländer und Franzosen stellten Hitler ein Ultimatum und verlangten, er solle seine Truppen zurückziehen. Er kümmerte sich nicht darum. Seine Truppen marschierten, seine Flugzeuge bombardierten weiter.

Eine Legende berichtet, im Jahre 1588 habe sich in Reims die Erde geöffnet, und Männer und Frauen konnten in die Hölle hinabblicken; sie rochen den Schwefel und hörten die Schreie der Verdammten.

Auch vor den Engländern tat sich in den ersten Septembertagen des Jahres 1939 die Hölle auf: Sie waren praktisch unbewaffnet und wurden von Angst gepackt. Aber sie waren fest entschlossen zum Widerstand, zusammengeschweißt zu einer Bruderschaft, wie es sie seit den Tagen der Armada in England nicht mehr gegeben hatte.

Am Sonnabend, dem 2. September, tobte über Ingerby ein wildes Gewitter. Bäume wurden entwurzelt, Häuser abgedeckt, Straßen überflutet. Am unnatürlich dunklen Himmel ging einer der hübschen Sperrballons vor der Stadt in Flammen auf und sank brennend zu Boden. Es war wie in dem Film *So wird es werden*. Und dabei hatte der Krieg noch nicht einmal angefangen.

An diesem Morgen, während Hitlers Panzer durch Polen rollten, heirateten Alice Dorman und Frank Hardy auf dem Standesamt. Draußen tobte der Sturm.

Edith hätte die Nase gerümpft über die schlechte Zeremonie. Der Bräutigam ging noch am Stock, die einzigen Gäste waren Nell und Benbow. Doch auf dem Gesicht der Braut lag ein so zärtliches Lächeln, wie man es seit vielen Jahren nicht mehr an ihr gesehen hatte, und der Bräutigam sah die Frau, deren Pflege ihm ins Leben zurückgeholfen hatte, mit tiefer Dankbarkeit an.

Blitze zuckten, Donner grollte, Regen stürzte nieder,

als die beiden aus dem Standesamt traten. Es kümmerte sie nicht. Sie waren endlich zur Vernunft gekommen, und sie hatten eine Nacht, eine Woche, vielleicht sogar ein paar Monate, um die verlorenen zwanzig Jahre wettzumachen.

Am Nachmittag gingen Nell und Benbow los und kauften Verdunkelungsmaterial und Klebestreifen, um die Fenster vorm Zersplittern zu schützen. Nell war elend zumute. Erst hatten sie ihren Mann geholt. Und jetzt würden sie ihren Sohn holen – ihren einzigen Schild gegen die Einsamkeit und Monotonie ihres Lebens.

Benbow war der Verzweiflung nahe. In seinen Tagträumen sah er sich mit seinem Regiment schon in einem deutschen Dorf, wo er eine zerlumpte Gestalt aus den Trümmern hob – Ulrike! Vor allem aber sagte er sich, daß sich durch Hitlers Krieg in Polen ein unüberbrückbarer Abgrund zwischen ihm und Ulrike auftat. Sie standen auf feindlichen Seiten, und es war ein Kampf auf Leben und Tod.

Und noch etwas wurde ihm klar: er mochte die Bank zwar nicht, aber die Army würde er noch weniger mögen. Er war kein Held. Überhaupt begrüßte in der Familie keiner diesen Krieg mit heroischen Gefühlen. Doch das war wohl in ganz England so.

Oma Dorman, deren Lieblingsplatz immer das Bett gewesen war, fand, das Bett sei auch der sicherste Platz, wenn Bomben fielen, und Will Dorman stimmte ihr zu. Als England anfing, Ultimaten zu stellen, hatte Opa bereits in kluger Voraussicht und mit Benbows Hilfe ein Doppelbett und eine Kommode in den Keller gestellt und elektrisches Licht und ein Heizöfchen installiert. Gerechterweise muß erwähnt werden, daß Opa einen Augenblick auch an Betten für Nell und Benbow gedacht hatte. Aber das ließ die Schicklichkeit dann doch nicht zu.

Großtante Min war in ihrem Element. Sie hatte ihr Haus von oben bis unten mit Konserven gefüllt. Sie standen überall, in den Schränken, unter der Treppe, auf Kleiderschränken und Fensterbänken. Suppen und Bohnen und Lachs und Sardinen und Pfirsiche und Ananas und Toffies. Sie kannte jedes Gerücht, selbst das dümmste, und lief trotz ihrer Jahre herum und erzählte es weiter und verbreitete Hoffnung und Angst.

Was sie nicht erfuhr, das las Albert in der Zeitung, und gemeinsam kochten sie dann die unsinnigsten Geschichten aus: Am Westwall war die Cholera ausgebrochen, und die Truppen meuterten; Hitler besaß eine Geheimwaffe, mit der er ganz London in einer Nacht vernichten konnte; Hitler hatte sich erschossen; Chamberlain hatte sich erschossen; Mussolini hatte sich erschossen; die meisten von Hitlers Panzern bestanden aus Pappe – das hatte der Freund eines Freundes in Österreich selber gesehen, als ein Radfahrer mit einem Panzer zusammengeprallt war und ihn völlig zerquetscht hatte. Oder: die polnische Luftwaffe bombardiere Berlin Tag und Nacht. Und der Milchmann wußte aus sicherer Quelle, daß das erste Ziel der deutschen Bomber in England die Munitionsfabrik in Ingerby war.

Großtante Mabel hatte die gleiche Angst wie Benbow: wenn es zum Krieg mit Deutschland kam, würden sie und Siegfried Feinde sein.

Aber im Grunde änderte das auch nichts mehr an ihrer Lage. Die Einsamkeit war schlimm genug. An den langen Sommerabenden saß sie allein zu Hause, unruhig und voll Verlangen nach einem Gesprächspartner. Dann hörte sie entweder die Nachrichten im Rundfunk oder blickte aufs weite Moor hinaus.

Und nun stand wieder ein Krieg bevor! Man mußte wieder Formulare ausfüllen, es gab wieder weniger zu essen. Sicher würde auch Benbow eingezogen werden, dann war Nell wieder allein – wie damals. Und wie lange wohl. Der Gedanke, daß England nicht siegen könnte, kam ihr nie – wahrscheinlich kam er keinem Menschen in England, denn England gewann jeden Krieg.

Über dem Moor tobte der Sturm. Er zerrte an den Bäumen, zerriß die Wolken und pfiff die dunklen Wege entlang. Mabel stand am Fenster und hielt sich ein Kissen über die Ohren, um das Grollen des Donners nicht zu hören. Donner und Blitz hatte sie nie gemocht, sie bekam Kopfschmerzen davon – und nicht nur das, es ängstigte sie. Während sie hinaussah, erschien am Horizont ein Konvoi Heereslastwagen. Sie fuhren kreuz und quer durch das Moor, mit leuchtenden Scheinwerfern, kamen näher und näher und blieben schließlich ein paar hundert Meter von Mabels Haus entfernt stehen. Männer sprangen herunter und fingen an, Sachen abzuladen. Interessiert sah Mabel ihnen zu. Allmählich legte sich der Sturm, und ein schwefelgelber Sonnenstrahl fiel auf so etwas wie einen großen silbernen See, der vor den schweren Lastwagen lag und sich jetzt zusammenschob und in die Luft erhob, höher und immer höher, bis er sanft und glänzend in der Sonne schaukelte, rund und freundlich. Mabel war schon dabei, ihre Gummistiefel überzustreifen und den alten schwarzen Mantel anzuziehen. Ziemlich außer Atem kam sie bei den Männern an.

Die Männer von der Royal Air Force erwarteten sie bereits. Sie hatten sie kommen sehen. Ein grauhaariger Sergeant trat vor und grüßte.

«Sergeant Catchpole, Ma'am. Ballons. Es sieht so aus, als seien wir Nachbarn.» Er lächelte. Die anderen grinsten oder taten so, als wären sie beschäftigt.

«Bei mir steht immer der Teekessel auf dem Herd», sagte Mabel. «Sie sind mir stets willkommen, Sie alle.»

«Da nehme ich Sie jetzt gleich beim Wort», sagte der Sergeant erfreut. «Mir klebt die Zunge am Gaumen.»

Er ging mit ihr ins Haus und trank eine Tasse Tee bei ihr. Inzwischen machte Mabel ein Tablett zurecht, mit Schinkenbroten, Milch und Zucker und einer mächtigen Kanne Tee und ging damit zu den andern Männern. Sie verbrachte den nettesten Abend, seit Siegfried sie verlassen hatte.

Und die deutschen Flugzeuge flogen weiter nach Polen und entluden erbarmungslos ihre Bomben über der zerschlagenen Stadt Warschau.

25

Am Sonntagmorgen um elf lief das Ultimatum ab. Es war ein typisch englischer Sonntag und ein typisch englischer Septembermorgen, mit Sonnenschein, angenehm frischem Wind und Kirchenglocken. Die Straßen waren sauber und leer. Sonntäglich gekleidet, mit dem Gesangbuch in der Hand, gingen die Menschen in die Kirche. Die Glocken verklangen, die letzten Kirchgänger verschwanden hinter den hohen Kirchentüren aus Eichenholz und Mahagoni, es herrschte Stille. Bis plötzlich aus tausend Radioapparaten die Glocken von Big Ben ertönten: sie schlugen elf Uhr und verkündeten England das Ende der einundzwanzig Jahre Frieden.

Es war ein seltsam ätherischer Sonntag in England, alles war sonnig und heiter. Frank und Alice Hardy wanderten über die Hügel von Derbyshire und freuten sich über die warme Sonne und das flammende Rot der Buchen. Frank hatte die Frau, die er liebte, neben sich und war glücklich. Und Alice? Alle ihre Zweifel waren verflogen, sie hatte Frieden gefunden, und das Glück.

Im Hochland von Derbyshire gibt es Pfade, die schon die Römer gekannt haben: breite sandige Wege, eingefaßt von niedrigen Mauern, Skabiosen und Stiefmütterchen, Silberbirken und Ebereschen. Einen solchen Pfad gingen sie entlang. Alice hatte den Arm um ihn geschlungen, um ihn zu stützen. Unten im Tal schlug eine Kirchenuhr elf. Dann war es wieder still. In alle Ecken und Winkel Englands sendeten die Ätherwellen die Botschaft vom Krieg. Doch Frank und Alice hörten nichts als den Gesang der Lerchen und das Zirpen der Grillen im Gras.

In Warschau ging die Sonne in Rauch und Flammen unter. In Berlin sank sie langsam hinter dem Tiergarten, wo ein paar Spaziergänger den warmen Abend genossen und zuversichtlich die Meldung vom Fall Warschaus erwarteten. Am langsamsten sank der Sonnenball über der Insel, von deren Entschlossenheit oder Schwäche das Schicksal der Menschen abhängen sollte. Zögernd verschwand die rote Kugel hinter dem Spielplatz und färbte den Himmel glutrot. Nein, dieser schicksalsschwere 3. September 1939 endete nicht wie andere Tage. Benbow saß mit seiner Mutter auf einer Bank im Park und beobachtete den Sonnenuntergang. Im Süden brummte ein kleines Flugzeug; es klang seltsam zufrieden. Man hörte spielende Kinder, ein Hund bellte – es war eine Szene des Friedens. Genauso war es damals gewesen, dachte Nell, am 4. August 1914, als sie zum erstenmal gespürt hatte, daß ihr Glück bedroht war. Langsam wurden die flammenden Farben fahl und grau und schattenhaft.

Vom Pavillon her ertönte die Glocke, und Nell erhob sich mit steifen Gliedern. «Wir müssen gehen, mein Junge, sonst schließen sie uns ein.» Am Tor wartete der Parkwächter, die Schlüssel in der Hand. «Heute haben sie's mit London probiert», sagte er wichtig. «Den Buckingham Palace werden wir wohl nicht wieder zu sehen kriegen, Missis.»

«In den Nachrichten heute nachmittag ist aber nichts davon gesagt worden», sagte Benbow.

Der Mann lachte. «Sie glauben doch nicht, daß wir alles zu hören kriegen, jetzt im Krieg! Ich hab's aus allererster Quelle: mein Schwager fährt die Strecke London–Midlands. Er ist vor zwei Stunden noch dort gewesen.»

Am nächsten Morgen brachte der Milchmann die Nachricht, Birmingham und Nottingham seien von feindlichen Bombern zerstört worden. Auch darüber meldete die BBC nichts. Nach ein paar Tagen war klar, daß die Gerüchte alle nicht stimmten. Hitler war weiterhin dabei, Polen zu verschlingen, um England kümmerte er sich nicht. Er wußte sehr wohl, daß den Engländern die Hände gebunden waren.

Langsam ging der Herbst in den Winter über, und nichts geschah. Allmählich setzte sich die Meinung durch, Hitler werde nach der Vernichtung Polens kehrtmachen und vorschlagen, Vergangenes zu begraben. England war nie in der Lage gewesen, Polen zu verteidigen, und wenn Polen aufhörte zu existieren, gab es eigentlich auch keinen casus belli mehr zwischen England und Deutschland. Die Entschlossenheit von 1939 war im Schwinden . . .

Bankangestellte wurden zunächst zurückgestellt. Wochen vergingen, und Nell hoffte schon, Benbow bliebe vielleicht verschont.

Es geschah immer noch nichts – bis zum 9. April 1940. Da geschah alles auf einmal. Um 5.15 Uhr morgens fiel Hitler in Dänemark und Norwegen ein. Das war das Signal. Am 22. Juni waren Frankreich, Belgien und Holland geschlagen und das Britische Expeditionskorps nach England zurückgetrieben. Nun wurde Benbow doch noch gebraucht.

Als seine Einberufung kam, sagte er wie immer sehr wenig. Aber schon der Gedanke an die Grundausbildung, an das Üben mit dem Bajonett, ans Granatenwerfen, erschreckte ihn. Er kannte die Schrecken des Krieges aus Büchern und Filmen. Er war kein Held und wollte auch keiner sein.

Oma fing wie immer an zu weinen. Opa sagte: «Ein Jammer, Junge, wo du gerade so gut stehst in der Bank. Glaubst du, du kannst weiterarbeiten für die Prüfungen?» (Für Opa hatte der 2. Weltkrieg nichts von dem Drama und der Tragik des ersten.) Großtante Mabel hatte Tränen in den Augen, brachte aber ein Lachen zustande und sagte: «Wenn du Siegfried im Schützengraben triffst, sag ihm gründlich die Meinung, hörst du?»

Bevor Benbow abreiste, geschah abseits von den Millionen Tragödien, die Europa zerrissen, noch etwas Trauriges: Will Dorman starb eines Nachts im Schlaf.

Er war in einer Welt der Öllampen und der Pferdekutschen und der schlichten Glaubensbekenntnisse aufgewachsen. Und er verließ eine Welt der Bomber und U-Boote, eine Welt, die nur einen Gott kannte: den Gott der Schlachten. Auch ein hellerer Kopf hätte diesen Fortschritt nicht ohne weiteres als Fortschritt begreifen können. Will hatte das Leben auf seine Weise genommen, ohne jede Selbstkritik; er hielt sich für einen guten und freundlichen Mann – was sicher besser war, als wenn er sich für hart und schlecht gehalten hätte, denn es zeigte, wohin sein Herz wies.

Die jungen Männer fielen zu Tausenden – da erschien der Tod eines alten Mannes nicht weiter erwähnenswert. Aber sie taten ihr Bestes für ihn. Nell und Edith vergossen ein paar Tränen. Albert, der zum Testamentsvollstrecker bestellt war, kam sich überaus wichtig vor und verschwendete keine Zeit mit Weinen. «Ein Testamentsvollstrecker muß mächtig aufpassen», erklärte er wichtigtuerisch jedem, der es hören wollte. «Man darf da keinen Fehler machen.»

Alice, die ihren Vater fast mit Verachtung betrachtet hatte, war selbst erstaunt, wie nahe ihr sein Tod ging.

Benbow stand allein am offenen Sarg und weinte – er hätte nicht sagen können warum. Es war der erste Tote, den er sah. Menschen zu sehen, gehende, sprechende, hörende und sehende Menschen, die lachten und herumliefen und sich stritten und alt wurden, und dann plötzlich das Ende zu sehen, diesen Schlußpunkt . . . Das riß ihn um, zumal er selber noch jung war und damit rechnen mußte, dem Tod sehr bald ins Auge zu sehen – einem tausendmal schlimmeren Tod.

Crystal (die auf einmal erwachsen war und recht hübsch, wie Benbow fand, nur daß sie so aussah, als ob sie morgens und abends Sahnetörtchen äße, was sie im übrigen auch tat, wenn es welche gab) war die einzige, die wirklich zu trauern schien. Oma dagegen blieb ungerührt. Sie sagte fast nichts, und sie vergoß keine Träne. Fast schien es, als triumphiere sie im stillen, daß sie, ewig klapprig und kränklich, es geschafft hatte, ihren Mann zu überleben.

Benbow blieb noch bis zur Beerdigung, mußte aber sofort danach abreisen. Nell hatte ihn unter allen Umständen zur Bahn bringen wollen. Doch das ging nun nicht; sie mußte sich um den Leichenschmaus kümmern.

So zog Benbow allein in den Krieg – in einem stickigen Dritter-Klasse-Abteil, voller Angst und einsam und angespannt, aber äußerlich so gelassen und ungerührt, als säße er in der Straßenbahn und führe zum Büro. Benbow wurde bald von den Nebeln des Krieges verschluckt. Die Welt versank in einem fünf Jahre währenden Alptraum des Hasses und der Vernichtung, den zu überleben kein Mensch für möglich gehalten hätte.

Nell ertrug auch diese Trennung. Sie hatte sich ein Leben ohne Benbow nicht vorstellen können. Er war immer bei ihr gewesen, seit Toms Tod, ruhig und schweigsam und verschlossen, und seine Gegenwart hatte ihr Trost und Glück gebracht . . .

Es war still geworden im Hause Omdurman. Opa und Benbow waren nicht mehr da. Oma war fast taub. Aber die Tatsache, daß Opa vor ihr gestorben war, hatte ihr Auftrieb gegeben. Hatte sie bisher, wenn sie etwas wollte, nur gewimmert und lamentiert, so begann sie jetzt Nell mit Entschiedenheit Anweisungen zu erteilen.

Als die ersten Bomben fielen (gleich nach Benbows Abreise), erklärte sie, sie werde jetzt im Keller wohnen. Nell versuchte sie umzustimmen. Sie redete auf sie ein und rief schließlich sogar Doktor Greene zu Hilfe. Aber es war alles vergeblich.

So lebte Oma von nun an «im Untergrund». Nell brachte ihr das Essen und die Wärmflaschen, schleppte den Eimer nach oben und hängte sogar ein Bildchen von Holman Hunt, *Das Licht der Welt*, an einen Nagel im Keller, um der alten Frau eine Freude zu machen. Oma verließ ihr Bett nur noch selten, und da sie taub war, hörte sie auch nichts von den Bomben.

26

Der Sommer 1940 war unbeschreiblich schön und warm. Vielleicht kam er den Menschen nur schöner vor als andere Sommer, weil man ihn vor dem Hintergrund des Krieges, der Bombenkrater und der Luftschutzräume sah. Doch auch dieser Sommer verging, schwere Herbstnebel verhüllten die Sonne, und es wurde kalt. Man schrieb November.

Manchmal, nicht sehr häufig, hielt der Nebel die Bomber fern. Am 13. November war Vollmond – «Bombenmond», wie man ihn nun nannte, und in dieser Nacht kamen sie.

Die Sirenen heulten in Coventry, Derby und Ingerby, und gleich darauf hörte man auch schon das drohende Brummen der Flugzeuge und in der Ferne das dumpfe Grollen von den Schüssen der Flugzeugabwehrkanonen.

Oma hatte zu Abend gegessen. Sie saß im Bett und las in der Bibel. Ärgerlich säuberte sie ihre Brille und sagte: «Hat keinen Zweck, Nell. Ich kann diese kleinen Buchstaben nicht mehr lesen. Geh rauf und hol mir die große Bibel, sie liegt auf Dads Nachttisch.»

«Ich kann jetzt nicht raufgehen, Mutter», sagte Nell. «Es ist Fliegeralarm.»

«Die große Bibel meine ich. Auf Dads Nachttisch.»

Nell nahm die Zeitung, schrieb «Alarm» an den Rand und gab sie der alten Frau.

Oma besah sich das Wort, blickte über den Rand ihrer Brille hinweg und verstand schließlich. «Ich höre aber gar nichts», sagte sie klagend.

«Na, es ist aber Alarm. Er hört sich an wie Hunderte von Flugzeugen.»

Oma horchte und schüttelte den Kopf. «Ich höre gar nichts.»

«Aber fühlst du nicht, wie der Boden zittert?»

«Was?»

Nell überlegte. Das wird ewig so weitergehen, dieses Gerede, sagte sie sich, vielleicht die ganze Nacht. Und der Alarm auch. Vielleicht hatten sie es ja gar nicht auf Ingerby abgesehen, sondern auf Coventry oder Birmingham.

«Du brauchst höchstens eine Minute», sagte Oma böse.

Immerhin war Alarm, und man hörte die feindlichen Flugzeuge. Es war zu leichtsinnig . . .

«Tom wäre bestimmt gegangen», sagte Oma. «Der hätte nicht so lange überlegt.»

Nell war kurz vor einem Wutanfall. Sie nahm die Taschenlampe, lief die Kellertreppe hinauf, immer zwei Stufen auf einmal, schob die Tür zurück und trat in die Küche.

Sie sah, daß der ganze Himmel von Flammen und Blitzen erleuchtet war. Das dumpfe Brummen der Flugzeuge war hier noch sehr viel lauter. Sie hatte Angst, große Angst. Aber nun hatte sie sich so weit vorgewagt . . . Sie ging durch das verlassene Eßzimmer in den Hausflur. Die Treppe lag vor ihr, und sie setzte gerade den Fuß auf die erste Stufe, als ein krachender Donnerschlag sie zusammenfahren ließ. Es war, als höbe sich das ganze Haus in die Höhe. Dann war es totenstill. Und in dieser Stille stürzte Nell die Treppe hinauf: nicht weil sie es für vernünftig hielt oder weil sie Angst hatte vor der Schelte der alten Frau, sondern weil sie zu Ende bringen wollte, was sie sich vorgenommen hatte.

Als sie oben durch den Flur ging, war es draußen ruhig. Vielleicht machen sie eine Pause, dachte sie, oder sie sind weitergeflogen.

Sie trat in das große Schlafzimmer, wo es immer so stickig und muffig roch. Silbern lag das Mondlicht auf dem Fußboden, still wie ein Bergsee zwischen den Hügeln. Nell nahm schnell die Bibel vom Nachttisch und lief zur Tür zurück. Einen Augenblick blieb sie stehen und blickte ins Zimmer zurück, wo sie Oma so oft die

Medizin gegeben, die Kissen aufgeschüttelt oder die Brille gesucht hatte. Tränen traten ihr in die Augen – seltsam, früher waren ihr jene Tage nicht so glücklich erschienen. Aber es waren friedliche Tage gewesen. Im Zimmer nebenan hatte Benbow geschlafen, die Küche unten war warm und behaglich,und die Nächte waren ruhig und ungestört gewesen. Sie hatte das alles nicht richtig zu schätzen gewußt.

Ein feuriger Blitz zuckte durchs Zimmer, und ein Krachen folgte, das Nell in Stücke zu reißen schien. Holz splitterte. Irgendwo stürzte eine Wand ein. Nell wußte nicht, wie lange sie da gestanden hatte. Sie war wie gelähmt vor Angst und geblendet von dichten weißen Staubwolken. Zitternd tastete sie sich zur Treppe.

Die Treppe war verschwunden. Nell blickte in ein dunkles Loch. Sie knipste die Taschenlampe an: zersplittertes Holz, Mauerbrocken, Trümmer, Staub.

Stöhnend bahnte sie sich einen Weg in ihr Zimmer. Benbows Bett stand noch da – ihr eigenes war im Keller –, und es erschien ihr wie eine tröstende Oase in dem Inferno ringsum.

Ununterbrochen schlugen jetzt Bomben ein. Die Blitze der Explosionen zuckten durch den vom fahlen Mondlicht erhellten Raum. Sie stand da und hielt sich instinktiv die große Bibel vor den Kopf. Die Explosionen dröhnten wie Hammerschläge in ihren Ohren. Aber sie konnte noch denken. Oma wartete auf die Bibel. Und bald mußte sie ihre Medizin haben. Und die Treppe war nicht mehr da, sie konnte nicht nach unten.

Sie ging ans Fenster. Vielleicht konnte sie jemanden um Hilfe rufen, irgend jemand mußte Oma Bescheid sagen.

Sie hatte erwartet, ganz Ingerby würde in Trümmern liegen, aber sie sah in dem Mondlicht nur ein paar abgedeckte Dächer. Die Straße war leer und mit Trümmern übersät, an einigen Stellen brannte es.

Da kam jemand! Ein Luftschutzwart mit Stahlhelm lief geduckt die Straße entlang. Sie wollte ihm zurufen, er solle sich um Oma kümmern. Dann würde sie sich auf Benbows Bett hocken, das Kinn auf die Knie gepreßt, die dicke Bibel fest in den Armen, und darauf warten, daß die Stunde der Heimsuchung endlich vorüberging. An den Tod dachte sie mit keinem Gedanken.

Sie versuchte, das Fenster zu öffnen. Ihre Hände zitterten und waren zu schwach. Sie zerrte am Fenstergriff. Jetzt war der Mann genau unter ihrem Fenster. Sie schrie und schlug mit den Fäusten an die Scheibe. Aber der Mann lief weiter, ohne aufzuschauen. Er hörte ihre Schreie nicht. Sie riß wieder am Fenstergriff, und plötzlich ging das Fenster auf. «Hilfe!» schrie sie. «Hilfe!» Aber der Mann war schon zu weit weg – sie sah, wie er um die Ecke bog und entschwand. Sie beugte sich aus dem Fenster und blickte hinab: fünf Meter, und der Weg unten war gepflastert. Unmöglich, hinunterzuspringen.

Jetzt packte sie die Angst. Sie drückte die Bibel an sich und ging stolpernd und weinend auf Benbows Bett zu. Die Angst machte sie so klein und demütig, wie sie es noch nie in ihrem Leben gewesen war.

Da war es, das Bett, wo sie so oft an hellen Sommerabenden und in der Kälte des Windes den kleinen Jungen in sein Nachthemd gehüllt und das weiche Gesichtchen geküßt hatte. «O Benbow, mein Liebling», murmelte sie mit geschlossenen Augen.

Jetzt hörte sie ein langes, schrilles Pfeifen, das mit jeder

Sekunde lauter wurde. Es füllte das ganze Haus, es drang nicht nur in die Ohren, sondern in alle Poren, laut und gellend.

Es hieß damals, das Pfeifen der Bombe, die für einen bestimmt sei, könne man nicht hören. Von der Bombe, die man höre, drohe keine Gefahr.

Das Pfeifen brach ab. Totenstille. Und dann fuhr ein Blitz durch das Haus, heller als alle anderen, und ein heulendes Krachen folgte, und dann ein tosender Lärm. Ein draußen stehender Zuschauer hätte den Eindruck gehabt, daß sich das Haus Omdurman langsam hob, einen Augenblick in der Luft schwebte und dann polternd zu einem Trümmerhaufen zusammenfiel. Plüschsofa und Sessel, Muff und Moder, freudlose Strenge, Abende am Klavier, *Tipperary* und *So nimm denn meine Hände*, kalte Morgenfrühe, Sonntagabende, Familienweihnachten, Behaglichkeit und Langeweile und Zank, kleines Glück und liebe Erinnerungen – alles sank in Schutt und Asche. Ein Haus, das kaum je jubelnde Freude erlebt hatte, aber doch ein Heim, eine Zuflucht, ein Zuhause . . .

Wo bleibt denn Nell so lange mit der Bibel, dachte Oma. Sicher hat sie jemanden getroffen und schwatzt.

Ein paarmal meinte sie, Nell käme die Kellertreppe herunter. Aber Nell kam nicht. Und dann zuckte das elektrische Licht, und sie sah die weißblauen Blitze am Rande der Verdunkelung über der Kohlenrutsche. Es blitzte immer wieder. Es war also Fliegeralarm. Jetzt hatte sie Angst, und außerdem war sie ärgerlich. Was fiel Nell ein, einfach wegzugehen und sie hier allein zu lassen. Bei Fliegeralarm! Sie rief mit lauter Stimme: «Nell – Nell! Komm runter – Fliegeralarm!»

Mit angezogenen Knien saß sie in ihrem breiten Bett und betete mit geschlossenen Augen. «. . . und die Macht und die Herrlichkeit, in Ewigkeit. Amen.» Sie öffnete die Augen. «Nell! Was machst du da oben?» rief sie klagend. «Nell!»

Ein Bergungstrupp fand Lizzie am nächsten Morgen kurz nach zehn Uhr. Sie war verärgert, aber ihr fehlte nichts. Sie verlangte nach ihrem Porridge und ihrem Tee.

Nell wurde nie gefunden. Als jemand bemerkte, daß sie nicht da war, hatten die Bulldozer schon die Trümmer weggeräumt. Ihr Grabmal waren die Weidenröschen und die gelben Primeln, die sich auf dem verwundeten Stück Erde ausbreiteten und bald die ganze Fläche bedeckten, wo einst das kleine Haus gestanden hatte.

27

Hier ruht

CRYSTAL DORMAN

geboren 4. Juli 1914
gestorben 1. März 1978
geliebte Ehefrau von Benbow Dorman.

Der Steinmetz besah sich das Blatt Papier. «Wollen Sie nicht *Ruhe sanft* oder so etwas dazusetzen?» fragte er.

«Nein», sagte Mr. Dorman.

Der Mann sah ihn von der Seite her an. «Und auch nicht *innig geliebte*?»

Benbow Dorman überlegte und sagte noch einmal: «Nein.»

«Also gut. Die meisten wollen das – ist wohl Geschmackssache. Also Reliefbuchstaben, auf Granit. Ich schicke Ihnen den Voranschlag.»

«Danke», sagte Mr. Dorman. Er verließ das kleine Kontor der Steinmetzfirma und machte sich auf den Weg zum Reisebüro.

Crystal war ihm eine gute Frau gewesen. Oder vielleicht hätte man besser sagen sollen: sie war eine gute Bankdirektoren-Ehefrau gewesen. Sie hatte, wenn die Halbjahresbilanzen fällig waren, stets für Kaffee und Erfrischungen gesorgt, sie hatte regelmäßig mit den Frauen der anderen leitenden Angestellten Bridge gespielt. Und bei den jährlichen Betriebsfesten hatte sie sich selbst übertroffen: Sie war einfach vollkommen gewesen, einerlei ob sie mit einem der anderen Direktoren bei einem Gin-Tonic über Mallorca sprach oder sich von einem jungen Kassierer zum Tanz führen ließ. Hätte man sie gefragt, so hätten sowohl der Direktor als auch der Kassierer beteuert, der «hölzerne» Dorman habe wirklich eine fabelhafte Frau.

Im häuslichen Bereich war sie nicht ganz so brillant gewesen. Eine stattliche Frau, ja («Der Alte weiß, was er an ihr hat», sagten die Angestellten schmunzelnd), aber das Denken war nicht unbedingt ihr Fall. Sie hatte in der Zeitung immer nur die Todesanzeigen und die Lokalnachrichten gelesen, und alles, wofür er sich interessierte, war ihr gleichgültig gewesen.

Er hatte sie geliebt, und er war ihr treu geblieben. (Nur einen Umschlag mit einer Berliner Adresse gab es, den er ohne ihr Wissen in seinem Bankfach aufbewahrte.) Aber er hatte sie nicht *innig* geliebt – nein, das nicht. Das entsprach nicht der Wahrheit.

Seinen Posten in der Bank hatte er an seinem sechzigsten Geburtstag aufgegeben. Vier Jahre später war Crystal gestorben. Er hatte aufrichtig um sie getrauert. Und bei der Trauerfeier in der Kirche waren die angesehensten Bankkunden sowie Vertreter aller anderen Banken von Ingerby zusammen mit ihren Frauen zugegen gewesen. Er hatte die wichtigsten Leute von Ingerby nach der Beisetzung zum Imbiß zu sich nach Hause gebeten. Das Buffet hatte er bei der Firma bestellt, die auch das Hochzeitsmenu für die Tochter des Herzogs von Cavendish geliefert hatte. Als er sich zwischendurch einen Augenblick von den Gästen zurückzog und allein in seinem Arbeitszimmer stand, dachte er, wie sehr Crystal sich über eine solche Beerdigung gefreut hätte. Sogar der Präsident der Vereinigten Banken war gekommen – aber das würde sie nun leider nie erfahren!

Ja, er hatte für alles gesorgt. Anzeige in der *Times*. Eine Beerdigung im großen Stil, die angesehensten Trauergäste. Er hatte an nichts gespart. Und nun hatte er den Grabstein in Auftrag gegeben. Er wußte, was seiner Frau gefallen hätte. Er wußte, was er ihr schuldig war. Er versuchte, alles so zu machen, wie es ihr am liebsten gewesen wäre.

Auf dem Rückweg von der Grabstelle zu dem Wagen des Beerdigungsunternehmers fiel sein Blick auf einen Grabstein: Mabel Carter. Tante Mabel – sie hatte als einzige in der Familie gewußt, daß man das Leben genießen konnte. Nun lag auch sie hier. Aber sie hatte das Beste aus ihrem Leben gemacht. Zuletzt hatte er sie im Krieg gesehen. Er war auf Urlaub gekommen und hatte seine Mutter nicht mehr gefunden. Niemand schien zu wissen, was mit ihr geschehen war. Es war der einzige Moment in seinem Leben gewesen, in dem Bitterkeit und ohnmächtiger Zorn gegen das Schicksal ihn übermannten. Seine Großmutter hatte geheult, als er sie fragte, und dann grollend geschwiegen. Seine Tanten hatten beleidigt das Gesicht verzogen und ebenfalls nichts zu sagen gewußt. Dann war er zu Großtante Min gegangen, die doch sonst immer alles gewußt hatte. Aber sie hatte keine Ahnung, wo Nell geblieben war. Sie schien nicht einmal mehr zu wissen, wer Nell war oder er, Benbow, oder sie selber. Sie saß in ihrem alten Sessel, machte unablässig ihre Handtasche auf und zu und starrte Benbow argwöhnisch an.

Von ihr war er zu Großtante Mabel gegangen. Sie hatte ihn in ihre kräftigen alten Arme genommen und gesagt: «Ach, Junge – es tut mir so leid.»

«Was ist denn bloß geschehen?» fragte er.

«Sie muß wohl oben im Haus gewesen sein, als die Bombe einschlug. Es sollte mich gar nicht wundern, wenn Lizzie sie wegen irgend etwas raufgeschickt hätte. Aber Lizzie sagt natürlich nichts.»

«Ja, ich weiß.»

Sie hatte klappernd zwei Tassen auf den Tisch gestellt und Tee aus der bereitstehenden Kanne eingeschenkt. «Es tut mir so leid», sagte sie noch einmal.

Er nickte und trank einen Schluck Tee. «Hast du . . . von . . . von Ulrike hast du wohl nichts gehört?» Es sollte beiläufig klingen, wie alle Fragen, die er stellte. Aber sein Herz hämmerte laut.

Sie sprang auf und holte ein paar Umschläge, die hinter der Teedose auf dem Kaminsims steckten. Einen zog sie heraus. «Doch – hier. Der kam am Tag vor Kriegsausbruch, von Siegfried. Nur eine kurze Nachricht. Nett von ihm, nicht?» Aber ihr Interesse an Siegfried war sichtlich nicht mehr so lebhaft wie früher. Vielleicht hing das mit den Sperrballons zusammen, die man vom Fenster aus auf dem Moor sehen konnte . . .

In dem Brief stand nur, daß es ihm und Ulrike gut gehe und daß sie beide das gleiche von Mabel hofften.

Benbow notierte sich die Adresse auf einem alten Umschlag. Als der Krieg vorüber war, schrieb er an Ulrike, bekam aber keine Antwort. Er ging in die Bücherei von Ingerby und ließ sich einen Stadtplan von Berlin geben. Die Straße, in der Ulrike wohnte, lag in der von den Russen besetzten Zone.

Fast vierzig Jahre waren inzwischen vergangen seit dem Tag, an dem er diese Adresse erfahren hatte. Die Chance, daß Ulrike dort noch wohnte, war sehr gering. Das Haus konnte von Bomben zerstört worden sein, und vielleicht war sie ja auch längst gestorben oder – schrecklicher Gedanke – deportiert oder umgebracht worden. Vielleicht hatte sie geheiratet, und selbst wenn sie noch dort lebte, wer weiß, vielleicht würde sie sich gar nicht mehr an ihn erinnern. Oder das Wiedersehen würde für beide Seiten nur peinlich sein. Jedenfalls war sie bestimmt nicht mehr das frische junge Mädchen von damals, sondern eine deutsche Hausfrau von Mitte Sechzig. Und er? Er mußte lachen, wenn er daran dachte, wie er sich verändert hatte seit damals . . .

Trotzdem ging er zum Reisebüro. Was war denn sein

Leben bisher gewesen? Haus Omdurman, eine englisch-puritanische Erziehung, die graue Monotonie eines Krieges, den er in den Depots der RAF verbracht hatte, ein Leben in der Bank, ein Leben an Crystals Seite. Ein einziges Mal hatte ein helles Licht für ihn geleuchtet – und es war erloschen, noch ehe es seinen Weg hatte erhellen können: Ulrike, das wunderschöne blonde Mädchen, das den blassen jungen Engländer mit den «Hitlerjungen» verglichen hatte. Diesem Vergleich hatte er natürlich nicht standgehalten. Trotzdem – eine Zeitlang hatte sie ihn heiraten wollen.

Berlin! Einst eine laute, arrogante Stadt, durch deren Straßen die schweren Schritte von Marschkolonnen hallten. Heute eine Stadt, durch die sich ein Gebilde aus Stein und Stacheldraht, aus Haß und Mißtrauen zog. Eine arme, abgeschnittene, durch eine Gefängnismauer geteilte Stadt.

Doch das äußere Bild widersprach dieser Wirklichkeit. Abends schlenderte er über den Kurfürstendamm und betrachtete die vielen üppigen Schaufenster und die hell erleuchteten Cafés, in denen zufriedene Männer mit ihren ebenso zufriedenen Frauen saßen und lachten und redeten, selbstsichere, offensichtlich wohlhabende Menschen. Er ging durch breite Straßen mit strengen, imposanten Gebäuden, die durch die unzähligen Linden etwas Versöhnliches erhielten. Überall gab es Linden – sie verliehen dieser soldatischen Stadt ein wenig Anmut. Berlin ohne die Bäume – ein erschreckender Gedanke.

Erschreckend war am nächsten Tag der Übergang in den östlichen Sektor der Stadt. Frostige Abwehr statt Höflichkeit, Argwohn statt Freundlichkeit. Seine Papiere wurden geprüft, genauestens untersucht und abermals geprüft. Die Beamten trugen Uniformen und Pistolen. Die Soldaten auf den Wachtürmen hatten Gewehre umgehängt und beobachteten die Besucher durch Ferngläser. Was ihm aber am meisten auffiel, war die plötzliche Stille ringsum. Alle Gespräche erstarben oder beschränkten sich auf kurze Fragen und Antworten, und die Beamten reagierten oft nur mit einem Achselzucken oder einem Kopfschütteln. Während der ganzen Zeit hörte man nirgendwo ein Lachen.

Als Benbow Dorman die Kontrollen passiert hatte, entfaltete er den Stadtplan, prüfte noch einmal, wie er zu gehen hatte, und machte sich auf den Weg. Er wäre gern gleich wieder umgekehrt in die ihm vertrautere Welt jenseits der Mauer. Aber er hatte die Reise mit einem bestimmten Vorhaben angetreten, und das wollte er nun auch ausführen. Auch wenn man es ihm kaum anmerkte, hatte er doch etwas von der Hartnäckigkeit seiner Mutter geerbt.

Endlich fand er die Straße, die auf dem Umschlag stand – die Adresse, an die er in den vergangenen vierzig Jahren immer wieder hatte denken müssen.

Es war ein altes Haus, das die Bombenangriffe überdauert hatte: ein graues Gebäude mit schmalen Türen und Fenstern, das sicher noch aus der Kaiserzeit stammte. Äußerlich ruhig und gefaßt, doch innerlich zutiefst erregt und mit laut klopfendem Herzen stand er vor der Eingangstür mir dem kleinen blauen Schild: 19. Unter dem Nummernschild hing eine Tafel mit den Namen der Hausbewohner, einer davon auf einer angestaubten, etwas vergilbten Visitenkarte – ein Dr. med. –, die übrigen mit der Hand geschrieben auf kleinen zurechtgeschnittenen Zetteln. Ganz oben stand der Name S. Braun. Aber das S war durchgestrichen und durch ein U ersetzt worden. Er merkte, wie er zitterte.

Er ging die schmale steile Treppe hinauf. Auf dem ersten Absatz blieb er stehen und holte tief Luft. Schon als vierjähriger Junge war er stämmig und untersetzt gewesen; jetzt war er Mitte Sechzig, und das Treppensteigen war nicht gerade seine Stärke. Dazu kam die Aufregung . . . Er ärgerte sich über sein Keuchen.

Die nächste Treppe nahm er wie ein Dreißigjähriger. Aber oben im zweiten Stock mußte er sich am Geländer festhalten: der Boden schwankte unter ihm wie ein Schiff im Sturm. Das machte ihm etwas Angst. Wenn schon ein Herzanfall, dann doch bitte zu Hause und nicht ausgerechnet hier, dachte er wütend. Er ruhte sich ein wenig länger aus und stieg die nächste Treppe langsam hinauf.

Jetzt war er im dritten, im obersten Stockwerk angelangt. Der Flur war hier niedriger und kahler, und die drei Wohnungstüren waren einfacher als in den unteren Etagen. Jede war mit einem Namensschild versehen. G. Schmidt., A. Müller., U. Braun.

Er lehnte sich mit dem Rücken an die Wand und preßte die Schultern und den Hinterkopf an die abblätternde braune Farbe. Durch das unsaubere Oberlicht im Dach sah er den grauen Himmel. In diesem Augenblick wäre er am liebsten davongelaufen, wie ein kleiner Junge, schnell die Treppen hinunter und zurück in die buntere, fröhlichere Hälfte der Stadt. Es war der helle Wahnsinn – was hatte er, ein englischer Bankdirektor im Ruhestand, in einem Mietshaus in Ostberlin zu suchen? Er gehörte nach Bournemouth oder an die Costa Brava – oder in einen

Autobus mit fünfzig anderen Engländern, die die Strada del Sol hinunterfuhren. Er hatte eine der wichtigsten Regeln für reisende Engländer außer acht gelassen: Wenn schon ins Ausland, dann nur in einer Gruppe.

Aber er blieb, wo er war. Langsam kam er wieder zu Atem. Er war kein Held, gewiß nicht, aber was er sich vorgenommen hatte, das brachte er auch zu Ende. Er drückte auf den Klingelknopf neben ihrer Tür.

Es überraschte ihn, daß ihm sofort geöffnet wurde – als ob sie mit der Hand auf der Klinke hinter der Tür gestanden und auf sein Klingeln gewartet hätte.

Nein, sie war nicht mehr das wunderschöne frische blonde Mädchen von einst. Ernst, schön und fast zierlich stand sie vor ihm. Das goldblonde Haar war schneeweiß geworden, das Gesicht fast durchsichtig blaß. Angst stand in den Augen, die ihn ausdruckslos anstarrten.

«Ulrike!» sagte er. «Kennst du mich noch? Ich bin Benbow Dorman.» Er sagte es leise, behutsam, und auf englisch.

Die Angst wich nicht aus ihren Augen. Sie stand sprachlos da, ihre Hand hielt die Türklinke umklammert. Sie trug ein dunkles Kleid und einen grauen Schal dazu.

Sie erinnerte sich nicht mehr an ihn! «Es ist . . . schon lange her», sagte er stockend. «Bei Tante Mabel, weißt du nicht mehr? Ich bin Benbow Dorman.»

Sie schien ihn mit ihrem Blick durchdringen zu wollen. Dann trat sie einen Schritt zurück und sagte: «Komm herein.» Aber sie blieb so stehen, daß er nicht an ihr vorbei konnte.

Jetzt hob sie langsam die schmalen Hände und legte sie um sein Gesicht. Ein Lächeln trat auf die ernsten Lippen, und Freude flackerte in ihren Augen auf. Benbow, der sonst nach Möglichkeit jeder Gefühlsregung aus dem Wege ging, war den Tränen nahe. Nie hatte er etwas Schöneres gesehen als dieses Lächeln: zärtlich, traurig und so blaß und flüchtig wie die Wintersonne über den Hügeln. Es war das Lächeln einer Frau, die das Lächeln verlernt hatte.

«Benbow!» sagte sie, und ihre Stimme hatte fast den alten vertrauten Klang. «Der liebe Benbow! Aber . . . wieso . . .» Sie sprach wie jemand, den man aus einem langen tiefen Schlaf geweckt hat.

«Ich . . . wollte nur sehen, wie es dir geht», sagte er und kam sich plötzlich sehr albern vor. «Ich habe . . . immer an dich gedacht, und ich wollte . . .»

«Komm herein und setz dich», sagte sie und trat beiseite, damit er vorbeigehen konnte. Sie deutete auf einen durchgesessenen Lehnsessel und schloß die Tür. «So – jetzt mache ich dir erst einmal eine Tasse Kaffee.»

Außer dem Sessel gab es in dem Raum ein Bett, einen kleinen Gasherd, einen weißen Spülstein, einen runden Tisch mit Küchenstuhl und zwei dunkelbraune Schränke, einen braunen Läufer auf dem Fußboden. Auch die Wände waren braun getüncht. Der ganze Raum war etwa dreieinhalb mal vier Meter groß und vollgestopft mit Sachen. Durch das Fenster sah man den bleigrauen Himmel. Auf dem Tisch stand eine Glasvase mit zwei Narzissen. Sie brachten etwas Schönheit in die armselige Bleibe. Sie erschienen ihm wie ein Hoffnungsschimmer in der Verzweiflung, wie das Leben im Tod.

Ulrike setzte Wasser auf, stellte schweigend Tassen auf ein Tablett, füllte Zucker in eine kleine Schale und blickte nicht auf. Er beobachtete sie. Sie war größer, als er sie in Erinnerung gehabt hatte, und noch ebenso schlank wie früher. Auch ihre Bewegungen waren noch so graziös wie einst. Wir haben beide Angst vor dem Augenblick, wenn der Kaffee fertig ist und wir sprechen müssen, dachte er.

Sie stellte das Tablett auf den Tisch. «Zucker?» fragte sie. «Milch habe ich leider nicht.»

«Ich trinke ihn auch lieber schwarz», sagte er, obwohl das nicht stimmte.

Sie goß ein – aus einer einfachen Blechkaffeekanne. Dann setzte sie sich und lächelte, aber jetzt war es ein angestrengtes Lächeln, als sei ihr eingefallen, daß man lächeln mußte, wenn man Besuch hatte.

Sie setzte sich auf den Küchenstuhl und sah ihn wartend an. Er trank einen Schluck.

«Vierzig Jahre ist es jetzt her – ich habe es nie vergessen», sagte er.

«Und ich dachte», sagte sie, «wenn du überhaupt noch an mich denkst, müßtest du mich hassen.»

«Nein.» Er schüttelte den Kopf. «Ich glaube . . . ich habe dich mein ganzes Leben lang geliebt, Ulrike.»

Das war viel für Benbow Dorman, und es war erst der Anfang – er wollte noch viel, viel mehr sagen. Aber wie konnte er, der «hölzerne» Dorman, Bankdirektor im Ruhestand, zu dieser Frau sagen, daß sie das einzige Licht in seinem Leben gewesen war, daß weder die Kriegsjahre noch seine Karriere in der Bank, noch die Zuneigung seiner Freunde noch seine Ehe sie je aus seinem Herzen verdrängt hatten?

«Mein ganzes Leben lang», wiederholte er und hoffte, sie würde sagen: «Ich dich auch.» Aber sie schwieg.

«Und wie geht es dir?» fragte er, obwohl er nur zu gut sah, wie es ihr ging.

Zu seinem Erstaunen erschien wieder das blasse Lächeln in ihrem Gesicht. «Mir geht es sehr gut», sagte sie mit einer Handbewegung auf das trübe Zimmer. «Ich habe die Wohnung ganz für mich allein. Und ich habe Arbeit. Du hast Glück – heute ist mein freier Tag.» Es klang zufrieden, wie sie das sagte, fast beschwingt.

«Was arbeitest du?»

«Im Winter fege ich Schnee, im Sommer arbeite ich auf dem Bau. Sehr gesund, immer in der frischen Luft. Und manchmal mache ich auch noch englische Übersetzungen.»

Die Arme, dachte er, und seine Gefühle überwältigten ihn.

«Ulrike!» rief er. «Komm mit mir nach England.»

Sofort wurde sie wieder das ängstlich abwehrende Wesen, das ihm die Wohnungstür geöffnet hatte. Der Anflug von Lebhaftigkeit war verschwunden. Sie preßte die Lippen zusammen und schüttelte nur den Kopf.

«Warum nicht?» fragte er.

Tonlos, fast feindselig, erwiderte sie: «Es ist ganz und gar unmöglich.»

«Ich meine nicht jetzt sofort. Es gibt allerhand Formalitäten zu erledigen, ich weiß. Ich meine später, wenn du alles geordnet hast.»

Ohne unhöflich sein zu wollen, versuchte sie, in seine Kaffeetasse zu blicken. Sie sah, daß sie leer war. «Ich glaube, du solltest jetzt gehen», sagte sie. Nur an ihren zitternden Fingern sah man ihre Erregung.

Er stand auf und nahm ihre Hände und war erstaunt, daß Ulrike sie ihm überließ. Sie waren kalt. Er sagte behutsam: «Aber ich bin doch gerade erst gekommen, Ulrike. Und ich wollte noch so vieles wissen.»

«Ich kann dir nicht viel sagen», erwiderte sie. «Es war nicht leicht. Aber jetzt – jetzt geht es mir gut.»

Seltsam. Vierzig Jahre lang war sie ein frisches blondes Mädchen in den Hügeln von Derbyshire gewesen und er ein unbeholfener junger Bankangestellter mit gelben Handschuhen – und nun war er wie durch Zauberei plötzlich ein rundlicher alter Mann und das goldblonde Mädchen war eine ältere weißhaarige Frau geworden. Trotzdem liebte er sie, mit einer Liebe, die voller Erbarmen und Sehnsucht war, einer neuen Liebe. Er wollte sie mitnehmen in sein schönes Haus und in seinen großen Garten. Er wollte ihr alles wieder schenken, was sie verloren und vergessen hatte.

«Als meine Frau hättest du einen englischen Paß», sagte er. «Dann könntest du jederzeit –»

Sie entzog ihm ihre Hände. «Das ist völlig ausgeschlossen», sagte sie und ging auf die Tür zu.

«Kann ich nicht noch ein bißchen bleiben?» bat er. «Ich möchte noch so vieles –»

«Nein. Es ist besser, wenn du jetzt gehst», sagte sie mit tonloser Stimme.

«Ich glaube, ich muß mich entschuldigen, daß ich gekommen bin – so ganz unangemeldet. Das war wirklich dumm von mir.» Er lachte, obwohl ihm eher nach Weinen zumute war. «Ich bin doch eigentlich alt genug, um so etwas zu wissen.»

«Es war nett von dir, daß du gekommen bist», sagte sie förmlich.

«Sag, habe ich dich irgendwie gekränkt?» Er verstand ihr Verhalten nicht, und er hätte so gern gewußt, was in ihr vorging.

«Nein, Benbow. Aber wir leben in zwei verschiedenen

Welten – man könnte fast sagen: auf verschiedenen Planeten.» Und da war auch wieder das Lächeln in ihrem Gesicht. «Wir können miteinander sprechen, aber wir können einander nicht mehr verstehen. Unsere Gedanken sind nicht eure Gedanken. Unsere Wege sind nicht eure Wege.» Sie überlegte angestrengt, wie sie es ihm verständlich machen konnte. «Unsere Wege sind für immer in verschiedene Richtungen gegangen . . .»

Er stand vor ihr und sah sie hilflos an. Wieder ging sie auf die Tür zu. Es half nichts – er konnte nicht länger bleiben, ohne aufdringlich zu erscheinen. «Darf ich dir jedenfalls schreiben?» fragte er.

«Nein. Tu das *bitte* nicht!» Es klang wie eine flehende Bitte.

«Gut.» Er nahm ihre Hände. «Darf ich dir wenigstens einen Kuß geben?»

Sie sah ihn liebevoll an – zum erstenmal. «Ja, natürlich darfst du das», sagte sie lächelnd.

Und sie zog ihn zu sich heran und drückte ihm einen Kuß auf den Mund. Und wie einst strich sie ihm zärtlich mit der Hand über den Hinterkopf und über die Wange. Dann schob sie ihn sanft zur Tür hinaus.

An der Treppe drehte er sich noch einmal um. Er wollte ihr zuwinken, ihr noch einmal zulächeln. Aber sie hatte die Tür schon geschlossen.

«Und ich kann nichts für sie tun – nichts», sagte er sich, als er die dunkle Treppe hinunterging. «Es geht nicht, und sie will es nicht.» Der Satz, den sie gesagt hatte, fiel ihm ein. «Unsere Wege sind für immer in verschiedene Richtungen gegangen.»

Er trat auf die Straße hinaus. Ein paar Schneeflocken fielen vom Himmel, aber sie würden nicht liegenbleiben.

Vielleicht war es der letzte Schnee in diesem langen Winter. Bald würde es Frühling werden. Er dachte an die beiden Narzissen in der Blumenvase, die etwas Sonne in ihre kleine Wohnung gebracht hatten. Ja – das war's. Das war das einzige, was er jetzt noch tun konnte. Er sah sich nach einem Blumengeschäft um, und er fand auch eins. Es war nicht ganz das, was er suchte: im Schaufenster standen drei Bund Narzissen in einem grünen Eimer und dahinter Farnkräuter und ein paar nicht mehr ganz frische grüne Zweige. Aber sicher hatten sie drinnen im Laden noch mehr Blumen.

Er ging hinein. In Gedanken an Ulrike hatte er sich immer bemüht, seine paar Brocken Deutsch nicht ganz zu verlernen. Er fragte die Frau im Laden: «Sie schicken Blumen ins Haus, nicht wahr?»

Die Frau blickte nicht auf und schüttelte nur ungeduldig den Kopf.

«Es ist nicht weit», sagte er. «Nur ein paar Meter von hier.» Und er nannte ihr den Namen der Straße.

Die Blumenfrau reagierte nicht. «Okay», sagte er, «dann bringe ich sie selber hin. Bitte einen großen Strauß Narzissen und Tulpen und Flieder – Frühlingsblumen, alles, was Sie haben.»

Die Frau sah ihn nicht an. Sie machte nur eine unwirsche Handbewegung und deutete auf die drei Bund Narzissen in dem Eimer. Doch die Geste war deutlich genug: Das ist alles, was wir haben. Nehmen Sie sie, oder lassen Sie's bleiben . . .

Er ließ es bleiben. «Danke sehr. Guten Tag.»

Die Frau zuckte mit den Schultern, und Benbow Dorman verließ verärgert den Laden. Er würde schon noch ein anderes Blumengeschäft finden.

Aber er fand keins. Er wandte sich an einen Passanten. «Entschuldigen Sie bitte sehr», sagte er. «Ich suche ein gutes Blumengeschäft.»

Der Mann sah ihn kurz an, zuckte mit den Schultern, schüttelte murmelnd den Kopf und ging weiter.

Es war ein grauer Tag. Der wässerige Schnee zerfloß zu Pfützen auf dem grauen Pflaster. Und auch die Gesichter der Menschen waren grau und mürrisch. Mit hochgeklapptem Mantelkragen und hochgezogenen Schultern eilten sie an ihm vorbei – Bewohner einer fremden Welt, eines anderen Planeten, wie Ulrike gesagt hatte.

Hartnäckig suchte er weiter. Aber das Schneetreiben wurde jetzt dichter, und er wußte nicht, wohin er sich wenden sollte. Er sah auf seine Uhr. Nur noch wenige Stunden, dann wurde es dunkel. Der Gedanke, bei Einbruch der Dunkelheit noch in diesem Teil der Stadt zu sein, war ihm unbehaglich. Er fühlte sich einsam und verloren. Es hatte keinen Sinn, jetzt noch länger zu suchen. Nein, er wollte jetzt nur noch zurück in die warme Sicherheit seines Hotels.

Aber er wußte nicht mehr, wo er war. Eine Straße sah wie die andere aus. Er kam sich vor wie in einem Irrgarten.

Er fing an zu laufen, aber er spürte sofort wieder die warnenden Stiche in der Brustgegend und mußte einen Augenblick stehenbleiben.

Er sah, wie ein Mann, der an einer Straßenecke stand, plötzlich den Kragen seines Regenmantels hochklappte und ihm folgte. Angst überkam ihn. Er ging wieder schneller, immer schneller. Er wollte weg von hier – zurück zu seinem Planeten.

Endlich, als er um eine Ecke bog, erblickte er das, was für ihn in diesem einen Augenblick kein Bild des Schrekkens, sondern ein geradezu willkommener Anblick war: die Berliner Mauer mit dem Stacheldraht auf dem Beton, mit den Wachtürmen und den Lichtern und den bewaffneten Posten. Und da war auch der hell erleuchtete Checkpoint, die Kontrollstelle, wo diejenigen, die wie er im Besitz der richtigen Papiere waren, von einem zum andern Planeten überwechseln konnten.

28

Es war beinahe wie im Fahrstuhl: Steil stieg das Flugzeug aus der Stadt empor. Rüttelnd stieß es durch mehrere Wolkenschichten, eine nach der andern, bis es plötzlich zwischen einem leuchtend blauen Himmel und schneeweißen Wolken schwebte. Der Pilot nahm Kurs auf Westen. Benbow blickte nach unten. Tief unter der Wolkendecke war das Schneegestöber. Und darunter? Phantasie war nie Benbow Dormans starke Seite gewesen, doch jetzt, nach seinem Besuch bei Ulrike, war ihm, als sähe er plötzlich mit neuen Augen. Er sah durch die Wolken und den Schnee hindurch, sah die winterlich grauen Ebenen des geteilten Landes, des geteilten Kontinents. Wie hatte doch jemand gesagt? «Die Geschichte Europas im 20. Jahrhundert: ein Hollywood-Spektakel von Wahnsinnigen inszeniert.» Ein Schauerfilm: unbeschreibliches, unendliches Leid, in dem Millionen Statisten, darunter sein Vater, den er nie gekannt hatte, und seine Mutter umgekommen waren.

Und wofür das alles? dachte er. Als der Erste Weltkrieg zu Ende war, dachte meine Mutter, nun werde für immer Friede auf Erden sein. Und als ich in den Zweiten Weltkrieg zog, dachte ich, *mein* Krieg werde uns von dem schlimmsten Tyrannen befreien und uns auf immer Frieden bringen. Von dem Tyrannen *hat* er uns befreit. Und wir haben seither auch Frieden und Wohlstand – aber nur in unserem Teil der Welt und, wer weiß, vielleicht mehr Wohlstand, als uns guttut. Wir haben Wunder vollbracht – sogar eine Landung auf dem Mond.

Aber die halbe Welt liegt im Schatten. Nur ist es diesmal nicht der Schatten der Nacht. Es ist der Schatten der totalitären Systeme. Und es ist der Schatten des Hungers. Und diese Schatten werden länger, von Tag zu Tag. Der Gedanke daran erfüllte ihn mit Trauer und Angst. Er dachte an die Menschen, die das Lachen verlernt hatten, an Ulrike, die in dieser überschatteten Welt gefangen war.

Ein Knacken im Lautsprecher, dann die Stimme des Kapitäns: «Wir überfliegen jetzt die englische Küste.» Benbow Dorman blickte hinunter. Zwischen den Wolken sah man in der Tiefe weite grüne Flächen. England, dachte er glücklich. Eigentlich müßten sie jetzt *Land of Hope and Glory* spielen. So heimatlich war ihm noch nie zumute gewesen, wenn er aus dem Ausland zurückkam, aus Mallorca oder von der Costa Brava . . .

Am Flughafen Heathrow wurde gestreikt. Die Passagiere mußten das Flugzeug über eine alte wacklige Gangway verlassen und ihr Gepäck selber zum Flughafengebäude tragen. Dort wurde nach einer angeblich beim Zoll versteckten Bombe gefahndet. Alle liefen eilig und nervös hin und her und bekundeten dennoch englische Gelassenheit. Ein väterlicher Bobby, der in der Halle stand, hörte sich geduldig die Klagen eines verirrten und verwirrten asiatischen Flugpassagiers an und versuchte, ihn zu besänftigen. Benbow Dorman holte sich eine Zeitung am Kiosk. Die Verkäuferin lächelte ihn an. Und er dachte, um all das ist es uns gegangen, all das gehört für uns dazu, und bis jetzt haben wir es uns erhalten können. Wir dürfen nie zulassen, daß es uns genommen wird.

Erleichtert, fast ungeduldig vor guter Laune, strebte er dem Ausgang zu.

Draußen vor dem Flughafengebäude stieg er in ein Taxi. «St. Pancras Station», sagte er zu dem Taxichauffeur.

Aber als er aus dem Fenster blickte und London sah, London im Frühling, das lärmende, geschäftige quicklebendige London, klopfte er an die Trennscheibe und sagte mit einem Ungestüm, das ihm selber fremd war: «Nein, fahren Sie mich bitte zum Cumberland Hotel.» Warum sollte er heute schon nach Ingerby zurückfahren? Niemand wartete dort auf ihn, niemand wollte wissen, wie es ihm ergangen war, niemand freute sich, ihn wiederzusehen. Ich will den Londoner Frühling genießen, sagte er sich. Er fühlte sich so frei wie nie zuvor in seinem Leben.

Er ließ sein Gepäck im Hotel und machte sich gleich wieder auf den Weg: ein etwas korpulenter ehemaliger Bankdirektor, der lange Unterhosen trug und weiße Hemden und tadellos sitzende Anzüge, ein wahrhaftig nicht mehr jugendlicher Liebender, der seine Liebe auf einem anderen Planeten zurückgelassen hatte. Ein unauffälliger friedlicher Mann, dessen Leben von zwei blutigen Kriegen geprägt worden war, ein nüchterner Geschäftsmann, der Gefühle zu meiden versuchte und doch gefangen war in einem Aufruhr von Gefühlen, die ihm immer wieder die Tränen in die Augen trieben.

Als er nach Mayfair kam, sah er ein Blumengeschäft. Ohne zu wissen, was er vorhatte, ging er in den Laden. «Ich hätte gern einen Strauß Frühlingsblumen – alles, was Sie haben.»

«Gern, Sir. Wollen Sie eine Karte mitschicken?»

«Nein, danke, ich lege eine von meinen bei.»

«Gut, Sir. In einer Stunde, wäre das recht?»

Er kam zur Park Lane und ging durch die Unterführung hindurch in den Park. Grüne Rasenflächen, blühende Narzissen, Liebespaare . . . und vor dem strahlenden Frühlingshimmel Monstren, deren Anblick seinen Großeltern einen tödlichen Schrecken eingejagt hatten: Ungeheuer aus Beton und Glas.

Er schloß einen Moment lang die Augen, als wollte er nichts mehr sehen von der Welt von 1978. Noch schien die Sonne. Aber er hatte einen Blick in die Welt der Schatten getan – und er hatte Angst.

Er setzte sich auf eine Parkbank und zog eine Visitenkarte aus seiner Brieftasche. «Benbow Dorman.» Er drehte sie um, nahm seinen Füllfederhalter und schrieb in großen Buchstaben ULRIKE auf die Rückseite. Danach saß er noch lange da und starrte auf die Karte. Die Sonne schien ihm warm ins Gesicht. Er dachte an all die Menschen, die in seinem Leben eine Rolle gespielt hatten, an seinen Vater, an Nell, seine Mutter. Alle im gleichen Netz gefangen, dachte er. Und wir haben gekämpft wie die Fische im Netz – um unser nacktes Leben, um die Freiheit. Und was haben wir erreicht? Eine geteilte Welt, eine Erde, wo es Menschen gibt, für die nie die Sonne scheint.

Der Strauß war wirklich wunderbar, der Preis exorbitant. Trotz Seidenband und Cellophanumhüllung wirkten die Frühlingsblumen wunderschön in ihrer Schlichtheit. Die Verkäuferin befestigte seine Karte an dem Strauß, und Benbow Dorman verließ mit gewichtigen Schritten den Laden.

Der Aprilwind blies ihm spöttisch ins Gesicht. Er ging über den Trafalgar Square nach Whitehall und dann zum Fluß hinunter.

In der Mitte der Westminster Bridge blieb er stehen und blickte über das Geländer nach unten. Dann warf er die Blumen hinab. Sie fielen ins Wasser und trieben schnell davon, nach Osten, zur See hin, wo die französische Küste lag, die Küste des zerrissenen europäischen Kontinents.

Er sah den Blumen nach. Ein Polizist, der ihn beobachtet hatte, trat näher und fragte: «Entschuldigung, Sir. Aber Sie wollen doch hoffentlich nicht auch . . .»

«Nein, nein», sagte Benbow Dorman lachend. «Keine Sorge.»

«In Ordnung, Sir. Und nichts für ungut.»

«Aber woher denn», sagte Benbow Dorman. Und der Polizist erwiderte sein Lächeln. Ob er wohl auch gelächelt hätte, dachte Benbow, wenn er einen Farbigen vor sich gehabt hätte oder einen bärtigen, langhaarigen jungen Mann?

Aber darüber wollte er jetzt nicht nachdenken. Er war

ein älterer Engländer, der unversehrt und ungefährdet in seine alte prächtige Hauptstadt zurückgekehrt war. Er und Westminster, dachte er lächelnd – zwei Überlebende der guten alten Zeit, als man noch *A Long Way To Tipperary* sang, als es noch Operettenhäuser gab und Lili Marleen und das Lied von der Nachtigall, die so herzzerreißend sang, und Fish & Chips und Nachmittagstee mit Scones und Freundlichkeit und die Ehre und Würde einer großen Nation.

«Nach mir die Sintflut», murmelte er, und dann mußte er über sich selbst lachen.

Er blickte noch einmal über den Fluß hin. Längst hatte das Wasser der Themse die Blumen davongetragen. Der Aprilhimmel über ihm war klar und von leuchtendem Blau. Nur in der Ferne, über der See, braute sich ein Gewitter zusammen.

Eric Malpass

Die Gaylord-Romane
Morgens um sieben ist die Welt noch in Ordnung
Wenn süß das Mondlicht auf den Hügeln schläft
Deutsch von Brigitte Röseler und Margret Schmitz
Sonderausgabe. 440 Seiten. Geb.

Morgens um sieben ist die Welt noch in Ordnung
Roman. rororo 1762

Wenn süß das Mondlicht auf den Hügeln schläft
Roman. rororo 1794

Als Mutter streikte
Roman. Deutsch von Anne Uhde. 167 Seiten. Geb.
und als Taschenbuchausgabe: rororo 4034

Beefy ist an allem schuld
Ausgezeichnet mit der ‹Goldenen Palme des Humors›
Roman. Deutsch von Susanne Lepsius.
220 Seiten. Geb. und als Taschenbuchausgabe: rororo 1984

Fortinbras ist entwischt
Eine Gaylord-Geschichte. Mit Zeichnungen von Wilhelm M. Busch.
Deutsch von Susanne Lepsius. rororo 4075

Lieber Frühling komm doch bald
Wieder ein Gaylord-Roman. Deutsch von Anne Uhde. 246 Seiten. Geb.

Schöne Zeit der jungen Liebe
Roman. Deutsch von Anne Uhde. 221 Seiten. Geb.

Liebt ich am Himmel einen hellen Stern
Ein Roman um William Shakespeare und Anne Hathaway
Deutsch von Susanne Lepsius. 297 Seiten. Geb.

Unglücklich sind nicht wir allein
Ein Roman um William Shakespeare und seine Zeit
Deutsch von Susanne Lepsius. 279 Seiten. Geb.

Hör ich im Glockenschlag der Stunden Gang
Ein Roman um William Shakespeares letzte Lebensjahre
Deutsch von Susanne Lepsius. 226 Seiten. Geb.

James Herriot

Der Doktor und das liebe Vieh
Als Tierarzt in den grünen Hügeln von Yorkshire
Deutsch von Friedrich A. Kloth. 249 Seiten. Gebunden
und als Taschenbuchausgabe: rororo Band 4393

Dr. James Herriot, Tierarzt
Aus den Erinnerungen eines Tierarztes
Deutsch von Ulla H. de Herrera. 255 Seiten. Gebunden

Der Tierarzt kommt
Deutsch von Helmut Kossodo.
255 Seiten. Gebunden

«Die Begegnung mit einem solchen Menschen
wie dem Tierarzt James Herriot
wird nicht nur zum unterhaltsamen,
sondern auch zum beglückenden Erlebnis
für den Leser.»
Österreichischer Rundfunk

«Der Autor versteht es,
seine von tiefer menschlicher Einfühlung
zeugenden therapeutischen Erfolge
mit viel Darstellungskunst zu charakterisieren
und mit viel Humor zu würzen.»
Neue Zürcher Zeitung

Rowohlt

Hans Nicklisch

Vater unser bestes Stück
Eine heitere Familiengeschichte
Mit 14 Zeichnungen von Marga Karlson
rororo Band 1609

Ohne Mutter geht es nicht
Mit 23 Zeichnungen von Marga Karlson
rororo Band 1672

Einesteils der Liebe wegen
Mit 40 Zeichnungen von Eberhard Binder
rororo Band 1719

Ein Haus in Italien – müßte man haben
Mit 28 Zeichnungen von Helen Brun
rororo Band 1782

Opas Zeiten
Eine fröhliche Familiengeschichte
Mit Zeichnungen von Eva Kausche-Kongsbak
rororo Band 1926

Duett zu dritt
Eine achtbeinige Liebes- und Ehekrachgeschichte
rororo Band 4092

«Hans Nicklisch läßt alle seine Fähigkeiten spielen, hat so viel Ironie und Freude am Ulk, aber auch so viel Zeiterkenntnis in die Zeilen gepackt, daß es ein Vergnügen ist, sich durch die Seiten zu lesen.»
Frankfurter Rundschau